KB181269

허수아비춤

조정래 장편소설

허수아비춤

해냄

우리의 자화상 보기

이 작품을 쓰는 내내 우울했다.

우리의 자본주의는 60년이 넘었고, 경제발전의 역사는 50년을 헤아린다. 우리는 세계를 향하여 '정치민주화와 경제발전을 동시에 이룩해 냈다'고 자랑한다. 세계 또한 '2차 대전 이후에 제3세계 중에서 정치민주화와 경제발전을 동시에 이룩한 나라는 한국이 유일하며, 그건 20세기 기적 중 하나다'라고 평가한다. 그 두 가지를 동시에 성취한 것은 분명 우리 모두의 긍지이며, 맘껏 자랑해도 자만일 것 없는 우리들의 떳떳한 자존심이다.

그러나 우리가 명심해야 할 것이 있다. 정치에만 '민주화'가 필요한 것인가? 아니다. 경제에도 '민주화'가 필요하다. '경제민주화'? '정치민주화'에 비해 낯선 말일 수 있다. 그러나 그 말뜻은 어렵지 않다. 이 땅의 모든 기업들이 한 점 부끄러움 없이 투명경영을 하고, 그에 따른 세금을 양심적으로 내고, 그리하여 소비자로서 줄기차게 기업들을 키워온 우리 모두에게 그 혜택이 고루 퍼지고, 또한 튼튼한 복지사회가 구축되어 우리나라가 사람이 진정 사람답게 사는 세상이 되는 것, 그것이 바로 '경제민주화'다.

그런데 지금 우리의 현실은 어떤가. '세금 내라는 것 다 내고는 사업 못 해먹는다.' 수십 년에 걸쳐서 이런 말을 예사로 할 정도로 거의 모든 기업들은 투명경영과는 거리가 멀다. 그리고 대기업들의 비자금 사건은 나날이 커지면서 사회적 불신이 자꾸만 깊어지고 있다. 왜 그런 행태들이 고쳐지지 않고 계속되는 것일까? 어떻게 해야 그런 행위들이 바로잡힐 수 있을까. 그런 잘못들이 반복되는 우리의 미래는 어떻게 될까. 이제 우리는 그런 물음들 앞에 정면으로 서야 할 때가 되었고, 그 응답을 찾아내지 않으면 안 될 시점에 이르렀다. 그것이 바로 '경제민주화'를 이루어내는 길이다.

전후의 굶주림 속에서 허덕이던 저 1960년대 초반에 우리 국민 모두가 아무런 이의 없이 동의했던 것은 '무슨 수를 써서든 잘사는 것'이었다. 그 국민적 갈망은 지금도 여전해 '우리도 선진국들처럼 되는 것'으로 강한 생명력을 발휘하고 있다. 그 뜨거운 갈망 때문에 OECD 30개국 중에서 우리나라의 수출액은 11위에서 9위까지 뛰어올랐으면서도 행복지수(삶의 만족도)는 꼴찌이고, 자살률은 1위이다. 국민소득 2만 불대에서 벌어지고 있는 우리의 그 비극은 국민소득 4만 불 이상의 선진국이 되기를 바라는 끝없는 허기 때문에 생긴 것이다. 그러나 지금 이 시점에서 '경제민주화'가 이루어지지 않으면 우리는 영원히 선진국이 될 수 없다. 왜냐하면 우리가 선망하는 선진국들이 국민소득 2만 불대에서 깨끗한 '경제민주화'의 길을 걸었음이 그 좋은 증거다.

우리의 경제발전은 우리가 잘살게 된 것만으로 끝나지 않는다. 그것은 우리 민족의 숙원이고 비원인 평화통일의 주도권을 갖게 되었다는 것에 또 하나의 큰 의미가 있다. 우리는 북한보다 직접 비교로 35배, 복합 효과로 100배 풍요로운 삶을 누리고 있다고 평가된다. 그 평화통일의 길에 더 크게 기여하게 하기 위해서도 '경제민주화'는 반드시 이루지 않으면 안 된다.

인간의 인간다운 삶을 위하여 인간에게 기여해야 하는 문학은 이제 그 물음과 응답 앞에 서지 않으면 안 되게 되었다. 오늘의 우리 사회는 우리의 자화상이다. 그 모습이 추하든 아름답든 그건 피할 수 없는 우리의 자화상이다. 그 자화상을 똑바로 보길 게을리할수록, 회피할수록 우리의 비극은 더 길어질 수밖에 없다.

이런 소설을 쓸 필요가 없는 세상을 소망하면서 이번 소설을 썼다. 그러나 이런 소설이 완전히 필요 없게 될 세상은 오지 않을 것임도 잘 알고 있다. 그 도정이 인간의 삶이고, 우리네 인생 아닐까.

기상 관측 이후 '최초'라는 기록을 거듭 갈아치울 만큼 폭염과 폭우가 계속된 여름이었다. 그 더위를 무릅써야 했기에 마음은 더 우울했을까. 아니, 푸르게 빛나는 먼빛을 볼 수 있었기에 소설을 끝낼 수 있었을 것이다.

진정한 작가이길 원하거든 민중보다 반 발만 앞서 가라. 한 발은 민중 속에 딛고. 톨스토이의 말이다. 진실과 정의 그리고 아름다움을 지키는 것이 문학의 길이다. 타고르가 말했다. 작가는 모든 비인간적인 것에 저항해야 한다. 빅토르 위고의 말이고, 노신은 이렇게 말했다. 불의를 비판하지 않으면 지식인일 수 없고, 불의에 저항하지 않으면 작가일 수 없다. 나랏일을 걱정하지 않으면 글(시)이 아니요, 어지러운 시국을 가슴 아파하지 않으면 글이 아니요, 옳은 것을 찬양하고 악한 것을 미워하지 않으면 글이 아니다. 다산 정약용의 말이다.

원고가 약속보다 늦어진 것을 사과드리며, 이 더위 속에서 좋은 책 만들어주신 출판사 관계자 모든 분들께 고마움을 전한다.

2010년 9월
조 정 씨

| 차례 |

작가의 말 우리의 자화상 보기 5

1 술수의 숨바꼭질 13

2 돈은 귀신도 부린다 49

3 너만 왕이냐 79

4 은밀한 그물 짜기 116

5 그들의 사육법 149

6 한가위 추석맞이 176

7 서로 다른 길 207

8 골든 패밀리의 잔치 258

9 국민, 당신들은 노예다 307

10 덫 그리고 덫 341

11 착해라, 자발적 복종 374

작가 연보 406

1

술수의 숨바꼭질

해거름에 구불거리는 야산 길을 따라 검은 승용차가 날렵하게 달리고 있었다. 그 늘씬한 몸매의 유연함이 마치 잔잔한 물결을 가르는 물개의 매끈한 몸짓 같았다. 윤기 번들거리는 각선미에다가 묵직한 무게감을 지닌 그 차는 서민 아파트 몇 채가 굴러다니는 것과 같다는 그런 귀하신 몸인 것을 한눈에 알아보게 했다.

저 쓸모없는 모래땅에서 '검은 황금'이라는 유별난 별명이 붙은 석유가 터져 나오자 중동 여러 나라의 값어치가 갑자기 하늘을 뚫으며 솟아올랐고, 세계의 돈이라는 달러를 무한정 빨아들이는 블랙홀이 되었다. 그 황홀한 돈 풍년에 신바람 난

13

왕과 왕족들이 맘껏 호화 생활을 누리는 건 당연한 일일 수도 있는데, 어느 왕은 세면기까지 순금으로 만들다 못해 '또' 아래 동그라미가 붙는 그 향기로운 물건을 받아내는 그릇까지 순금으로 만든 게 아니었던가. 그리고 왕족들은 국내에서 흥청망청 사는 것에 만족하지 못했다. 그들의 나라에는 엄한 이슬람 율법 때문에 다른 자본주의 나라들에 흔한 그 자극적인 유흥 시설이 없었던 것이다. 그래서 어느 왕자님께서는 사막 한가운데 노름 천국을 만들어놓은 미국 라스베이거스로 납시었다. 그 왕자님은 최고급 호텔에 여장을 푸신 것은 물론이었고, 밤무대까지 장악해 돈 잔치를 벌였는데, 그 아이디어 기발하기가 가히 국제 특허감이 아닐 수 없었다.

왕자님은 특유의 유희를 펼치시되 어찌하였는고 하니, 아리따운 무희에게 스트립쇼를 시켜 발가벗긴 것은 별로 특이할 게 없는 거고, 그다음부터가 출중한 한판 굿이었다. 백인 여자들은 거의 다 몸뚱이가 큰 데다가 젖가슴은 또 얼마나 징그럽다 못해 끔찍스럽도록 큰가. 그런데 그 여자는 직업이 무희이니 그 육체미가 얼마나 더 빼어났겠는가. 왕자님께서는 그 풍만한 알몸에다 백 달러짜리 지폐로 돈 옷을 해 입혀 나갔던 것이 아니겠는가. 클럽에 한 장, 한 장 끼워진 백 달러짜리 푸른 돈은 무희의 전신을 가리는 롱드레스가 되었는데, 그 돈은 자그마치 5만 달러가 넘었다며 해외 토픽은 친절하게도 사진까지 보여주고 있었다. '우리도 한번 잘살아보세'를 합창으로 외쳐대며 경제건설의 깃발을 올리고 모두가 숨'헐 떡거리고 있었던 60년대 후반, 그때 대한민국의 국민소득은 백 달러가 될까 말까 그랬으니, 무희의 몸을 휘감은 5만 달러를 바라보아야 했던 이 나라 사람들의 심정은 어떠하였으랴. 그런데 그 눈물겨웠던 세월이 무슨 요술을 부리듯 변하고 바뀌어 이제는 몇 억을 호가하는 외제 승용차가 번화한 거리도 아니고 후미진 야산 길을 미끄럽게 달리고 있지 않은가. 그 차 값으로 차에게 백 달러짜리 옷을 해 입힌다면, 차체가 그 무희보다 몇 배 크다 해도 달러 옷을 몇 겹으로 껴입힐 수 있을 거였다.

"운전 솜씨가 대단한데 그래?"

운전석 옆자리에 앉은 남자가 앞을 향한 자세로 눈동자만 빨리 굴렸다. 그 눈길만 매운 것이 아니라 말꼬리도 비틀리며 치올라가고 있었다.

"아 예, 죄송합니다, 선배님. 미국 유학 때 버릇이 잘못 들어서 그렇습니다. 거기다가 차까지 잘 나가는 바람에 그만……, 죄송합니다."

아차차, 이런 멍청한 실수가 있나, 강기준은 죄송합니다에 맞추어 허둥거리듯 머리를 조아렸다. 그런 실수는 올림픽의 백 미터 경기에 나서서 스타트 실수를 하는 꼴이나 마찬가지였다.

"미이국? 대한민국에서 운전 버릇이 개판이 됐다면 말이 되지만 엄연한 법치국가 미국에서 그랬다니, 그게 말이 되나?"

미이국? 하고 꽈배기 꼬이듯 뒤틀리는 어조에 어울리게 강기준의 선배 얼굴은 쓴 약 삼킨 것처럼 구겨졌다. 그의 말은 마치 미국만 법치국가고 대한민국은 무법 국가라는 투인 데다, 너만 미국물 먹었어? 하는 뒤틀림을 담고 있었다.

"아 예, 선배님 말이 맞습니다. 미국에서는 그 얌체 같은 끼어들기도 없고, 꼬리 물기도 없고, 예 미국이야말로 지상천국이고 지상낙원이지요."

강기준은 얼렁뚱땅 발라맞추면서 속으로는 흥, 세월이 어느 세월인데 그런 쉰내 나는 친미주의에 푹 쩔어 계시나, 코웃음을 치고 있었다.

"근데 왜 그 모양이 됐다는 거야?"

강기준의 선배 박재우는 속도계의 바늘을 뒤로 돌려놓을 것 같은 강한 눈초리로 속도계를 노려본 채 내쏘았다.

교통사고로 어찌 되기는 싫으시다? 아무렴, 교통사고야말로 벼락 맞아 죽는 것 다음으로 개죽음이니까. 더구나 당신은 지금 최고로 잘나가고 있는 사내(社內) 귀족이시고 골든 클래스 아니신가. 강기준은 이렇게 빈정거리면서도 깍듯이 예의 갖추는 태도로 속도를 줄였다.

"여름방학 동안에는 LA 쪽으로 내려와 텍사스 사막을 횡단하는 화물 트럭을 몰고는 했거든요. 제멋대로 폭주해도 되는 야간 운전에는 야근수당에 위험수당까지 붙어서 수입이 짭짤했으니까요. 거기다가 백인 기혼자들은 아예 야간 운전을 외면했기 때문에 일자리 얻기도 쉬웠고요."

그 악명 높은 폭주족답게 강기준은 핸들을 거칠게 돌리는 시늉을 하며 엉덩이까지 들썩 들었다 놓았다.

"이 사람아, 겁주지 마. 나 노부모에 처자식까지 있는 몸이야." 박재우는 아까보다 더 성깔 묻어나는 눈길로 꼬나보고는, "자네 아버님이 꽤 큰 사업을 하시지 않았던가?" 그는 무슨 수수께끼라도 푸는 듯한 얼굴이었다.

"부도가 나고 말았어요." 강기준은 지금 맞닥뜨린 일처럼 깊은 한숨을 내쉬었다. "제가 미국 간 다음 해였지요. 아버지는 감옥행이 되고, 집안은 쑥대밭이었지만 저는 귀국하지 않았습니다. 제가 귀국해 봤자 아무 소용이 없는 데다, 어머니가 귀국을 적극 막으셨거든요. 무슨 수를 써서든 학위를 따오는 게 집안 일으키는 길이라는 것이었지요. 물론 어머니의 말씀이 맞았습니다. 허지만 그 길이 저의 지옥살이 시작이었습니다. 잘 아시잖아요. 미국 땅에서 학생 혼자 힘으로 날마다 세끼 때우고, 공부까지 해야 하는 게 어떤 것인지. 그래도 제가 살아남을 수 있었던 것은 동포들의 덕이 절대적이었지요. 샌프란시스코고 LA고 우리 동포들이 부쩍부쩍 늘어나면서 일자리 구하기가 그만큼 쉬웠으니까요. 그때 수입이 좋기만 했으면 사막 횡단보다 더 위험한 일도 했을 겁니다." 그는 선배를 곁눈질하며 쓴 입맛을 다셨다.

"이거 갑자기 눈부시게 보이네. 알고 보니 무서운 독종에, 영웅 아니신가."

박재우는 비로소 고개를 돌려 강기준을 바로 쳐다보았다. 그 눈길이며 표정이 피카소의 그림들처럼 복잡하고 난해했다. 그러나 그 감정이 (나쁜 쪽 낌새는) 아닌 것 같았다.

허, 이거 묘하게 말문이 쉽게 트일지도 모르겠네. 그래, 고생 성공담이란 러브 스토리와 함께 영원불변하는 만국 공동의 감동 드라마 아니더냐. 강기준은 박재우가 내비친 호감을 감지하며 새삼스럽게 대학 동문이라는 학연의 푸근함이 가슴에 번지는 것을 느꼈다. 같은 학교를 나왔다는 것은 고향이 같다는 것과 함께 까마득하게 먼 사람의 관계를 단숨에 옆으로 끌어오는 불가사의한 마력을 발휘하지 않던가. 그건 이성이나 논리적 설명 같은 것을 비웃는 이상야릇한 힘이었다.

이 일의 성사 여부에 자네 운명이 달렸다는 것쯤 알겠지, 윤 실장은 꼭 조폭 같은 투로 말했었다. 그건 그저 일을 빈틈없이 해내라는 뜻으로 하게 마련인 과장투의 말이 아니었다. 만약 그 일을 그르쳤을 때……, 윤 실장은 조폭보다 더 매정하고 잔인하게 파면의 칼을 휘둘러버릴 수 있었다. 조폭은 배신자에게 야구방망이를 휘두르지만 회사는 무능자에게 인사권이란 칼을 휘둘렀다. 그러고 보면 회사는 조폭보다 더 매정한 조직일 수도 있었다.

이건 회장님의 지상명령이야, 윤 실장은 마치 맹세나 선서를 하듯이 결연하게 말했었다. 회장님……, 사원들에게 그 존재는 어떠했던가. 살아 있는 임금, 아니 그보다 훨씬 더 높은, 살아 있는 황제가 바로 회장님 아니었던가. 대통령은 그저 그런 존재인데, '황제'는 그 옛날 옛적 전설 같은 칭호일 뿐인데도 왜 그렇게 아득하게 높아 보이는 것일까. 대통령은 우리 모두가 마음먹은 대로 갈아치우고, 가려 뽑고 하는 것이지만 황제란 투표를 무시하고 백성의 머리 위로 뚝 떨어진 하늘의 아들이라서 그런가…….

어쨌거나 회장님은 엄연히 살아 계시는 우리 일광그룹의 황제이셨다. 아니 하늘이셨고, 태양이셨다. 그건 결코 과장도 비아냥도 아니었다. 로마 황제 네로만 엄지손가락을 세웠다가 아래로 꺾는 그 간단한 동작만으로 생목숨 하나씩을 죽일 수 있었던 것이 아니다. 일광그룹의 회장님도 손가락질 한 번씩으로 생계 수단을 몰수하고 박탈해 버리는 절대권을 언제든지 휘둘러댈 수 있었다. 일광그룹의 19만 사원들은 남녀노소 지위 고하를 막론하고 회장님 앞에서는 호랑이 앞에 토

끼요, 독수리 앞에 참새였다. 그 옛날 황제나 임금 앞에서 모든 신하와 백성들이 고개를 들 수 없었듯이 회장님 앞에서도 그 누구든 감히 눈길을 세울 수 없었다. 모든 사원들은 회장님의 기척만 느끼게 되면 먼발치에서부터 벌써 허둥지둥 피해 서고, 물러서기 바빴다. 그리고 자동차를 타고 지나갈 때도 허리가 반으로 접히는 절을 해야 했다. 그런 일사불란한 충성은 누가 가르치고 시켜서 하는 것이 아니었다. 해병대 신병 훈련에 못지않게 호된 신입사원 연수에서도 그렇게 하라고 한 적이 없었고, 주기적으로 실시하는 전체 사원 연수에서도 그런 말이 나온 적이라고는 없었다. 그런데도, 작은 가재가 바위를 질 줄 알고, 작은 여자도 남자를 태울 줄 알더라고 모든 사원들은 타고난 생존술을 그렇게 잘들 발휘하고 있었다.

이번 일을 제2의 창업이라고 생각하신다는 걸 똑똑히 기억해, 하며 윤 실장은 부르르 떠는 듯한 느낌까지 보였다. 그건 그 자신의 운명도 걸려 있다는 숨길 수 없는 공포감의 표현이기도 했다. 한 줄기 냉기가 선뜻하게 등줄기를 스치는 걸 느끼며 강기준은 심한 한기를 느꼈다.

"이 차 이거 6억이 넘잖아. 거기 대우가 이렇게 빠근한가?"

박재우의 의심쩍어하는 눈길이 강기준의 눈을 파고들었다.

값까지 정확하게 아는 걸 보니 그 궁금증 참 오래 참으셨네, 강기준은 속으로 이렇게 비아냥거리면서도 겉으로는 다정한 눈웃음을 보냈다.

예, 제가 얼마 전에 좀 중요한 건을 해결했더니 회사에서 이걸 선물로 주더군요. 일거에 박재우의 기를 꺾는 동시에 마음이 흔들리도록 이렇게 허풍을 쳐버릴까 생각했다. 그러나 들통이 나게 되면…….

"아닙니다. 이건 특별히 VIP 영접할 때나 쓰는 회사 의전용입니다."

박재우는 무반응이었다. 강기준은 그가 만드는 침묵 속에서 사람 다루는 데 이골 난 자의 관록을 감지하고 있었다. 박재우의 침묵은 침묵이 아니었다. 강기준은, 지금 그의 뇌 속에서 찰칵찰칵 돌아가고 있는 계산 빠른 기계 소리를 듣고 있었다.

"어디까지 가는 거야? 꼭 납치당하는 것 같잖아."

박재우가 담뱃갑을 꺼냈다가 도로 넣으며 말했다. 감추려는 그의 긴장이 언뜻 드러나고 있었다.

"예, 거의 다 왔습니다. 담배 태우세요." 강기준은 빠른 핑퐁공 받아내듯 대꾸하고는, "선배님도 아직 못 끊으셨군요. 여기 라이터……." 그는 한 손을 주머니에 넣었다.

"아니야, 운전이나 잘해. 다 왔다니까 내려서 피우겠어. 의사들은 이놈의 것이 백해무익이고 만병의 근원이라고 무슨 악질 범인 때려잡듯 떠들어대는데, 이게 영 끊어지질 않는다니까." 박재우는 의사들에게 짜증을 부리듯이 말하고는, "스트레스를 많이 받고 살아서 그런가 어쩐가, 내 마음이 내 뜻대로 되지 않으니 원······." 그는 자신을 한심스러워하는 것처럼 중얼거렸다.

스트레스를 많이 받고 살아서 그런가······, 그 말에 강기준은 같은 대학 동문이라는 것보다 더 친근한 동질감을 느꼈다. 자신이 하는 일이나 박 선배가 하는 일이나 좀 특이하거나 유별나다고 할 수 있었다. 그 일은 생산직도 아니었고, 판매직도 아니었고, 관리직도 아니었다. 그렇다고 홍보직이냐 하면 그것도 아니었다. 전문 기술을 가지고 일하는 일반 사원들의 입장에서 볼 때는 땀 흘리지 않고 편케 월급 받아먹는 혹덩어리 같은 족속들이라고 불평하고 비난할 수도 있었다. 그러나 사주인 회장님의 입장은 정반대였다. 그 부서를 가장 신뢰했고, 가장 중시했다. 회장님께 만족을 드려야 하니 언제나 신경이 곤두섰고, 그때그때 긴장을 푸는 데는 담배 한 대의 효과를 당할 것이 없었던 것이다.

"저기 다 왔습니다."

차가 길에서 벗어나도록 천천히 핸들을 꺾으며 강기준이 말했다.

저 앞 숲 속에 아름다운 풍경화처럼 2층 통나무집이 고즈넉하게 서 있었다.

"제법 분위기 있어 보이는데, 뭐 하는 집인가? 찻집? 밥집?"

박재우는 담배에 불을 붙이느라고 약간 치뜬 눈길로 그 집을 쳐다보며 물었다.

"예, 차도 팔고, 밥도 팔고, 술도 팔고, 요즘 유행하는 말로 하자면 종합선물세트인 셈이죠. 1층은 주로 연인들이 찾아오는 카페 스타일이고, 밤에만 즐길 수 있는 은밀한 술자리는 2층에 있습니다. 시내에서 얼마 떨어지지 않았고, 밤에는 사람들 눈을 피하기도 좋아 좀 특별한 경우에 이용하는 곳입니다."

강기준은 박재우를 안심시키느라고 여자가 수다 떨듯이 한꺼번에 설명을 뭉뚱그렸다. 박재우는 둘이 만나다가 남의 눈에 띄게 되는 것을 무척이나 꺼려했었다. 그들이 속한 두 기업은 주력 업종은 달랐지만 사회적으로 서로 힘을 과시해 가며, 맞잡지 않은 샅바 싸움을 하는 사이였던 것이다. 강기준도 남의 눈을 피하고 싶은 것은 마찬가지였고, 순전히 학연을 고리로 둘의 만남이 이루어지게 된 거였다.

"이런 데서도 꽃구경이 되나?"

박재우는 습관처럼 새끼손가락을 세워 보였다. 돈을 말할 때 엄지와 검지로 동그라미를 그리는 것처럼 여자를 말하면서 새끼손가락을 세우는 그 손짓은 천상 건달 같았지 고상해야 할 경제학 박사님의 모습일 수는 없었다. 살이 피둥피둥 찐 그의 얼굴이며 목덜미에 영양 과잉의 동물성 기름기가 번들거리고 있어서 지적인 분위기와는 더 거리가 멀기도 했다. 또, 쑥이 삼밭에 가면 삼 되고, 삼이 쑥밭에 가면 쑥 되더라고 만날 하는 일이 그렇고 그렇다 보니 인상이 이상스럽게 변할 수도 있었다.

"예, 며칠 전에 주문하면 요구대로 척척 대령합니다. 근데, 필요하십니까? 오늘은 일부러 피한 것인데요."

강기준은 당황스런 기색으로 말했다. 사람을 무슨 물건짝 취급하듯 '주문한다'고 하는 그도 선배와 별다를 게 없어 보였다. 그리고 그의 몸뚱이에도 비만 상태의 살이 덕지덕지 붙어 있었다.

"당연하지. 오늘은 단둘이어야 하고, 그냥 미리 알아보는 것뿐이야."

박재우는 반쯤 탄 담배를 손가락으로 튕기며 고개를 잘게 끄덕였다.

"아 예……, 2층으로 올라가는 계단은 1층을 통하지 않도록 저 뒤쪽으로 따로 나 있습니다."

"흐응, 제법 눈치 빠르게 굴었군."

안내하는 강기준을 따라오며 박재우는 좀 더 마음에 들어 하는 눈치를 보였다.

흥, 생각보다 단순한 데가 있네. 그래, 마음에 들면 많이 이용해 봐. 당신한테 노출시켰으니까 어차피 우린 오늘로 발을 끊을 거거든. 강기준은 여기다 도청 장치를 할 필요를 느꼈다.

특별한 아지트를 이렇게 공개해? 호텔 어떤 룸도 아닌데. 넌 아직도 한참 애송이로구나. 제 발로 걸어 들어온 거니 사양할 건 없지. 박재우도 여기다 도청 장치를 할 생각을 했다.

"여기까지 오면서 뜸 들일 만큼 들였으니까 이젠 얘기 돌리고 비틀고 할 것 없이 핵심만 앗싸리하게, 스트레이트로 말해. 대학 때처럼."

박재우가 술을 받으면서 말했다. 그런데 빨리 핵심을 말하라고 하는 그의 말의 핵심은 한국말이 아니라 일본말과 미국말이었다. 그는, 우리말을 잘못 쓰는 것은 부끄러워하지 않으면서 영어 단어 틀리는 것은 창피스러워하고, 외국말 쓰는 것을 자랑으로 여기는 한국 지식인들의 오랜 습성에 잘 물들어 있었다.

강기준은 예기치 못한 선배의 공세에 정연하던 머릿속이 헝클어지고 말았다.

그는 선배를 건너다보며 자신의 빈 잔을 내밀었다. 그리고 여유 만만하게 웃어야 된다고 생각했다. 기싸움에 밀리지 말아야 했고, 대응 방법을 찾을 시간을 벌어야 했다.

저거 뜬뜬한 거 봐. 쌔키, 제법일세. 박재우는 후배 술잔에 술을 따라주며 쏩쓰레한 웃음을 입에 물었고, 강기준은 잔에 술이 다 찰 때까지 두툼한 웃음을 여유롭게 피우며 선배의 강압적인 눈길을 받아내고 있었다. 좋아, 공격은 최대 방어고, 스트레이트 펀치에는 스트레이트로 맞받아치는 게 최선이야. 이봐, 난 이제 당신의 후배로 끝나는 사람이 아니야. 당신 정도한테 밀린다면 텍사스 폭주족 경력이 아깝잖아. 이런 생각을 하며.

강기준은 재빠르게 대응할 말을 찾으며, 양주잔을 단숨에 비웠다. "예, 본론이 아니라 결론을 말씀드리지요." 그는 엉덩이를 들썩하며 허리를 곧추세우고는, "선배님을 우리 회사로 모시고자 합니다." 턱없이 큰 그의 목소리는 강철 심이 들어 있기라도 한 것처럼 딱딱하고 굳셌다.

"뭐, 뭐라구?" 박재우는 말까지 더듬으며 잠시 어리둥절하더니, "자네 혹시 정신 나가지 않았어?" 검지손가락을 머리 가까이 대고 뱅글뱅글 돌렸다.

"예, 놀라시는 건 당연합니다. 그러나 이건 우리 그룹에서 진지하게 간청하는 인사 문제입니다."

강기준은 면접시험에 응답하는 신입사원 응시자처럼 예의다 갖춰 또박또박 말했다.

"뭐, 진지하게? 그게 바로 미친 짓이다 그거야. 일류 태봉그룹에서 잘나가고 있는 사람을 이류 일광그룹에서 오라고? 자청해서 일류에서 이류로 투신자살하는 인생도 있다던가? 자네 화성에서 왔어, 목성에서 왔어? 으하하하하……."

살찐 몸에서 힘차게 터져 나오는 으하하하 하는 웃음은 그칠 기미가 없이 길게 이어지고 있었다. 박재우는 숨길을 새로 바로잡고 또 바로잡고 하며 그 어기찬 웃음을 만들어내고 있었다. 넓은 방에 겹겹이 물결치고 있는 그 가짜 웃음은 더없이 좋은 거절의 말이었다.

그러나 강기준은 거절만이 아닌 모독까지 느끼고 있었다. 태봉이 일류고, 일광이 이류라니, 그건 심히 자존심 상하는 말이었다. 그건 바로 자신을 이류 인생 취급하는 거였다.

"우리가 그쪽보다 이류였던 것은 딱 한 가지, 세상 관리 조직이 허술했던 것뿐이었죠. 그래서 우리도 이번에 본격적으로 칼을 빼들고 나섰어요. 그쪽을 능가하지는 못하더라도 대등하게는 만들 각오로. 그래서 선배님을 필요로 하는 겁니다. 선배님도 그쪽에서 부지하세월로 2급에 머물러 있으니 우리 쪽에서 바로 특급 대우를 받으면 멋지게 신분 상승하는 거고, 그게 훨씬 더 해피한 거 아닌가요? 인생 도약의 절호의 찬스인데 무조건 무시할 일만은 아닌 것 같은데요."

"특급? 그거 누구 생각이야?"

박재우가 대형 여객기가 추락하거나 관광버스가 대관령에서 굴러떨어졌다는 톱뉴스라도 대하는 듯한 반응을 보였다.

"누구긴요, 이거지요."

강기준은 빳빳하게 세운 엄지손가락으로 머리 위의 허공

을 두 번 거듭 찔렀다.

"그런데 그 일이 쉽게 될까……, 남 회장이 그만한 배짱과 스케일이 있는 건지……."

박재우는 일광그룹 남 회장의 그릇 크기를 환히 안다는 듯 고개를 살래살래 저었다.

자기네 회장을 우습게 보는 박재우의 그런 태도에 강기준은 강한 반감을 느꼈다. 동시에 그는 자기 자신에게 놀라고 있었다. 그렇게 회장 편을 들어본 것은 입사 이후 처음 있는 일이었다. 회장은 큰 기업을 쉽게 물려받았고, 그런 인물들이 대부분 갖고 있는 결점들을 고루 지니고 있었다. 유전인 듯 돈 욕심이 끝이 없었고, 안하무인이었으며, 적당히 설렁설렁한 공부 탓인지 지식에 열등감이 적잖았고, 그런 만큼 학벌 두드러진 사원들에게 이따금 폭언을 해댔고, 논리나 합리성보다는 밀어붙이기를 좋아했고……, 그래서 어느 때 한번 마음이 우러나서 회장을 편들거나 옹호하고 싶은 때는 없었던 것이다.

"결심이 무서우니까 우습게 보지 마세요. 마음을 그렇게 작정한 건 분명한 이유가 있는 겁니다. 지난번 일 말입니다. 똑같은 사건이었는데도 우리 회장님만 실형을 당했습니다. 그때 우리 사원들도 충격을 받았는데, 정작 회장님이 받은 충격은 얼마나 엄청났겠어요. 우리 회장님은 두 번 다시 그런 억울하고 분한 꼴은 당하지 않겠다고 작심하고 나섰다 그겁니다. 그리고 또 하나, 아들 상속 문제가 있어요. 잘 아시다시피 상속이란 재산권만 말하는 게 아니잖아요. 그 중대사를 골치 아프지 않고 스무스하게 해결하기 위해서도 그 일은 반드시 단행해야 한다고 마음먹은 거지요. 우리 회장님 뚝심과 밀어붙이기는 이미 세상이 다 아는 것 아닌가요? 만약 제가 그 양반 입장이라면 저도 그런 결심을 했을 겁니다. 선배님은 어떠세요?"

박재우는 팔짱을 긴 채 여러 생각을 되작거리는 얼굴로 한동안 앉아 있다가, "글쎄, 얘길 듣고 보니 그런 방어책을 강구하고 싶은 마음이 생길 수도 있겠군." 그는 술잔을 들어 입술만 축이고는, "헌데, 누가 날 찍은 건진 모르지만, 헛짚으셨어. 아까 말한 특급 대우가 뭘 말하는지 모르겠는데, 그 어떤 조건을 내세워도 난 안 가. 그런 복잡 미묘한 조직을 갖추겠다면서 자네 생각은 참 단순하고 순진해서 좋군. 내 말 무슨 뜻인지 잘 못 알아듣겠지. 그건 차차 알게 될 거고, 근데 말야, 자네가 텍사스 폭주족이었다는 말 듣고 내 마음이 동해서 그러는데, 어때, 우리 회사로 픽업해 줄까? 얘기 다 끝났으니까 그만 가지." 그는 살찐 몸을 둔한 느낌 없이 가볍게 일으켰다.

아니 선배님, 어렵게 만났으니 그냥 술이나 한잔……, 강기준은 이 말을 목구멍으로 구겨 넘기며 허둥거렸다. 박재우는 탈이라도 쓴 것처럼 전혀 다른 사람으로 변해 있었다. 박재우의 전신에 서린 시퍼런 서슬 앞에 강기준은 불기 쬔 오징어처럼 바짝 오그라들었다. 그는 더는 말 한마디 걸지 못하고 밖으로 나가는 선배 뒤만 졸졸 따랐다. 이대로 보내서는 안 된다고 생각하면서도 자신이 꼼짝을 못하는 것은 그가 선배이기 때문인지, 뜻밖의 카리스마에 눌린 때문인지 종잡지 못한 채로.

강기준은 새벽녘까지 박 선배와 윤 실장에게 시달리며 잠을 한숨도 잘 수가 없었다. 단순하고 순진해서 좋군. 우리 회사로 픽업해 줄까? 박 선배가 으하하하 웃어대며 조롱하고 있었다. 대체 그걸 말이라고 해? 그렇게 한 방에 당하고 말아? 독기 없이 뭐하는 거야. 일단 공격을 시작했으면 끝까지 물고 늘어져야지. 다시 가, 다시! 빌든 불알을 낚아채든 반드시 끌어와. 너, 모가지 둘 아니다. 노숙자 꼴 되고 싶지 않거든 당장 다시 찾아가! 윤 실장이 성난 셰퍼드처럼 으르렁거렸다.

윤 실장에게 그렇게 시달리는 것은 자신의 신경과민이 아니었다. 윤 실장의 별명은 '특급 충견'이었다. 그는 그만큼 회장에게 충성을 다 바쳤고, 그 대가로 사내 귀족의 신분을 확보하고 있었다. 물론 재벌 기업에서 임원 자리를 차지하고 있는 사람들 중에 충견 아닌 자들은 하나도 없다고 해야 옳았다. 개도 부지런해야 더운 똥을 얻어먹더라고 경쟁의 첩첩산

중에서 동료들 짓밟고 선배들 무찌르며 임원 쟁탈전에 승리한 사람들은 이모저모로 부지런하게 충견 노릇을 잘한 분네들임이 분명했다. 그중에서도 윤 실장은 단연 금메달감이었다. 그의 가슴속에서는 회장 자리 하나만 빼놓고 나머지 자리는 모두 다 차근차근 차지해 나가고 싶은 욕망의 용광로가 끓고 있었다. 그런 그에게 이번 일은 출세의 지름길을 확보하느냐 못 하느냐를 판가름하는 중대사가 아닐 수 없었다. 그런데 초장에 일을 망쳐버리다니. 자신의 생사여탈권은 회장 이전에 윤 실장의 손아귀에 쥐어져 있었다. 윤 실장은 조직의 특성상 실장으로 불릴 뿐이지 그 직급은 계열사 사장급이었다. 거기다가 회장의 도타운 신임까지 얹혀져 그 실권은 계열사 사장들을 게걸음 치게 만들 지경이었다. 그러니 윤 실장이 자신을 노숙자 신세로 만들어버리기는 두꺼비 파리 삼키기보다 쉽고, 뱀 개구리 삼키기보다 쉬운 일이었다.

잠 한숨 못 자고 밤새껏 시달렸지만 강기준은 머릿속에서 울리는 알람시계 소리에 밀려 침대에서 몸을 일으켜야 했다. 눈에고 입에고 모래가 한 주먹씩 가득 차 있었다. 아내가 두유에 타 내는 아침식사인 생식에 손도 못 대고 집을 나섰다.

"왜 그래요? 어디 아파요? 술도 안 마셨으면서."

남편이 한잠도 자지 못한 것도 모르는 아내의 둔감이 다행스러우면서도, 괘씸했다. 그는 아내가 속 좀 끓이게 하려고 일부러 한마디 대꾸도 안 하고 현관 철문이 쿵 울리도록 세게 닫았다. 그러나 자신은 별 효과 없는 괜한 투정을 하고 있다는 것을 모르지 않았다. 자신이나 아내나 짜릿짜릿 전기 통하던 호시절은 지나 이제 결혼생활은 시들해졌고, 철판처럼 튼튼한 남편의 직장에서 뼁땅 한 푼 당하지 않도록 다달이 온라인으로 부쳐오는 고액 월급에 아내는 언제나 포만감 그득한 행복에 취해 있었고, 외국 그것도 미국의 일류 대학에서 따 온 박사로 그 출셋길이 고속도로로 뻗쳐 있으니 그까짓 남편의 이유 모를 신경질쯤 아내는 친구하고 한 통 전화로 수다를 떨면서 깨끗이 잊어버릴 것이었다.

"……이렇게 되고 말았습니다." 점점 심하게 떨리고, 자꾸 조그맣게 기어들어가고, 끝내는 울먹임까지 섞이는 자신의 목소리를 들으며 강기준은 고개를 떨구었다. "죄송합니다. 정말 면목 없습니다." 그는 불현듯 무릎까지 꿇고 싶은 감정이 솟았다. 그는 속으로 그렇게까지 다급하고 비굴해지는 자신의 따귀를 갈겼다. 그는 보고를 시작할 때부터, 더 보충 좀 하지그래, 하는 윤 실장의 한마디가 귓속에서 계속 윙윙 울리는 것을 듣고 있었다.

더 보충 좀 하지그래.

뭘 보충하라는 것인가. 양기나 체력을 보충하라는 것이 아니었다. '실력'을 보충하라는 말이었다. 그건, 너 실력 없어, 하는 말이었고, 곧 너 능력 없어, 하는 뜻이었고, 무능력하니까 그만둬, 의 다른 말이었다. 일광그룹에서는 지극히 인간적이고 인격적인 대우를 하느라고, 파면이야, 사표 내, 그런 몰인정하고 막가는 말은 사용하지 않았다. 수양 좀 해야겠어, 하면 지방 근무 발령이었고, 세계사 공부 좀 해보지그래, 하는 건 해외 근무 명령이었다.

"더 만나볼 가망도 없다 그건가?"

윤 실장은 아무 표정 없는 얼굴로 평소에 말하는 것처럼 물었다. 강기준은 문득 당황스러웠다. 전혀 예상 밖이었다. 그리고 그 무표정과 평이한 어조가 무엇을 의미하는 것인지 전혀 짐작할 수도, 간파할 수도 없었다.

"예에……, 그렇게 느껴집니다."

윤 실장의 땅띔도 할 수 없는 그 안개 자욱한 태도에 강기준은 더욱 몸이 달아 앞으로 맞잡고 있는 손이 와들와들 떨렸다. 너 왜 이래, 너 왜 이래, 떨고 있는 자신의 꼴이 너무 비참하고 초라해 그는 두 손을 힘껏 마주 잡았다. 그러나 떨림을 막을 수가 없었다. 깍지 낀 손가락들이 휘어지도록 힘을 가했는데도 아무 소용이 없이 두 손은 와들와들 떨렸다. 그는 '와들와들'이라는 말이 어떤 것인지 난생처음으로 실감하고 있었다. 자신의 가슴 깊이에서 타고 있는 용광로의 열도도 윤 실장의 것에 못지않았다. 아니, 정확하게 말하면 윤 실장은 자신보다 기본 조건이 한 수 아래였다. 그는 대학 급수부터가 차이가 났고, 전공도 기업과 궁합이 잘 맞지 않는 법대 출신일 뿐인 데다, 더구나 외국 박사학위도 없었다. 세칭 일류 대학이라 부르는 건 그냥 두루뭉수리로 뭉뚱그리고 싸잡아서 하는 말이고, 거기에는 엄연하고 분명한 차이가 있었다. 저 올림픽 경기들을 보라. 0.01초 차이로 금메달·은메달·동메달로 운명과 희비가 엇갈리지 않던가. 일류 대학 사이에 엄존하는 커트라인 3~4점의 차이를 올림픽 식으로 세분해 보라. 그 차이가 얼마나 어마어마하고 무지무지한가. 그렇게 보면 자신이 나온 대학은 최일류 범털이었고, 윤 실장이 나온 대학은 범일류 곰털일 뿐이었다. 거기다가 외국 박사학위 소지자와 학부 출신의 차이는 또 어떠한가. 다른 건 다 접어두고, 영어 하나만 가지고 따지더라도 외국 바이어들과 영어가 잘 안 되는 윤 실장은 세계화의 시대, 글로벌 시대의 인물일 수 없었다. 그는 나이 좀 더 많이 먹어 인재가 모자랐던 허술하고 얼멍얼멍했던 시절의 덕을 본 것뿐이었다. 학력과 실력으로만 한다면 윤 실장보다 자신이 더 먼저 계열사 사장에 올라야 했다. 그런데 그 휘황찬란하고 황홀한 꿈이 산산이 깨지려 하고 있었다. 계열사 사장 자리에 오르면 이 사회의 최고 계급, 골든 패밀리가 되는 것이었다. 온갖 고생을 다해 그 고지를 향한 고속도로에 올랐는데, 여기서 탈락하게 되면…….

"알았어, 나가봐."

윤 실장은 여전히 무표정에 평이한 음성이었다.

"예에……?"

강기준은 제물에 화들짝 놀랐다.

"알았으니 나가보라고."

윤 실장은 핸드폰을 집어 들었다.

병신같이 일을 그렇게밖에 못하느냐고 차라리 소리를 지르고 욕을 하는 게 더 나을 것 같았다. 그렇게 한바탕 당하고 나면 오히려 홀가분하게 책임을 모면하게 되는데, 저렇게 감정을 드러내지 않으니 불안은 견디기 어렵게 커지고 있었다. 알았어, 나가봐, 가 영영 나가라는 뜻일지도 몰랐던 것이다.

날마다 지옥이었다. 더 보충 좀 하지그래. 강기준은 이 말을 꿈에서만 듣는 것이 아니었다. 회사에서도 줄기차게 환청으로 들으며 윤 실장을 피해 다녔다.

"당신, 회사에서 무슨 일 있어요?"

마침내 아내가 무언가를 감지하고 나섰다.

"아니, 왜?"

강기준은 가슴이 뜨끔, 철렁하면서도 태연자약하게 가장으로서의 의연함을 지켜냈다.

"근데 왜 잠꼬대를 심하게 하고, 욕도 하고 그러지요?"

당신 이상한 짓 하고 다니는 것 아니야? 할 때처럼 독하고 날카로운 눈빛으로 아내는 강기준의 눈 속을 헤집고 들었다.

"응, 새 프로젝트 때문에 신경 쓰고 과로하고 그래서 그래."

"정말?"

"그래, 신경 꺼."

"그렇담 안심. 우리 버클리 박사님 실력을 언제나 믿으니까."

아내는 볼에 뽀뽀를 하며 낮꽃 좋은 웃음을 상그레 피워냈다. 강기준은 또 그 둔감이 다행스러우면서도, 외로웠다. 부부일심동체라 하는데, 그건 잠자리에서 육체에 한한 것인가. 먹이를 구해야 하는 수컷들의 고뇌는 오로지 수컷들의 외로움으로 남을 뿐이라고 강기준은 허전하게 하늘을 바라보았다.

열흘이 지나도 윤 실장은 아무런 말이 없었다. 강기준은 차츰 마음이 가라앉아가고 있었다. 그러나 자신이 그 일에서 제외되었다는 것을 알고 있었다. 그건 군대의 기동 훈련에서 부대를 잃고 홀로 산골을 헤매는 절박함이고, 친구들에게 왕따 당한 아이의 절망스러움이었다. 회장이 그 중대한 일을 포기했을 리는 없었던 것이다. 강기준은 머지않아 부서가 바뀔지도 모른다는 새로운 불안감과 마주 섰다. 부서가 바뀌고 말면 사장의 꿈은 뜬구름이요, 물거품이 되기 십상이었다. 일반 부서에서 회장의 손길을 받기는 거의 불가능한 일이었다.

며칠이 지나 강기준은 딴 세상에서 온 것 같은 전화를 받았다. 박재우였다.

"아니 선배님!"

강기준은 자신도 모르게 감격적으로 소리쳤다. 눈앞의 어둠이 환히 걷히는 기분과 함께.

"지금 시간 있어?"

그날의 기세처럼 거만이 실린 목소리가 먼 공간을 날아와 핸드폰에서 울리고 있었다.

"예, 있습니다."

강기준은 꾸벅꾸벅 절을 했다.

"그럼 좀 만날까?"

"예, 어디로 할까요? 그날 거기……."

박재우가 말을 토막 쳤다.

"아니야. 거기 말고 스카이호텔 1100호로 와. 한 시간 후에, 정확하게."

"예, 예, 1100호!"

강기준이 또 꾸벅꾸벅 절을 하며 군대식 복창을 하는데 전화가 끊겼다.

강기준의 다리는 윤 실장에게로 달려가려 하고 있었다. 몸이 생각보다 먼저 날뛰고 있었다. 그는 몸을 낚아채 붙들었다. 무슨 일인지도 모르고 먼저 알릴 일이 아니었다. 예감은 나쁘지 않지만 또 일이 빗나갈 수 있었다. 조직에서 실수는 스스로에게 먹이는 독약이었다.

강기준은 화장실로 가서 손을 씻었다. 스카이호텔은 시내 한복판이고, 걸어서 15분 정도면 충분했다. 박재우는 커피숍을 피해 방을 택했다. 대단할 건 없지만, 치밀함이 완전히 몸에 밴 행동이었다. 그에게서 첩보 영화의 주인공 같은 냄새가 풍겨왔다. 아니 첩보원 같은 게 아니라 그는 바로 태봉그룹의 1급 첩보원이었다. 일광그룹이 닮고 싶어 하는 그 막강한 정보 조직체를 만들어낸 기둥 중의 하나가 박재우였다. 경제학 박사가 경제학에는 없는 엉뚱한 첩보원 노릇을 하고 있었다. 그 기분이 어떤 것인지 이해하기 난해했다.

강기준은 무심결에 다 씻은 손에다 두 번, 세 번 비누칠을 했다. 온갖 생각들이 불쑥불쑥 솟고, 서로 뒤엉키고 하면서 머릿속은 잡초 무성한 여름 개울가처럼 되었다.

"그날 이후로 곰곰이 많이 생각해 봤지."

박재우는 담배를 깊게 피우며 묵직하게 말을 꺼냈다. "그날 도약의 계기로 삼으라는 자네의 말이 일리 있다는 결론에 도달했어." 그는 말의 무게를 이겨내려는 듯 푸우 소리가 나게 담배 연기를 내뿜었다.

"예, 감사합니다, 선배님."

강기준은 자기 회장한테 하듯 허리를 깊이 숙였다. 그 이마가 탁자 위의 커피 잔에 부딪칠 듯 아슬아슬했다.

"자넨 나와 동문이라서 나서게 된 걸 거고……."

"예, 물론입니다." 강기준은 박재우의 심중을 잽싸게 읽어내며, "제가 말 전하면 그때부터는 당연히 윗선에서 모시게 될 겁니다." 그가 듣고 싶어 하는 말을 후련하게 해주었다.

"조오오아." 박재우는 담배를 비벼 끄며 '좋아'를 유난히 길게 늘여 빼고는, "자네는 이것 한 가지는 미리 전해. 그쪽에서 나를 필요로 하는 건 내가 가진 노하우 때문이 아니겠어? 그걸 단순히 직위만으로 계산할 수는 없는 거지. 스톡옵션을 주듯이 뭐랄까……, 스카우트 보너스 같은 게 있어야 한다 그 말이야." 그는 다시 담배에 불을 붙였다.

"그럼요, 당연한 말씀입니다."

하아, 폼 한번 크게 잡고 나오네, 좀 의외라고 생각하면서도 강기준은 겉으로는 흔쾌하게 동조를 표시했다. 그런 제의가 나오리라고는 전혀 예상하지 못했던 것이다. 그렇게 배포 큰 것이 남자답게 보이기도 했고, 욕심 많은 도둑놈 심보로 여겨지기도 했다.

"그래? 회사에서도 그런 생각을 하고 있다는 건가?"

박재우가 웃음기 번지는 얼굴로 물었다.

"아니, 제 생각입니다." 강기준은 당황스레 대꾸하고는, "저 같은 사람이 당연하게 생각하는 문제를, 모든 걸 크게 생각하는 윗선에서 그렇게 생각하지 않을 리 있겠습니까. 우리 그룹은 그 일을 꼭 해야 하는 데다가, 우리 회장님 배포 크신 것 잘 아시잖아요." 그는 이렇게 말하면서도 자기가 무슨 말을 하고 있는지 잘 알 수가 없었고, 사람이 왜 거짓말로 몰릴 허튼소리를 하게 되는지를 깨달았다.

"알았어, 자네한테 할 얘기는 여기까지야." 박재우는 커피 잔을 다 비웠다. "다 알겠지만 보안 지켜." 그는 피곤한 기색으로 눈을 비비며 몸을 일으켰다.

"그럼요. 기본인걸요."

그래, 피곤하기도 하겠지. 일생일대의 모험이고, 투기를 하는 건데. 강기준은 선배를 따라 일어섰다.

스카우트 보너스……, 그는 도대체 얼마를 원하는 걸까. 그가 일광그룹으로 온다는 것은 태봉그룹의 그 막강한 조직 거의 전부가 옮겨진다는 것과 다름없었다. 그는 분명 1~2억으로 만족할 리가 없었다. 중소기업의 신기술 하나를 빼내는 데도 그 정도 돈으로는 흥정이 되지 않았다. 하물며 이 사회를 쥐락펴락하는 권력 조직을 옮겨 오는 것임에랴. 10억, 20억? 아니 100억을 불러대는 것 아닐까? 100억……, 숨 막히는 돈이었다. 연봉 1억짜리 월급쟁이가 한 푼도 쓰지 않고 100년을 모아야 하는 돈이었다. 그럼 2~3백만 원 받는 보통 월급쟁이들로서는 몇 년을 모아야 할 돈이란 말인가. 계산 빠른 그의 머리로서도 언뜻 암산이 되지 않았다. 그러나 회장과 박재우

사이에서 그런 기상천외한 거래가 이루어지지 말란 법도 없었다. 장사란 50전을 보고 물 밑으로 50리를 기고, 하루벌이가 미리 정해놓은 액수에 차지 않으면 냉수로 저녁밥을 때우고 만다는 옛말도 있듯이 모든 기업인들의 존재 이유는 오로지 하나, 이익 남는 돈벌이였다. 체면과 위신을 세우는 유식한 말로 하자면, 이윤 추구. 회장은 몇 백조를 헤아리는 재산을 지키고, 앞으로도 줄기차게 재산을 더 모으기 위해서 태봉그룹이 구축하고 있는 것과 같은 관리 조직을 갖추는 게 시급한 꿈이었다. 그 최적임자가 박재우인데 그까짓 100억쯤 안 던질 리가 없었다. 아들, 손자 대의 재산까지 지켜야 하는 것에 비하면 100억 정도는 그야말로 하찮은 푼돈에 지나지 않는 일일 수 있었다. 문화 진흥을 위한 연극 후원금 같은 것은 천만 원도 벌벌 떨며 결재를 미루면서도 대통령 선거철이 오면 여당 야당 할 것 없이 남들에 앞서 몇 십억, 몇 백억씩을 뿌려대는 배짱이었다. 그러니 이번의 100억쯤은 망설임 없이 던질 수 있는 판돈이었다. 그런 남 회장의 심장을 꿰뚫어 보고 있는 박재우는 역시 교활할 만큼 노련한 여우였다. 그것 역시 태봉그룹에서 익힌 노하우라고 할 수 있었다. 강기준은 한 수 배운 느낌으로 절로 고개가 끄덕여졌다. 그러나 한편으로는 배가 사르르 꼬이면서 아파오고 있었다. 나 잘되는 것보다 남 잘못되는 걸 더 좋아하더라고 그는 박재우가 스카우트 보너스를 받는다는 것이(그것이 얼마가 되었건 간에) 배가 아파 견딜 수가 없었다. 그가 자신의 윗자리로 오게 될 거라는 사실과 함께.

"스카우트 보너스……?" 윤 실장은 또 무표정하게 중얼거리고는, "또 다른 말은?" 언제나 쏘는 것 같은 매운 눈길로 강기준을 빤히 쳐다보았다.

"더 다른 말은 없었고, 그런 사항들이 구체적으로 논의될 수 있는 윗분을 만나길 원했습니다."

이것이 자신의 핵심 소임이라 강기준은 교과서를 읽는 초등학생처럼 또박또박 말했다.

"알았어. 자넨 앞으로 연락이 와도 더 이상 만나지 말어."

"네에……?"

강기준은 윤 실장에게 어리둥절한 눈길을 보냈다.

"왜, 내 말이 콩고 말처럼 들리나?"

윤 실장의 말처럼 짜증 묻은 얼굴도 차가웠다.

"아니, 예에, 알겠습니다."

강기준은 고개를 주억거리며 말을 씹었고, 그만 나가라는 윤 실장의 손짓에서도 짜증이 묻어났다.

"흥, 벼룩 간 꺼내 회 쳐 먹고, 모기 뒷다리로 족탕 끓여 먹는 소리 하고 앉았네."

강기준이 문을 밀고 나서는데 코웃음과 함께 뒤에서 들려

온 윤 실장의 중얼거림이었다. 그건 상대방을 업신여기거나 헐값으로 취급할 때 쓰는 윤 실장 특유의 조롱이었다.

아니, 저 사람이 왜 저러지? 나보고 더 만나지 말라고 하고, 또 저런 소리까지 하고……, 강기준은 갑자기 머리가 뒤죽박죽 뒤엉키는 것을 느꼈다. 아들과 함께 마구 회전하는 놀이기구를 타고 내렸을 때처럼 어지러웠고, 살인사건이 몇 겹씩 얽히는 탐정소설을 읽을 때처럼 혼란스러웠다.

무엇인가 상황이 변하고 있다……. 몇 시간 고심고심한 끝에 겨우 붙든 실마리였다. 무엇이 어떻게 변하고 있는지는 모르겠지만, 무엇인가 변하고 있는 것은 분명했다. 그러지 않고서야 목마른 쪽이고, 배고픈 쪽에서 저렇게 나갈 수는 없는 일이었다. 누구 딴 사람과 선이 닿았나……, 박재우를 포기해버리고 윤 실장이 도맡고 나서기로 했나……, 강기준의 추리력은 여기서 벽을 만나고 말았다.

강기준은 날마다 윤 실장 쪽으로 긴 안테나를 세우고 신경을 모았지만 감지되는 것은 아무것도 없었다. 윤 실장은 고의적인 것이 분명한 침묵과 무표정으로 나날을 넘겼다. 윤 실장이 만만한 사람이 아니라는 것은 잘 알고 있었지만, 중대한 상황을 아리송하게 이끌고 가는 그의 새로운 면모에 강기준은 또 이상스러운 한기를 느꼈다.

조마조마하던 며칠이 지나 강기준은 박재우의 전화를 받

았다.

"죄, 죄송합니다. 저는 더 이상 선배님을 만날 수 없게 돼서……."

경찰 앞에 선 범죄자처럼 강기준은 움츠러들어 말이 제대로 나오지 않았다.

"……."

침묵은 길고, 무거웠다. 그건, 전화를 기다리다 못해 먼저 걸었고, 후배에게 무시당하는 말을 들어야 하는 박재우의 자존심이 무너지는 신음 소리이기도 했다.

"누군가……, 만나지 못하게 한 게. 윤 실장이겠지?"

말 한마디, 한마디를 꼭꼭 씹듯이 박재우는 낮고 느리게 말했다.

"예, 아니, 그게 그것이 아니고……."

자신의 입에서 윤 실장이라는 것을 시인하는 그 어떤 낌새도 내비쳐서는 안 된다고 생각하며 강기준은 허둥거렸다.

"……."

이번의 침묵은 더욱 길었다. 강기준은 그 무게를 견디기 어려워 그만 전화를 끊고 싶었다. 박 선배의 남자다운 거만과 당당함이 허물어지고 있는 통증을 느끼는 것이 괴로웠다.

"알았어, 전화 끊어."

칙칙한 구름 같은 한숨이 긴 메아리로 울려왔다. 그 한숨

소리는 거친 풍랑에 휩쓸린 박재우라는 배의 침몰이었다. 어떤 확실한 근거가 있는 것은 아니지만 그런 느낌이 끼쳐왔다. 그리고 무언가를 탐지하는 것 같은 박 선배의 미묘한 반응에서 윤 실장이 무슨 일인가를 저질렀다는 것을 어림짐작으로나마 짚을 수가 있었다.

박 선배의 일은 펑크가 난 것인지도 모른다. 그럼 누가 손해지? 박 선배는 손해일 리가 없다. 윤 실장은 이 일을 어떻게 처리하려는 거지? 근데 왜 박 선배는 그렇게 세상 끝장나는 반응이었고……? 강기준은 다시금 정글 속에서 길을 잃어버린 것 같은 조급함과 막막함에 빠졌다.

그리고 며칠이 지나 강기준은 그야말로 기절초풍하게 놀랐다.

"정식으로 인사하게. 오늘부터 우리 회사에서 일하게 되었네."

실장실로 들어서자마자 윤 실장이 강기준에게 말했다. 그 옆에서 박재우가 악수를 청하고 있었다.

"……."

무슨 말을 해야 된다고 생각하면서도 강기준은 아무 말도 못한 채 박재우가 팔을 흔드는 대로 손을 맡기고 있었다. 그런데 그는 한 가지만은 분명히 보았다. 박재우의 얼굴에는 거만이나 당당함은 자취를 감추고 월급쟁이다운 순응의 빛뿐이었고, 그동안 의미 모호한 무표정으로 무장되어 있었던 윤 실장의 얼굴에는 실권을 쥔 상사로서의 여유로움과 도도함이 실안개 피듯 번져 있었다.

윤 실장과 박재우는 날마다 서로 그림자처럼 붙어 다녔다. 한 몸처럼 다붙은 그들의 모습은 회사 여기저기서 누구나 쉽게 볼 수 있었다. 규모 큰 새로운 사업 계획을 세우는 것이니 그건 자연스러운 일이었다. 그러나 그런 그들의 모습은 사원들의 관심을 더욱 부풀게 했다. 태봉그룹과 맞먹는 그 조직을 짠다는 것은 이미 소리 없는 소문으로 사원들 사이에 다 퍼져 있었다. 그런데 그 일을 위해 하필이면 태봉그룹에서 어떤 사람이 스카우트되어 왔으니 그 사람에게 또 관심이 쏠리는 것은 너무 당연한 일이었다.

사원들은 몇 사람씩 모여 앉을 때마다 수군수군, 숙덕숙덕, 쏘삭쏘삭 박재우에 관해 입을 모았다. 그 속닥거림은 소문의 바람이 되어 50층짜리 일광그룹 사옥의 수많은 복도와 사무실로 퍼져나가고 있었다.

"스카우트비로 2백억을 요구했다며?"

"그러게 말야. 배짱 한번 무지막지해."

"2백억 아니라 2천억이면 뭘 해. 한 푼도 못 받은 신센걸."

"그것 참 이상한 일이야. 어찌 하필이면 그때 그런 일이 벌어졌을까 그래?"

"그러니까 입조심해야지. 괜히 세 치 혀가 사람 잡는다고 했나."

"조심한다고 되나. 술 만땅꾸로 취하면 안 나올 소리가 뭐 있고, 못 할 소리가 뭐 있어."

"근데 그 함께 술 마신 친구란 놈은 누구야? 어쩌자고 술자리에서 지껄여댄 소리를 고스란히 녹음을 해다가 그 윗사람들한테 바쳤지."

"그렇지, 그놈 그거 인간 말종이야. 그놈이 박을 망치자고 계획적으로 그런 거겠지?"

"그야 뻔한 것 아닌가. 헌데 그 윗사람들도 문제야. 술 취해서 떠들어댄 소린데, 그걸 가지고 모가지를 치는 건 너무한 것 아닌가."

"거 무슨 소리야. 윗사람들을 깔보고 욕하고 한 것이 어찌나 심한지 차마 들을 수가 없는 데다, 회장네 가족들 험담까지 해댔다니 자살골을 넣어도 너무 여러 방 넣은 것 아닌가. 당해서 싸지."

그 무성한 입길들 앞에서 강기준은 그저 귀머거리고 벙어리였다. 그리고 그 소문들을 추리하거나 짜 맞추기 하려고도 하지 않았다. 다만 눈앞의 현실을 직시하고자 했다. 그것은 새로 짜인 조직에서 윤 실장, 박재우에 이어 자신의 위치가 세 번째라는 사실이었다. 그는 그 자리를 확고하게 지켜내

자고 아무도 모르게 다짐하고 또 다짐했다. 그 자리는 바로 계열사 사장으로 도약할 수 있는 가장 탄력 좋은 뜀틀이었던 것이다. 속입술을 물어뜯어 졸음과 싸워가며 텍사스 사막을 폭주하던 화물차 안에서 응시했던 목표가 마침내 눈앞으로 바짝 다가와 있었다.

2

돈은 귀신도 부린다

　"국정원이 대통령 직속이듯 이것도 회장 직속이야. 자네들, 그 뜻 잘 알지? 나 더 이상 지난번 같은 분하고 억울한 꼴 당하고는 못 사니까 우리도 딱 태봉그룹만큼만 조직을 짜서 팽팽 돌리란 그거야. 그렇게만 하면 나 자네들 평생 짱짱하게 보장하겠어. 암, 최고로 하고말고. 그러니까 자네들 셋이 한 덩어리로 똘똘 뭉쳐야 한다 그거야. 그래야 일이 착착 잘돼나가고, 그래야 내가 안심하고 사업을 잘해나갈 것 아닌가. 자네들이 열심히 하는 만큼 자금 지원을 충분히 할 테니까 그건 전혀 걱정 말구." 회장은 세 사람을 휘둘러보며 녹차로 목을 축이고는, "그리고 새 부서 이름인데 말야, 거 흔해빠지게 기획 뭣이니, 홍보 뭣이니 하지 말고, 거 뭐냐, 남들이 뭔지 좀 모르게 아리까리하게, 그러면서도 뭔가 그럴듯하게 보이게 붙이자 그거야. 많이 배우고 실력 좋은 자네들 머리로 잘들 궁리해 봐. 질질 끌지 말고, 급하니까 이틀 내로." 회장은 윤 실장과 박재우와 강기준 세 사람에게 또박또박 눈도장을 찍어나갔다. 칠십에 가까운 눈이었지만 상대방을 제압하고 투시하는 어떤 본능적 카리스마가 뻗쳐 나오고 있었다.

세 사람은 그 옛날 황제나 임금 앞에서 물러나는 신하들과 별로 다를 것 없는 몸가짐을 하며 회장실에서 물러나왔다.

"자네한테 사장 직급을 주지. 그만하면 만족하겠지?"

박재우를 첫 대면한 자리에서 회장이 내린 발령이었다는 것이다. 그 벼락감투에 박재우가 감읍하지 않을 리 없었다. 태봉그룹에 있었더라면 언제 차례가 오게 될지 모를 자리였고, 흠이 큰 무슨 실수라도 하는 날에는 영영 잡아볼 수 없는 자리였던 것이다. 그러나 박재우 못지않게 행복이 넘치는 두 사람이 윤 실장과 강기준이었다. 윤 실장은 자동적으로 박재우의 윗자리가 되었으니, 사장 그 위와 회장 그다음 자리란 '부회장'뿐이었다. 그리고 강기준은 박재우의 바로 아래 자리에 오르게 되었으니 전무급의 벼락출세였던 것이다. 그런 파격적이다 못해 파괴적인 조처는 그들에 대한 회장의 신임이라기보다는 그 조직 구축에 대한 회장의 간절한 집념을 드러내는 것이었다.

"자네들 알겠지. 아리까리하면서도 세련되고, 멋지고, 근사하게. 여러 개를 올려서 회장님께서 낙점하시게 해야 하니까 빨리빨리 뛰어."

회장의 말을 더 윤색해서 업무 지시를 내리고 있는 윤 실장의 얼굴에서는 생기 도는 웃음이 싱글싱글 피어나고 있었다. 벼락출세가 부리는 마술이고 마력이었다. 그리고 박재우와 강기준은 한결 더 활력이 넘치고 있었다. 오십대 중반과 사십대 중·후반의 나이 차이 때문일 거였다.

"회장님 발상이 뜻밖인데요. 기습을 당한 기분입니다."

풀기 쉽지 않은 문제라는 듯 박재우가 고개를 갸웃거렸다.

"저는 지금 머릿속이 하얗습니다. 그런 작명이나 작문에는 백치거든요. 국어가 성적이 제일 나빴으니까요."

강기준이 엄살 섞어 말했다.

"여기 작명 작문에 능한 사람 아무도 없잖아. 그러니까 혼자 끙끙거리지 말고 엉뚱하고 기발한 생각 잘하는 사람들을 주변에서 찾아봐. 소문 안 나게 은밀하게 하면서."

윤 실장은 나가보라는 손짓을 했다.

강기준은 한 시간 넘게 머리를 쥐어짜고 몸을 비비 틀고 해보았지만 회장이 하지 말라고 한 것들과 비슷한 말들만 종이 위에서 낙서로 와글와글 소란을 피우고 있었다. 옆방의 박재우에게 가볼까 하다가 다음 순간 생각을 접었다. 박재우는 협조자나 동반자가 아니라 경쟁자였고 경계자였다. 그는 장애물이었고 필히 넘어서야 할 산이었다. 그런 그에게 자신의 부족함이나 미숙함을 털끝만치라도 보여서는 안 될 일이었다. 이제 선배란 햇수의 차이일 뿐 남자 대 남자의 관계가 있을 뿐이었다.

사람 이름 짓는 작명소를 찾아가볼 수도 없고……, 강기준은 고심고심하다가 퍼뜩 한 사람을 찾아냈다. 광고 회사를 차리고 있는 후배였다.

"내가 지금 곧 갈 테니까 오늘 저녁에 술 한잔하자구. 급한 일이니까 갑자기지. 전화 끊어."

강기준은 선약 어쩌고 하는 후배의 말을 단칼에 잘라버렸다. 선배로서의 완력 행사였고, 큰손 광고주의 횡포였다.

"선배, 너무 군사 독재식인 것 아뉴? 횡포가 심하면 당한다는 것 잘 경험했으면서 왜 그러우?"

광고 회사 사장이 느물거렸다.

"횡포가 아니라 긴급 사항이야. 나 업적 좀 세워야 하니까 도와줘. 출세의 갈림길에 섰으니까."

강기준은 다정하게 웃으며 비는 시늉을 했다.

"출세의 갈림길? 1970년대 삼류 영화 제목 같은데, 오랜만에 들으니 그것도 괜찮은데요. 대체 무슨 일이에요?"

광고 회사 사장이 마주 앉으며 진지해졌다.

"어떤 부서의 이름을 짓는 일이야. 좀 색다르고, 멋지고, 아리까리하고……."

'아리까리'라는 회장의 말을 쓰고 싶지 않았는데도 마땅한 말이 생각나지 않아 강기준은 자신도 모르게 하고 말았다.

"거 무슨 말이 그렇수. 그리 막연해선 곤란하니까 무슨 부서고, 어떤 성격의 일을 하는지 좀 자세히 말을 해봐요."

"알았어. 센스 있고 아이디어 좋은 친구 하나 데리고 빨리 자리 옮기자구. 한잔하면서 생각하면 멋진 게 튈지도 모르니깐. 자네도 상대 출신의 사업가일 뿐이지 기발한 작명가는 못 되잖아."

"이거 왜 이래요. 서당개 3년이면 뭐 한다는 말도 못 들었수. 판소리에 귀명창이란 게 있듯이 나도 짓지는 못해도 가려내는 건 귀신처럼 한다우. 그런 눈 없어선 광고 회사 못 해먹어요. 사업이라는 게 장부 계산만 잘한다고 되는 게 아니라는 건 선배도 잘 알면서."

"영화감독이 아니라도 좋고 나쁜 영화 가려볼 줄은 안다 그거지?"

"그렇지요. 소설은 못 써도 어떤 게 좋은 작품인지 가려낼 수는 있는 식이라니까요. 선배는 역시 유학파라 그런가 말이 착착 잘 통한단 말씀이야. 갑시다, 좋은 술집 하나 개척했으니까."

"술집이 좋은 게 아니라 마담이 좋았겠지."

"예, 그게 그거 아닙니까. 그런 취미 생활 없으면 이 골 때리는 세상 무슨 맛으로 살겠어요. 안 그래요?"

"옳은 말씀. 술이 없었다면 자살자가 열 배로 늘고, 정신병자가 백 배로 늘었을 거라는 말도 있잖아. 우리 건강한 시민으로 살기 위해서 그런 취미 생활 열심히 하며 살자구."

두 사람은 키들키들 반죽을 맞추며 몸 가볍게 일어섰다.

"예에……, 뭔가 모호하면서도……, 고상하고……, 내밀한 의미가 있는 것 같은 이미지를 담으라 그런 뜻인가요?"

강기준의 말을 들은 젊은 직원은 헝클어진 머리카락을 더 헝클어뜨리는 것 같은 손짓을 하며 말맛이라도 보듯이 느리고 차지게 말했다. 유난히 검은 눈에는 별이 반짝이는 것 같은 총기가 생생했다.

"그거요, 바로 그런 거."

강기준은 반가워서 손바닥을 쳤다.

"예, 잡혔으니 생각해 보겠습니다."

"급한데, 내일까지 되겠소?"

"예, 해보지요." 직원의 대답에, 사장이 버럭 소리쳤다. "이 사람아, 그렇게 쉽게 대답을 해버리면 어떡해. 기회가 왔을 때 비싸게 굴어야 광고가 나오지. 자넨 천상 스크립터로 끝날 팔자지 광고 회사 사장 해먹기는 글렀어" 하며 쯧쯧쯧 혀를 찼다.

"염려 말어. 이 사람 화끈한 거 맘에 들어서, 채택되기만 하면 이 사람 수주로 큰 거 하나 줄 거야."

강기준이 담배를 빼 물며 젊은 직원에게 눈을 찡긋했다.

"하아, 역시 우리 선배 최고시다. 자네 어서 술 한잔 따라 올려."

광고 회사 사장이 강기준의 담배 끝에 라이터를 켜며 신명을 올렸다.

"이거, 이거, 문화라는 말 말야, 어디다 갖다 붙이든지 아주 고상한 티가 나고, 뭐가 있는 것 같기도 하고, 아리까리하게 아주 잘 어울리더란 말씀이야. 그리고 이 개척이라는 말, 이것도 또 삼삼하단 말이거든. 기업이란 뭐냐, 새로운 시장을 찾아 무서운 것 없이 치고 나가는 개척이거든. 창업 회장께서 총탄이 빗발치는 전쟁터 월남으로 용감무쌍하게 진출하셨던 것도, 저 불모의 땅 중동으로 치고 나가셨던 것도 다 투철한 개척 정신이 있었기 때문이었거든. 그 개척 정신은 우리 그룹의 기본 정신이기도 한 참 좋은 말이야. 그리고 이 센터라는 것, 이것도 아주 근사하단 말야. 세계화 시대, 글로벌 시대에 딱 맞는 신식이고, 우리 그룹이 모든 것의 중심이라는 뜻이니 얼마나 잘 어울리냔 말야. 그러니 이 창의라는 말을 빼고 그

자리에 개척을 넣어서 '문화개척센터'라고 하면 어떻겠나?"

회장은 흥에 겨워 윤 실장과 박재우와 강기준을 휘둘러보았다.

"예, 아주 좋습니다."

세 사람의 엇비슷한 대답들이 동시에 포개졌다. 회장께오서 그렇게나 신바람 나게 설명의 말씀을 띄우셨는데 감히 어디라고 반대를 할 것인가. 또 회장의 설명을 듣고 보니 그 명칭이 꽤나 그럴듯하게 여겨지기도 하는 것이었다.

더구나 강기준은, 드높은 산꼭대기나 드넓은 바닷가에 서면 누구나 한바탕씩 목청껏 외쳐대고 싶어지는 것처럼 속으로 목이 터져라 만만세를 부르고 있었다. 회장이 조립한 것은 자신이 제출한 다섯 개 중에서 두 개였던 것이다. 그 젊은 직원한테 팩스를 통해 그것을 받을 때만 해도 좀 색다르다고는 생각했지만 회장이 이다지도 흡족해할 줄은 전혀 예상하지 못했던 것이다.

강기준은 눈동자를 좌우로 빨리 움직였다. 고개를 돌리지 못하니 윤 실장과 박재우의 기색을 살필 수 없었다. 그러나 보나 마나 뻔했다. 자신과 정반대, 죽을 맛일 거였다. 다섯 개씩 써낸 게 헛수고가 되고 말았으니.

"문화개척센터, 문화개척센터, 부를수록 좋고, 들을수록 좋군그래. 좋아, 이름도 정해졌으니 거침없이 추진하라구. 거침없이 개척하란 말이야, 알겠어!"

회장이 말끝에 불끈 힘을 주었다.

"옛, 알겠습니다."

그들의 대답에도 불끈 힘이 들어갔다.

"좋아, 빨리 나가 일해."

세 사람은 긴 복도를 말없이 걸었다. 그 어색스러운 침묵에서는 그들만이 맡을 수 있는 진한 남자들의 냄새가 풍겨 나오고 있었다. 강기준은 무슨 말인가를 하려고 했지만 마땅한 말을 찾기가 어려웠고, 두 사람은 흔해빠진 빈말이나마 덕담한마디 하지 않았다. 강기준은 그들에게 서운함 같은 것은 전혀 느끼지 않았다. 그건 솔직하게 드러난 그들의 내심이었고, 만약 입장이 바뀌었더라면 자신도 마찬가지였을 것이기 때문이다. 아니 달콤 고소한 말을 억지로 꾸며냈을 것이다. 그들은 거역할 수 없는 상사이니까. 그러고 보면 기분 상하거나 내키지 않을 때 말을 안 할 수 있는 것도 상사의 특권이었다.

판소리에 귀명창이라는 게 있듯이……, 강기준은 광고 회사 사장의 말을 다시 듣고 있었다. 회장은 귀명창 노릇을 톡톡히 해낸 것이었다. 회장 자리는 괜히 지켜지는 게 아니라는 새삼스러운 확인이기도 했다.

한 시간이 미처 못 되어 그들은 회장 비서실에서 가져온 새 명함을 받았다. 다른 것들을 미리 준비해 두었다가 부서 명칭이 정해지자마자 자동 인쇄기를 돌려댄 모양이었다.

문화개척센터 실행총무.

강기준은 새 명함에 선명하게 찍힌 새 직함을 응시하며 가슴이 뻐근하도록 숨을 들이켰다. 전혀 예상하지 못한 채 새롭게 열린 인생의 길이었다. 미국 유학길에 오를 때처럼, 박사학위를 땄을 때처럼, 공채 1등으로 입사했을 때처럼 새 희망의 욕구가 솟구치고 있었다. 고지는 얼마 남아 있지 않았다. 지금까지 달려왔던 것보다 더 거세고 굳세게 달릴 수 있는 힘이 전신에서 꿈틀꿈틀하는 것을 성욕 같은 쾌감으로 느끼고 있었다.

새 직함은 이미 며칠 전에 받았었다. 그러나 정작 명함에 찍힌 것을 보니 그 실감이 전혀 달랐다. 인간은 양식(樣式)의 동물이다. 누군가의 말이 새롭게 실감 났다.

윤 실장의 새 직함은 총본부장이었고, 박재우는 기획총장이었다. 이렇게 새로 짜이는 부서에 대해서 그룹 내에서는 쉬쉬하는 가운데 온갖 말들이 얽히고설켜 소문이 한창 뜨겁게 끓어오르고 있었다. 회장의 친위대다, 회장의 경호실이다, 회사 내의 국정원이다, 특혜라고 하지만 해도 해도 너무 한다, 계열사 사장들 핫바지 저고리 만드는 짓이다, 저런 호랑이 새끼들 잘못 키워 결국 회장이 당할 것이다, 계열사 사장들이 일괄 사표 낸다더라. 그러나 그런 분분한 소문들은 일시적으로 끓어오르기는 하지만 제물에 지쳐 머잖아 잦아들게 될 물거품일 뿐이었다. 그들은 회사에 목줄을 걸고 있는 한낱 월급쟁이였던 것이다. 그들은 자기 삶을 소중하게 여기는 만큼 눈치 빨랐고, 그럴수록 그들은 낱낱이 분산되어 있는 모래알일 뿐이었다.

"이제 본격적으로 시동은 걸렸는데, 회장님께 브리핑 올린 대로 다 그렇게 완벽하게 해낼 자신이 있소? 기획총장은."

총본부장 윤성훈은 새 명함을 만지작거리며 다시 그 말을 꺼냈다.

"총본부장님께서는 여전히 불안하고 걱정이신 모양이지요?"

기획총장 박재우는 보일 듯 말 듯한 엷은 웃음을 피워내며 총본부장을 마주 쳐다보았다. 양쪽 입꼬리에 모아지는 그 흐린 웃음에서는 자신감을 넘어서는 오만이 묻어나고 있었다.

"그게 예상하고 상상했던 것보다 훨씬 엄청나고 어마어마해서 그렇소. 회장님께서 찰떡같이 믿고 계시고, 기대가 크신 것도 그렇고……."

윤성훈은 무슨 말을 더 하려다가 위아랫입술이 눌리게 입을 꾹 다물었다. 무슨 큰말을 삼켰다는 것을 보여주는 듯 목울대가 꿈틀 오르내렸다.

말없이 두 사람을 주시하고 있던 강기준은 윤성훈이 삼켜

버린 말이 무엇인지 직감적으로 알 것 같았다. ……우리도 끝장이야! 이 말일 것이 틀림없다고 생각했다. 자신도 총본부장 윤성훈과 똑같은 심정이었다. 그래서 실행총무라는 새 직함을 받고, 박재우가 회장한테 브리핑한 전체 데이터를 본 다음부터 며칠 동안 잠자리가 편치 못했던 것이다. 전무급으로 벼락 승진을 하게 된 것을 알게 된 아내는, 와아, 당신 멋져, 근사해, 위대해 보여, 두 팔을 번쩍 뻗쳐 올리고 환호하다가, 당신 이뻐, 이뻐, 이뻐 하며 키스를 퍼부어댔는데, 그 열도가 첫 키스 이후 최고였던 것이다. 내가 어린애야 이쁘게, 그 뜨거운 열기에 자극 받는 남성을 느끼며 남편의 권위를 과시하려고 했고, 이뻐, 이뻐, 정말 이뻐, 아내는 더 뜨겁게 키스를 퍼부어댔다. 남편의 출세가 아내의 성욕을 그렇게 자극한다는 것은 첫 경험이었다. 아내가 그렇게 환호하고 행복해했는데, 그 황홀한 인생이 끝장난다는 건……. 그만큼 기획총장 박재우가 공개한 기획은 어마어마하고 엄청나다 못해 황당하기까지 했던 것이다.

"그렇게 스케일이 작으니까 지난번에 회장님께서 실형을 받으셨지요."

박재우가 총본부장에게 무엇을 내던지듯 한 말은 이랬다.

강기준은 급정거한 버스에서 머리를 차체에 사정없이 부딪친 듯한 충격을 받았다.

충격을 받기는 윤성훈도 마찬가지였다. "뭐라구……." 그는 뻥한 얼굴로 박재우를 건너다보며 더 말을 잇지 못했다.

그렇게 스케일이 작으니까 지난번에 회장님께서 실형을 받으셨지요.

박재우의 이 말은 말이 아니었다. 윤성훈의 면상을 후려치는 주먹질이었고, 심장에 꽂는 비수였고, 비웃음 가득한 멸시였으며, 오만방자한 도전이었다. 지난 비자금 사건의 수습을 총책임 맡았던 사람이 바로 윤성훈이었던 것이다. 몇 개월이나마 회장이 실형을 받게 한 것은 윤성훈이 절대로 떠올리고 싶어 하지 않는 기억이었고, 그가 저지른 가장 큰 무능이기도 했던 것이다. 일광그룹 남 회장이 수천억 비자금 조성으로 6개월 실형을 받고 법정 구속이 되었을 때 사원들은 말할 것도 없었고, 세상 사람들도 대지진이 일어나거나 큰 화산 폭발이 일어난 것처럼 놀라고 말았다. 사원들 입장에서는 대그룹 총수가 그만한 비자금은 으레 조성하는 것이라며, 새 정권이 엄포 한번 놓아보는 것으로 느긋하게 태평 치고 있었고, 국민 제위들께서는 나라의 경제발전에 혁혁한 공을 세운 재벌 기업 회장님을 벌주는 것은 국가와 국민경제에 피해를 입히는 것이니 있을 수 없는 일로 오랜 세월 믿어왔던 그대로 무관심했던 일이기 때문이었다. 교도소로 끌려가는 회장을 뒤쫓아 가 첫 번째로 면회를 한 것은 물론 윤성훈이었다. 모두 제 잘

못입니다. 제가 죽일 놈입니다. 회장 앞에 무릎을 꿇은 윤성훈은 특별 면회 시간 30분 동안 피 토하듯 이 말을 울부짖으며 이마를 바닥에 짓찧어댔다. 30분 동안이나 그랬는데도 그의 이마가 얼부풀고 피멍이 잡히는 정도로 끝나고, 머리통이 산산조각이 나지 않은 것은 그와 회장 사이에 다행히 탁자가 놓여 있었기 때문이다. 탁자가 없이 바로 시멘트 바닥이었으면 어찌 되었을 것인가. 아니다, 다 내 불찰이다. 내가 너무 방심했던 탓이다. 그 옛날 임금이 대홍수를 만나거나, 극심한 가뭄을 치르게 되었을 때 만백성을 향해 경건하고도 진지하게, 모두 짐의 부덕의 소치다, 했던 것처럼 회장은 충성스러운 부하를 달랬다. 그래도 부하의 애끓는 통곡이 그치지 않자, 너는 내 자식보다 낫다. 아니 내 자식이나 다름없다, 노발대발에 불호령이 터져 나와야 할 회장의 입에서 나온 소리였다. 아무리 험한 욕을 먹어도, 걷어채여도, 내쫓겨도 할 말이 없는 판국에 윤성훈은 그런 뜻밖의 말을 하사받았던 것이다. 그 황송하기 그지없고 성은이 망극하기 이를 데 없는 말은 면죄부 수여인 동시에 재신임 선언이었던 것이다. 그리하여 윤성훈은 새롭게 통곡의 박치기를 해댔다. 회장의 그 말 전까지가 사죄의 박치기였다면, 그다음부터는 감읍하는 박치기였던 것이다. 그 특별 면회의 사연이 그룹 안에 알려지자 사원들은 일단 놀랐고, 곧 두 쪽으로 갈라졌다. 언제 회장을 염려

했었느냐 싶게 그들의 관심은 윤성훈에게로 집중되었다. 그 통곡의 박치기가 진짜다, 가짜다 하는 꼭 어린애들 같은 다툼이었다. 그놈은 타고난 간신배다. DNA가 송두리째 간신배 DNA다. 온몸의 세포 하나하나, 실핏줄 끝의 피 한 방울, 잔뼈 마디마디까지 간신배의 인자로 가득 차 있지 않고서야 어찌 그렇게 할 수가 있느냐. 철저하게 꾸민 연극이고 쇼다. 아니다. 그건 너무 악의적인 험담이고 모함이다. 사람이란 누구에게나 최소한의 진실이 있고 진심이 있는 법이다. 회장님을 가장 가까이서 모신 사람으로서, 그 사건 해결에 올인했던 사람으로서, 그건 얼마든지 진심에서 우러난 행동일 수 있다. 그게 연극이고 쇼라면 안성기든 더스틴 호프먼이든 일류 배우들을 불러다가 어디 한번 시켜봐라. 아무리 나무 탁자라 하더라도 30분씩 박치기를 해댈 수 있는 일인가. 쉽게 끝날 수 없는 그 입씨름이 엎치락뒤치락 계속되는 가운데 남 회장은 한 달 만에 자유의 몸이 되었다. 출감 사유는 코에 걸면 코걸이, 귀에 걸면 귀걸이인 병보석이었다. 그리고 약방의 감초처럼 덧붙여진 한마디는, 국가 경제발전에 기여한 공이 컸고, 잠시도 소홀히 할 수 없는 국민경제에 더 이상 부담을 주어서는 안 되기 때문, 이라고 되어 있었다. 그 말은 고무도장에 새겨서 필요할 때면 마구 찍어대거나, 녹음테이프에 녹음해서 반복 반복 또 반복해 가며 틀어대는 것처럼 벌써 40여 년의 전통을 자랑하며 그 생명력을 과시해 오고 있었다. 그 이유는 세상 사람들이 그 반복 행위를 지겨워하지도 않고, 신물 내지도 않고, 의심하지도 않고 그대로 믿어주고 따라주었기 때문이다. 그렇지, 큰 기업이 잘돼야 우리도 잘살게 되지. 대중들은 이렇게 동의하고 동조하면서 재벌들이 저지르는 죄를 가볍게 여겼고, 그들이 받는 사법적 특혜에도 지극히 관대했다. 국민경제를 위하며……, 그 기업 옹호론과 재벌 보호론의 주문(呪文)은 그 효력 좋고 생명력 강대하기가, 우리를 믿어야만 재물운이 트이고 건강하게 오래 산다는 그 한마디로 2천 년이 넘도록 줄기차게 배부른 번성을 누려온 종교들의 질긴 생명력과 맞먹었다. 신문들이 앞장서 설파하고, 법관들까지 활용하고 나서는 그 기업 옹호론과 재벌 보호론은 자본주의 한국에서 출현한 신통력 좋은 신흥종교이기도 했다. 그 교리를 맹신하고 추종하는 대중들의 관대함에 실려 출감한 남 회장의 첫마디는 이러하였다. "우리도 태봉그룹처럼 해치워!"

"듣기 싫어하시는 말씀을 드려서 죄송합니다. 그러나 총본부장님께서 너무 염려하시는 것 같아 확실하게 자신감을 가지시라고 일부러 그런 자극적인 말을 한 것입니다. 확신을 가지시고, 제 마음을 이해해 주시기 바랍니다."

박재우는 윤성훈에게 그지없이 예의 바르고 정중하게 고개를 숙였다. 그 흠잡을 데 없는 태도는 외교관의 세련되고 능란한 번드르르함이나, 틀에서 찍어낸 듯한 백화점 점원들의 인공적 친절과 비스름했다.

흥, 나를 궁지로 몰아 백기를 들도록 술수 부린 것 대충 감 잡고 있어. 내가 무방비 상태였다가 당했다만, 한 번이지 두 번은 안 돼. 기다려, 그 은혜 톡톡히 갚아드릴 테니까. 박재우는 윤성훈에게 부드러운 웃음을 보내며 속으로는 이렇게 날을 세우고 있었다.

"됐소. 나도 확신이 없거나 자신감이 없으면 무슨 일이나 시작하지 않는 사람이오. 지난번 회장님 문제는 내 무능 때문에 생긴 게 아니니까 두 번 다시 씹어대지 마시오!"

윤성훈의 말에서는 군대식의 단호함이 내뻗치고 있었다. 거기서는 박재우의 의도적인 얕잡기에, 단칼에 기를 꺾어놓고 말겠다는 윤성훈의 의도가 숨김없이 드러나고 있었다.

"옛, 죄송합니다."

윤성훈의 그 드센 기세 앞에서 박재우는 소대장 앞의 일등병인 듯했다.

이 짜식, 시건방지게 까딱대고 자빠졌어. 깝죽거리지 마, 단물만 빼면 넌 쓰레기통행이야. 쌔키, 종이컵만 일회용인 줄 아냐. 윤성훈도 부드러운 웃음을 피워내며 박재우를 내립떠보고 있었다.

옳지, 자알들 한다. 어차피 수컷들이란 으레 시기하고, 질시하고, 견제하고, 뒷다리 걸고, 으르렁거리고, 그러다 안 되면 치고받고 하는 것 아니더냐. 그게 피할 수 없는 수컷들의 사회생활이라는 거고, 수컷들의 비애고 서글픔이고 운명인 거지. 그걸 거창하게 미화시켜서 역사라고도 했지. 수컷들의 긴 세월에 걸친 큰 싸움판, 그게 역사라서 history라 했고, 그건 his story(그 남자들의 이야기)에서 s 하나가 생략되어 합해진 말이라는 어원 설명은 아주 그럴듯해. 저 박 선배, 아주 제법이네. 허나 너무 빨리 기 세우는 거 아냐? 윤성훈이 학벌이 당신보다 한 급수 낮다고 깔보거나 얕잡아보고 덤벼서는 된통 당하는 수가 있어. 학벌이 좀 낮은 만큼 딴 재주가 많은 사람이야. 당신에 비해 산전수전 다 겪은 능구렁이에, 백전노장이라구. 고개를 숙임막하고 앉은 강기준은 눈을 좌우로 칩떠보며 두 상사의 기싸움을 관전하고 있었다. 그게 인생 교과서고, 과외비 안 내는 실전 교습이라고 생각하며.

"이봐, 자넨 돈 힘이 얼마나 크고 세다고 생각해?"

윤성훈이 박재우에게 뜬금없이 물었다.

"예에……?"

박재우와 함께 강기준도 놀라 윤 총본부장을 쳐다보았다. 회사에서는 사적 관계를 완전히 떠나 공적으로 행동해야 하며, 말도 상호 간에 존대를 써야 한다고 새삼스럽게 근무 태도를 강조했던 것이 윤성훈이었다. 그런데 느닷없이 이봐는 무엇이고, 자네는 무엇이고, 반말은 무엇인가.

"그렇게 놀랄 것 없어. 이건 사적 입장에서 묻는 거야. 뭐가 좀 헷갈려서 말야. 일을 시작하기 전에 확실하게 정리해 둘 필요가 있겠어." 윤성훈은 데이터에 그려진 도표를 볼펜 꼭지로 동그라미 치며 말했다. "자넨 어떻게 생각해?" 그리고 강기준에게로 갑작스레 말머리를 돌렸다.

강기준은 볼펜 꼭지가 동그라미를 그리는 순간 윤성훈이 왜 그런 말을 했는지 퍼뜩 깨달았던 것이다. 그 도표는 자신에게도 그런 물음이 슬그머니 일어나게 했었다. "예, 저도 그런 생각이 좀 들기는 했습니다." 그는 고개까지 끄덕여 동감을 표시했다.

"글쎄, 그렇다니까." 윤성훈은 반색을 하고는, "무슨 말뜻인지 알아듣겠지?" 박재우를 빤히 쳐다보았다. 강한 탐색 욕구를 품은 눈길이었다.

"예, 무슨 뜻인지 알겠습니다." 박재우는 빙그레 웃더니, "한 마디로 말하지요. 돈은 귀신도 부린다!" 마치 무슨 결의문의 구호를 외치듯이 그는 앉음새까지 고치며 굳센 어조로 말했다.

"돈은 귀신도 부린다?" 윤성훈은 물음표를 달았다.

"돈은 귀신도 부린다!" 강기준은 느낌표를 달았다. 거의 동시에 일어난 반응이었다.

"그렇습니다. 우리의 속담입니다. 돈의 위력에 대해서 그 이상 잘 표현한 말은 없다고 생각합니다. 우리 선조들이 인간의 심리를 기막히게 잘 찍어낸 것인데, 그 말 뒤에 생략된 말이 있습니다." 어디 맞혀보라는 듯 박재우는 윤성훈과 강기준을 번갈아 쳐다보았다.

돈은 귀신도 부린다. …… 하물며 네까짓 사람쯤이야! 강기준은 하마터면 이 말을 쏟아놓을 뻔했다. 그는 윤성훈을 의식하며, 퀴즈 문제 앞에서 발동하게 마련인 소년적 경쟁심을 꾹 눌렀다.

"그다음에 생략된 것이라……, 까짓 사람쯤이야, 아닌가?"

윤성훈이 망설임 없이 말하며 박재우를 쳐다보았다.

"그렇습니다. 바로 그겁니다. 돈은 귀신도 부린다. 하물며 그깟 사람쯤이야. 이 얼마나 기막힌 말입니까. 돈이면 인간사에 안 될 게 없다는 건데, 그 생략이 참으로 절묘하지 않습니까. 그 생략법은 곱씹을수록 문학적입니다. 생략에서 오는 운치가 아주 그만이거든요."

박재우는 어떤 시구의 감동에 취하기라도 한 것처럼 말하고 있었다.

"응, 그 말 듣고 보니 그렇군. 자본주의도 아니었던 그 옛날에 벌써 그런 말이 나온 걸 보면 인간 세상이란 옛날이나 지금이나 별로 달라진 게 없는 모양이라니까."

윤성훈은 좀 침울한 듯한 기색으로 고개를 느리게 끄덕였다.

"우리 속담에는 돈에 대한 게 꽤나 많은데, 돈만 있으면 처녀 불알도 산다, 는 어떻습니까?" 박재우의 말에, "허……!" 윤성훈의 입이 반쯤 벌어졌고, "처녀 불알도 사요? 그것 참……, 그것 참……." 당할 수 없다는 듯 강기준은 고개를 내둘렀다.

"내가 아는 건 이런 게 있는데. 돈이면 지옥문도 여닫는다." 윤성훈이 말했고, "예, 돈만 있으면 의붓자식도 효도한다, 는 것도 있습니다." 강기준이 말을 이었고, "돈 있어 못난 놈 없고, 돈 없어 잘난 놈 없다, 고도 했어요." 박재우가 분위기 어우러지게 화답을 했다.

"그걸 요즘 말로 하자면, 돈은 살아 있는 신이다, 고 할 수 있겠는데, 그 전지전능한 힘이 여기 어디든 안 통하는 곳이 없다 그거 아닌가?"

윤성훈은 박재우에게 눈길을 둔 채 다시 볼펜으로 도표를 가리켰다.

"그렇습니다. 그 어떤 조직, 그 누구한테든 통하고, 먹히고, 효과가 납니다. 그건 돈이 생겨난 이후 동서양을 막론하고 돈이 인간을 지배해 온 인간의 역사를 다시 확인시켜 주는 일이기도 합니다." 박재우의 대답은 태봉그룹에서의 경험자답게 자신에 차고 확실했다.

"그래, 자네가 경험자니까 틀림없이 맞겠지……." 윤성훈은 도표를 물끄러미 들여다보며 중얼거리듯 말했고, "그래도 안 통하는 사람들이 가끔은 있지 않을까요?" 강기준은 윤성훈이 일소하지 못하는 그 의문스러움을 그냥 넘길 수 없었다.

"물론 그런 사람들이 아주 드물게 한둘씩 있지. 그러나 그런 존재들은 전혀 문제가 안 돼. 왜 거, 우리 경제학의 유치원생 교본에 나오는 것 있잖아. 그 위대한 그레셤의 법칙, 악화가 양화를 구축한다! 그런 거북하고 껄끄러운 존재들은 자체 내의 힘으로 구축되고 말아. 차차 직접 움직여보면 아주 실감이 나게 알 수 있을 거야."

박재우는 노련한 포수 같은 여유로움을 보이며 입술로만 웃었다.

"그것 참 믿기 어려운 일이야. 저 옛날부터 아부하고 뇌물 써서 손해 보는 일 없다고 했지만, 이런 데까지 뇌물이 먹혀 들어가다니……."

윤성훈은 아직도 의문이 깨끗하게 풀리지 않는다는 듯 도표 위의 두 지점을 볼펜 끝으로 콕콕 찍었다.

"예, 총본부장님 말씀 일리가 있습니다. 다른 데는 모두 뇌물이 통하더라도 최소한 그곳에는 통하지 않아야 한다는 마음이신 거지요. 저도 처음에는 설마 했었고, 한편으로는 통하지 않기를 바라는 마음도 없지 않았는데, 다른 데와 별다를 것 없이 통하는 걸 보고 걱정스럽기도 하고, 허망하기도 하고 그랬습니다." 박재우가 떨떠름하게 웃으며 쩝쩝 입맛을 다셨다. "그렇군. 돈 힘이 참으로 무섭고 위대하군." 윤성훈도 쓰디쓴 얼굴로 입맛을 다셨다. "어느 인류 문화사가가 말했습니다. 장구한 인류사에서 가장 강한 권력은 돈이었다. 이 세상 만물은 태양 광선의 변형으로 생겨난 것이고, 만물은 태양의 지배를 받듯이. 그 말대로만 생각하시면 별로 실망하실 것도 없습니다. 일본 사람 히로세 다카시가 쓴 책 『제1권력』을 보면 자본이 어떻게 역사를 지배하고 소유해 왔는가를 리얼하게 보여주고 있습니다. 특히 미국의 현실 속에서 대통령들이 어떻게 자본가들의 손에 의해서 가려지고 뽑히고, 좌지우지되어 왔는가를 보여주는데, 그거 아주 서늘하고 섬뜩합니다. 또한 일본의 정치권력도 자본과의 관계에서 별다를 것 없고, 유럽 자본주의 국가들도 모두 어슷비슷하게 이웃사촌 관계입니다. 세계 자본주의 흐름이란 유럽에서 미국을 거치고 일본을 통해 우리나라로 왔으니까, 그건 이미 오래된 오염 상태였던 거지요. 그러니 그런 데까지 통한다고 해서 별로 놀라실 거 없습니다. 어쩌면 자본주의 역사가 가장 짧은 우리나라가 상대적으로 더 깨끗할 수도 있으니까요." "하긴 그래. 자본주의하고는 거리가 멀었던 저 까마득한 2천여 년 전에 사마천이 『사기』에서 말했었지. 자기보다 열 배 부자면 그를 헐뜯고, 자기보다 백 배 부자면 그를 두려워하고, 자기보다

천 배 부자면 그에게 고용당하고, 자기보다 만 배 부자면 그의 노예가 된다. 그러니 자본주의에서야 더 말해 뭘 해."예, 옛날부터 점치고, 관상 보고, 사주팔자 풀이할 때도 건강운이나 출세운보다도 재물운을 첫째로 쳤습니다. 목구멍이 포도청이더라고 그날그날 먹고산다는 게 그만큼 중요하고, 먹을 것은 돈이 있어야만 구할 수 있기 때문이 아니겠습니까." "그게 바로 불변의 진리지. 매일 세끼 밥 제대로 먹고 살아 있어야만 출세운이고 건강운도 필요한 거니까. 근데 말야, 돈이 아무리 좋은 것이라 해도 이런 방대한 조직의 수많은 사람들을 우리 편으로 장악한다는 건 그리 쉬운 일이 아닐 것 같은데. 왜냐하면 그 사람들은 그 자리까지 올라가느라고 치열한 경쟁을 거쳤고, 앞으로도 더 높게 되고 싶은 꿈을 품고 있는 사람들이거든." "예, 정확하게 보셨습니다. 다 엘리트이고, 꿈도 야망도 크지요. 그래서 우리는 앞으로 몇 가지 원칙을 고수해야만 합니다. 세상에는 이런 말들이 있습니다. 이상하게 돈을 쓰려고 해도 절대로 안 받더라. 이 세상에서 가장 큰 빽은 돈 쓸 구멍을 갖고 있는 것이다. 바로 이 점입니다. 권력이 큰 자리일수록, 자리가 높은 사람들일수록 확실하게 믿지 않는 돈, 조금이라도 뒤탈이 우려되는 돈은 절대로 먹지 않습니다. 자기들 생명을 보전하기 위한 절대 원칙이지요. 그러니까 우리가 맨 먼저 착수해야 할 일이 모든 분야에 걸쳐서 그선을 확보하는 것입니다. 그러기 위해서 우리는 다음 두 가지 사실을 그들이 확실하게 믿게 만들어야 합니다. 첫째, 우리 일광의 돈은 절대로 뒤탈이 생기지 않는다. 둘째, 만에 하나 로비 증거가 드러나도 그 상대를 절대 불지 않고 100퍼센트 보호한다. 이 두 가지 사실이 그들 사회에서 암암리에 알려지게 되면 우리의 일은 땅 짚고 헤엄치기가 되고, 순풍에 돛 달게 됩니다. 태봉그룹의 성공은 그 두 가지를 철두철미, 완전무결하게 해냈기 때문입니다." "옳아, 그거 틀림없는 사실이야. 우리가 그동안 관계해 온 사람들도 그것을 굉장히 신경 썼거든. 그러지 않고서야 그 좋은 철밥통을 어떻게 지켜내겠어. 지난번 회장님 사건 때도 보니까 변호사를 통해서 가는 건 받아도 우리가 직접 시도하는 건 절대 안 받더군. 돌다리도 두들기는 보신주의야. 근데 그들을 상대하는 데 학연·지연·혈연의 효과는 어느 정돈가?" "아시다시피 그들에게도 절대적입니다. 백 마디의 말, 백 번의 만남을 능가해 버리는 믿음이 당장에 생겨버리니까요. 그 세 가지를 기본으로 해서 로비 대상에 따라 배치해야 합니다." "대상이 수백 명으로 끝나는 게 아닌데, 그거 보통 문제가 아니겠군." "학연·지연·혈연도 중요하지만 우리 그룹에서 차지하고 있는 직위도 중요합니다. 직위 높은 사람이 나서면 어떤 경우에는 그 세 가지를 능가하는 효과가 나타납니다. 그러니까 우리 그룹의 수백 명 임원들은 기본적인 로비스트가 되어야 합니다. 그리고 2차적으로 19만 사원들이 있습니다. 그들 중에서 로비 대상자들과 학연·지연·혈연이 연결되는 사람들을 찾아내는 겁니다. 그 복잡한 일은 컴퓨터가 간단하게 해결해 줍니다. 그러면 또 몇백 명이 확보될 겁니다. 그러고도 모자라면 뭐가 문젭니까, 뽑으면 되지요." "허어! 이 사람 이거, 보기보다 훨씬 시원시원하고, 부드럽게 말도 잘하고 그러네." "아니 그럼, 답답해 보이고, 말할 줄도 모르게, 그렇게 보였던 모양이지요?" "그 눈매하고, 입매하고, 거만하고 고집스러운 인상 아닌가? 강기준 자네 보기엔 어때?" "괜히 곤란한 거 묻지 마세요. 저한테는 직계 선배에다 직속상관인 거 모르시는 모양이지요?" "그래, 눈치 빨라 좋네. 보신주의는 공무원들의 전매특허만이 아닌 것 용케 알고 있군. 말이 났으니 말이지 거만하고 고집 세게 보이는 건 바로 총본부장님이십니다." "그건 순전히 모략이야. 사원들이 나한테 붙인 별명이 뭔지 알아? 한명회야, 그 간신으로 유명한 한명회 말야. 그래도 가방끈 긴 티 내느라고 간신배라고 하지 않고 그리 봐준 걸 그나마 고마워해야지. 그런 간신한테 아부 아첨하는 기술만 있지 거만이고 고집이 있을 리 있어? 근데 말야. 저쪽에서는 로비 상대들이 퇴직한 다음까지도 잘 봐주고 의리를 지킨다는 말이 있던데, 그게 무슨 소리지? 사실이 그런가?" "예, 그거 사실입니다. 국세청에서 퇴직해 세무사 개업을 하고 도움을 요청하면 계열사 일을 밀어주고, 검찰에서 물러나 변호사 개업을 하면 큰 사건 맡겨서 수임료 크게 인심 쓰고 그러는 식이죠. 그렇게 하면 그 효과가 일거양득이 아니라 일거십득이 됩니다. 일 처리를 잘하는 것은 말할 것도 없고, 그 의리 있는 행위가 그 전 직장으로 순식간에 퍼지게 됩니다. 사람들은, 아 진짜 의리 있구나! 하며 감동하게 되고, 내가 나가도 도와주겠구나! 하는 위안과 믿음을 갖게 되고, 그런 좋은 감정은 로비를 통해서 얻은 효과보다 몇 배 큰 신뢰를 얻게 합니다. 그건 양쪽을 다 흡족하게 해주는 감동 드라마인 셈입니다." "그것 참 만점짜리 묘안이네. 특히 우리나라 사람들은 의리 지키는 것 너무 좋아하잖아. 그래, 감동 드라마가 따로 없어. 그런데 말이야, 한 가지 신경 쓰인달까, 좀 어색하고 거북하달까 하는 문제가 있는데 말이지, 우리가 본격적으로 나서게 되면 분야마다 로비 상대들이 저쪽 태봉 쪽 하고 상당히 겹치게 될 텐데, 그건 어찌 될까?" "물론 그렇게 되겠지요. 그러나 그게 뭐가 문젭니까. 그 사람들은 곱으로 배부르게 됐으니까 더욱 좋게 되는 거지요. 계집 싫다는 놈 없고, 돈 마다는 놈 없다는 말 있잖아요. 예, 돈이란 다다익선 아닙니까, 다다익선. 보세요, 그동안 일광에서도 선거철만 되면 여기저기에 정치자금 뜯겼잖아요. 그때 여당이든 야당이든 큰 기업들에게는 다 손을 벌립니다. 또 기업들은 어느 당에서 이길지 모르고, 아무리 소수당이라고 해도 상임위에서는 만나게 되어 있으니까 좋은 게 좋은 거라고 힘에 따라 적당히 배급해 줍니다. 그때, 주는 기업이나 받는 정당이나 겹치기로 주고받는다고 신경 쓰고 어색해하고 그랬습니까? 아니잖아요. 그냥 자연스럽게 주고받았지요." "아니지, 그건 정치인들이니까 그렇지." "참, 염려 놓으세요. 공무원들도 아주 자연스럽습니다." "그런가……?" "그러고 보니 총본부장님이야말로 거만하고 고집이 센 줄 알았는데 지극히 순수하고 순박하시군요." "옛끼 이 사람아, 놀리지 말어. 내가 자네 상사라니까."

윤성훈과 박재우가 함께 웃음을 터뜨렸다.

"일단 이렇게 정리해 두시지요." 박재우가 자세를 고치며 도표를 끌어당겼다. "이걸 도표로 보시니까 엄청나 보이고 염려도 되고 그러는 겁니다. 그러나 도표에서 그동안 우리 일광이 접촉해 왔던 분야를 제외하고 생각해 보십시오. 한결 가볍게 보이실 겁니다. 첫째, 모든 기업들이 나름대로 줄 대고 있는 국세청을 뺍니다. 둘째, 은행들을 관장하고 있는 부서를 뺍니다. 셋째, 정치 쪽을 뺍니다. 넷째, 광고로 통제되고 있는 언론계를 뺍니다. 다섯째, 우리가 손댈 것 없이 저쪽에서 먼저 지원을 바라고 있는 문화계를 뺍니다. 그러고 나면 몇 분야가 남습니까." 그는 윤성훈을 지그시 쳐다보았다.

"응, 그렇구먼."

"상시적 관리 인원이 많아지는 거라고 생각하시고 진행하면 됩니다."

"알았소. 해봅시다."

"얘기 일단 끝내셨으면 저 화장실 좀 다녀오겠습니다."

줄곧 두 사람 얘길 들어왔던 강기준이 우물쭈물 몸을 일으켰다.

"화장실이 아니라 담배겠지. 제발 그놈의 담배 좀 끊어. 금연 빌딩 된 지가 언젠데 그걸 못 끊는 거야 그래. 꼭 거지들처럼 건물 밖에 우글우글 모여 그걸 피워야겠어?"

윤성훈이 박재우도 들으라는 듯 목청을 높이고 있었다. 그는 비곗살이라고는 없이 몸매가 균형 잡히고 단정했다.

"예, 회사에 오면 담배 한 대 맘대로 못 피우고 밖으로 내쫓기질 않나, 집에 가면 가사 분담으로 설거지를 해라 청소기를 돌려라 하지를 않나. 세상이 이렇게 얄궂게 변해가니 인생이 더욱 서글퍼지고, 살맛이 안 납니다. 이 고달픈 인생 담배 한 대 피우는 것까지 뭐라고 하지 마십시오. 서럽습니다."

강기준이 타령조로 말하면서 문 쪽으로 걸어가고 있었다.

"자네 집 맞벌이하는 게 아니잖아. 자네 아내가 거 뭐냐, 페미니스트야? 그건 좀 곤란한데."

윤성훈이 놀란 기색으로 물었다.

"아직은 아닌데, 조금씩 물이 들어가는 것 같아 걱정입니다."

출세 잘해 마누라를 감동시키고 있는 나한테 그런 액운이 끼칠 리 있나……, 강기준은 히물히물 웃으며 사무실을 나갔다. 그 뒤를 박재우가 담뱃갑을 꺼내며 따라 나갔다.

3

너만 왕이냐

"잡다하게 늘어놓지 말고 결론만 간단간단하게 말해!"

남 회장의 굵은 목소리가 쿠렁하게 울렸다. 그 목소리는 잔뜩 힘을 넣은 살찐 얼굴과 함께 무척이나 강압적이었다. 중요한 사업 계획으로 부하 직원들을 대면할 때면 감히 범접할 수 없는 권위와 위엄을 세우기 위해 그는 얼굴에 있는껏 힘을 모으고는 했다. 풍선이 팽팽하게 부풀어 오를 때까지 바람을 불어 넣는 것처럼. 목소리에도 물론 평소와 다르게 힘이 들어가 있었다. 그 얼굴과 목소리는 사원들을 주눅 들게 하고 얼어붙게 하는 데 아주 효과가 좋았다. 그 위압적인 회장의 얼굴을 사원들은 '맹꽁이상'이라고 불렀다.

남 회장의 권위 부리기는 그것만이 아니었다. 열 명 이상이 앉을 수 있는 대형 응접세트에 놓인 그의 의자 하나만 금빛으로 번쩍이는 용들이 꿈틀거리고 있었다. 그는 중국을 여행하다가 소파 팔걸이에 용들을 조각한 응접세트를 보게 되었다. 그는 그만 한눈에 반하고 말았다. 용들이 마치 살아 꿈틀거리는 것처럼 솜씨 좋은 조각이었던 것이다. 그리고 응접세트 옆으로는 용 아홉 마리가 조각된 큼직한 가리개가 세워져 있었다. 그때 남 회장의 머리에 번쩍 떠오른 것이 있었다.

"이봐, 저 아홉 마리 용을 이 소파에 빙 둘러가며 새길 수 있나 물어봐."

그가 비서에게 명령했다.

"예, 돈이 좀 비싸긴 하지만 주문하면 특별히 만들 수 있다고 합니다."

통역과 함께 헐레벌떡 돌아온 비서가 보고했다.

"잘됐어! 값은 고하간에 모든 정성 다 바쳐서 최고품으로 잘 만들라고 해." 그는 너무 기분이 좋은 나머지 돈 비싼 것은 전혀 개의치 않았다. 우리나라에 비해 물가가 워낙 싼 중국이라 얕잡아보고 있기도 했다. "이것 봐, 색깔은 이 거무튀튀한 것 말고 금칠로 하라고 해, 금칠. 거 말야, 부처님처럼." 저만치 가고 있는 비서를 향해 소리쳤다.

"예, 알겠습니다. 금칠, 금박으로!"

비서가 크게 복창했다.

용 아홉 마리인 '구룡'은 이 세상의 최고를 나타내고, 운수 대통하고 만사형통하는 것을 뜻한다지 않은가. 그래서 구룡은 중국 황제만 썼지 조선 왕은 쓸 수 없었다지 않은가.

남 회장은 꿈틀거리는 구룡이 아로새겨진 찬란한 금박 소파를 상석에 앉히되, 그냥 평지에 앉히지 아니하였다. 바닥을 10센티쯤 높이고, 그 위에 턱 앉혔다. 그래 놓고 보니 소파에 앉는 누구든 잦바듬하게 내려다보게 되니 옛날의 임금 자리 하나도 부러울 것 없는, 그야말로 용상이 되었던 것이다. 그 소파 밑을 높이는 것은 회장 자신의 아이디어가 아니었다. 몇 년 전 어느 정당의 당수를 만나러 갔었는데, 그 위인이 의자 밑을 높여 높직이 앉아 있었던 것이다. 병신 같은 자식, 돈 구걸하는 주제에 그따위로 건방지게 앉아 있어. 제 놈이 무슨 대통령이라도 된 것처럼. 남 회장은 몹시 비위가 상했었다. 그러나 그가 언제 어떻게 될지 몰라 그놈의 정치자금을 아니 바칠 수가 없었다. 그자가 세 든 건물에서 그렇게 폼 잡고 앉아 있는데, 내 회사에 내 건물에 내 부하들을 거느리는 것인데 내가 왜 의자를 못 높이랴. 나야말로 일광그룹의 왕, 아니 황제가 아니신가!

"아 참 잘 어울리십니다."

"진작 그리하실 걸 그랬습니다."

"좋으십니다. 참 좋으십니다."

임원들은 하나같이 입을 모았고, 그때마다 남 회장의 기분은 한없이 황홀하게 달떠올랐다. 아홉 마리의 용에 떠받들려 운수대통하고 만사형통하며 온 세상의 돈이 자신의 품속으로 쏟아져 들어오는 꿈에 흥건히 젖으며.

눈부시게 휘황찬란한 그 황금빛 용상은 그룹 안에 소문이 파다했지만 정작 본 사람은 얼마 되지 않았다. 임원급이 아니고서는 회장실 출입을 할 수 없었기 때문이다.

하이고 참 위대하시고 거룩하셔, 우리의 상감마마, 세종대왕. 참 꼴이다, 꼴. 그 꼴 몰카로 찍을 수만 있다면 인터넷 폭탄 세례로 출세 좀 시켜줄 텐데. 쓰바, 별 생쇼 다 하고 자빠졌네. 하여튼 민주주의가 좋긴 참 좋다. 옛날 같았으면 당장 잡아다가 목을 뎅강 쳐버렸을 것 아닌가. 일반 사원들은 토해 내지 못하는 빈 소리로 회장 욕하느라고 속이 뜨겁고, 쓰라리고, 메스꺼웠다.

"예, 비금 문제는 해외 지사망을 통해 예정 금액을 충분히 확보할 수 있습니다."

소파 끝에 간신히 엉덩이를 걸친 재무를 총괄하는 실장이 떨리는 소리로 말했다. '비금'은 비자금의 비어(秘語)였다.

"확실한가!"

회장이 내쏜 말은 말이 아니라 주먹질 같았다.

"예, 틀림없습니다."

재무 담당이 움찔 놀라며 황급히 옆자리의 윤성훈 총본부장에게로 눈길을 돌렸다. 응원을 청하는 다급함이었다.

"예, 재삼재사 확인했습니다."

윤성훈이 제때 구원투수 역할을 나섰다.

"그럼 됐고. 간수하는 것은?"

"예, 임원들의 차계로 안전하게 보관할 수 있습니다."

'차계'는 차명계좌였다.

"은행에서 오케이 했다고?"

"예, 했습니다."

"그거 곰가죽도 아니고 범가죽도 아니고 백두산인 거 알고 하는 소리야?"

"예, 틀림없습니다."

재무실장이 다시 윤성훈을 쳐다보았다.

"예, 제가 점검했습니다."

윤성훈이 깍듯하게 고개 숙였다. 중요 사항에 대해서 이렇게 두 번씩 확인하는 것이 회장의 결재 방식이었다. 재산과 함께 아버지 회장한테서 물려받은 경영 수법이었다. 그가 입에 올리고 있는 곰가죽·범가죽·백두산 같은 것은 거액의 단위를 가리키는 비어였다. 곰가죽은 억대, 범가죽은 십억대, 지리산은 백억대, 한라산은 천억대, 백두산은 조대를 가리키는 것이었다. 그러니 그들은 지금 비자금 얼마를 말하고 있는 것인가.

"됐어. 절대로 빈틈없이 하도록 해." 회장은 재무실장에게 나가라고 손끝을 까딱하고는, "다음 건설!" 인터폰에 대고 소리쳤다.

"그간 평안하시었습니까."

교실 네다섯 개를 합해 놓은 넓이의 회장실 저 문에서부터 허리를 반으로 접듯이 하고 재빠르게 걸어온 건설사 사장은 회장 앞에서 그야말로 코가 땅에 닿도록 절을 했다.

"응, 그 건은 어찌 됐어?"

회장은 건설사 사장이 앉기도 전에 말대포를 쏘았다.

"예, 허가를 득했습니다."

허가를 득하다니? 그건 일제시대를 살아온 전 회장이 애용했던 말이었고, 지금 회장은 효도하는 마음으로 계속 애용하고 있었던 때문이었다.

"햐아, 벌써?" 회장은 화들짝 반가워하는 것에 장단을 맞추듯 손바닥으로 용대가리를 찰싹 치고는, "그래, 자네가 점점 일을 잘해 나가는군그래. 잘했어, 잘했어." 고개를 마구 끄덕끄덕하면서 더없이 흔쾌해했다.

"헌데 저어……, 비용이 좀 들었습니다." 건설사 사장은 머리를 조아리며 기어들어가는 소리로 말했다.

"당근을 줘야 말이 뛰고, 기름을 칠해야 기계가 도는 법이야. 멕여야 돌아가는 세상이니까 입 벌리고, 손 내미는 자들한테는 걱정 말구 멕여줘. 잘 멕이구 잘 돌아가게 하는 것, 그게 바로 능력인 게야. 잘했어, 아주 잘했어. 공사는 언제부터 시작이야?"

"보고드리고 내일부터 시작하려고 총 대기 중입니다."

"좋아, 아주 시원시원 잘하고 있구면." 회장은 얼굴이 허물어질 지경으로 흐드러진 웃음꽃을 피워내고는, "공기 단축시키는 것 알지?" 그는 금세 표정을 바꾸어 건설사 사장을 꼬나보았다.

"예, 명심하고 있습니다. 이번에는 특히 더 많이 단축시키도록 하겠습니다."

"자네가 잘해 내기만 하면 특별 스톡옵션 배정하도록 하지. 이번 비자 문제의 기본 골조는 건설에서 세워져야 하니까."

"예예, 황송합니다."

건설사 사장의 깊이 숙여진 고개가 슬로비디오처럼 느리게 들어 올려지고 있는 것은 특별 스톡옵션 배정이란 말에 그가 얼마나 감읍하고 있는지 잘 보여주고 있었다.

"이봐 총본부장, 공기 단축 잘되도록 자네가 계속 신경 써주라구."

"예, 명심하겠습니다."

윤성훈은 건설사 사장과 눈길을 나누며 머리를 조아렸다.

대형 건설 프로젝트에서 공기 단축이란 단순히 원가절감의 효과만 있는 것이 아니었다. 이번처럼 손쉬운 비자금 조성 방법으로 초고층 주상복합아파트 공사를 하는 경우 공기 단축은 이중 삼중의 효과를 가져다주는 요술 방망이였다. 공기가 예정대로 진행되어도 수없이 많은 일용직 노동자들을 쓰는 건설업의 특성상 노동자의 수를 부풀려 비자금을 만드는 것은 가장 손쉽고 안전한 방법이었다. 일용 노동자들은 그날그날 일터를 옮겨 다니는 떠돌이이기 때문에 아무리 재주가 좋아도 그들을 확인하거나 추적할 수가 없었던 것이다. 왜 재벌 기업들이 꼭 건설 회사를 애첩 끼듯이 하고 있는지 납득이 되실 것이다. 그런데 공기까지 단축되면 어찌 될까. 그 공기 단축 기간 동안의 일용직 노동자들의 인건비에다가, 부풀린 인건비까지 고스란히 비자금으로 쌓이는 것이 아닌가. 또한 공기 단축에 따른 원가절감 효과가 생기고, 입주가 빨라지니 잔금도 빨리 받게 되어 은행 비용까지 줄어든다. 그뿐이 아니라 그 많은 원자재 값의 장부 이중 기재, 여러 가지 하도급을 주며 으레껏 챙기는 리베이트 등 건설업에는 비자금 긁어모으기 딱 좋게 허술하고 침침한 구석이 한두 군데가 아니었다.

"그리고 말이지. 지난번에 말한 대로 눈에 띄는 자재들은 전부 외제로, 수도꼭지 하나, 도어 핸들 하나까지 모두 외제로, 최고 명품으로 쓰란 말야." 회장은 목소리를 좀 낮추어 건설사 사장에게 지시하고는, "그리고 총본부장 자네 말야, 김 사장한테 그 품목들 받아서 하나도 빠짐없이 비자가 20퍼센트씩 붙도록 구매사들을 철저하게 닦달해. 알겠지." 회장은 더 은밀하게 낮아진 목소리로 윤성훈에게 지시했다.

몇십 층을 헤아리는 최고층의 대형 주상복합아파트를 수천 세대 지으면서 그 내부 자재들을 전부 외제로 하고, 그걸 구매할 때 구매가의 20퍼센트를 비자금으로 붙이라는 것이었다. 그러면 외국에서 발생한 거래이기 때문에 세무서의 눈길을 깨끗이 피하게 되고, 그 막대한 비자금은 회장 개인의 수중으로 들어가는 것이었다.

"그리고 말이야, 그 상가 분양, 아무래도 다시 생각해 봐야 되겠는데……."

회장이 녹차로 목을 축이며 느릿하게 운을 뗐다.

"무슨 말씀이신지요……."

윤성훈과 건설사 사장은 금세 긴장해서 날카로운 눈빛으로 회장을 응시했다. 상대방의 의중을 간파해 내고자 하는 그 눈빛은 눈치 빠르고 영리한 야수의 눈처럼 번뜩거리고 있었다.

"그게 말이야, 그냥 일반 상가 건물이 아니잖아……."

회장의 목소리는 더 느긋해졌다. 어디 너희들이 알아맞히나 보자 하는 듯이.

"……"

윤성훈과 건설사 사장은 입을 꾹 다문 채로 약속이나 한 듯이 서로를 맞쳐다보았다. 그 눈은 이제 불안에 차 있었다. 이것은 위험하기 짝이 없는 함정이었다. 이때 자칫 헛짚었다가는 여지없이 무능의 딱지를 붙이게 되는 것이다. 회장은 그야말로 사람을 시험에 들게 하고 있는 것이었다. 회장은 가끔 그런 시도를 하곤 했다. 그건 회장이 즐기는 놀이의 하나이기도 했다. 감투 큰 부하들이 자신의 의중을 알아맞히려고 쩔쩔매고 허둥지둥하는 꼴을 실눈 뜨고 깔아보고 있었다.

"……"

두 사람은 그저 꾸벅꾸벅 머리를 조아리며 묵언 작전으로 나갔다. 이런 때 방정맞게 입 잘못 놀려 헛짚게 되면 무능한 자의 딱지가 달라붙지만, 모르는 것을 자인하면 괜한 덤터기는 쓰지 않게 되는 것이다.

"왜, 모르겠다 그거야?"

배를 내미는 회장의 목청이 커졌다.

"예, 잘 모르겠습니다." 윤성훈이 또 머리를 조아렸고, "예, 저희들 머리로서는……." 건설사 사장은 더 깊이 머리를 숙였다.

"자네들 말이야. 어찌 머리가 그것밖에 안 되나. 내가 힌트를 줬으면 척 알아맞혀야지. 그게 일반 상가 건물이 아니잖느냐고 했잖아. 그럼 자네들은 뭘 생각해야 되겠어. 분양도 일반 상가 건물 식으로 해서는 안 되겠다는 쪽으로 머리가 착 돌아야 할 것 아니겠나. 안 그래? 자네들이 그렇게 머리 안 쓰고 사니까 천상 월급쟁이 신세밖에 못 되는 거야."

바로 이것이었다. 회장은 고급 임원들을 깔아뭉개고 자신의 능력을 과시하는 이 놀이를 즐겼다. 그러니까 회장님을 즐겁게 해드리기 위해서는 회장님의 심중을 알아도 모른다고 해야 하는 것이 정답인 셈이었다.

"보라구, 우리나라 최상층 부자들을 한둘도 아니고 몇천 세대나 한 군데다 모를 붓듯이 해주지 않느냔 말야. 그럼 그 상가들이 얼마나 북적북적 잘되겠어. 목 좋다는 일류 백화점이 당하겠어? 그러니 일반 분양 말고, 경쟁, 경쟁 입찰을 붙이라 그거지. 그런 정도의 상점들은 모두 몇 억씩의 프레미엄이 붙어 있는 실정 아닌가. 어떻게 생각해?"

"아 예, 그렇습니다."

"예, 옳으신 말씀입니다."

두 사람은 또 머리를 깊이 숙였다. 그러나 이번에는 무턱대고 하는 아부가 아니었다. 회장의 말이 무리가 아니라 충분히 타당성이 있었던 것이다. 그 주상복합아파트가 완공되려면 아무리 서둘러대도 앞으로 2년이 넘게 남아 있었다. 그런데 회장은 벌써 상가 분양을 생각하고 있었던 것이다. 돈을 향해 움직이는 회장의 남다른 감각과 촉수에 윤성훈은, 자리가 사람을 만든다, 는 말을 생각하고 있었다.

"그리고 말야, 총본부장. 홍보를 머리 써서 잘하도록 해. 외제 명품만 사용한 최고급 아파트, 일류 백화점을 능가하는 상가 완비, 1퍼센트 VIP를 위한 가장 품위 있는 생활공간, 하는 식으로 말야. 그럴 리가 없지만 미분양이 생기면 그룹 이미지에도 먹칠이고, 비금 문제에도 차질이 생길 수 있으니까. 알겠어?"

말끝마다 '알겠어?'를 붙이는 건 꼭 회장의 말버릇만은 아니었다. 그건 어느 일에 대한 관심의 강도를 나타내는 것이었다.

"예, 경쟁이 생기도록 최선을 다하겠습니다."

"그래야지. 어쨌거나 쇼부는 서울이고, 서울에서도 꼭대기 10퍼센트니까."

이것은 회장의 확고한 신조였다. 그는 입버릇이 되다시피 그 말을 자주 뇌고는 했다. 어쩌면 그 말도 전 회장인 아버지가 남겨준 상속일 수도 있었다. 대한민국 돈의 60퍼센트 이상이 서울에 있고, 그 돈의 70퍼센트 이상이 상위 10퍼센트에게 있다는 것이 객관적 경제 분석이고 통계였다. 그렇다면 회장의 '서울 쇼부론'은 명료하고 적확한 과학적 분석이었다. 서울의 인구 1천2백만, 그중 10퍼센트면 120만. 그렇다면 투자가치 충분한 최고급 아파트의 분양에 미분양이 생길 리 없었다. 일류 기업이 짓는 것이었고, 이해할 수 없는 상황이지만 주상복합아파트 붐이 일어나고 있는 것이 현실이었다. 원래 유행이란 이해할 수도 없고 설명할 수도 없는 것이라고 하니까 그런 것은 알 바 없고, 그 유행 바람이 자기네 아파트 분양할 때까지 쌩쌩 불어주기를 윤성훈은 간절히 바라고 있었다. 미분양이 생기는 날에는 자칫 모가지가 위태로울 수 있었다. 가끔 회장이 내보이는 인사 방법은 저돌적이다 못해 끔찍스러웠다. 무슨 큰 사고를 냈거나, 어떤 프로젝트 실패로 회사에 큰 손실을 입힌 임원들을 향해 인사의 칼을 휘두를 때 회장은 그야말로 피도 눈물도 없었다. 어느 계열사 사장을, 너 내려! 한마디와 함께 고속도로에 내려놓아버렸고, 어떤 전무를 산길에 내려놓아버렸으며, 어느 날 사무실 책상을 치워버리는 것은 그나마 인간적인 조처였다. 회장의 그 칼춤은 모든 임원들을 늘 긴장시키고, 최선의 충성을 바치게 하는 효과를 톡톡히 발휘하고 있었다. 그러나 그뿐이 아니었다. 회사에 큰 이익이 되게 성과를 올렸을 때는, 기마이다! 외치며 모두 짐작하고 있었던 것보다 훨씬 많은 거액을 스톡옵션이란 이름으로 투하했다. 그런 돈벼락 앞에서 회장의 잔인하고 몰인정한 칼춤은 싹 덮어버리고, 임원들은 밤낮으로 숨 헐떡거리고 땀 삐질삐질 흘리며 충성 경쟁을 하지 않을 도리가 없었다.

"다음 기획총장!"

회장이 다시 인터폰에 대고 호령했다.

"부르셨습니까."

건설사 사장처럼 바짝 오그라들지는 않았지만 박재우도 예의 바른 몸가짐으로 회장에게 인사를 올렸다.

"응, 앉게." 회장은 가볍게 턱짓을 하고는, "일을 척척 잘해 나가고 있다지?" 아까 건설사 사장을 대할 때와는 다른 친근한 기색을 내비쳤다.

"예, 빨리 성과가 나도록 최선을 다하고 있습니다."

단정하게 앉은 박재우는 양복 정장 차림에 흠잡을 데라고는 없는 샐러리맨 규격품이었다.

"암, 당연히 그래야지." 회장은 녹차를 한 모금 입에 머금고 잠시 무언가 생각하는 표정이더니, "자네 말이야, 내가 아무리 생각해도……." 그의 말이 느릿해지자 금방 긴장한 박재우가 건너편의 윤성훈을 쳐다보았고, 거의 동시에 박재우에게 눈길을 던진 윤성훈이 재빨리 무슨 일인지 모르겠다는 표정을 지었다.

"그거 말이야, 대학에 후원하는 거……, 그거 꼭 해야 하나? 도대체 그 효과가 뭐야?"

회장의 말은 뒤로 갈수록 빨라졌다. 도대체 그 효과가 뭐야? 그 빨라진 말에는, 그거 별 효과 없잖아? 관두는 게 좋잖아? 하는 뜻이 담겨 있었다.

직감적으로 회장의 의중을 읽어낸 박재우는 머리가 복잡해졌다. 설득을 시켜야 하나, 그냥 따라가야 하나. 설득하려다가 괜히 감정이나 상하게 하면 어쩌나. 그러다 미운털 박히면? 그렇지만 그걸 빼버리면 그 계획은 뭐가 되나? 지난번 브리핑 때는 좋다고 해놓고 왜 이러는 거지? 왜 맘이 변한 거지? 이런 생각이 몇 초 사이에 불꽃 튀듯 머릿속에서 교차했다. 박재우는 다시 윤성훈에게 눈길을 날렸다. 윤성훈이 눈가장자리를 찌푸리며 자기도 모르겠다는 눈짓말을 했다. 그게 속임수를 쓰는 겉마음 같지는 않았다.

"저는 회장님께서 하명하신 그대로, 지시하신 그대로 추호의 차질도 없이 추진시키고 성취하려고 최선을 다하는 회장님의 부하 직원입니다."

장군 앞에서 부동자세를 취한 병사처럼 허리를 꼿꼿하게 펴고 박재우는 결연하게 말했다.

허! 저게 아주 남자답다니까. 박재우의 기세에 자신도 모르게 문득 긴장한 회장은, 무슨 말을 하려는 거야, 하는 표정으로 박재우를 이윽히 쳐다보았다. 회장이 박재우를 좋게 보고 있으니까 '남자다운' 거지 만약 마땅찮거나 거슬리게 보는 경우에는 '건방진 놈'이 되었을 것이다.

"회장님께서 그 효과가 뭐냐고 물으셨으니 간단히 말씀드리겠습니다." 박재우는 숨을 들이켰다. "대학 쪽 후원을 포기하는 건 언론계 관리를 포기하는 것과 마찬가집니다." 그는, 에라 모르겠다, 하는 심정으로 직격탄을 쏘아댔다.

"아니 뭐라구? 언론계를 포기하는 것과 같아?"

박재우가 노린 충격 요법은 회장이 느슨하게 부리고 있던 몸을 똑바로 세울 정도로 효과가 컸다.

"예, 그렇습니다."

박재우는 통쾌한 심정으로 느릿하게 고개를 숙였다가 들었다. 윤성훈의 눈길이 따끔거릴 정도로 옆 볼에 느껴졌지만 박재우는 모른 척 묵살해 버렸다. 지금은 회장과 단판을 지어야 하는 숨 가쁜 시간이었고, 윤성훈에게 자신의 능력을 과시할 수 있는 절호의 찬스였던 것이다.

"언론계 전부하고 말인가?"

회장은 믿을 수 없다는 얼굴이었다. 그건 당연한 일이었다. 광고비 지출이 어마어마한 만큼 방송과 신문의 영향력을 절대적이라 믿고 있었고, 그런 만큼 방송과 신문을 떠받들고 있었다. 그런데 대학 쪽과 언론계의 비중이 같다니 말이 되는 소린가.

"예, 그렇습니다."

"이 사람아, 예, 그렇습니다만 하지 말고 내가 딱 알아듣기 쉽게 자세하게 설명을 해봐, 자세하게."

"예, 알겠습니다. 자세하게 설명드리도록 하겠습니다."

박재우는 시간을 얻어냈다는 안도감과 함께 회장이 말한 '자세하게'를 강조하듯이 곱씹었다. 이 뇌꼴스러운 황제들에게 본론은 미처 말해 보지도 못하고 퇴박을 맞는 임원들이 얼마나 많던가.

"전국에 대학이 320여 개이고, 학생 수는 275만여 명을 헤아리며, 교수들은 6만 7천여 명에 달합니다. 지식인 집단으로서 대학은 우리나라에서 가장 거대한 단일 조직입니다. 그 조직은 거대할 뿐만 아니라 사회나 정치에 대한 비판력도 가장 강합니다. 일반 기업그룹도 지식인 집단이라고 할 수가 있습니다. 그러나 대학과 다른 것은 기업체 사원들은 봉급생활자라는 구속력이 작용하지만, 대학생들은 아무런 구속을 받지 않는 자유인들입니다. 그래서 비판의 힘도 강하게 행사하게 됩니다. 그 좋은 예가 저 1980년대에 군부독재를 종식시킨 저항입니다. 이제 민주주의 시대가 계속되고 있으니까 그들은 잠잠하게 공부를 하고 있지, 만약 군부독재가 또 등장한다면 그들은 다시금 화염병을 던지는 저항에 나설 것입니다."

"바로 그거야. 그 80년대에 말이야, 대학생 놈들은 군부독재만 밀어낸 것이 아니야. 그놈들이 글쎄 위장 취업을 하고,

노동자들을 선동하고 해서 그 꼴도 보기 싫은 노동조합을 만들게 하지 않았냔 말이야. 그때 그 빌어먹을 노동조합 결성을 저지하지 못한 것은 순전히 대학생 놈들 때문이었어. 그놈들이 유식한 대가리로 무식한 노동자들 대가리를 그렇게 새빨갛게 물들여놓았을지 어찌 알았겠어. 우리 그룹에도 노조가 없었더라면 지금보다 훨씬 더 커졌을 거야. 그 썩을 놈의 노조 결성 때문에 너무 속이 상해 더 오래 사실 창업 회장께서도 그리 돌아가신 것이고, 나는 나대로 병신 취급 당하지 않았느냔 말야. 그래 대학생 놈들이라면 치가 떨리는데, 대학에 한두 푼도 아니고 거액의 후원금을 주자니, 이게 말이 되느냐 이거야. 야, 여기 냉수 가져와라, 냉수!"

느닷없는 노조 얘기에 열이 받쳐 벌겋게 흥분된 회장은 숨을 씩씩거리며 외쳐댔다.

전혀 예상 못 했던 위기였다. 갑자기 몰아닥친 쓰나미였고, 허리케인이었다. 박재우는 위기 탈출이 다급해졌다.

"예, 저도 누구보다 노조를 싫어합니다. 노조가 득세해서 흥한 기업이 없고, 파업이 극성을 떨어 되는 나라가 없기 때문입니다."

박재우는 1차 방어막을 쳤다.

"그래, 제대로 아는군. 헌데 왜 대학에 거금을 퍼 주라는 거냐구."

회장이 곧 물을 내뿜을 것처럼 냉수를 볼이 불룩하게 머금었다.

"예, 시대가 변했습니다. 변한 시대를 직시하셔야 합니다. 지금은 1980년대가 아니라 2000년대 하고도 10년이 지났습니다. 그리고 회장님, 태봉그룹에서는 그 시대 변화에 맞추어 대학 후원을 더 적극적으로 확대해 나가고 있습니다."

박재우는 회장의 급소를 공격했다.

"뭐, 태봉에서!"

회장의 반응은 즉각적으로 나타났다.

"예, 태봉그룹은 그쪽의 비중을 아주 크게 잡고 있습니다."

"그 시대 변화라는 게 도대체 뭐야? 뭐가 어떻게 변했다는 거야?"

박재우는 소리 없이 긴 숨을 내쉬었다. 회장이 시대 변화에 관심을 나타냈으니 일단 위기를 면한 셈이었다.

"예, 민주정치가 계속되니 시위할 필요가 없어진 대학생들의 관심은 취업으로 바뀌기 시작했습니다. 취업에 대한 관심은 곧 좋은 직장을 구하는 것이고, 좋은 직장을 구한다는 것은 기업에 대한 관심 갖기이고, 기업에 대한 관심 갖기는 기업에 대한 인기투표로 나타났습니다. 대학생들의 기업에 대한 인기투표는 소비자들의 상품 선호도와 마찬가지로 곧바로 사회 전반에 영향을 미치게 됩니다. 몇 년 전부터 대학생들은 인기투표를 통해서 기업들의 서열을 정하는 여론 주도층으로 등장했다는 사실입니다. 다시 말하면 사회인들은 그 인기투표를 대학생들의 지적 판단이라고 믿고, 그대로 받아들였다는 사실입니다."

"거 우리가 2~3등 3~4등 오르락내리락하는 것 말인가? 기분 나쁘게." 회장은 혀끝이 멍들지 않나 싶게 거세게 혀를 차고는, "결론적으로 말하자면, 후원금을 주면 그 등수가 올라간다 그건가?" 그는 또 몰아치기 습성을 드러내고 있었다.

"예, 핵심을 찌르셨습니다. 그리고 한 가지 또 중요한 사실이 있습니다. 날마다 모든 신문에 실리는 칼럼의 80퍼센트를 대학교수들이 쓰고, TV의 토론에도 교수들이 80퍼센트 이상 출연하고 있다는 사실입니다. 그들은 우리 사회의 여론을 주도하는 오피니언 리더들인 동시에, 각종 강의를 통해서도 학생들의 의식 형성에 막대한 영향력을 행사하고 있습니다. 대학 후원은 그 교수들에게도 직접 간접으로 큰 영향을 미치게 됩니다."

"허! 꿀 먹고는 입 씻어도 돈 먹고는 안 봐주지 못한다, 는 옛말이 딱 맞네그려. 그 말 듣고 보니 그거 공자님 말씀이네. 그간에 우리가 왜 1등을 한 번도 차지하지 못했는지 인제 답이 환해졌어. 근데 여기 한 대학에 30~40억씩 후원하자고 되어 있는데, 그걸 어떻게 주자는 거야. 그냥 무조건 던져 줘?"

"아닙니다. 돈은 십 원을 쓰더라도 효과가 크게 쓸수록 좋은 것 아니겠습니까?"

"옳지, 그렇고말고!"

회장은 판소리에 추임새를 넣듯이 탄력 좋게 목청을 돋우며 손바닥으로는 금빛 용대가리를 쳤다.

윤성훈, 너 잘 보고 있지. 많이 배워둬라. 박재우는 윤성훈에게는 눈길 한 번 주지 않고 회장에게 더 뜨거운 눈길을 집중시키고 있었다.

"일반적으로 대학 후원이라고 하면 교수들 연구비 지원을 먼저 생각하게 됩니다. 그러나 그건 교수들이 삥땅……, 아니, 저……, 죄송합니다."

박재우가 당황하며 급히 입을 가렸다.

"아니 왜 그러나?"

"죄송합니다. 제가 그만 삥땅이라는 상소리를……."

박재우는 얼굴까지 붉어지며 어깨를 움츠렸다.

"아니, 어느 놈이 삥땅을 쳤으면 삥땅을 쳤다고 해야지 삥땅 쳐 먹은 실감이 나지, 삥땅이라는 말을 써야 할 때 그 말이 상스럽다고 딴 유식한 말을 쓰면 삥땅 쳐 먹었단 기분이 살아나나? 허고 누가 삥땅을 상스런 소리라고 했나. 삥땅에 삥땅이면 제 이름이지. 삥땅 대신 쓸 유식한 말은 뭐야?"

"예, 유용이라고 하면……."

"에이, 그거 뭔 소리야. 똥이라고 해야 할 때 똥이라고 해야 기분이 살고, 개새끼 같은 짓을 한 놈한테는 개새끼라고 해야 말하는 맛이 나는 법이야. 무슨 말인지 알겠어?" 회장은 마치 실용국어 연구자나 생활국어 권위자처럼 일갈하고는, "그래, 교수들이 삥땅을 해 잡수시나?" 흥미 있다는 듯 몸을 약간 앞으로 당겨 앉았다.

"예, 교수들이 연구비를 적당히 삥땅 치고 연구는 제자들한테 맡겨서 심심찮게 말썽이 되어왔고, 그게 국고 지원에서도 그랬는데 사기업의 지원인 경우에는 그럴 위험이 더욱 커집니다. 또한, 교수들이 연구를 성실하게 했다 해도 사기업의 입장에서는 그 논문의 질을 평가할 자격이 없습니다. 그리고 더 중요한 사실은 논문의 질이 높다 해도 그 파급 효과가 아주 미미하다는 점입니다."

"파급 효과가 미미해? 그거 문제지."

회장은 즉각 반응하며 고개를 쨀쨀 흔들었다.

"예, 헌데 후원금의 몇십 배, 몇백 배 효과가 나는 방법이 하나 있습니다."

"그래? 그 좋은 방법이 뭔가?"

"예, 각 대학 캠퍼스마다 건물을 지어 주는 것입니다."

"건물?"

"예, 대학에는 4~5백 명 정도 수용할 수 있는 세미나실을 겸한 대형 강의실이 꼭 필요합니다. 그런데 우리가 예정하고 있는 30억 정도면 그런 건물을 지을 수 있습니다. 왜냐하면 건물을 짓는 데 돈이 많이 드는 것은 땅값인데, 대학의 경우 그 땅값이 안 들고, 우리 건설사를 투입해서 실비 공사를 하고, 학교 건물들이란 비싼 내장을 할 필요가 없기 때문에 평당 공사비가 3백이면 훌륭하게 지을 수 있고, 그럼 30억이면 천 평 건물이 되고, 천 평이면 4~5백 명을 수용할 수 있는 멋진 종합 행사장 건물이 될 수 있습니다. 그리고 그 건물에다가는 우리가 원하는 건물 이름을 붙이게 합니다. 우리 그룹 이름을 따서 일광문화관이라고 할 수도 있고, 창업 회장님 호를 따서 창해문화관이라고 해도 좋을 것입니다."

"아니 저어……."

회장은 급히 손을 치켜들며 무슨 말을 하려다가 다음 순간 우물쭈물 입을 다물었다.

"예, 무슨 하실 말씀이……."

"아니야, 아니야, 별거 아니야."

회장은 고개와 손을 함께 저었다. 그는 그렇게 완강하게 부정을 할 만큼 한순간 엉뚱한 생각을 했던 것이다. 창업 회장님의 호를 따서……, 하는 말을 듣는 순간, 내 이름을 쓰면 어떨까! 하는 생각이 불쑥 떠올랐던 것이다. 그러나 그와 동시에 떠오른 얼굴. 네 이놈, 네놈이 한 일이 뭐가 있다고 그따위 짓을 하려고 해! 아버지가 생전의 모습 그대로 호통치고 있었다. 그는 그 순간 곧 나가려고 했던 말을 꿀떡 삼키고, 아 아, 아버지……, 하며 신음했다. 아들이 자기보다 잘되게 하려면 아버지는 아들에게 원수를 사야 한다. 옛날부터 내려오는 말이었다. 아버지는 그래서 그랬던 것일까. 생전에 한 번도 아들인 자신을 인정하지 않았다. 아니, 바로 병신 취급이었다. 저것, 저것, 저것, 하는 짓 봐, 저것! 넌 하는 짓이 왜 다 그 모양이야! 야 이놈아, 하는 짓마다 왜 그렇게 덜떨어졌어! 저게, 저게, 저 꼴 해가지고 사람 노릇 하겠어, 저거! 아버지에게 평생 들은 말은 이런 것들뿐이었다. 아버지가 돈을 많이 벌고, 회사가 커져갈수록 아버지의 그런 말은 더 거칠어지고 심해졌다. 점점 커져가는 아버지의 위세 앞에서 어머니마저 표 나게 졸아들어 그전처럼 그런 말을 막지 못했다. 전에는 어머니가 역성을 들어주고는 했던 것이다. 돈의 힘이란 어머니마저 짓눌러버릴 만큼 무서웠다. 어머니가 그 지경이 되어버리니 자신이야말로 꼼지락 달싹을 할 수가 없었다. 돈의 힘 앞에서 어머니는 자신만 역성들지 못하게 된 것이 아니었다. 아버지가 갈수록 심하게 바람을 피워도 전처럼 바가지를 긁지 못했다. 돈의 위력 앞에서 어머니는 아내의 당연한 권리마저 잃어갔던 것이다. 어쩌겠어요, 누님이 참아야지. 외삼촌들이 말했다. 언니, 그냥 모른 척해. 옛날 임금들이 그랬던 것이나 똑같다고 생각하면 되잖아. 이모들이 말했다. 친정 식구들의 목숨 줄을 위해서 어머니는 옛 중전처럼 투기를 포기해야 했다. 참아라, 널 미워해서가 아니다. 회사가 커질수록 네가 잘할지 걱정이 돼서 그러시는 거다. 아니다, 아니야. 마누라 미워하는 남편은 있어도 자식 미워하는 부모는 없다고 했니라. 다 널 애끼고 걱정해서 그러시는 거다. 이런 어머니의 말에 의지해 그는 가까스로 자신을 지탱할 수 있었던 것이다. 그런데 아버지가 돌아가신 지 15년이 다 되어가는데도 그는 그 꾸짖음에서 벗어날 수도, 떼쳐낼 수도 없었다. 한때 아버지에게 원한을 갖게 했던 그 말들이 무슨 끈적끈적한 물체처럼 의식의 저 깊은 곳에 달라붙어 꿈이고 생시고 가리지 않고 불쑥불쑥 얼굴을 디밀고는 했다. 자신의 회장 노릇이란 아버지의 그 말들을 이겨내려고 기를 써대는 것인지도 몰랐다. 그런데 희한하고 놀라운 것은 언제부턴가 자신이 아들에게 아버지와 똑같은 말을 쏘아대고 있다는 사실이었다.

"됐어, 다음 말 계속해."

회장이 다시 녹차를 한 모금 마셨다.

"예, 그러면 전교생들이 그 건물에 드나들며 여러 행사를 하면서 아주 자연스럽게 우리 그룹의 이미지를 좋게 갖게 됩니다. 솜이나 스펀지에 서서히 물이 스며들듯이 말입니다. 머릿속 깊이 새겨지는 그 생각은 바로 기업의 호감도로 나타나 기업의 인기투표에 직접 작용하고, 그 파급 효과는 사회 전체로 퍼지게 됩니다. 그런데 그 효과가 1~2년으로 끝나는 게 아니라 건물의 수명만큼 길게 가게 됩니다. 현대식 건물의 평균 수명은 백 년입니다."

"아니 잠깐! 벽돌은 3백 년이 넘게 가지. 돈이 좀 더 들더라도 벽돌로 짓도록 해!"

순발력 좋은 회장의 대응이었다.

"아 예, 현명하고 탁월하신 안목이십니다." 박재우는 아부해야 할 기회까지 착실히 챙기고는, "그리고 그런 다양한 용도의 건물을 지어 준다는 소문이 전국 대학으로 퍼지면 다른 대학들도 그 기대감으로 우리 그룹의 이미지가 더욱 좋아지는 파급 효과까지 생기게 됩니다."

"아하! 자넨 상대 출신이면서 어찌 그렇게 건설 속까지 빠삭하게 꿰고 있나 그래. 좋아, 좋아, 대학 후원 적극 추진하도록 해."

회장이 흥겨움에 겨워 황금 용대가리를 탁 탁 탁 치며 싱글벙글이었다.

"예, 그 사업은 우리 문화개척센터의 명칭에 딱 어울리도록 그야말로 문화를 개척하는 사업이 아닐 수 없습니다. 또한 갈수록 문제가 되고 있는 기업 이윤의 사회 환원이란 명분도 함께 얻게 됩니다. 그리고 그 후원금은 문화적 기부라 그 액수에 따른 세금 감면도 받을 수 있습니다."

박재우는 99점에 마저 1점을 채우듯이 마감을 했다.

"옳거니!"

회장의 어기찬 목청은 영락없는 판소리 추임새 '얼씨구'였다.

윤성훈은 회장 앞에 고개를 깊이 숙인 박재우를 갈퀴눈으로 노려보고 있었다.

"그래, 기획총장이 하는 일은 주도면밀하면서도 신속해서 좋아. 앞으로 더 열심히 잘하라구."

회장은 박재우를 쓰다듬는 눈길로 치하했다.

"아닙니다. 회장님께서 출중한 혜안과 뛰어난 판단력을 가지시고 신속한 결단을 내려주시기에 모든 일이 일사천리로 추진되어 나아가는 것입니다. 회장님을 존경합니다."

박재우는 벌떡 일어나 허리가 반으로 접히도록 깊은 절을 했다.

"허허허허……, 내가 뭐……."

회장이 고개가 뒤로 젖혀지도록 흔쾌하게 웃음을 터뜨렸다.

이승만 대통령이 낚시를 하다가 뽀오옹 방귀를 뀌었다. 그러자 옆에 낚싯대를 드리우고 있던 장관이 말씀 아뢰기를, 각하 시원하시겠습니다, 하였었다. 그건 오랜 세월에 걸쳐서 아부의 극치로 꼽혀 수많은 사람들의 입길에 오르내렸다. 옆 사람을 전혀 의식하지 않는 박재우의 거침없는 아부도 그것과

타이틀매치를 벌일 만한 수준이 아닌가. 그러나 지금 그는 아부만 하고 있는 것이 아니었다. 생각보다 빠른 회장의 신임 표시를 윤성훈에게 똑똑히 확인시키면서 그의 콧대를 꺾는 쾌감을 만끽하고 있었다.

"됐어, 오늘 결재는 이것으로 끝내지."

회장이 기지개를 켜며 두 사람에게 그만 나가라는 손짓을 했다.

윤성훈이 몇 걸음 앞서 나가고 있었다. 그의 뒷덜미가 꼿꼿하게 곤두서 있었다. 그 성깔 돋은 뒷덜미를 보면서 박재우는, 성질 내지 말아라. 어차피 인생사는 경쟁이고 싸움판 아니더냐. 누가 이기나 어디 잘해 보자, 하며 비웃음을 날리고 있었다.

남 회장은 아까 내색을 하지 않고 지나쳤지만 영 비위에 거슬리는 말이 한마디 있었다. 기업 이윤의 사회 환원, 그건 이 세상에서 제일 듣기 싫은 말이었다. 건물을 지어 주는 것으로 그 일도 덩달아 해결되는 것이라고 해서 못 들은 척 그냥 넘겼지, 누가 생뚱맞게 그 말을 지껄였더라면 당장 소리쳐 내몰았을 것이다. 온갖 어려움과 괴로움을 참고 견디며 사업을 하는 것은 두말이 필요 없이 돈을 벌자는 것이었다. 자금이 달려 허둥지둥, 일이 어긋날까 봐 조마조마, 인명 사고 터져서 갈팡질팡, 부도 막느라고 허겁지겁, 뒷손 쓰느라고 굽실굽실,

신문 나는 것 막느라고 애걸복걸……, 그렇게 애달고 피 말려 가며 하는 것이 사업이고, 그리해서 벌어들이게 되는 것이 돈이었다. 그리 힘이 드는 일이니 기업의 이윤 추구는 법에서도 보장하는 것이 아닌가. 그런데 세상이 좀 먹고살 만해지니까 요상스럽고 말도 안 되는 해괴한 소리가 나오기 시작했다. 그것이 바로 기업 이윤의 사회 환원이었다. 그 말은 마치 사업가들이 아무 고생도 안 하고, 네 활개를 펴고 편히 자빠져서, 공짜로 돈을 끌어모았다는 식으로 분위기를 몰아가고 있었다. 좋은 말로 사정을 하고, 기죽어 부탁을 해도 줄까 말깐데 이건 숫제 세금을 내야 하는 것처럼 닦달을 하고 나서고, 사회 환원을 하지 않으면 도둑놈이라는 투로 몰아세웠다. 그런 방정맞고 재수 없는 주둥이를 놀려대는 것이 대개 학자나 지식인이라는 부류들이었는데, 사업의 어려움이 뭔지도 모르고 월급이나 날름날름 받아먹는 자들이 사람 열통 터지게 만들고 있었다. 그들은 곧잘 사회 환원을 가장 잘한 모범적인 기업인으로 유한양행 창업자 유일한 박사를 내세웠다. 그러나 그 사람은 자신이 가장 싫어하는 위인이었다. 아니, 자신만이 아니라 기업인들은 전부 다 그 사람을 싫어할 것이 틀림없었다. 그 사람 하나 때문에 기업인들은 모두 도둑놈이고 죄인 취급인데 누가 좋아할 것인가. 더구나 제약 회사 사장들은 그 사람 말만 나오면 얼마나 낯 뜨겁고 바늘방석일 것인가. 그 영감 참 주책이고, 오지랖이 넓어도 이 세상 다 덮게 넓었다. 사업을 해서는 안 되는 사람이 괜히 사업을 해 수많은 사람을 오래도록 못살게 굴고 있는 것이다. 그 영감은 그런 마음 가졌으면 목사가 되든, 신부가 되든, 스님이 되든 할 일이지 왜 하필 사업가가 되어 그 많은 사람을 골탕 먹이는지 모를 일이었다. 좌우지간 그 영감이야 자기 돈으로 제멋대로 썼으니까 그렇다 치더라도, 학자나 지식인이란 작자들은 왜 그 영감 앞세워가며 남의 제사상에 배 놔라 감 놔라 간섭이며, 허락도 없이 남의 밥상에 비집고 들어 이것은 짜네, 저것은 싱겁네 하고 시건방진 입을 놀려대느냔 말이다. 그놈들 심보 고약하기가 꼭 옹기전에 돌팔매질해 대는 놀부놈 심보 아니고 무엇인가.

그런데 기업 이윤의 사회 환원이란 소리만큼이나 꼴 보기 싫은 것이 있다. 노조다. 노조는 치가 떨리고 지긋지긋하다. 이윤의 사회 환원이란 소리는 그나마 회사 밖에서 들리는 소리니까 귀를 닫으면 그만이지만 그 빌어먹을 노조는 50여 개의 계열사마다 진을 치고 걸핏하면 붉은 머리띠 매고 울긋불긋한 깃발 펄럭여대며 징 치고 꽹과리 치며 나대는 꼴이 회사 엎어먹자는 불한당 패거리가 아니고 무엇인가. 말도 안 되게 월급을 많이 올려달라고 어거지를 쓰며 파업을 해대는 것도 얄밉기가 모두 단칼에 싹 쓸어 파면을 시켜버리고 싶은

데, 더 가관인 것은 제 놈들이 경영에 참여해야 한다고 부득부득 대드는 꼴이다. 법만 없고, 속에서 천불 치솟기는 대로 하자면 소리 안 나는 총으로 일시에 싹 쓸어버리고 싶은 것이다. 일한 만큼 꼬박꼬박 월급 줘서 먹여 살렸으면 감지덕지 고마워하며 더욱더 충성을 바쳐 열심히 일해야 옳지, 제 놈들이 뭔데 감히 경영을 함께 하자는 것인가 말이다. 회사를 이렇게 키울 때까지 제 놈들이 땡전 한 닢 보탠 적이 있는가. 자금 사정이 어려울 때도 빈소리나마 걱정 한마디 보탠 일 없이 보너스나 많이 달라고 생떼 쓴 놈들이 제 놈들 아닌가. 그런 놈들이 경영 참여? 제 놈들을 경영 참여시키느니 차라리 회사 전부에 불을 싸질러버리고 말 것이다. 80년대에는 민주화다 뭐다 정신이 없었고, 회사 키우는 데만 정신이 팔려 노조를 막지 못했었다. 허나 더는 안 된다. '경영 참여로까지 밀리면 그땐 끝장이다. 죽 쒀서 개 좋은 일 시키는 거니까.' 아버지의 유언이었다. 그 유언이 아니었더라도 노조의 경영 참여란 내 목숨을 걸고 절대로 안 되는 일이다. 일광그룹의 모든 것은 내 것이고, 그 누구도 내 재산에 손끝 하나 댈 수 없다. 주식회사니까 그건 말이 안 된다고? 헹, 주식회사 좋아하지 마라. 그건 편의상 해놓은 빛 좋은 개살구일 뿐이다. 이 그룹은 오로지 우리 아버지 혼자 힘으로 이루어놓은 것이다 그거다. 딴소리하는 놈들은 다 도둑놈들이고 미친놈들이다. 뭐, 욕심이 끝도 한도 없다고? 그 무슨 더운 밥 먹고 식은 소리 지껄이는 것이냐. 사업가란 무엇이냐? 돈 버는 것이 직업인 사람이다. 모든 사람이 직업에 충실해서 열심히 일하는 것은 민주주의 사회에서 권장하는 최고의 미덕 아니냐. 그런데 왜 유독 열심히 일해서 돈 많이 번 사업가에 대해서만 왈가왈부 말들이 많으냔 말이다. 운동선수는 기록 갱신을 잘해 신기록을 많이 세워야 하고, 군인은 무조건 적을 잘 쳐부숴야 하지 않는가. 운동선수가 신기록을 많이 세우면 박수를 쳐대고 상을 주고 하면서 왜 사업가가 돈을 많이 벌면 그렇게 생트집을 잡고 못 잡아먹어서 안달인가. 그건 적을 많이 무찔러 대승을 거둔 훌륭한 장군을 보고 흉악한 살인자라고 하는 것과 뭐가 다른가. 그러니 재벌 욕하는 놈들은 다 미친놈들이다 그 말이다. 좋다, 사촌이 땅을 사면 배 아프다는 심보로 욕해 대는 모양인데, 욕을 하고 싶으면 입에 침이 다 마르고, 이빨이 다 닳아빠지고, 턱이 내려앉을 때까지 맘대로 실컷 해봐라. 나는 돈을 벌고 벌고 또 벌 테니까. 자식하고 불알은 무거운 줄 모른다고 했다. 어디 그것뿐이겠는가. 사업가는 돈이 아무리 많아도 돈 무거운 줄을 모른다. 이 답답한 사람들아, 그 간단한 이치를 왜 모르시나 그래. 이 세상 돈을 다 갖는다 해도 무겁다고 할 사업가는 하나도 없다 그 말씀이다.

그래, 문화개척센터의 사업이 착착 잘 진행되어 가고 있으니 이제 남은 한 가지 일은 건강하게 오래오래 사는 것이다. 하아, 그 문제, 그건 참 생각할수록 아쉽고, 안타깝고, 억울하고 그렇다. 그놈의 세월은 붙들 수도 없고, 막을 수도 없이 어찌 그리도 잘 흘러가고, 왜 또 그렇게 속절없이 늙어가는 것인가. 세상에 아무것도 부러울 것이 없는데 단 한 가지 야속한 것이 늙어가는 것이다. 그것만은 돈으로 해결이 되지 않으니 너무 분하고 원통하다. '아아, 돈으로 안 되는 것도 있구나……' 주치의들이 고개를 저었을 때 아버지가 토해낸 장탄식이었다. 아버지의 임종을 보면서 눈에 보이지 않는 세월이라는 것이 얼마나 무서운 것인지 새삼스럽게 놀랐고, 불로초를 구하려고 신하들을 천지 사방으로 보냈던 진시황의 심정을 알 것 같았다. 불로초가 없다는 것은 천하를 호령하던 진시황이 입증했으니 남은 방법은 단 하나, 어떻게 해서든 오래오래 사는 것이다. 사람들이 모두 얼마나 오래 살기를 바랐으면, 저승 백 년보다 이승 일 년이 낫다, 는 말이 생겨났겠는가. 허나 이건 좀 철 덜 들었거나, 오래 살고 싶은 마음이 덜한 사람들의 소리다. 그 말은, 저승 천 년보다 이승 하루가 낫다, 고 고쳐도 될동말동하다. 아무도 보고 온 놈이 없고, 어느 놈도 보고 올 수 없으니까 저승이네 뭐네 하지만, 한번 죽으면 다 그만이지 저승이고 뭐고가 있을 리가 있는가. 그러고 보면 살아 있다는 것은 얼마나 소중하고 또 소중한 것인가. 마음먹고

시계 초침 돌아가는 것을 한번 지켜보라. 그것은 단 한순간도 쉬지 않고 재깍재깍, 재깍재깍 돌아가고 있다. 그 한 금씩 쉴 새 없이 돌아가고 있는 그것이 바로 목숨이 그만큼씩 깎여나가고 닳아지고 있는 것이 아닌가. 그 순간순간의 재깍재깍이 쌓여 하루가 되고, 또 쌓여 일 년이 되고, 또 쌓이고 쌓여 십 년이고 이십 년인 세월이 되고, 그 끝에 죽음이 있는 것이 아닌가. 죽음 그다음의 세상이란 아예 없는 허방이고 허망이니 이런 말도 생겨난 것 아니겠는가. 개똥밭에 굴러도 이승이 낫다. 아아, 얼마나 명언이고, 얼마나 쏙 잘빠진 속담인가. 얼마나 찌들어지게 가난하면 개똥밭에 구르는 신세일까. 그런데도 이승에 사는 게 낫다지 않는가. 헌데 나는 황금밭을 깔고 앉아 있지 않은가. 아니 황금밭 정도인가. 황금벌판이고, 황금의 바다라고 해야 옳지 않은가. 그러니 초침 한 금, 한 금 돌아가는 것이 얼마나 아깝고, 얼마나 안타깝고, 얼마나 애석한 일인가. 건강 누리며 하루라도 더 오래 살고 싶은 심정을 가장 잘 나타낸 말이 요즘 유행하고 있다. 구구팔팔이삼사 — 아흔아홉까지 팔팔하게 살다가 이삼일만 앓고 떠나간다는 뜻이다. 그 말대로 한다면 아직도 30여 년이 더 남았으니 한바탕 더 멋들어지게 살아볼 만하지 않는가. 얼마 전에 대학생들에게 여론조사를 하면서, 너희 부모가 몇 살까지 사시는 게 적당하다고 생각하느냐는 물음에 그놈들은 글쎄, 예순두셋, 이라고 대답하지 않았던가. 스물두세 살짜리들이 보기에는 40여 년 후가 얼마나 까마득하고 머나먼 세월일 것인가. 그렇더라도 그 젊은 놈들이 철딱서니 없고 몰인정하기가 천하에 둘도 없는 불효자식들 아닌가. 텔레비전에서고 신문에서고 기대 수명이 해마다 늘어 이제 80이 되었다고 보도하고 있는데 그런 걸 보지도 못했는지, 비아그라 신세 지지 않고도 여자관계가 거뜬거뜬하게 되는 그 씽씽한 예순두세 살 나이에 그만 살고 떠나가라니 요런 불효막심한 놈들이 어디 또 있는가. 허나 젊은것들 탓해 봐야 무엇하겠는가. 인생이란 직접 살아보고 겪어보지 않고는 모르는 것 아니던가. 자신도 젊었을 때, 아버지가 예순다섯이 넘고도 회사를 안 물려줄 때 속으로 불만이 얼마나 많았던가. 그러나 자신이 예순다섯을 지나면서 보니 그 나이는 사업가로서 한창 시절이었던 것이다. 이제 자신의 아들놈도 내색은 하지 못한 채 내심으로만 끙끙거리고 있을 것이다. 그놈이 문화개척센터 사업을 대대적으로 새로 시작한 것을 뒤늦게 알게 되면 뭐라 할 것인가. 아마 살맛이 나지 않아 괜히 성질부리다가 술깨나 퍼마실지 모른다. 그러나 죽는 날까지 사업을 물려줄 생각은 추호도 없다. 구구팔팔이삼사, 그것 얼마나 좋은가. 그렇게 될 수 있도록 지금부터 더욱더 건강할 수 있는 방법을 총동원해야 하는 것이 자신이 할 일이다. 그런데 최근에 기발한 방법 하나를 알아냈다. 얼마 전 일본에 갔다가 들은 희한한 얘기였다. 일본 어느 재벌이 아흔여섯까지 건강하게 살았을 뿐만 아니라, 아흔까지 여자관계를 했다는데, 그 비결은 날마다 음기를 흡입했기 때문이라는 것이었다. 그 재벌은 저택의 별채에 반지하의 대형 목욕탕을 만들었다. 일부러 반지하를 판 것은 지기(地氣)를 받기 위해서였고, 30명쯤이 한꺼번에 들어앉을 수 있는 탕 안은 타일로 덮인 것이 아니라 20센티 두께의 통나무로 엮어 붙였다. 그것도 흔한 열대의 속성수가 아니라 추위 속에서 오래 자란 소나무였다. 통소나무로 시멘트 독을 차단하고, 몸에 좋은 소나무 진이 뜨거운 물속으로 서서히 풀려나오게 하기 위해서였다. 그 목욕탕에 신새벽마다 물이 채워지고, 젊고 어여쁜 색시 스무 명이 들어앉는다. 목까지 몸을 잠근 처녀들은 명상하듯이 눈을 내려 감고 20분쯤 있다가 탕을 벗어난다. 그다음에 재벌이 나타나 탕에 들어앉는 것이다. 스무 명의 싱싱한 처녀들이 풀어놓은 음기를 흡입하는 목욕이다. 여자들은 스물에서 스물셋, 계속 여자들을 바꾸면서 예순에서부터 음기탕을 즐긴 것이라 했다. 건강하게 오래 살 방도가 있다면 땅속 몇백 리, 바다 속 몇백 리도 파고 내려가고, 바다 속 몇백 리라도 헤쳐 들어갈 판에 그까짓 일본 재벌이 한 것을 한국 재벌이 못 한다면 말이 되는가.

그는 요즘 목욕탕 설계가 하루라도 빨리 나오기를 기다리

고 있었다. 아버지가 그 좋은 것을 해보지 못하고 떠나신 것
을 아쉽게 생각하며.

4

은밀한 그물 짜기

따스한 봄볕이 넘치는 하늘은 한없이 드맑았다. 따스한 봄볕의 감촉은 가녀린 솜털처럼 보드랍고 포근했다. 그 봄볕 속에서 가지가지 색감의 유록색 새잎들이 싱싱하게 피어나고 있었다. 나지막한 야산마다 생명감 싱그러운 유록색 잎들은 무리 지어 뭉게구름 피어오르듯 뭉클뭉클 꽃피움하고 있었다. 정녕 그 뭉클거리는 눈부신 약동은 꽃의 아름다움에 지지 않는 새로운 꽃이었다. 그 다양한 유록색의 조화는, 어찌 꽃만 아름답다 하랴, 하는 감탄을 절로 자아내게 했다.

"여기서 잠시 쉬실까요."

앞서 가던 남자가 걸음을 멈추었다. 서너 사람이 앉아 쉴 수 있는 도도록한 공지에 나무 그늘이 살포시 드리워져 있었다.

뒤따라가던 남자가 아무 말 없이 걸음을 멈추었다.

"앉으시지요. 땀도 닦고 목도 좀 축이십시오."

남자가 벗은 배낭에서 손 빠르게 물병을 꺼내며 말했다. 그 사람은 박재우였다.

"이 산이 익숙한 것 같은데, 등산을 자주 하시오?"

남자도 배낭을 벗으며 물었다. 그는 박재우보다 더 나이 들어 보였고, 날카로운 눈매 때문인지 어딘지 냉기가 사르르 낀 듯한 인상이었다.

"예, 일요일에도 이렇게 사람이 많지 않아 가끔 오기는 하는데, 골프를 치게 되면서부터는 등산이 자연히 뒤로 밀리게 됩니다."

박재우는 그 남자에게 마개를 딴 물병을 내밀었다. 말씨에 못지않게 무척이나 공손한 태도였다.

"나도 여기 사람이 없어서 좋소."

남자는, 이자가 장소 선택하는 것부터가 제법이군, 하고 생각하며 손수건으로 이마의 땀을 닦았다.

"저어, 담배 태우시지요."

"산에서 이거 괜찮은 거요?"

산불을 염려하는 남자의 반응은 깔끄장했다.

"아 예, 새싹이 나면서 산불 예방 기간이 해제되었고, 그래도 조심하느라고 저는 이런 재떨이를 가지고 다닙니다."

박재우는 조그만 병을 내보였다. 물이 반나마 차 있는 쌍화탕 병이었다.

"하 이거, 기획총장, 내 맘에 들었소."

그 남자가 비로소 밝은 얼굴로 웃었다.

"아 예, 감사합니다. 김 국장님은 이런 데까지 신경 쓰시고, 역시 모범 공무원이십니다."

박재우는 준비된 아부를 자연스럽게 풀어놓았다.

"아, 모범은 무슨. 평생 몸담다 보니 나도 모르게 그만 몸에 밴 거요."

김동석 국장은 담배를 빼 들었다.

가까운 데서 날카롭고 맑은 꾀꼬리 울음소리가 쨍하니 울렸다. 새 숲의 싱그러움과 잘 어울리는 새소리였다.

"시장하지 않으십니까? 열두 시가 다 됐는데 시장하시면 여기서 식사하셔도 괜찮지 않을까 싶은데요."

박재우가 넌지시 말했다.

"뭐, 그것도 좋소. 바쁠 게 없으니까."

김동석이 빠르게 반응했다.

"화식집에 특별히 잘하라고 당부했었는데, 입에 맞으실지 모르겠습니다."

박재우가 배낭에서 꺼낸 도시락을 김동석 앞에 조심스럽게 놓았다.

　"기획총장이 몇 마디 내비친 말로 내가 대충 짐작하고 있으니까 우리 말 쉽게 쉽게 하도록 합시다. 말이란 솔직하게 쉽게 해도 오해가 생기기 쉬운데, 어렵게 비비 꼬고 하면 서로 잔뜩 피곤해지고 짜증나고 해서 될 일도 안 되는 수가 있고 그래요."

　박재우를 똑바로 쳐다보는 김동석의 눈씨가 매웠다.

　"예, 저도 그러고 싶어서 이런 데로 모시고 나온 겁니다."

　박재우가 익숙한 솜씨로 작은 양주병을 땄다.

　"우선 한잔 드시면서 말씀 나누시지요."

　"……."

　김동석은 술을 따르는 박재우의 옆얼굴을 지켜보며, 젊은 놈이 아주 빈틈이 없군. 한가락 단단히 해먹을 놈이야, 하고 저울질을 하고 있었다.

　"예, 말씀하신 대로 쉽고 솔직하게 말씀드리겠습니다. 그게 다름이 아니라……."

　가만가만 낮았던 박재우의 말소리는 더욱 낮아져 속삭임처럼 들렸다. 그는 마치 귓속말이 천 리 간다, 는 말이나, 낮말은 새가 듣고 밤말은 쥐가 듣는다, 는 말을 의식하고 있기라도 한 듯한 조심스러움이었다.

"그러니까 저어……, 김 국장님을 저희 그룹으로 모셨으면 합니다. 태봉그룹에서 최 국장님을 모셔 갔던 것처럼."

"나를……?"

김동석은 문득 긴장했다. 그건 예상이 완전히 빗나가버린 일격이라서 충격이 꽤나 컸지만 그는 애써 그런 감정을 감추려 했다. 그가 예상했던 것은 무슨 정보 협조 정도로 생각했던 것이다.

"예, 국장님을 꼭 모시고 싶습니다." "난 아직 퇴직이 2년이나 남았소. 그 정도는 알고 나서야 하는 것 아니오?" "예, 알고 있습니다." "알고 있다고요?" "예, 명퇴를 하시면 좋지 않을까 합니다. 인력 적체가 전사회적으로 문제가 되고 있는 상황에서 후배들에게 길을 열어주기 위해서 명퇴를 한다고 하시면 사회적 명분도 세우고, 자리를 옮기며 높게 우대 받으면 실리도 얻는 일석이조의 효과를 거두시게 되는 겁니다." "실리……?" "예, 첫째 저희가 남은 임기 2년 치의 급료를 일시불할 것입니다. 둘째 김 국장님을 태봉의 최 국장님과 똑같은 직위로 우대할 것입니다." "아니……, 여기 술 한 잔 더 주시오." "예, 하실 일은 특별히 어려울 게 없습니다." "헌데, 최 국장님 말이오, 거 뭐라 해야 하나……, 직접 물어본 일이 없어서……, 그게……." "최 국장님이 받으시는 보수 말씀인가요?" "그게 말이오……, 뭐라 물어보기 곤란해서……." "아예, 제가 얼마 전에 다시 확인했는데, 연봉 10억에 맞춰져 있습니다." "……." "저희 그룹에서는 그것으로 끝나지 않습니다. 연말에 책정되는 스톡옵션이 또 있습니다. 실적에 따라 평가되는데, 어떤 경우에는 연봉을 쉽게 넘는 분들도 있습니다. 잘 아시겠지만, 무슨 일이든 처음 시작할 때는 으레 실적을 올릴 수 있는 기회가 많지 않습니까?" "으으음……, 해야 할 일이란 무슨 일이오?" "예, 특별한 것이 아니고, 지금까지 해오셨던 일의 연장이라고 생각하시면 됩니다. 물론 공적 책임감은 훨씬 줄어들고요." "글쎄, 해오던 일의 연장이라……." "예, 정보라는 성격만 같지 일의 양도 훨씬 줄어들게 될 것입니다." "글쎄, 그게 기업을 위해서……, 그게 좀……." "태봉의 최 국장님을 보십시오. 아주 잘해 오고 계시지 않습니까. 저희는 김 국장님의 능력도 확신하고 있습니다." "글쎄……, 그게 좀……." "술 한 잔 더 받으시지요." "공기가 상쾌해서 그런지 술맛이 괜찮소. 그런데 그게……." "그리고 국장님께서 일하기 편하게 해드리기 위해서 회사에서 적극 지원할 것입니다." "지원……?" "예, 다른 국장님들과 스무스한 관계를 유지하기 위해서 상시 관리를 하는 것입니다." "상시 관리?" "예, 선정된 대상자들에 대해 설, 추석, 휴가 때 반드시 인사를 하고, 경조사를 반드시 챙기며, 접대는 언제든지 수시로 할 수 있게 하는 것을 말합니다." "허어…… 아주 빈틈없이 치밀하구려.""예, 그뿐만이 아닙니다. 그 대상자들이 원하기만 하면 그분들의 자제를 특채해 줄 수 있습니다.""아니 특채까지? 그걸 원하지 않을 사람이 없는데, 그걸 다 어쩌려고……?""아닙니다. 우리 그룹에 사원이 19만입니다. 몇백 명 아니라 몇천 명을 특채한다고 19만 중에서 표나 나겠습니까? 일단 대학 나온 정도면 누구나 한 가지 일은 할 능력이 있고, 우리 그룹의 계열사들은 수많은 종류의 일자리를 가지고 있습니다.""허, 내가 미처 못 당하겠소.""어떻습니까. 그런대로 일할 여건은 되지 않았습니까?""좀 더 생각해 봅시다. 인생 중대산데…….""예, 물론 생각해 보셔야지요. 자아, 한 잔 더 받으시지요.""아니, 나만 자꾸 주면 어떡하오. 술 먹이는 수완이 보통이 아닌데.""저는 이따가 운전을 해야 하니까요.""아 참 그렇군."

박재우는 김동석의 잔에 술을 따르며, 흥, 생각해 보긴 뭘 생각해 봐. 숨길 카드 하나도 없이 속 다 드러냈으면서. 그래, 돈은 귀신도 부리고, 처녀 불알도 산다니까, 하며 키득키득 속웃음을 웃고 있었다.

술이 독한 데다 낮술이어서 그런지 김동석의 얼굴은 붉그죽죽하게 술기운이 돋아 오르고 있었다. 그는 그 불콰한 얼굴로 아무 말 없이 밥 먹기에 열중해 있었다. 그러나 그는 밥을 먹는 것이 아니었다. 무슨 생각엔가 골똘히 빠져들며 그저 밥 먹는 동작을 취하고 있을 뿐이었다. 박재우는 그런 김동석의 속마음을 들여다보면서 자기도 느릿느릿 젓가락질을 하고 있었다. 지금 김동석의 마음이 돈 계산으로 얼마나 벌떡벌떡하고, 울렁울렁하고, 들썩들썩할지 유리 진열장 안을 들여다보듯 환히 알 수 있었다. 공무원 월급으로 평생을 살아온 그에게 자신이 제시한 돈은 상상하기 어렵게 큰 액수였다. 그가 가욋돈을 더러 챙겨 먹었다 해도 그저 푼돈이었을 것이고, 그가 지금까지 모아둔 전 재산이 연봉 10억의 몇 배나 될 것인가. 연봉에다 스톡옵션을 더하고, 거기에다 몇 년을 곱하면서 머릿속이 얼마나 복잡할 것인가. 그 황홀하기 그지없는 생각을 방해해서는 안 될 일이었다. 그 달착지근하고 아른아른한 꿈에 깊이깊이 취하도록 내버려두어야 했다. 그 여행의 끝이 온순한 귀순일 것은 빤한 결론이었다. 자신이 그랬고, 제아무리 콧대 높은 직위에 앉은 자들도 그랬고, 제아무리 권력이 큰 자들도 그랬다. 돈은 단순히 위조하기 어려운 그림이 그려져 있는 종이쪽지가 아니었다. 그건 살아 움직이는 생물이었고, 그 무엇이든 굴복시키는 괴력을 발휘하는 괴물이었다.

"아니, 저기 저건 뭐요……?"

눈을 가느스름하게 뜬 김동석이 나뭇가지들 사이로 뚫린 공간 저 먼 데를 보며 물었다.

흠, 누가 정보통 아니랠까 봐 눈초리 하나는 맵군. 박재우는 김동석을 쳐다보며 빙싯 웃었다. "예, 저거 골프장입니다."

"이런 데 골프장이 다 있구. 근데 저거 지금 공사 중인 거 아뇨?"

김동석이 눈을 좀 크게 뜨며 목을 앞으로 쭉 늘였다.

"예, 식사 끝나시면 말씀드리려고 했었는데요. 저거 저희 그룹 것입니다."

"뭐요? 일광이 골프장을 갖다니……, 이거 금시초문인데, 어찌 된 거요?"

김동석은 순식간에 직업 정보원의 날카로움과 냉기를 내뿜었다. 돌변한 그의 태도에서는 그냥 지나쳐서는 안 되는 그런 사항을 자기가 모르고 있었다는 것에 대한 불쾌한 기색이 드러나 있었다.

"예, 얼마 전에 극비리에 인수한 것이라 아는 사람이 몇 안 됩니다. 원사업자가 딴 사업이 잘못되는 바람에 저것까지 날아갈 위기에 처하자 급히 처분하지 않을 수 없게 되었고, 그쪽의 요구에 따라 비밀을 지켜야 했습니다. 저희 그룹에서는 마침 골프장 사업을 하려던 참에 저게 싸게 나왔으니 아주 안성맞춤이었던 거지요."

"허어, 남 회장님 또 부동산 투자 톡톡히 하셨군. 몸 단 사람 마구 몰아댔을 것이니 얼마나 헐값에 손에 넣었을 건가." 김동석은 혼잣말하듯 하고는, "저건 언제 오픈이오? 공사는 꽤 된 것 같은데." 담배에 불을 붙이며 관심을 드러냈다.

"예, 얼마 안 남았습니다. 지금 전체적으로 마무리 공사를 하고 있으니까요. 국장님은 많이 느셨습니까?"

"그게 글쎄 마음보다 늘지를 않아요. 남들 눈도 있고 해서 자주 칠 수 없으니까. 운전이 핸들 잡는 만큼 늘듯이 골프도 채를 잡는 만큼 느는 것 아니겠소."

김동석은 담배 연기를 길게 내뿜으며 직업의식 가신 편한 얼굴로 웃었다.

"예, 그렇지요. 저희 그룹으로 옮기시면 다른 국장님들 모시고 언제든지 맘껏 치십시오."

"그래도 되는 거요?"

"예에, 회사에서 접대용으로 쓸 거니까요."

김동석은 박재우가 왜 하필 이 지점까지 오게 되었는지를 비로소 깨달았다. 그러나 그는 그 계산된 행동이 기분 나쁘거나 하지는 않았다.

"글쎄, 골프라는 게 뭔지 모르겠소. 내가 화투고 술이고 뭐고 그런 것에 휘말린 일이 없는 사람인데, 그놈의 골프는 이상해요. 생각과는 다르게 자꾸 끌려들어가는 게, 중독이라는 게 이런 게 아닌가 하는 생각이 든단 말이오."

김동석은 사람 냄새 물씬 풍기는 말을 해놓고 골프장 쪽으로 눈을 돌렸다.

"예, 그래서 영국에서는 흉악범 장기수들에게 골프를 치게 했다지 않습니까?"

"장기수들……?"

김동석은 무슨 소리냐고 묻고 있었다.

"아 예, 흉악범들은 긴 감옥살이를 견디려 하지 않고 흉악범답게 자꾸 탈옥을 감행했던 거지요. 그래서 골프를 치게 했더니 탈옥이 싹 없어지고 만 겁니다. 골프 치기에 미쳐서 탈옥할 생각을 잊어버린 거지요."

"아하하하……, 사실인지 아닌진 모르겠소만, 글쎄 골프란 게 그렇게 사람 미치게 하는 데가 있다니까요."

김동석은 전혀 딴사람 같은 모습으로 흔쾌하게 웃었다.

박재우는 그 웃음을 자신의 요청에 대한 응답으로 듣고 있었다.

"식사 다 끝나셨으면 좀 더 걸으시겠습니까?"

박재우가 주섬주섬 짐을 챙겨 넣으며 말했다.

"아니 됐소. 우리 등산하러 온 것 아니잖소. 내려가면서도 더 걸을 수 있고."

김동석은 물 담긴 쌍화탕 병에다가 담배꽁초를 넣었다.

"여긴 왜 이렇게 으리으리해? 마치 왕궁 꾸미듯 해났군."

남자가 소파에 앉으며 방 안을 휘둘러보았다.

"특별한 사람, VIP만 모시고 한잔하는 특별한 곳이니까."

남자와 마주 앉은 사람은 강기준이었다.

"VIP? 흥, 나 같은 게 어찌 VIP냐?"

남자가 코웃음을 치며 강기준을 흘겨보았다. 그 입에 물린 비웃음과 군살 없이 동글갸름한 얼굴이 총기와 고집을 함께 품은 인상이었다.

"야, VIP란 본인 자신이 결정하는 게 아니라 타인이, 제3자가 결정하는 거야. 똑똑한 정민용이 그것도 몰라?"

강기준이 빙글 웃으며 담배를 내밀었다.

"제3자? 그거 더 웃기는 소리네. 고작 서기관이 VIP? 그놈의 VIP 소리 듣기 짜증나고 귀에 거슬린다." 정민용은 눈살을 찌푸리며 혀를 차고는, "아직도 담배를 피워? 야만인같이" 하며 손을 저었다.

"아니 장차 VIP 자리에 진짜 오르실 분이 왜 그러시나? 마치 VIP에 무슨 열등감이라도 있는 것처럼." 강기준이 담배에 불을 붙이고는, "야만인? 제기랄, 담배는 언제 끊은 거야? 야만인의 반대는 뭔가? 문명인? 문화인? 좌우간 언제 문명인이 됐냐구?" 그는 상대방을 향해 담배 연기를 길게 내뿜었다.

"요새 공무원 해먹기 힘든 조건이 하나 더 붙었어. 금연 빌딩 지정제와 함께 공무원들의 금연 솔선수범 바람이 태풍급이야. 금연을 안 하면 사람 취급을 안 하려고 할 뿐만 아니라 승진 탈락의 위험까지 감도는 분위기야. 거기다가 직급이 좀 높다 보니 솔선수범 압력은 더 강해지고, 어쩌겠어, 끊는 수밖에."

그 어조에 담배가 그립다는 듯한 기색이 내비치는 것도 같다.

"잘됐네. 장차 장관 되시려면 국가와 국민을 위해서 건강해야 하니까."

강기준이 장난스럽게 엄숙한 표정을 지었다.

"여기……, 그런 말 막 해도 괜찮아?"

정민용이 날카로운 눈길로 방 안을 빠르게 훑었다.

"에이, 염려 놓으셔. 그런 신변 안전이야 철저하게 지켜드리니까. 여긴 우리만 쓰는 안가야. 아까 들어올 때 이런 데가 있으리라고는 상상도 못 했잖아. 여긴 술집이 아니고 개인집 거실에서 한잔하는 거라고 생각하면 돼."

강기준이 그 불안한 마음 안다는 듯 고개를 끄덕였다.

"조심해야 돼. 골목마다, 구멍가게까지 CCTV가 널려 있고, 몇십 미터 밖에서도 도청이 되는 세상이야. 호텔 특실에서 한 얘기가 다 도청되어 버리는 세상이니까."

정민용이 씁쓰름하게 웃었다.

"물론 조심해야지. 무서운 세상이니까."

그때 가늘고 희미하게 노크 소리가 울렸다. 그 조심스러움이 여자가 뒤꿈치를 들고 걷는 걸음걸이 같았다.

"예에—."

강기준이 길게 목청을 뽑았고, 정민용이 하려던 말을 감추며 자세를 바꾸었다.

"술 나왔습니다."

나비넥타이에 검은 양복을 날렵하게 차려입은 젊은 남자가 기예라고 해도 좋을 만큼의 잽싼 솜씨로 술상을 차렸다.

"아가씨들은……?"

"우리 얘기 끝내고 부를 거야."

강기준이 사무적으로 말했다. 그 물기 없이 딱딱한 목소리는 지금까지의 목소리가 아니었다.

"아니, 여기도 여자가 있어?"

젊은 남자가 물러가자 정민용이 뜻밖이라는 반응으로 물었다.

"이런, 술자리에 여자 없으면 그거 무슨 맛이겠어. 고추장 빠진 비빔밥이고, 겨자 빠진 생선회지."

"하긴, 술은 장모가 따라도 여자가 따라야 맛이라고 했으니까. 하여튼 기업들 하는 것 보면 점점 놀라워. 이렇게 감쪽같이 술집 아닌 술집을 만들어놓고 말야……."

정민용이 새삼스럽게 방 안을 둘러보았다. 벽은 여러 가지 농담의 빨간색과 금빛이 섞인 꽃무늬 비단으로 도배되어 있었고, 수백 개의 작은 유리 조각들이 잘게 흔들리며 빛을 반사하고 있는 상들리에도 호화로움의 극치였다. 벽지와 조화를 이루고 있는 가죽 소파와 서양풍으로 조각된 장식장들도 돈 냄새를 진하게 풍기고 있었다.

"이건 우리가 만든 게 아니고 광고 회사 것을 우리가 가끔 이용하는 거지. 남들 눈 피하기 좋으니까. 자아, 한잔씩 하면서 얘기하자구."

강기준이 술병을 들었다.

"술맛 좋은 걸 보면 아직 다 늙은 것 같지는 않고……, 이 보잘것없는 몸을 이런 근사한 장소까지 끌고 온 걸 보면 예삿일 같지는 않고……, 빨리빨리 얘기 끝내고 술 편히 마시자고."

정민용은 코끝에 감도는 양주 향기에 단 입맛을 다셨다.

"그래, 나도 얘기 길게 끌고 싶지 않아." 술을 받는 강기준의 목소리가 한 톤 낮아졌다. "우리 그룹도 태봉처럼 관리 조직 대폭 확대를 시작했어. 그래서 네가 우리 그룹으로 옮기기를 정식 요청하는 거야." 그는 정민용을 똑바로 쳐다보며 말했다.

"뭐라구? 그게 말이 되는 소리야?"

정민용은 술을 마시다 말고 잔을 뗐는데, 술이 잔을 넘칠 만큼 그는 놀라고 있었다.

"왜 그리 놀래? 뭐가 말이 안 되는 거야? 조직 확대가? 널 영입하는 게?"

강기준은 침착했다.

"당연히 첫 번째 조직 확대지."

놀란 것에 비해 정민용의 목소리도 낮게 깔렸다.

"왜, 태봉 따라가기 불가능해서? 그런 선입관 버려. 너 잘 알지만, 우리가 재력이 태봉과 다를 게 없고, 우리 회장이 지난번에 실형 받은 것에 대해 이를 뿌득뿌득 갈고 있어. 다시는 그런 꼴 당하지 않겠다는 결심이 강철처럼 강해. 그리고 더 중요한 것, 재산권과 경영권 상속이 걸려 있어. 이만하면 왜 그 일을 시작했는지 납득하기 충분하지?" "글쎄……, 그거 듣고 보니 그럴 수 있겠다 싶은데……, 그 일에 왜 나를 찍어?" "그쪽 분야를 장악하는 데 가장 능력 있는 적임자니까." "능력이 있다……, 대학 동창이라면 능력 있는 놈이 더 잘되라고 조금이라도 도와줘야 옳지, 사기업의 이익을 위한 앞잡이 노릇을 하라고 끌어내려야 옳으냐?" "너, 너무 급하게 기분 상하지 말고 들어. 난 네 꿈이 뭔지 잘 알아. 더구나 그 꿈을 망치게 할 생각은 털끝만큼도 없어. 난 행시(행정고시) 출신이 아니니까 아예 그런 꿈을 갖지도 않았지만, 넌 행시를 거쳐 지금까지 착실히 기반을 닦아왔으니까 그런 꿈이 없다면 남자가 아니지. 나도 그 점을 깊이 생각했고, 내 제안이 그 꿈을 확실하게 이루는 데 도움이 된다는 결론을 내리고 널 만나기로 한 거야." "그건 또 무슨 소리냐? 외국 박사라서 그런 해괴한 논리가 나오냐?" "비꼬지 말고 잘 들어. 우물 안 개구리로 네 직장 안에만 묶여 생각하지 말고 눈을 크게 뜨고 모든 걸 살펴보면서 생각해 봐. 네가 꿈꾸는 자리는 하나뿐이야. 그런데 똑같은 꿈을 품은 경쟁자들은 네 옆에 수두룩해. 그들의 능력은 다 비슷비슷해. 그런 여건 속에서 하나뿐인 자리를 차지한다는 것은 개인적인 능력이 아니라 제3의 여건이 갖춰지지 않으면 안 돼. 이런 말 있잖냐. 투 스타 소장까지는 개인적 능력으로 될 수 있다. 그러나 스리 스타부터는 하늘이 내려야 한다. 그 하늘이란 말은 우연한 재수나 운을 말하는 게 아니잖아. 정치적 여건이 작용한다는 말을 피하느라고 어물어물 하늘이라고 한 거지. 너도 진정으로 장관이 되고 싶으면 그 정치적 여건을 갖춰야 하는데, 그 길이 바로 우리 그룹으로 옮기는 것이야." "너 점점 이상한 소리를 한다. 사기업으로 가는 게 대열 이탈이지 그게 어떻게 거기로 가는 길이냐?" "어허, 기분 나빠하지 말고 눈을 크게 뜨고 보라니까. 지난 정권들 중에서 경제부처 장관들의 출신 경력을 자세히 분석해 본 적 있어? 그들 중에 세 명이나 기업 출신, 태봉그룹이란 걸 알아?" "뭐라구? 그렇게 많아?" "거 봐. 넌 네 코앞만 보고 살지 그런 분석도 안 해보고 있는 거야. 그들은 두 가지 공통점을 가지고 있어. 너처럼 행시 고득점자들이고, 기업에 잠시 몸담았다가 장관으로 도약했다는 점이야. 그게 어떻게 된 일일까? 짐작이 가니? 상상이 돼? 그 도약에 바로 그들이 몸담았던 기업, 태봉의 힘이 막강하게 작용했다는 사실이야. 그게 또 이해가 잘 안 되지? 이런 말이 있어. 10년 전에 대통령 선거를 치르려면 당선자의 경우 2천억이 들었고, 10년이 지난 지금은 3천억이 든다고. 나라에서 주는 공식 선거 비용은 얼마 안 되는데 그럼 그 많은 돈은 어떻게 마련할까? 당원들의 당비? 지지자들의 후원금? 그거 다 언 발에 오줌 누기 식의 푼돈 아니냐. 다 기업인들한테 손 벌리는 거야. 기업들은 자의 반, 타의 반으로 돈을 낼 수밖에 없지. 괘씸죄로 찍혀서는 사업 못 해먹으니까. 그런데 태봉 같은 기업은 자기의 목표를 향해 솔선해서 엄청난 거액을 판돈으로 거는 거야. 그리고 당선되면 대통령의 뒷다리를 단단히 잡게 되는 거지. 또한 이미 통로를 마련한 그 참모들과 더 화끈하게 로비를 강화하는 거고. 그러면서 자기네 사장이나 임원으로 있는 사람들을 은밀하게 장관으로 미는 거야. 학벌 좋겠다, 행시 출신으로 고급 공무원이었겠다, 경제 현장의 경력까지 쌓았겠다, 마르지 않는 파이프라인의 추천이겠다, 장관 안 시킬 이유가 없는 거지. 그런 메커니즘이 이해가 가?" "글쎄……, 그런 낌새를 전혀 모르는 건 아니지." "이런 참. 전혀 모르는 게 아니어서는 안 되지. 분명하게, 똑똑하게, 확실하게 알고 있어야 해. 그래야 너의 목표를 이룰 수 있다 그거야." "그 미끼로 날 꼬신다 그거냐?" "야, 말 좀 고상적으로 해라. 쌍스럽게 꼬신다가 뭐냐, 모신다지." "고상적? 그런 농담까지 할 여유 있어 좋다." "어떠냐, 내 말이. 실감 나고, 확실하게 납득이 되겠지? 그럼 망설일 것 없이 빨리 옮겨. 내가 틀림없이 널 그렇게 만들 거니까. 쉰다섯 되기 전인 십 년 안에." "허 참, 별 웃기는 놈 다 보겠네. 지가 무슨 일광 회장이라도 된다고." "야, 너날 우습게 보지 마. 이번에 새로 발족시킨 문화개척센터는 우리 회장님의 친위 조직이고 일광그룹의 심장인 셈인데, 난 그 조직의 넘버 쓰리야. 그건 계열사 사장들을 맘대로 잡아 흔들고 호령할 수 있는 권한을 가진 자리라구. 그리고 더 중요한 건, 10년 후에는 내가 넘버 투가 되어 있을지 넘버 원이 되어 있을지 모른다는 사실이야. 분명한 것은 그때 난 지금보다 훨씬 강해져 있을 것이고, 그럼 너를 확실하게 도울 수 있는 힘을 갖게 되는 거야. 회장님도 우리 출신 장관 갖기를 원하는 거고. 못 알아들을 말 없지?" "말은 거칠 것 없이 번들번들하고 미끈미끈하다만 세상만사가 어디 말처럼 마음처럼 된다던?" "야, 빈정거리지 말고 현실을 직시해! 너 알지, 돈이 시장 바닥에서만 만사형통이고 장땡이 아니라는 거. 현실은 자본주의고, 자본주의는 돈이 왕이고, 돈을 이길 수 있는 힘은 그 어떤 것도 없어. 모든 권력은 총구로부터 나온다. 위대하신 모택동 동지의 말씀이시지. 그러나 그건 60년 전의 케케묵은 애기고, 지금 중국에서도 권력은 돈으로 이동하고 있어. 몇 년 전부터 자본가들을 당원으로 받아들이기 시작했으니까. 그 자본가들이 돈에 혈안이 된 타락한 당원들을 차근차근 매수해 가면 어떻게 되지? 중국 당원들의 타락은 세계적으로 유명하니까, 당은 자본가들의 손아귀에 들어가게 되고, 그러면 껍데기만 남았던 중국 사회주의는 그나마 분해되어 흔적 없이 사라지게 되는 거지. 그리고 마침내 공식 13억, 비공식 15억 인구의 나라 중국 대륙이 본격적인 자본주의 천하가 되는 거야. 그것 참 볼만한 인류사의 일대 쇼가 아니겠어? 그게 돈의 마력이고 괴력이야. 어떠냐, 마음이 흔들리고 있지?" "너 설마 번갯불에 콩 볶아 먹을 생각으로 날 만나는 건 아니겠지?" "그야 당연하지. 아무리 급해도 며칠 생각할 여유는 줘야지. 그리고 궁금할 테니까 조건을 말하지. 계열사 사장급 예우로 연봉 10억 플러스, 스톡옵션이야. 해야 할 일은 지금 일하는 부처를 충실히 관리하는 것. 별로 어려울 것 없는 일이잖아. 그동안 애 많이 썼으니까 이제 좀 혜택 받으며 살아보라구. 우리 사회의 골든 패밀리로 말야." "골든 패밀리?" "응, 골든 패밀리. 로얄 패밀리 그다음 계급. 우리 회장 같은 사람들이 자본주의 사회의 왕족인 로얄 패밀리라면, 우리는 거기까진 올라갈 수 없고 그다음 급인 골든 패밀리인 거지." "골든 패밀리, 듣고 보니 그럴듯한데, 난 유학파가 아니라 영어에 자신 없는데, 그게 정확한 영언가?" "아니야, 그런 뜻을 가진 말은 따로 있어. 더 뉴 리치(the new rich)라고. 이 얘기 들어봐. 우리 중고등학교 영어책에서 스터디 룸이라고 배웠잖아. 그런데 미국 가서 보니까 공부방, 서재는 스터디 룸이 아니라 어스터디(a study), 어 라이브러리(a library)라고 해야 하는 거야. 스터디 룸은 일본 사람들이 만들어낸 일본식 영어인데, 식민 지배를 받은 영향으로 우리도 그냥 그대로 따라서 쓴 거지. 그런데 재미있는 것은 미국 사람들 반응이야. 그건 분명 틀린 영어지만, 일본 사람들 입장에서는 그렇게 쓰고 싶어 하고, 뜻도 그런대로 잘 통하니까 꼭 틀렸다고 할 수는 없다는 거야. 그냥 일본식 영어로 인정한다는 거지. 그리고 미국 사람들은, 국가에 따라서 민족에 따라서 발음이 조금씩 달라질 수밖에 없으니까 세계에는 50가지가 넘는 영어가 있다는 것도 당연한 현상으로 이해하는 입장이야. 그러니까 우리가 영어 발음이 좀 다른 것에 지나친 열등감을 느끼거나, 미국 사람들처럼 발음하려고 몸부림치는 것은 꽤나 어리석은 짓이지. 그래서 더 뉴 리치라고 하면 신흥 부자 정도의 뜻이라 영 마음에 안 들어서 로얄 패밀리에 맞춰서 골든 패밀리라고 내가 일본식으로 멋지게 창안하신 거지. 어때, 글로벌 시대에 어울리게 실감 나잖아?" "별짓 다 하는군." "자아, 그 문제에 대해서 더 묻고 싶은 거 있으면 물어." "그럼……, 넌 10억 넘게 받고 있는 거야?" "아니, 같아." "……."

정민용은 침묵을 가리려는 듯 술잔을 단숨에 비웠다.

강기준은 정민용의 얼굴에 드러나는 동요의 빛을 지켜보면서 속으로 미소 짓고 있었다. 그래, 돈은 귀신도 부리고, 지옥문도 여닫는다고 했잖아!

"아가씨들 부를까?"

강기준이 제1막이 끝났음을 알렸다.

"응, 그래, 그래……."

정민용이 깊은 생각에서 깨어나는 눈길로 대답을 더듬거렸다.

곧 두 아가씨가 들어섰다. 날씬하다 못해 낭창낭창할 것 같은 허리로 그녀들은 나부시 절을 했다. 원피스 길이가 유난스럽게도 짧았다.

강기준은 정민용의 눈길을 느끼며 고개를 돌렸다. 정민용은 씽그레 눈웃음을 보내고 있었다. 강기준은 눈을 찡긋하며 화답했다. 정민용의 눈자위에 어린 웃음은 술자리의 여자에게 만족을 느끼는 수컷만의 웃음은 아니라고 생각했다.

"귀하신 분이니까 잘 모셔."

강기준은 먼저 고르라는 손짓을 했고, 정민용은 서슴없이 연초록 원피스의 얼굴 갸름한 아가씨를 손가락으로 불렀다.

"자아, 술 가득가득 따라라. 너희들도 좀 마시고. 술맛 날 때가 행복한 때니라."

강기준은 큰 짐을 부려놓는 것 같은 홀가분한 기분으로 술
잔을 들고 탁자로 다가앉았다.

통유리창 밖으로는 한강 두물머리의 신비스러운 풍광이
가직하게 펼쳐져 있었다. 두 강줄기가 합쳐져 하나가 되는 곳,
강폭 드넓은 두 강이 소리 없이 뒤엉켜 하나가 되는 것도 그
지없이 경이로웠지만, 두물머리라는 그 이름은 더욱 곱고 정
갈스러웠다. 술집의 독방이 그런 빼어난 경치를 독점하고 있
다는 것은 격에 맞지 않게 시건방진 것 같기도 했고, 주인의
발 빠른 장사 수완이 그런 풍경 값까지 덧붙여서 술값을 비
싸게 받는다 해도 탓할 수 없을 것도 같았다. 그러나 다시 생
각해 보면 그 우아하고 그윽한 경치를 그 술집만 독점한 것이
아니었다. 이 강변에 잇달아 있는 술집들은 다 사이좋고 공평
하게 그 풍경을 향유하고 있었다. 자연의 큰 품이 베푸는 은
혜였다.

"마음도 지랄 같은데 경치까지도 사람 미치게 하네요."

남자가 먼 눈길로 풍경을 바라보며 통명스럽게 말했다. 그
얼굴은 목소리에 못지않게, 무슨 놀이에서 돈을 많이 잃은
사람처럼 부아가 잔뜩 치밀어 있었다.

"그게 무슨 소리야. 위로가 되라고 일부러 여기까지 왔는

데. 저 경치 보고 일차로 마음 풀고, 술 한잔하고 이차로 마음 풀어."

박재우가 남자의 어깨를 두들기며 술병을 들었다.

"이 신태하가 그놈보다 모자랐다면 말을 안 해요. 고시 성적도, 연수원 성적도, 수사 평가도 모두 앞섰다구요. 그런데 그놈이 나보다 총장하고 고등학교, 대학교 학연이 두 번 겹친다고 그놈을 승진시켰어요. 학연이라는 것 정말 드러워요."

신태하라는 남자는 분을 삭이지 못해 주먹을 말아 쥐며 부르르 떨었다. 안경 속의 가느스름한 눈에서는 증오가 이글이글 타고 있었다.

"그거 인제 알았어? 거 말야, 부모가 반팔자라는 말이 있는데 그건 다 옛날 얘기고, 요새 세상에서는 부모가 온팔자고, 학연·지연·혈연이 반팔자야. 모자랐던 학연 놓고 분해 봤자 죽은 자식 불알 만지기 아닌가. 깨끗하게 다 잊어버리고 우리 둘이 학연 씽씽하게 살려가며 잘해 보자구. 자아, 술 받어."

박재우가 신태하의 잔에 술을 따랐다. 잔을 부딪친 그들은 양주의 독기쯤 우습다는 듯 잔을 발딱 뒤집었다.

"선배님은 경제 전공이라 검찰 세상을 잘 몰라서 그래요. 검사가 되기까지 말로 다할 수 없이 어려웠던 만큼 야심도 큰데, 그 큰 야심이 한 번의 인사로 박살 나버리고, 한 사람의 인생이 꺾이는 절망을 모른다구요."

분노와 괴로움이 뒤섞인 신태하의 얼굴이 우는 것처럼 일그러졌다.

"모르긴 뭘 몰라. 검찰 세계에서만 한 번의 인사로 인생이 멍들고 금 가는 줄 알아? 일반 회사고 어디고 다 마찬가지야. 가만 보면 의사와 검사들이 자기네가 힘들게 공부했으니 특별대우를 받아야 한다고 창피한 줄 모르고 아주 뻔뻔스럽게 말들 잘하는데, 그건 말도 안 되는 소리야. 내가 쌍소리로 한마디 할까. 이 세상 젊은 사내놈들치고 새벽 뭐 안 꼴리는 놈들 없듯이 젊은 놈들은 누구나 하늘을 찌르는 야심을 품고 살아. 그게 수컷들의 비극적 본능이기도 하지. 그 본능 때문에 박 터지게 경쟁하고, 피 흘리고, 좌절하고, 절망하고, 다시 일어서고, 또 경쟁하고 그러잖아. 인간은 누구나 다 제 나름의 인생의 무게를 지고 살아가는 거니까 자네 혼자 당했다고 너무 상심할 것도, 엄살떨 것도 없어. 더구나 자넨 새롭게 도약할 수 있는 더 좋은 기회를 잡았잖아."

박재우는 출전하는 운동선수들이 새 기운 모아 파이팅을 외치듯이 다시 건배하자는 눈짓을 하며 술잔을 들었다.

"선배님은 참, 그게 무슨 새 도약이에요."

신태하는 선배 말이니까 어쩔 수 없다는 기색으로 술잔을 부딪치며 시큰둥하게 말했다.

"이 사람 이거, 왜 이렇게 말귀가 어둡나 그래. 좋아, 자네 말대로 대형 로펌에 들어간다고 해. 그래봤자 그건 월급쟁이 변호사 신세일 뿐이고, 자넨 자네가 꼴 보기 싫어하는 검사들 앞에서 기죽어 빌빌거리는 변호사 신태하의 초라한 꼴을 보여줘야 해. 자네 숱하게 봐서 잘 알지? 변호사라는 게 판사와 검사들 앞에서 얼마나 한심하고 초라한 신센지. 그런데 자네가 우리 그룹으로 와봐. 치사하게 변호사 노릇 할 것 없이 막강한 재력을 업고 그들을 맘껏 주무르고 요리할 수 있다 그거야. 그들보다 수십 배의 연봉을 받으면서 말야. 자네, 한가지 묻자. 태봉으로 자리를 옮기는 것을 검사들 사이에서는 전관(轉官)했다고 한다면서?"

"예, 그렇게들 말하지요."

"바로 그거야. 자넨 인사에 물먹고 밀려난 게 아니라 일광으로 화려하게 전관한 거야. 자네의 그 화려한 모습을 자네를 물먹인 자들에게 당당하게 내보여서 그자들의 콧대를 시원하게 꺾어버리란 말야."

"아니, 태봉하고 일광이 어떻게 똑같습니까. 일광의 그 사업이 어찌 돼갈지, 어떻게 믿을 수가 있어요."

"이봐, 신태하! 사람 말 뭘로 듣는 거야. 나도 너만큼 야심이 크고, 야망도 커. 그런데 태봉에서 일광으로 옮겼어. 그게 망할 자리고 죽을 자린데도 옮겼겠냐. 너가 법을 잘 안다면

난 경제를 더 잘 알아. 더 빨리 출세하고, 더 크게 출세하고 싶어서 옮긴 거야. 무슨 말인지 알아들어!"

박재우가 소리치며 술잔으로 탁자를 치는 바람에 그의 얼굴에는 술방울이 튀어 있었다. 그리고 그의 눈에서는 후배를 압살하려는 남자 특유의 살인광이 내뻗치고 있었다.

"아닙니다, 죄송합니다, 선배님. 제가 실수했습니다. 선배님 말씀대로 일광으로 가겠습니다. 선배님이 하신 말씀 무조건 믿고 따르겠습니다."

완전히 기가 빠져버린 신태하는 선배 앞에 잇달아 굽실굽실 몸을 구푸렸다.

"아까 차 타고 오면서 한 말 중에는 한마디 과장도 거짓말도 없으니까 그대로 믿으면 돼. 날 믿고 따르면 이번에 널 밟은 놈한테 반드시 복수할 수 있도록 출세시켜 줄 테니까!"

얼굴에 튄 술방울을 훔치는 박재우한테서는 남자끼리만 통하는 고등학교 선후배 간의 순정이 넘치고 있었다.

"김 국장이 오늘 사표를 냈다고 방금 연락이 왔습니다."

박재우가 말했다.

"아, 그래요. 신 검사하고 두 사람 다 됐구먼. 기획총장, 정말 수고 많이 했소."

윤성훈이 흡족하게 웃으며 박재우에게 악수를 청했다.

"좀 늦기에 혹시 했었는데 참 깨끗하게 잘됐습니다."

강기준도 홀가분한 표정으로 악수하는 두 사람을 바라보았다.

"정 서기관, 김 국장, 신 검사, 모두 잘됐으니 우리의 1차 목표는 완료됐고, 정계·언론계·국세청 쪽은 기존 조직에다 강화시키기만 하면 되니까 우리가 세워야 할 기둥들이 다 세워졌소. 이제부터는 2차 목표인 각 분야 조직 확대 시작이오. 일이 빨리 진행되니까 회장님께서 아주 반가워하실 거요."

윤성훈이 총본부장답게 보이지 않는 지휘봉으로 다음에 가야 할 방향을 가리키고 있었다. 그는 박재우의 출현 이후 그 언행이 한층 더 치밀하고 진중해져 허투루 하는 것이 없었다.

"예, 조직 확대에 필요한 기본 정보는 김 국장이 업무 개시와 동시에 넘겨줄 겁니다. 그 정보로 1차 대상을 확정하고, 2차로는 그 가족들의 인적 사항까지 파악, 분류해야 합니다." 박재우가 말했다. "가족들……?" 윤성훈이 물었다. "예, 목적만을 위한 상투적이고 사무적인 로비가 아니라 인간적인 감동을 주는 로비, 즉 '무한감동 로비'를 하기 위해섭니다." 박재우가 무한감동 로비에 유난히 힘을 주어 또박또박 발음해 그 목소리로 강조점을 찍었다. "무한감동 로비?" 무슨 의미인지 빨리 파악하고자 하는 윤성훈의 눈빛이 예리해졌다. "예, 우리가 태봉을 능가하진 못하더라도 빠른 시일 내에 같은 수준에 오르려면 태봉이 하지 않는 특별한 전술을 구사해야 합니다. 그게 바로 인간적으로 감동시키는 것이고, 그 방법이 단시일 내에 우리에게 믿음을 갖게 하고, 신뢰를 키우는 가장 효과적인 방법입니다. 그건 다른 게 아니라, 그 대상자 가족 전체의 생일, 결혼기념일을 파악하고 그때마다 카드와 선물을 보내는 겁니다. 그리고 자식들의 진학 상황을 파악하여 축하 카드와 등록금을 보냅니다. 그렇게 하는데 감동하지 않을 사람은 아무도 없습니다. 그 무한감동 로비는 사무적 로비의 효과를 몇 배로 끌어올려줄 것입니다. 그 살아 있는 증인이 바로 지미 카터입니다. 카터가 조지아주 상원의원을 거쳐 주지사에 당선되었을 때 중앙 정치 무대에서는 아무도 알아주지 않는 땅콩농장 주인인 촌사람에 불과했습니다. 어느 날 아침 민주당 어느 의원의 집 앞에 조그만 꽃바구니 하나가 놓여 있었습니다. 꽃바구니 위에는 작은 카드 하나가 꽂혀 있었고, 그 카드에는, 생일을 축하드립니다. 지미 카터, 라고 쓰여 있었습니다. 그런데 다른 의원도, 또 다른 의원도 생일날 아침이면 꼭 꽃바구니를 받게 되었고, 그 얘기는 상하원에 다 퍼지게 되었습니다. 지미 카터의 꽃바구니는 한 번으로 끝난 것이 아닙니다. 다음 해에도, 또 해가 바뀌어도 변함없이 의원들의 생일날 아침이면 꼭 문 앞에서 활짝 웃고 있었습니다. 지미 카터는 모든 의원들이 다 아는 유명인사가 됐고, 끝내는 대통령 후보 경선에 성공하고, 마침내 미국 대통령까지 되었습니다. 작은 꽃바구니의 정성이 의원들의 가슴을 울려 감동시켰던 것입니다. 냉정하기로 소문난 백인 사회에서도 그렇습니다. 그렇다면 인정에 약한 우리 사회에서는 무한감동 로비의 효과가 어떻겠습니까?" "예, 그 말씀 충분히 이해는 갑니다만, 우리가 대충 계산한 관리 대상만 2천여 명에 이릅니다. 거기다 평균 세 사람을 더하면 6천입니다. 그 많은 수를 어떻게 일일이 그런 식으로 관리할 수 있겠습니까. 카터는 몇백 명에 불과했을 뿐입니다." 강기준이 말했다. "실행총무는 실행을 해보지도 않고 불가능부터 거론하는 거요? 달성해야 할 목표가 정해지면 수단과 방법을 가리지 않고 무찔러나가는 것이 모든 전쟁의 기본이오. 무력 전쟁이나 기업 전쟁이나 하나도 다를 것 없다 그거요. 기업 전쟁이 약육강식 적자생존의 정글 법칙이라는 걸 경제학 박사께서 모르실 리가 없는데 그런 한가한 소리 하고 앉았소? 그 일이 6천 명 아니라 6만 명이라도 복잡할 것 하나도 없소. 처음에 잠깐 말했듯이 복잡한 정보 분류는 컴퓨터라는 놈이 간단하게 해치울 거고, 카터는 일개 국회의원일 뿐이지만 우리는 거대한 기업집단이오. 그 일 처리에 사람이 필요하면 몇십 명이고 뽑으면 되고, 몇 백조 보호 프로젝트 진행하는데 그까짓 일반 사무직 몇

십 명의 월급이 몇 푼 될 것이며, 직원들을 채용하는 것은 고용 창출을 하는 것이니 그만큼 사회적 기여를 하는 것 아니오?" 박재우는 숨도 안 쉬듯이 빠르게 말했다. "……." 강기준은 한 방 야무지게 얻어맞은 기분으로 아무 대꾸도 하지 못했다. "아, 역시 기획총장다운 말이오. 무한감동 로비, 그 방법을 채택하도록 합시다. 그런데 말이오……, 차차 결정해 나가야 되겠지만, 상시 관리를 해나가는 데 기본적으로 그 액수가 얼마나 되어야 적당할 것 같소? 물론 분야의 중요도에 따라 경중이 달라져야겠지만……." 윤성훈은 강기준은 안중에 없는 것처럼 박재우만을 상대하고 있었다. "그동안 해왔던 것처럼 언제나 현찰이 최고고, 그 액수는 아주 신경 써야 합니다. 너무 많으면 부담을 느껴 몸을 사리고, 너무 적으면 무시한다고 생각해 오히려 역효과가 나니까요. 그러니까 앞으로 의논을 해가며 적정선을 잘 정해나가야 합니다. 그런데 한 가지 원칙은, 처음에는 적게, 그리고 점차 믿음을 쌓아가며 차츰차츰 액수를 늘려가야 한다는 사실입니다. 그러나 반대로 액수를 줄이는 것은 절대 금물입니다. 모독당했다고 생각해 관계가 바로 깨지고 말기 때문입니다." 자신감 넘쳐 전쟁터로 나서는 지휘관처럼 박재우가 말했다. "그거 동감이오. 그나저나 현찰은 액수가 커질 때가 문제요." 윤성훈이 고개를 저었다. "예, 언제나 그게 골치지요. 허지만 5만 원권이 생겨서 얼마나 다행인지 모릅니다. 고맙게도 부피가 5분의 1로 줄어들지 않았습니까. 전에는 만 원권으로 1억이면 골프 가방에 하나 가득 되었는데, 그걸 가지고 어느 국회의원한테 갔는데 글쎄 안 받는 겁니다. 그걸 그냥 가지고 돌아오는데 얼마나 거추장스럽고 속상하고 그러던지요." 박재우가 크크크 웃었다. "아니, 그런 국회의원도 다 있소? 넙죽넙죽 제일 잘 넘기는 게 그 사람들인데." 윤성훈이 고개를 갸웃했다. "아시겠지만 아주 칼칼한 여성의원들 가끔 있지 않습니까. 특히 소수 야당에." "아니, 그런 사람들까지 손댔단 말이오?" "예, 그때 급한 법안 통과가 있어서 반대표가 나오면 안 되는 상황이었거든요." "저런, 그럼 그 법 통과는 실패한 거요?" "그럴 수 있나요. 그 의원 나리 외국 시찰 나가시도록 손써놓고 편안히 통과시켰지요. 혼자 그래봤자 별수 있나요. 활동비만 궁해지는 거지요." "그래요, 국회의원들 아무리 술수 좋고 수완 뛰어나다 해도 우리 당해내기 어렵지." 윤성훈도 크크크크 웃었다. "좌우간 10만 원권이 빨리 나와야 하는데 언제 나오려는지 모르겠어요. 지난번에 함께 나올 줄 알고 잔뜩 기대하고 있었는데 왜 안 나왔는지 모르겠어요. 분명한 이유도 없이." "글쎄 말이오. 그럼 부피를 더 줄이기 위해서 달러를 쓰면 어떻겠소?" "예, 그럼 10분의 1 이상 줄긴 하는데, 받는 쪽에서 달가워하질 않더군요. 다시 바꿔야 하는 게 번거로우니까요." "그렇기도 하겠소. 어쨌거나 10만 원권 빨리 발행해 달라고 어디다 로비할 수는 없는 노릇이니까 5만 원권으로 요령껏 해나갑시다. 5분의 1로 줄어든 것만도 엄청난 도움이니까." "예, 고맙기 한량 없지요."

5

그들의 사육법

아파트의 그림자는 직선이었다. 그림자에서도 시멘트 콘크리트의 살벌함이 그대로 느껴졌다. 그 그림자를 밟고 걸으며 강기준은 이런 생각이 문득 떠올랐다. 그림자가 살벌하다니……, 전에 느껴본 적이 없는 느낌이었다. 서울 시민답게 아파트 생활이 벌써 20년이 넘었다. 그런데도 아파트 그림자가 직선이라고 느껴보기는커녕 아파트에 그림자가 있다는 사실 자체를 느낀 적이 없었다. 아파트가 살벌하다는 것을 흘러 다니는 말로는 자주 듣지만 분주하게 사는 나날 속에서는 별달리 느끼지 못했듯이.

"고작 7급 주사 이사하는 데 내가 왜 가야 하나 생각하지 마시오. 그 사람은 구청이나 동사무소 7급이 아니란 걸 잊어서는 안 되오. 그곳이 핵심 표적이오. 거기를 완전히 구워삶아야만 우리 사업이 순탄하게 진행될 수 있으니까. 다른 기관보다 열 배 이상 신경 써야 하고, 기름칠도 열 배 이상 해야 하오."

윤성훈의 명령이, 일요일까지 회사 일에 얽혀야 하는 거부감이 엉뚱하게 아파트의 살벌함을 의식하게끔 했다.

"당신 괜히 불평하고 투정 부리지 말고 총본부장이 말하는 대로 눈치껏 잘해야 돼요. 그 사람한테 밉보이는 건 회장님한테 밉보이는 거나 똑같잖아요. 일요일이 무슨 상관있어요. 빨리 나가요, 빨리."

아내의 생존 본능은 정글 속에서 뒤얽혀 사는 야생동물들의 생존 본능보다 더 민감하고 예리했다. 아내는 일요일이 망쳐지는데도 그렇게 관대한 것만이 아니었다. 마치 회장을 대면하고 있는 것처럼 언제나 깍듯하게 '회장님'이었다. 그 충성심은, 한번 해병대는 영원한 해병대다, 를 외쳐대는 해병대 출신들의 그 이상야릇한 충성심을 찜 쪄 먹을 지경이었다. 주 5일제 근무 시대에 일요일까지 희생시키는데도 웃으며 달게 받아들이는 아내의 충성심이야말로 순도 100퍼센트의 충성심이 아니고 무엇이랴. 사마천이 했다는 말, 자기보다 만 배 부자면 그의 노예가 된다, 아내는 영락없이 그 지경에 빠져 있음이 분명했다. 아내는 회장님을 향한 노예의 황홀경에 취해 나날이 마냥 행복하였다. 회장님이야말로 자신의 모든 욕망을 해결해 줄 수 있는 가장 확실 분명한 구세주이니까.

아, 저 꽃…… 강기준은 문득 걸음을 멈추었다. 아파트의 작은 화단에 탐스럽게 큰 하얀 꽃송이가 덩이덩이 피어 있었다. 그 복스럽게 덩이진 꽃은 수국이었다. 풍성하게 둥그스름한 꽃송이들은 그냥 하얀색이 아니었다. 어렴풋하고 아른아른하게 노르스름한 빛이 서려 있었다. 그 신비스러운 색의 조화가 꽃송이들을 더욱 우아하고 청결하게 북돋우고 있었다.

그 꽃을 처음 본 것은 어느 절에서였다. 절에서는 불두화라 부르지요. 이 꽃송이들이 해탈하신 부처님 얼굴처럼 보이기도 하거든요. 정말 해탈한 것 같은 얼굴을 한 나이 지긋한 스님의 말이었다. 그 커다란 꽃송이들은 흰색만이 아니었다. 색감이 가지가지인 엷은 보라색 꽃송이들이 흐벅지게 함께 어우러져 두둥실 떠오르는 것 같은 꽃구름을 이루고 있었다. 어머, 이게 그냥 한 송이가 아니에요. 자잘한 꽃송이들 수십 개가 모여 한 송이씩을 이루고 있어요. 아직 처녀였던 아내의 발견이었다. 그건 참 신기하기 이를 데 없는 조화였다. 불두화라는 이름과 그 신비스러운 조화가 무언가 깊은 의미로 연결되어 있는 것 같기도 했다. 그 스님 뻥쟁이예요. 아무리 봐도 부처님 얼굴처럼 보이지 않는데. 절을 나서며 아내가 말했다.

에이, 스님한테 그렇게 말하면 벌 받지. 도를 닦아야 그렇게 보이지 죄 많은 중생의 눈으로 그렇게 보이길 바라다니. 욕심도 많네. 맞아요, 맞아요. 나 정말 벌 받겠네. 아내가 소리 죽여 웃었다.

누가 아파트 화단에다 수국을 심을 생각을 했을까. 꽃치고 아름답지 않은 꽃이 없듯이 수국은 아파트 화단에서도 절에서처럼 고상한 아름다움으로 잘 어울렸다. 봄의 끝자락이라 화단에 다른 꽃은 보이지 않고, 키 큰 나무들의 잎잎은 진초록으로 물들어가고 있었다. 다른 꽃들이 다 피었다 진 봄의 저물녘에 홀로 피어 있어 수국은 더 아름다워 보이는지 몰랐다. 아, 내가 수국을 좋아하고 있구나……, 강기준은 자신의 마음속 깊은 데를 새롭게 발견하며 수국을 다시 쳐다보았다. 사진과 노래만이 아니라 꽃 또한 삶의 추억을 간직한다는 것도 새롭게 다가온 느낌이었다.

"난 강 총무 나이 때 7급이 아니라 9급짜리 집에 다니며 마당가에 꽃도 심어주고, 애들 말 타기 놀이에 말 노릇도 해주고, 신발장 청소까지 해주었소. 그렇게 가까워진 다음에 팍팍 밀어주기 시작했는데, 그렇게 얻은 우리 회사 이익이 얼만 줄이나 알겠소? 자네가 1등 공신이야, 1등 공신. 실무자를 잘 구워삶고, 완전히 녹여놔야 한다는 걸 어찌 그리 잘 알았나 그래. 위아래가 다 중요하지만, 아래서 실무자가 눈치껏 요령껏 착착 잘해야 위에서 힘쓰기가 편한 법이거든. 회장님께서 이렇게 입에 침이 마르도록 칭찬할 정도였소."

시집살이 심하게 당한 시어머니일수록 시집살이 심하게 시키더라고 윤성훈은 이런 말로 불평의 싹을 아예 짓밟아버리고는 했다. 그리고 그것은 그가 지치지도 않고 되풀이하고 되풀이하는 무용담이기도 했다. 거듭거듭 들어야 하는 사람은 넌더리가 났지만 그는 되풀이할 때마다 생기가 넘치고 신바람이 났다. 다 늙은 상이군인이 일평생 똑같은 무용담을 풀어먹고 살아온 것처럼. 마당가에 꽃도 심어주고, 애들 말 노릇을 해주고, 신발장 청소까지 해주었다니, 구두는 안 닦아주었는지 모를 일이었다. 그건 남들에게 말하기 전에 자기 자신에게 부끄럽고 창피스러운 일이었다. 그런데 그는 그런 일들을 훈장처럼 자랑스럽게 내세웠고, 부하들을 다스리는 신효한 도구로 써먹었다. 군대에서 눈에 불 켠 병장이, 요런 쑵새 애끼들, 좃 대가리로 밤송이 까라면 깠지……, 이 말을 어금니로 뿌득뿌득 갈아 내뱉는 것처럼 했을 때 몇백 명 신병들은 옴짝달싹 못하고 얼어붙어버렸듯이 그의 그 말 앞에서도 부하 직원들은 일언반구 하지 못했다. 한마디 이의 제기가 곧 모가지 당할 만큼 그의 위세가 큰 때문만이 아니었다. 사기업은 그렇고 그렇게 운영되어 간다는 켯속을 어느 만큼 공감하기도 했던 것이다.

강기준은 오래전부터 윤성훈에게 물어보고 싶은 것이 있
었다. 그 창피스러운 얘길 자기 아내나 자식들한테도 한 것일
까⋯⋯. 그 말을 물으면, 너 당장 모가지야! 외칠 것만 같아
묻지를 못했다. 그러나 넌더리 나다 못해 쓴 물이 나는 그 자
랑을 듣고 있다 보면 틀림없이 처자식에게도 했을 것 같은 생
각이 드는 것이었다. 그리고 이어지는 생각은, 아내와 자식들
이 제대로 밥을 넘길 수 있을까 하는 것이었다. 그러나 자신
이 회사에서 당한 일이 창피스러울수록, 굴욕스러울수록 집
에 가서는 입도 뻥끗하지 않는 것처럼 윤성훈도 가장으로서
의 비밀을 영원히 지키리라고 생각했다. 그게 남자만이 가지
는 외로운 자존심이니까. 아무리 고통스럽고 괴로운 일이 있
어도 처자식 앞에서는 눈물을 보이지 않듯이.

"똑똑히 들으시오. 우리 편을 만드는 데는 돈이 다가 아니
오. 인간적으로, 인간적으로 친해져야 되는 거요."

윤성훈이 강조하는 '인간적으로'는 무엇인가. 뜻을 되물을
수록 모호해지고 아리송해지는 그 말은 너무 사람멀미에 욕
지기를 느껴야 하는 도시의 일상 속에서 얼마나 흔해빠지게
넘쳐나고 있는가. 속임수가 염려되는 거래일수록 더욱더. 윤
성훈이 말하는 인간적으로의 강조는, 너도 나처럼 마당가에
꽃도 심어주고, 애들 말 노릇도 해주고, 신발장 청소도 해주
란 말이야, 하는 뜻이었다. 그러나 강기준은 그렇게까지 하고

싶지 않았다. 그렇게까지 자신을 업신여기고 비참하게 만들고 싶지 않았다. 물론 윤성훈의 자리에까지 오르고 싶었다. 그러나 자신은 다른 방법으로 하고 싶었다. 윤성훈의 방법은 어디까지나 윤성훈의 방법일 뿐이었다.

문 주사의 집은 찾고 말고 할 것이 없었다. 아파트촌의 기계적인 배치에 따라 발길을 옮겨놓으면 되었다.

"아니 어쩐 일이오?"

문 주사는 뒤죽박죽으로 어지럽게 풀어헤쳐진 이삿짐 가운데 서서 아무런 표정 없이 말했다. 그는 무표정할 뿐만 아니라, 형식적이나마 손님맞이를 위한 움직임도 전혀 보이지를 않았다. 강기준은 왈칵 끼치는 무안을 느꼈다. 문 주사의 그런 태도는 직업 공무원의 전형적인 거만만이 아니었다. 그런 냉정함으로 자신의 값을 높이려는 의도성을 가지고 있는 듯 보였다.

"이사 축하드립니다. 좀 도와드리려고 왔지요."

강기준은 목청을 좀 높여 너스레를 떨며 거실로 들어섰다. 바삐 오가던 서너 여자의 눈길이 그에게로 쏠렸다.

"앉을 데도 마땅찮은데 뭐하러 오고 그래요."

여전히 말은 퉁명스러우면서도 문 주사는 방 쪽으로 걸음을 옮기고 있었다. 그의 직업 눈치는 재빠르게 작동하고 있었다.

"이거 뭐, 애들은 다 커서 낼모레 대학생이라 각기 독방을 달라고 성화를 댄 지가 언젠데 또 방 수를 늘리지 못하고 평수만 조금 넓혀 2층 침대를 쓰게 해야 하니 원. 그나마 형제니 다행이지 남매였으면 어떡할 뻔했어. 이 눈치, 저 눈치에 골병드는 이놈의 공무원 생활은 언제 때려치워야 하는 건지."

문 주사는 이런 푸념인지 넋두리인지 모를 소리를 늘어놓으며 나란히 놓인 두 책상 앞의 의자에 주저앉았다.

강기준도 의자에 엉덩이를 걸치며 쓰게 웃었다. 문 주사의 말은 묘하게 뒤틀리며 꼬리를 사리고 있었다. 그동안 요령껏 벌어놓은 돈은 많고, 남들 눈이 무서워 쓰고 싶은 대로 쓸 수는 없고, 그렇다고 도깨비방망이 노릇을 하는 꿀단지 자리를 그만둘 수도 없고, 그 고민은 행복하고도 불행한 모든 세무 공무원들의 공통된 고민이기도 했다.

"뭐 마실 것 좀 드릴까요?"

한 여자가 고개를 삐쭉 내밀었다.

"아, 사모님이십니까. 안녕하십니까, 처음 뵙겠습니다."

강기준은 재빨리 일어나 붙임성 좋게 인사를 했다. 그 정도 보비위하기는 이미 잘 숙달되어 있었다.

"마실 게 뭐 마땅찮을 텐데…… 아직 짐도 다 안 풀어서. 그렇다고 아무거나 내오는 건 실례고. 금방 가실 거니까 당신 신경 쓰지 말구 일이나 해."

문 주사는 또 퉁명스럽게 말하며 손을 내저었다. 그게 무슨 신호나 되는 것처럼, "네, 알았어요. 그럼 말씀 나누세요" 하며 여자는 냉큼 돌아서고 말았다.

강기준은 소리 없이 깊은 숨을 내쉬고 있었다. 인간적인 관계를 두텁게 한답시고 하마터면, 예 아무거나 한 잔 주시면 맛있게 잘 마시겠습니다, 할 뻔했던 것이다. 스스럼없이 대하려고 했던 것이 얼마나 주책없는 실수가 될 뻔했는가. 아무거나 내오는 건 실례고……, 속뜻을 선뜻 짚어내기 어려운 그 말은 아주 고약스러웠다. 애매한 웃음이 사람 헷갈리게 하듯이 그 말도 해득하기 어렵게 모호하고 복잡했다. 불법을 일삼아 치부하는 족속들이라고 매도하는 것인지, 너희들 잘 먹고 잘 살아보라는 비아냥인지, 나는 너희들과 다른 국가 공무원이란 과시인지, 정말 수준이 떨어지는 생활상을 드러내고 싶어 하지 않는 자기 비하인지 종잡을 수가 없었다.

"무엇이 필요한지도 모르고 해서……, 저어, 이건 이사 비용에……."

강기준은 속주머니에서 봉투를 꺼내 내밀었다.

"그런 걸 뭐……."

문 주사는 어물거리면서 봉투를 받았다. 그리고 책상 서랍을 빠끔 열어 집어넣었다. 그 동작이 자연스럽고도 재빨랐다. 이사 비용은 많아야 2백만 원 정도일 것이고, 그 다섯 배를 넣었으니 만족할 것이었다. 이런 기회를 기민하게 포착해야 한다는 것이 윤성훈이 강조하는 '감동 로비'였다.

"자제분들이 곧 대학에 진학할 나이가 됐겠죠?"

강기준은 은근히 말머리를 돌렸다.

"큰일이오, 내년부터 시작인데. 이놈들이 연년생이라 더욱."

자식들 얘기라 그런지 문 주사는 기색이 좀 풀리는 것 같은 웃음을 흐릿하게 지었다.

"혹시 미국에 유학 보내실 마음이 있으시면 언제든지 저한테 연락 주십시오. 제가 샌프란시스코 버클리대학에서 박사학위를 받았기 때문에 추천서를 써줄 수 있습니다. 사실 그대로 말씀드리자면, 그 대학에 갈 경우 박사학위 취득자가 써주는 추천서가 우리나라 장관이나 총장이 써주는 추천서보다 더 효과가 납니다. 버클리대학은, 동부에 하버드, 서부에 버클리 할 정도로 명문으로 쳐줍니다."

강기준은 문 주사의 심장에 일격을 가하는 기분으로 말했다.

"아, 그래요!"

문 주사는 반사적으로 눈을 감았다가 크게 떴다. 그 놀라는 반응은 첫 번째 노린 효과였다. 아, 당신이 미국 박사님! 한국 사람 대부분이 그렇지만 특히 공무원 같은 보수 집단에게 미국이란 그 얼마나 거룩하고 눈부신 대상인가.

"미국 유학, 보내면 좋지요. 세계화, 세계화하는 요새 세상에 미국 유학 보내는 것이 이상적이겠지요. 허나 우리 형편에 좀 생각해 봐야겠지요. 혹 미국 유학 보낼 일이 있으면 그때 도움을 청하지요. 좋은 인연이 되었으면 좋겠습니다."

더할 수 없이 환하게 웃으며, 좋은 인연, 이라는 말까지 하는 문 주사는 영 딴사람으로 변해 있었다. 사람의 감정이라는 것이 얼마나 다채롭게 빨리 변할 수 있는 것인지를, 사람이란 얼마나 간사스러운 존재인지를 여실히 보여주고 있었다. 이것이 두 번째 노린 효과였다.

"예, 좋은 인연이고말고요. 언제든지 말씀만 하십시오." 강 기준은 문 주사를 마주 보며 환하게 웃고는, "제가 짐 푸는 걸 좀 도와드리고 싶지만 오히려 방해가 될지 몰라서……." 슬슬 일어설 눈치를 보였다.

"아니 그게 무슨 말씀입니까, 박사님께서. 힘든 일들은 다 이삿짐센터에서 했고 이젠 정리만 좀 남았으니까 다 된 셈입니다. 어서 가세요, 어서. 일요일까지 이거 원 미안해서……."

문 주사는 정다운 웃음을 얼굴 가득 피워내며 앞장서 길 안내를 했다.

야 윤성훈아, 잘 봐라. 인간적 관계란 이렇게 쌓아가는 것이다. 얼마나 세련되고도 수월하니. 너 같으면 이삿짐 풀어주고, 날라주고 하느라고 지금 땀 삐질삐질 흘리고 있겠지. 그거 얼마나 천하고 유치한 방법이냐. 사람값이 다르다는 걸 똑똑히 알아두라구. 강기준은 엘리베이터를 타고 내려오며 있는껏 기지개를 켰다.

한편 박재우는 신태하와 함께 그 시간에 골프장 휴게실에 앉아서 냉커피를 마시고 있었다. 일행 두 사람과 마주 앉아서. 그들은 막 게임을 끝내고 자리 잡은 참이었다.

"선배님 장타력은 삼십대 뺨치겠던데요."

신태하가 말했다.

"아니야, 기운이 머리 빠지는 거 하고 비례하는지 자꾸 달라져서 큰일인걸."

골격 큰 남자가 숱 적은 머리에 손가락 빗질을 하며 말했다.

"골프 실력은 특히 지능에 비례한다는 말이 확실히 맞는 것 같습니다. 두 분 검사님의 실력을 당할 도리가 없으니까요."

박재우가 아부와 보비위의 관록을 자랑하듯 매끈하게 발라맞추었다.

"그럴 리가 있소. 두 분이 우릴 잘 봐주신 거지."

얼굴이 단정하게 미남형으로 생긴 남자가 흥거운 기분을 그대로 드러내며 껄껄껄껄 웃었다. 그도 그럴 것이 그들 두 사람은 내기 골프에서 3백만 원씩을 따 잡수셨던 것이다. 공짜 골프 재미에, 보통 월급쟁이들 한 달 봉급을 따먹는 맛이 겹쳐졌으니 그보다 더한 달콤새콤이 어디 더 있겠는가. 공짜면 소금도 안 짜고, 노름판 돈 따먹는 맛은 숫처녀 따먹는 맛과 안 바꾼다고 하지 않던가.

"근데 말이오, 베트남에도 골프장 공사들이 대대적으로 벌어지고 있다는데, 그게 사실이오?"

골격 큰 검사가 신태하에게 눈길을 던졌다가 이내 박재우에게로 옮겼다. 신태하가 그런 걸 잘 알 리 없다는 생각이 뒤미처 든 거였다.

"예, 그거 사실입니다. 넓은 평지 많아 공사비 얼마 안 들겠다, 잔디 잘 자라 관리비 얼마 안 들겠다, 여행비 적어 관광객 많이 몰려들어 달러 쉽게 벌어들일 수 있겠다, 삼위일체 삼박자가 딱 맞아떨어진 거니까 정부에서 적극 나서고 있는 거지요."

박재우가 녹음테이프 틀어놓은 것처럼 좌르륵 읊어댔다.

"거기 베트남이 필리핀이나 태국보다 더 싸지 않겠소?"

미남형 검사가 관심 큰 눈길을 보냈다. 그 얼굴이 법정에서 검사의 표정으로 바뀌면 꽤나 냉정해 보일 것 같은 인상이었다.

"예, 물론입니다. 여행비 싸고, 골프 비용 싸고, 술값과 여자값까지 싸니 여행자들 입장에서도 삼박자가 착착 맞는 겁니다. 그러니 일본이고 우리나라 사람들이고 앞다투어 몰려가는 거지요."

박재우는 여전히 막힘이 없었다.

"그거 매력 만점이오. 여자까지 그렇다니, 그것 참."

미남형 검사는 얼굴값을 하는 것처럼 여자에게 관심을 보이며 야릇한 웃음을 흘렸다.

"예, 두 분께서 이번 여름휴가에 시간을 좀 내주십시오. 그럼 저희들이 잘 모시도록 하겠습니다."

박재우가 민첩한 사냥꾼처럼 잽싸게 목표물을 겨냥하고 나섰다.

"그거 뭐 너무 폐가 돼서……" 골격 큰 검사가 어물거렸고, "글쎄 말이오, 그게 좀 미안해서……" 미남형 검사가 입을 훔쳤다.

"아닙니다. 폐는 무슨, 저희들은 무한 영광입니다. 꼭 모시도록 하겠습니다." 박재우는 한달음에 몰아쳐 일을 결정짓고는, "신 팀장, 지금부터 빈틈없이 준비하시오." 마지막 못까지 야무지게 쳤다.

"예, 알겠습니다."

신태하가 분명하게 대답하는 것을 바라보면서 골격 큰 검사와 미남형 검사는 흐흐흐흐, 허허허허 흡족하게 웃고 있었다. 열녀전 끼고 서방질하더라고 두 검사 나으리께서는 육법전서 끼고 또 다른 범죄 모의를 하신 셈이었다.

"어쨌거나 자본주의 힘이 무섭기는 무섭소. 세계 최강국 미국과 싸워 이겼다고 기고만장했던 베트남이 이제 와서는 돈벌이를 하기 위해 골프장을 만들어대고 있으니. 그 나라는 천년만년 사회주의 할 것 같은 기세더니만."

미남형 검사가 냉커피 잔의 빨대를 입에 대며 비웃음을 물었다.

"그러게 말이오. 거 쏘련이 망해 무너질 때 베트남도 이미 끝장난 건데, 더 웃기는 건 지금까지도 사회주의 깃발 내걸고 있는 거요. 속은 다 자본주의 되어버렸으면서. 그게 정치하는 자들이 정권 유지하기 위해서 부리는 뻔뻔하고 야비한 술수인데, 그거 보기가 영 비위 상해요."

골격 큰 검사가 혀를 찼다.

"그거 가면 얼마나 가겠어요? 지금까지 오래 버텨온 셈인데, 아마 오래 못 가겠지요. 골프장들까지 마구 생기고 보면 자본주의 물은 더 거세게 몰아닥칠 텐데, 자연스럽게 자본주의 체제로 바뀌게 되겠지요."

미남형 검사가 말했다.

"그럴 거요. 중국이나 베트남이나 똑같은 사정인데, 중국 지도부도 경제가 발전해서 날로 달러가 쌓이는 건 좋은데, 그 대신 빈부 격차가 갈수록 심해지고, 도시로 몰려든 농촌 노동자들이 일거리를 얻지 못해 노숙자처럼 떠도는 게 1억인데, 그 수가 자꾸 불어나고 있어서 지도부가 신경을 곤두세우고 있다지 않소. 그 불만 세력이 뭉쳐져 들고일어나면 큰일 나니까. 중국 지도부의 고민도 이해할 것 같아요."

골격 큰 검사의 말이 진지했다.

"그거 골치 아픈 일이지요. 1억이 들고일어나면 어떻게 되겠어요. 상상이 안 되는 일이지요. 만약 그런 일이 벌어져서 중국 사회주의가 그나마 종말을 고하면 그 영향이 바로 베트남으로 미치지 않겠어요? 국경을 맞대고 있는 나라니까."

미남형 검사의 말도 그 무게가 묵직했다. 그들은 역시 검사다운 면모를 보이고 있었다. 박재우와 신태하도 두 검사의 대화에 귀 기울이고 있었다.

"어쨌거나 자본주의 힘은 막강하고 위대해요. 청바지가 전 세계를 점령하더니 이젠 골프가 세계를 장악했으니. 능력에 따라 일하고, 일한 만큼 보상을 받는 것, 이것만큼 우월한 체제는 더 이상 나오기 어려울 거요. 자본주의 세상에 살아보지 못한 옛날 사람들이 안 됐다는 엉뚱한 생각을 가끔 해요. 우리가 이렇게 즐길 수 있는 세상, 이거 얼마나 좋소."

골격 큰 검사가 박재우와 신태하를 보며 친근한 웃음을 보냈다.

"그렇게 즐거워해 주셔서 감사합니다."

박재우가 세련된 사교 감각으로 인사했다.

"근데 말씀이야, 기획총장은 거짓말이 좀 지나쳐요."

미남형 검사가 화난 얼굴을 하며 불쑥 말했다.

"예에? 무, 무슨 말씀이신지요."

박재우는 화들짝 놀라며 몸을 벌떡 일으키기까지 했다. 얼굴에 금세 핏기가 싹 가셔 있었다.

"이거 원, 내가 농담을 너무 심하게 했나, 기획총장이 너무 잘못 알아들은 건가?" 미남형 검사는 미안쩍게 웃으며 뒷머리를 긁적이고는, "이렇게 좋은 골프장을 놓고 보잘것없다고 했으니 그게 큰 거짓말이 아니고 뭐요." 그는 박재우에게 앉으라는 손짓을 했다.

"이런, 기획총장이 유머 감각이 없는 게 아니라 자네가 농담에 전혀 소질이 없다는 것 몰라? 자네가 농담을 진담처럼 해서 많은 사람 당황하게 만드는 건 유명하잖아. 지금 여기서 자네 말을 농담으로 알아들은 사람은 아무도 없다구." 골격 큰 검사가 퉁을 놓고는, "안 그런가?" 옆자리의 신태하에게 물었다.

신태하가 두 검사를 번갈아 보며 그저 웃음 지었다.

"예, 몇 개월 지나면 잔디 손질이 잘되어 훨씬 더 좋아질 겁니다. 여긴 일반 회원제는 아예 없으니까 저희가 초대할 때까지 계시지 말고 마음 내키실 때마다 언제나 연락 주십시오. 365일 대환영입니다. 그리고 이용 편의를 위해서 부킹 명단을 그날그날 완전 소각해 버립니다."

말솜씨 번지르르한 박재우의 설명이었다.

"그거 잘 생각한 일이오." 골격 큰 검사가 반색을 했고 "그 얘길 처음에 할 것이지." 미남형 검사가 빙그레 웃고 있었다.

그래, 많이들 좋아해라. 영국의 흉악범 장기수들만 골프에 미치는 게 아니다. 일단 맛 들리면 골프 중독에서 헤어날 인간은 없다. 오죽하면 딸도 마누라까지도 팔아먹는 노름 중독에다 비했겠느냐. 허지만 안심하고 미치셔, 검사님들. 노름 중독이나 마약 중독은 당신들이 나서서 잡아들여야 하는 범죄지만, 골프 중독을 범죄시하는 법은 없으니까. 오히려 골프는 가장 신사적인 놀이, 건강에 가장 좋은 운동으로 떠받들려지고 있지 않느냐. 미쳐, 많이 미치셔. 당신들이 많이 미칠수록 우린 장땡이야. 사람이 너무 많아지면? 그만큼 우리 권력이 커져나가고 있다는 증거인데 걱정할 거 뭐 있어. 골프장 하나 더 장만하면 되지. 흐흐흐흐……

박재우는 두 검사를 지그시 바라보며 회장을 생각하고 있었다.

골프장, 그거 아주 좋은 아이디어야. 요새 공무원들치고 골프 못 치는 위인들 없고, 돈 내밀면 좌우 눈치 살피며 머뭇거려도 골프 치자고 하면 얼씨구나 하고 따라나서지 않난 말야. 거 어떤 사람이 대통령 되자마자, 자기도 임기 내에 골프 안칠 테니 전 공무원도 골프를 치지 말라고 엄명을 내리시지 않았어? 그때 그 엄명을 지킨 공무원은 단 한 명도 없었다잖

아. 아니지, 딱 한 사람이 있었다더군. 대통령 자기! 그만큼 골프란 놈이 재미있는 거고, 공무원들은 그런 엄포에 닳고 닳은 인종들이거든. 그런데 말이야, 어째서 그놈에 골프는 뜻대로 안 되는지 모르겠어. 마음은 환한데 될 듯 될 듯하면서 안 된단 말야. 그거 홀인원, 단번에 그 구멍으로 쏙 들어가는 맛을 많이도 말고 딱 한 번만 보고 싶은데 그놈으 게 그게 아슬아슬, 사리살짝, 사람을 환장하게 만든단 말야. 내 언젠가 한 번은 꼭 넣고 말 거야. 사람이 오기가 있지. 좋아, 인수해, 인수!

회장이 골프장 인수를 결정하며 한 말이었다. 그런데 회장은 지금까지도 홀인원의 꿈을 이루지 못했고, 그 분풀이 아닌 분풀이라도 하듯이 누구나 초대받고 싶어 하도록 최고 골프장이 되게 하라고 엄하게 잡도리했다. 그래서 그들 사이에서는 회장님 몰래 공을 살짝 넣어놓고 그 간절한 홀인원의 소망을 이루어드려야 되지 않겠느냐는 말이 살살 오가고 있었다. 나이 들어 늦게 시작한 골프에, 아무리 많은 돈의 힘으로도 막을 수 없는 노쇠는 홀인원의 꿈을 영원히 이룰 수 없게 할 것이기 때문에.

다음 날 아침 일찍 문화개척센터 최고임원회의가 열렸다. 윤성훈, 박재우, 강기준 세 사람이 최고임원이었다. 그 아래 다섯 명의 실장이 있었고, 실장 아래에는 다시 몇 개씩의 팀으로 세분되어 있었다. 조직의 구성상 실장이라는 직함이 붙여져 있을 뿐, 그 보수나 권한은 계열사의 사장들을 훨씬 능가하고 있었다. 실장 아래 팀장을 지나 일반 직원들도 문화개척센터 소속이면 계열사 사장들도 피해 서는 입장이었다.

문화개척센터의 오래된 전신은 경영홍보실이었다. 그때부터도 가장 강력한 힘을 발휘한 부서가 인사팀과 감사팀이었다. 회장은 방대한 조직을 신속하게 운영하고 효율적으로 통제하면서 완전하게 장악하기 위해서 인사팀과 감사팀을 쌍두마차로 부렸다. 그중에서도 감사팀은 수십 개 계열사들의 움직임을 거울 들여다보듯 환하게 알기를 원하는 회장의 눈 역할을 충실히 했다. 그 역할을 위해 감사팀에 속하는 직원들은 계열사로 내려가 파견 근무를 했다. 그것도 정보의 객관성과 정확성을 확보하기 위해 6개월마다 근무처를 회전시켰다. 그 일반 직원들에 의해 사장의 동향까지 샅샅이 보고되기 때문에 계열사 사장들은 자기네 등 뒤에까지도 회장의 뒷눈질이 뻗치고 있다는 것을 잠잘 때도 잊을 수 없을 지경이었다.

그 기존 조직에다가 사회 각 분야에 대한 관리 조직을 대폭 강화, 확대시킨 것이 문화개척센터였다. 그 조직이 커지면서 권한 또한 막대해진 것은 당연한 일이기도 했다. 계열사 사장들은 그 위세 앞에서 더욱 위축되었고, 일반 사원들은 출세의 특급열차로 소문난 그곳에 근무할 수 있기를 소원했다. 문화개척센터가 출범할 즈음에는 회장의 친위대니 경호실이니 불리다가 언젠가부터는 '푸른집'이나 '하얀집'으로 바뀌었다. 갈수록 그 권력이 커지고 있음을 잘 드러내는 사원들의 촉수 예민한 반응이었다.

그런데 오늘 최고임원회의에는 또 한 사람, 정보를 총괄하고 있는 김동석 실장이 동석하고 있었다. 결재 과정에서 회장을 대면할 수 있는 직위는 이 실장까지였다. 회장이 실장들을 앞에다 불러 앉히는 이유는 정확한 업무 파악과 신속한 일 처리를 위해서였다. 그러나 또 하나, 삼두마차로 불리는 세 사람에게 끌려가지 않고 계속 채찍질을 가하며 잘 달릴 수 있게 하기 위해서였다. 자칫 방심하거나 너무 믿었다가는 똑똑하기 이를 데 없는 세 젊은것들에게 휘둘릴 수 있었던 것이다.

"한 차관님 건은 쉽게 접근하는 방법을 찾아냈습니다. 다름이 아니라 사모님 쪽이 아주 효과적일 것 같습니다. 왜냐하면 한 차관님과 사모님 사이가 보통 부부 사이가 아닙니다. 그 사모님 친정아버지께서 금감위 위원장을 지내셨고, 그 시절에 한 차관님을 사위로 삼으셨을 뿐만 아니라, 이번 차관 승진에도 그 힘이 꽤나 작용된 것으로 파악됩니다. 그런데 두 분의 결혼기념일은 지나버렸고, 사모님의 생일이 얼마 안 남았습니다. 그때 꽃바구니로 끝내지 말고 좀 고급한 선물을 하면 그 효과가 크지 않을까 합니다."

김동석의 차분한 보고였다. 직위 높은 상대방들이 면전에 있는 것처럼 꼬박꼬박 존대를 쓰는 그의 말투에서는 오랜 공무원 생활의 냄새가 짙게 풍겨나고 있었다.

"그거 좋은 아이디어요. 옛날부터 베갯머리송사 당할 게 없다고 했는데, 그런 부부 관계라면 그 효과는 더 말할 것도 없소." 윤성훈은 반색을 하고는, "헌데……, 선물을 꽃바구니처럼 문 앞에 놓고 올 수는 없는 일이고, 그 루트가 문제 아니오?" 그가 미간을 찌푸렸다.

"예, 그 문젠 쉽게 해결했습니다. 마침 정민용 팀장이 한 차관님을 모실 때 몇 번 식사를 같이 한 구면이었습니다. 이미 정 팀장이 선물을 전할 수 있다고 했습니다."

"아, 그것 참 잘됐소. 김 실장님 하시는 일은 언제나 치밀하고 시원시원해서 좋다니까요." 윤성훈은 김 실장에게 더없이 흐뭇한 웃음을 보내고는, "실행총무, 아주 값나가는 것으로, 여자의 마음을 단숨에 사로잡을 수 있는 선물을 빨리 생각해 보시오." 강기준에게 지시했다.

며칠이 지나 재경금융팀장 정민용은 한 차관의 부인을 어느 호텔의 중국 음식점 독방에서 만났다.

"정 서기관이 일광으로 옮겼다는 말 듣고 깜짝 놀랐어요. 차관님께서 워낙 공사가 분명하신 분이라 관 얘긴 집에서 일체 안 하시거든요."

여자는 상그레 눈웃음을 짓고 있었지만 동글반반한 얼굴에는 새치름한 냉기가 서려 있었다. 하얀 피부의 저 깊은 데서부터 퍼져 오르는 것 같은 발그레한 안색은 고생이라고는 전혀 모르고 자라난 삶의 이력을 그대로 보여주는 듯했다.

"예, 사모님을 이렇게 뵙게 돼서 반갑습니다."

두 손을 앞으로 모으고 몸을 잔뜩 웅크리고 앉은 정민용의 목소리는 너무 긴장한 탓에 약간 쉰 듯했다.

"얼굴 다 아는 사이에 너무 야박하게 할 수도 없고 해서……, 친구들 약속 시간보다 30분 앞질러 시간을 낸 거예요. 무슨……."

여자는 말꼬리를 흐리며 굳이 손을 탁자 위로 올려 시계를 보았다. 빨리 용건 끝내고 돌아가라는 뜻이었다. 그런데 그 작은 타원형 시계는 요란스러울 만큼 자잘한 빛들로 반짝이고 있었다. 시계는 온통 다이아몬드로 치장되어 있었던 것이다.

"예, 차관님 승진하신 것에 대해서는 사무실로 난을 보내 공식적 인사는 드렸습니다만, 그것으로는 너무 서운해서 다른 무슨 방법이 없을까 고심하던 중에 사모님 생신이 가까운 걸 알게 되었습니다. 그래서 겸사겸사 선물을 좀 마련했습니다."

정민용은 여자 앞에 봉투를 공손하게 밀어 놓았다.

"뭘 이런 걸……."

눈을 가늘게 내려뜬 여자는 새침하게 반응했다.

"편하시도록 이 호텔 옆의 백화점 상품권으로 준비했습니다. 앞으로 자주 뵐 기회가 있었으면 합니다. 그럼 이만 물러가겠습니다."

정민용은 빈틈없이 예의를 갖추며 몸을 일으켰다.

"남들 눈도 있고 하니 난 안 나가겠어요."

여자는 앉은 채로 고개를 까딱했다. 도도한 그 태도는 퍽 자연스러워 보였다.

정민용이 뒷걸음질로 물러나자 여자는 검지손가락 끝으로 봉투를 끌어당겼다. 그리고 봉투를 왼손에 들고 오른손 엄지와 검지손가락으로 사각 봉투의 뚜껑을 천천히 들어 올렸다.

아니, 이게 뭐야……!

눈에 익은 주황 색깔. 하얀 봉투 속에서 드러난 그 주황 색깔을 보는 순간 그녀는 가슴 벽을 찰랑 치는 기쁨의 물결을 느꼈던 것이다. 그것은 세계 제일의 명품 브랜드의 고유 색깔이었다.

호오, 이것들이 사람대접할 줄 아네.

그녀는 상쾌한 기분으로 주황 봉투를 꺼냈다. 봉투 중앙에는 그 유명한 상표가 금박으로 찍혀 있었다.

근데……, 이게 뭘까?

주황 봉투의 뚜껑을 여는데 그녀의 머리를 스친 생각이었다.

이것들이 머플러나 달랑 하나 산 거 아닐까?

물론 이 상표 머플러는 다른 상표들과 비교가 안 될 만큼 비쌌다. 원단에서부터 독특한 디자인과 특이한 색감까지. 여자들의 마음을 일시에 사로잡을 만큼 명품다웠다.

허지만……, 머플러 하나? 고작 그걸 가지고 만나자고 안달을 해? 겨우 그걸로 겸사겸사 인사를 때워? 이것들이 사람을 뭘로 보고 그따위 수작이야? 설마 하니…….

그녀는 그만 마음이 바빠져 오른손 엄지와 검지손가락 끝에 침을 묻혀 주황 봉투 속의 상품권을 재빨리 꺼냈다.

핸드백.

상품권의 상품명 난에 찍힌 글자였다.

이게 뭐야. 무식하게 그냥 핸드백이 뭐야. 그 집에 핸드백이 어디 한두 가진가. 종류도 가지가지고, 종류에 따라 가격도 얼마나 여러 가진가. 촌놈들이 이게 뭐야, 이게. 선물을 하려면 세련되게 해얄 것 아냐. 핸드백 하고 괄호 치고 무슨 종류라고 딱 밝혔어야지. 에이그 이런 촌놈들…….

그녀는 얼른 시계를 보았다. 약속 시간까지는 아직 20분이 더 남아 있었다. 그때까지 참고 있기란 너무 안달이 났다. 그 시간이면 건물에서 건물로 연결된 백화점에 가서 무슨 백인지 확인하기는 충분했다. 그녀는 문을 떠밀고 밖으로 나갔다.

"아유 사모님, 어서 오세요. 그동안 좀 뜸하셨네요."

점원이 상냥하게 그녀를 맞이했다.

"그래요. 요즘에 좀 바쁜 일이 있어서 그렇게 됐어요."

눈을 내리깔았다가 치떠 올리는 눈길과 함께 그녀의 말에서는 냉기 한 줄기가 쭉 뻗쳐 나가 점원의 목을 감는 것 같았다.

"아유 사모님, 자주 좀 나오세요. 신상품이 나와도 저희가 먼저 전화드릴 수도 없고……."

점원이 매끈매끈하게 길들여진 친절을 환한 웃음에 담아 보냈다.

"이거 선물 받은 건데 좀 봐줘요."

그녀는 두 손가락 사이에 상품권을 끼워 어깨너머로 넘기는 듯한 포즈를 취하고 있었다.

"아 네, 사모님 마음에 드시는 것으로 고르시면 됩니다. 이쪽에 있는 게 우리 샵에서 제일 비싼 최고품 와니백으로 3천짜리입니다."

점원이 더욱 친절하게 안내했다.

어머나!

그녀는 왈칵 터져 나가려는 감탄을 가까스로 욱여넣었다.

그녀는 윤기 반들반들한 와니백을 이리 되작 저리 되작 하며 한없는 행복감에 취하고 있었다. 악어가죽의 자잘한 무늬들이 행복의 파도로 가슴으로 물결쳐오고 있었다.

"됐어, 이걸로 줘."

그녀의 온몸에서 도도한 기가 뚝뚝 떨어지고 있었다. 너희들, 내가 차관 부인 되신 것 아직 모르지? 그녀는 점원들에게 그 말을 하고 싶은 마음으로 속이 근질근질, 온몸이 스멀스멀하고 있었다. 그러나 그 말은 곧 이 백이 뇌물이라는 것을 알리는 것이 되기 때문에 참을 수밖에 없었다.

"지금 포장해 드릴까요, 사모님."

"아니. 식사하고 이따가 찾으러 올 테니 포장 잘해 놔요."

"네 알겠습니다, 사모님."

당장 들고 동창들 앞에서 뻐기고 싶은 마음을 누르며 그녀는 상점을 나섰다.

6

한가위 추석맞이

일광그룹 지하 3층 차고에는 전에 자주 볼 수 없었던 택배용 차가 빈번하게 나타났다. 짐 싣는 부분이 완전 밀폐된 그 차는 승용차뿐인 차고에서 돋을새김한 어떤 문양처럼 유난히 드러나 보였다. 그 차에서는 꼭 두 사람씩 내렸다. 그들 중에 한 사람은 짐칸 뒷문을 열고 큼직한 가방을 꺼내렸고, 다른 한 사람은 고개를 좌우로 빨리 돌리며 주위를 경계했다. 전후좌우로 자유롭게 움직이는 가방은 여행용 중형이었다. 묵직한 느낌의 그 가방을 한 남자가 끌었고, 다른 남자는 여전히 주위를 경계하는 몸짓을 하며 뒤를 따랐다. 그들은 언제나 48층까지 논스톱으로 올라가는 엘리베이터를 탔다. 원

176

래 논스톱 엘리베이터는 49층 회장실까지 가는 것 한 대뿐이었다. 그런데 문화개척센터가 생기면서 다섯 대의 사원용 엘리베이터 중에 한 대를 논스톱으로 바꾼 것이었다. 그 변화는 곧 일반 사원들의 불편으로 나타났다. 그렇잖아도 문화개척센터라는 것을 마뜩잖게, 비위 상하게 보고 있던 사원들의 입장에서는 그 불편이 바로 불만이 되었다. 그러나 월급쟁이들의 불만이란 으레 그렇듯 표출되지 못하고 가슴에 쌓이고 말았다. 그것도 다른 것이 아니고 회장과 직결된 문제였으니.

사원들은 그 짐차에서 여행용 가방을 끌어내 전용 엘리베이터로 가는 두 남자를 심심찮게 볼 수 있었다. 그러나 사원들은 애써 눈길을 피하며 못 본 척했다. 그렇지만 그들은 귀소문에 눈소문까지 한 다음이라 그게 무엇을 하는 것인지 다 알고 있었다. 그 가방에 든 것이 모두 현찰이고, 그 돈은 총본부장의 방에 꾸며진 비밀금고에 들어갔다가 로비 자금으로 사방에 뿌려진다는 것을. 그리고 그 돈이 계열사들이 마련해서 보내는 비자금이라는 것도. 사원들 사이에서는 그 비밀금고에 대해서도 귓속말들이 많고 많았다. 비밀금고는 그 넓이가 열댓 평이나 되는데 그 안에 현찰이 가득 찼다더라. 그 금고는 3중문으로 되어 있고, 문마다 자동경보장치가 되어 있어서 아무리 날고 기는 금고 전문털이라도 들어갈 가망이 없다더라. 그 세 문의 비밀번호는 단 두 사람, 회장과 총본부장 외에는 아무도 모른다더라. 그 금고에는 현찰만이 아니라 유가증권, 각종 상품권들이 쌓여 있다더라. 그러나 사원들은 그런 말을 속닥거릴수록 더 허기지기만 하고 맥이 빠져 제물에 지치고 말았다. 그들에게 그 비밀금고는 같은 건물에 있으면서도 영원히 손이 닿을 수 없는 저 수억만 리 밖 우주 공간에 떠 있는 별이나 다를 게 없었다.

그 비밀금고도 문화개척센터가 발족되면서 탄생한 것이었다. 그것은 사원들의 눈을 피하느라고 야간작업으로만 만들어졌다. 그 공사를 빈틈없이 하면서도 신속하게 마치게 하려고 윤성훈은 직접 현장감독을 했다. 그건 회장이 시켜서 한 일이 아니었다. 그야말로 솔선수범, 윤성훈 스스로 그렇게 나섰다. 매사를 그런 식으로 처리해 나갔으므로 회장의 흡족함은 언제나 넘쳤고, 그에 대한 신뢰는 나날이 커져 두껍고 높은 성곽이 안 될 수가 없었다. 그런데 그 금고의 위치까지 예사롭지 않았다. 금고는 회장실 바로 아래층에 자리 잡은 것이었다. 그러니까 회장은 현찰 가득 찬 금고를 깔고 앉아 있는 형국이었다. 이게 다 회장님 것입니다, 하고 윤성훈이 바치는 아부와 아첨의 극치를 이룬 것이었고, 오냐 그렇고말고, 하며 회장이 뛸 듯이 기뻐했다는 것이 사원들이 끼리끼리 모여 앉아 꾸며낸 시나리오였다. 어쨌거나 간에 회장의 친위대로 불리는 문화개척센터가 회장실 아래층에 자리 잡은 것은 업무의 성격과 효율을 위해서 지극히 자연스러운 일이었고, 그 액수가 얼마인지 모를 엄청난 현찰을 보관하는 금고가 회장실 바로 아래 설치되었다는 것도 경비상으로나 보안상으로나 별로 이상할 것이 없었다.

요즈음 들어 그 짐차가 부쩍 자주 나타나는 것을 보면서 사원들은 그저 또 돈 뿌릴 때가 되었나 보다 생각할 뿐이었다. 어떤 눈치 빠른 직원들은 추석이 머지않았다는 것을 직감적으로 느끼기도 했다. 본사 직원들이 그 소형 짐차를 처음 목격하게 된 것은 지난 여름휴가 무렵이었다. 그렇게 실려 온 돈이 대상에 따라 분류되어 요로요로에 뿌려졌다는 소문이 며칠 동안 파도치듯이 사원들 사이에 퍼져 나가다가 시나브로 잦아들었다. 그 대규모 로비가 처음 시작되는 것이어서 사원들의 관심도 그만큼 클 수밖에 없었다. 도대체 휴가비를 뿌리는 분야가 어디까지냐. 사람 수는 얼마가 되느냐. 그 총액은 얼마일 것이냐. 사원들은 그 수수께끼를 풀려고 머리를 맞댔다. 그들이 아무리 몰두하고 끙끙거려도 그 수수께끼들은 속 시원하게 풀리지 않았다. 철통같은 비밀 속에서 이루어지고 있는 일이라 아무런 정보가 없으니 그저 장님 문고리 더듬듯이 추측하고 짐작할 뿐이었다. 그런데 그들의 그런 관심은 단순히 호기심에서 비롯된 것이 아니었다. 그 돈을 우리가 보너스로 더 받아야 되는 것 아닌가……, 하는 월급쟁이의 자기 소유욕이 은근히 고개를 치켜들고 있었다. 일은 우리가 골 빠지게 했는데 돈은 왜 엉뚱한 놈들한테 퍼다 주는가, 사원들은 이런 반감에 찬 이유를 분명히 가슴에 품고 있었다. 그러나 어느 누구도 그 정당한 이유를 입 밖으로 내지 못했다. 월급쟁이이기 때문이었다. 그것이 월급쟁이의 한계고, 비애였다. 그런 말을 입 밖에 내면 그것이 곧 목숨 줄이 끊기는 이유가 될 수 있었다. 그게 법에도 뭐에도 보호받지 못하는 월급쟁이의 차디찬 현실이었다. 옛날 선비들만 상소를 올리면서 목이 잘릴 각오를 하는 것이 아니었다. 그러나 옛날 임금은 대의명분과 사림 세력의 눈총이 두려워 아무리 비위에 거슬리는 상소를 받아도 맘대로 상소 올린 선비의 목을 칠 수 없었다. 그런데 사기업에게는 이윤 추구만 있을 뿐이었고, 사주가 휘두르는 막강한 인사권 앞에서 사원들은 한낱 흩어져 날리는 가랑잎 신세에 지나지 않았다.

그런데 여름휴가 시기가 가까워지면서 색다른 장면들을 목격하게 되었다. 그 논스톱 엘리베이터를 타는 사람들이 많아진 것이었다. 차림으로나 느낌으로나 계열사 직원들이 아닌 그 사람들이 누굴까? 사원들이 많으니 관심이 많고, 관심이 많으니 그런 의문은 금세 풀려 바람의 속도로 본사 건물을 휘돌았다. 휴가비를 받으러 오는 사람들이다. 그런데 그들은 거의 다 잔챙이들이다. 이런 소문에 사원들은 뭔가 바로 짚인다는 듯 고개를 끄덕끄덕했다. 각계 요로의 거물들이 휴가비 타먹으러 기업까지 발길을 할 턱이 없었던 것이다. 그 휴가비를 바치러 그룹의 임원이란 임원은 총동원되었다는 소문이 뒤늦게 퍼졌다. 상대의 지위가 높을수록 거기에 걸맞게 이쪽 임원의 지위도 높이는 식이었다. 그건 상대방에 대한 예우인 동시에 이쪽의 인상을 좋게 심는 외교술의 기본이기도 했다. 그런데 얼마 지나지 않아 회사로 휴가비를 받으러 오는 그 잔챙이들의 정체가 드러났다. 그들은 거의가 신문사 기자들이었다. 아니, 뭐? 신문사 기자들이? 사원들의 즉각적인 반응은 놀라움과 실망이었다. 그것은 신문기자는 진실하고 정의로워야 한다는 교과서적인 고정관념에서 비롯된 반응이었다. 중등학교 교육을 기본적으로 다 마친 이 땅 사람들의 의식 속에는 '신문기자는 진실하고 정의롭다'가 아니라 '신문기자는 진실하고 정의로워야 한다'는 국어 교과서의 이상향이 암기식 교육에 최면되는 과정에서 '신문기자는 진실하고 정의롭다'로 입력되고 말았던 것이다. '신문은 사회의 목탁이고 무관의 제왕이다' 하는 주입 때문에 신문에 실리는 모든 기사를 진실이라고 믿고 무조건 따르는 어리석음을 범하는 것과 함께. 이거 왜 이래. 신문기자들이 촌지라는 것 받아서 말썽 나는 것 가끔 신문 방송에 나고 그러잖아. 이런 각성제를 한 방 맞고서야 그들은 순진한 학생의 의식에서 깨어나 약육

강식, 적자생존의 치열하고 살벌한 현실감각을 회복하게 되었다. 그렇지, 촌지 안 좋아하는 기자들 없다는 말 있잖아. 그래, 촌지를 얼마나 좋아하면 촌지라는 말이 기자들 전용어처럼 되었겠어. 그나저나 얼마씩을 주기에 기다리지 않고 여기까지 받으러 오고 그래? 이 사람, 영 소식불통이네. 기자들은 갖다 바치는 대상이 아니라 자기네 발로 와서 받아 가야 하는 최하급이라는 것 몰라? 아니, 기자가 최하급이라니. 기자들이 한번 긁어버리면 국회의원 생명이 왔다 갔다 하는데. 이런, 왜 하나만 알고 둘은 모르시나. 국회의원쯤은 대기업의 힘 앞에서 코끼리 발밑의 생쥐 정도밖에 안 된다는 것 모르셔? 기자도 대기업 앞에서는 그 정도일 뿐이야. 말도 안 되는 소리. 텔레비전 때문에 신문들이 많이 찌부러졌다 해도 신문기자는 아직도 신문기자야. 좋아, 국회의원이나 다른 직업들 앞에서는 대단할지 모르나 우리 같은 대기업 앞에서는 아무것도 아니라니까. 왜 그런지 모르겠어? 광고 때문이야, 광고. 우리 그룹이 무슨 일로 어느 한 신문에 괘씸죄를 씌워 1년 동안 광고를 중단시켜 버리면 어떻게 되는지 대충 아시지? 어느 신문이고 휘청휘청 난리 나버려. 왜냐하면 우리 그룹 광고가 평균 15퍼센트를 차지하고 있거든. 그래서 신문사 사장들이 우리 회장님께 수시로 문안드리는 거고, 그렇게 자연스럽게 통제가 이루어지고 있으니 신문기자들은 다른 분야에 비해 최하위일 수밖에 없는 것 아니겠어. 그렇게 쉽게 대해버려도 어차피 나쁜 기사는 쓸 수 없는 형편이니까. 이건 권언유착이 아니라 경언유착이네. 그럼 그 촌지라는 것도 얼마 안 되는 것 아닌가? 그게 글쎄 서열만 최하위가 아니라 금액도 최하라고 하더라니까. 얼만데? 보통 50이고, 많으면 100. 특별한 경우가 생겨야 2~3백으로 올라가고. 그거 적다고 할 수도 없고, 많다고 할 수도 없고 그렇네. 그치만 50을 받으려고 오는 건 좀 치사하다. 그런 배부른 소리 하지 말어. 자넨 마누라 모르는 눈먼 돈이 50만 원이나 생기는데 그게 치사하다고 받으러 가지 않겠어? 가만있자, 마누라 모르는 눈먼 돈이 50만 원이라. 그거 갑자기 큰돈이 되는데. 그렇다니까. 그래서 윤성훈 총본부장이 한 유명한 말이 있어. 월급쟁이들은 한 푼도 삥땅 칠 수 없는 월급 5백만 원보다 마누라가 모르는 눈먼 돈 10만 원을 훨씬 더 소중하게 여긴다. 크아, 그것 참 명언 중에 명언일세. 우리 맘을 어찌 그리 콕 찍어냈나 그래. 그놈의 빌어먹을 온라인 때문에 월급에서 삥땅 한 번도 못 치고 살아온 게 벌써 몇 년이야! 마누라 모르게 생긴 눈먼 돈 50만 원, 그 맛이 얼마나 고소하겠어. 돈 받으러 오는 기자들 맘 충분히 이해하겠구먼. 기자도 사람이고, 남잔데 별수 있겠어.

이 세상 여자치고 남자 속이지 않는 여자는 없다고 한다. 이 말은, 여자를 잔머리 잘 굴리는 것들이라고 치부해 놓고,

여자는 백여우다, 여자는 요물이다, 하고 매도하는 데 으레 써먹는 말이다. 그러면 남자는 상대적으로 큰 생각만 하며, 점잖고 의연하고, 군자의 풍모로 속임수란 쓸 줄 모르는 존재가 된다. 몇십 년 전의 소설에도, 요즈음의 드라마에서도 여자는 그렇게 그려지고 있다. 그게 사실이고, 정말 그러는 것일까. 거기에는 엄청난 음모가 도사리고 있다. 남자들도 여자들을 수없이 많이 속이고 산다. 역사라는 것, 그것은 상당 부분이 남자들이 저지른 끔찍스러운 속임수의 기록들이 아닌가. 그리고 날이면 날마다 벌어지는 그 많은 사기 사건들은 누가 일으키는 것인가. 거의 대부분이 남자들이 저지르는 짓들이다. 그리고 일상생활에서도 여자들 못지않게 잔머리를 굴려가며 아내들을 속이며 산다. 온라인이라는 게 전국화되지 않았던 10여 년 전까지만 해도 월급봉투를 받은 남자들이 아내 모르게 삥땅을 치느라고 얼마나 혈안이 되어 있었던가. 그 삥땅 치기야말로 월급쟁이들의 잔머리 굴리기 대회가 아니었던가. 그 속임수를 발라맞추느라고 직장 상사의 양친을 죽이고, 동료의 양친을 죽이고, 부하의 양친까지 죽이다가 안 되면 고등학교 동창들의 양친들을 번갈아가며 죽이고, 그러다가 궁해지면 그들의 장인 장모까지 죽이다가, 더 밑천이 떨어지면 누군가의 양친을 두 번 죽이다가 그만 들통이 나기도 하지 않았던가. 선배에게 예의 차리기 위해서, 동료들에게 기세를 과시하기 위해서, 후배들에게 멋지게 폼 잡기 위해서, 꼭 술값을 내야 하는 술자리는 얼마나 많던가. 그리고 안마시술소 같은 데서 슬쩍 수컷의 본능을 푸는 샛밥도 입맛 다시고, 점심 먹고 나서 막간에 당구도 한 게임 돌려야 하고, 괜한 여자에게 헛눈 팔며 비프스테이크에 와인 마시며 탕진한 돈도 조달해야 하고……, 남자들에게 눈먼 돈 10만 원, 가욋돈 20만 원은 정말 아내의 손에 고스란히 들어가버린 5백만 원보다 크고 소중한 생명수가 아닐 수 없다. 신문기자들도 남자인 한 별도리가 있겠는가.

그렇게 사원들의 궁금증과 관심이 추석 로비에 쏠려 있는 가운데 그 비밀금고에서는 무슨 일이 벌어지고 있었을까. 비밀금고는 금고라고 하기보다는 창고라고 해야 옳았다. 그곳이 마치 창고처럼 넓은 것은 그만큼 많은 돈을 채우기 위해서가 아니었다. 그곳에서는 젊은 직원 네댓 명이 앉아 무슨 작업인가를 하고 있었고, 돈이 든 대형 금고 셋은 따로 자리 잡고 있었다. 회의용 긴 탁자에 함께 앉은 그들은 말 한마디 없이 제각기 일손 놀리기에 바빴다. 그들이 열심히 하고 있는 일은 다 똑같았다. 돈을 빠르게 세서 새하얀 편지 봉투에 담는 것이었다. 그들 앞에는 돈다발이 수북수북 쌓여 있었다. 그 돈더미를 이루고 있는 돈들은 푸른 돈 만 원짜리가 아니라 갈색 돈 5만 원짜리였다. 그러니 그들 앞에 쌓인 돈더미들을 모두 합치면 상상하기 어렵게 어마어마한 액수가 될 거였다. 그들은 각기 무슨 명단을 보면서 돈을 셌다. 한 번이 아니라 꼭 두 번씩 셌다. 어떤 사람은 고개를 갸웃하거나 미간을 찌푸리며 세 번을 세기도 했다. 그러고 나서 그 돈을 봉투에 넣었다. 그런데 그 봉투는 보통 쓰는 홑봉투가 아니라 파란색 내피가 들어 있는 겹봉투였다. 내용물이 보이지 않게 하려고 특별히 맞춘 것이었다. 그리고 그것보다 더 큰 중형 봉투, 대형 봉투들도 따로 자리 잡고 있었다. 돈을 넣은 봉투 끝에는 연필로 무슨 표시를 했고, 명단에도 체크를 했다. 갈색 돈은 빠른 손가락 놀림을 따라 넘어갈 때마다 빠닥빠닥 소리를 내는 풀기 빳빳한 신권이었다. 그 새 돈은 깔깔한 맛은 산뜻하게 좋았지만 세기는 그다지 쉽지 않았다. 자칫 잘못하면 두 장이 한 장처럼 넘어가곤 하는 것이었다.

그들의 이 작업은 문화개척센터가 발족되고 두 번째 하는 일이었다. 첫 번째는 지난 여름휴가 때였고, 이번은 추석맞이 준비였다. 그런데 추석맞이 준비가 선물이 아니고 현찰인 것은 그럴 만한 이유가 있었다. 첫째 현찰이 제일 효과가 좋다는 현찰제일주의 때문이고, 둘째 선물을 마련하기 어렵게 그 액수가 컸으며, 셋째 현찰이어야만 증거 인멸이 깨끗했던 것이다. 그런데 지난번에 비해서 일이 거의 배로 불어나 있었다. 그건 문화개척센터에서 목표로 삼고 있는 각 분야의 로비 대상자들을 그동안 부지런히 늘려왔다는 증거였다. 그들은 말 한마디 없이 일에만 열중하고 있었지만 그 얼굴에는 지루한 기색이 내비치고 있었다. 그들은 일에 열중하느라고 말할 틈이 없는 것이 아니라 밖에 버티고 있는 총본부장의 위세에 눌려 말을 못 하고 있는 것이었다. 정신 똑바로 차리라고 말하지 않겠다. 전엔 만 원짜리였는데 이젠 고맙게도 5만 원짜리다. 일이 얼마로 줄어들었는지 알겠지. 돈은 한 장이라도 더 들어가도 안 되고, 덜 들어가도 안 된다. 두 가지 다, 우리는 이렇게 철저하지 못하고 엉망진창입니다, 하고 우리 그룹의 망신을 사서 하는 것이기 때문이다. 꼭 두 번씩 확인하라. 그런 다음에 무작위로 뽑아 점검할 것이다. 만약 하나라도 틀린 것이 나오면 전체 연대 책임을 묻겠다. 총본부장이 그들을 비밀금고로 들여보내기 전에 아무런 표정 없이 나직나직 한 말이었다. 그들은 그 말이 얼음처럼 차가운 냉기로 끼쳐 오는 것을 느꼈다. 연대 책임을 묻겠다……, 그들은 그 말에 겁을 먹는 것이 아니라 공포를 느끼고 있었다. 그 책임이라는 것이 회사를 그만두어야 하는 것일 수도 있었기 때문이다. 총본부장은 아예 일반 사원들을 상대하는 일이 없었다. 회장에게 가장 충성스러운 그는 회사 일을 가정의 불행한 사고보다 앞세우며, 그룹의 이미지에 손상을 입히는 실수는 절대 용납을 하지 않는 것으로 소문나 있었다. 그런 그가 평사원을 상대로 직접 내린 지시였다. 그리고 그의 권한은 상상하기 어렵게 막강했다. 회사에 필요 없다고 생각할 경우 한꺼번에 몇백 명도 파면시켜 버릴 수 있는 것이 그의 권한이었다. 그 권한에는 회장의 절대적 신뢰가 뒷받침되고 있다는 것을 모르는 사원들은 없었다. 그러니 그들은 돈을 세서 봉투에 담는 그 하찮은 단순노동을 하면서도 사냥에 나선 야수들처럼 초긴장 상태에 처해 있었다.

그런데 젊은 사원들은 이상하게 그 인상이 비슷비슷했다. 생김생김은 각기 다 다른데 인상은 비슷해 보이는 건 어인 일일까. 그들의 인상은 하나같이 부드러워 보였고, 편안해 보였고, 유순해 보였고, 순종적으로 보였다. 그 서로 비슷한 인상은 우연의 일치가 아니었다. 그건 필연의 결과였다. 그들이 지닌 공통점은 회장이 좋아하는 관상이었고, 회장이 면접에서 직접 뽑은 얼굴들이었다. 보기 좋은 떡이 먹기도 좋다. 이것은 회장의 불변의 신념이었고, 신입사원 선발의 절대 기준이었다. 아무리 시험 성적이 특출 나도 저항적 기질이 엿보이거나, 좀 억센 기미가 드러나 보이면 회장의 면접을 통과할 수 없었다. 눈찌가 고약해서 틀렸어. 시건방지고 따지기 좋아하게 생겼어. 냉기가 도는 게 배신할 상이야. 회장의 그런 관상학은 뿌리가 깊었다. 아버지로부터 고스란히 물려받은 것이었다. 회사 일은 성적으로 하는 것이 아니라 마음으로 하는 것이고, 성적이 몇 점 낮더라도 순종 잘하고 열성으로 하면 그게 바로 일급 사원 된다는 것이 회장의 지론이었다. 거기에 딱 들어맞는 모델이 총본부장 윤성훈인지도 모른다.

그러나 회장의 그 관상학도 관리직에만 머물렀지 생산직에까지는 미치지 못했다. 바다 저 밑에서 큰 산이 치솟아 오르듯 생산직 노조가 출현했을 때 회장이 부르짖었다는 외마디 소리는 유명했다. 아차, 내가 저놈들 관상을 보지 않았구나! 그 때늦은 실수마저도 아버지한테서 물려받은 것이었다. 그의 아버지는 회사 운영의 중추는 관리직이고, 생산직이란 배움 없이 막노동이나 해대는 것이 저 시골의 일꾼이나 머슴과 다를 게 없다고 천하게 여기고 경시했었다. 그러니 애써 관상 보는 수고를 할 필요가 없었다. 그러나 세상은 급히 변해갔다. 물건이 잘 팔리고, 회사가 커지고, 생산직이 자꾸 불어나고, 그들도 배움 다 갖춘 전문 기술자들로 바뀌었던 것이다. 그러나 회장은 생산직 노조에만 벼락을 맞은 것이 아니었다. 관리직들도 노조를 결성하고 나섰던 것이다. 그때 회장이 외쳤다는 말은 더욱 유명했다. 나하고 함께 관상 본 놈들 다 목쳐라! 관상이 아무 효과가 없다는 것이 그렇게 입증되었는데도 회장은 관상 면접을 포기하지 않았다. 아니 오히려 생산직에까지 확대했다. 그리고 이사로 앉혀둔 아들에게도 자신의 노하우를 전수시키기에 열성이었다. 지난날 회장 자신이 그랬듯 회장의 아들도 아버지의 위세에 눌려 관상 비법을 전수받을 수밖에 없었다. 노조를 해도 양심껏 하지 막가는 깽판으로 하지는 않는다. 회장은 관상 효과를 끝까지 이렇게 주장하기를 포기하지 않았다. 그 억지를 억지라고 지적할 사람이 없으니 그의 억지는 지당한 말씀으로 통할 수밖에 없었다.

회장은 노조만 생각하면 '치가 떨린다'고 입버릇처럼 말하고는 했다. 그러나 그가 치가 떨리게 싫어하는 것은 그것만이 아니었다. 두 가지가 더 있었다. 분배라는 말만 들으면 치를 떨었고, 사회 환원이라는 말에도 치를 떨었다. 그러나 그건 그 혼자만 치 떨려하는 말이 아니었다. 그건 모든 기업인들의 3대 공통점이기도 했다. 그래서 그가 실이익이라고는 아무것도 없는 소설만큼 싫어하는 것이 기업인의 사회적 사명 운운해 가며 분배며 사회 환원 등을 떠벌리는 글이었다. 그런 글이 많은 건 아니었지만 어쩌다 신문에서 눈에 띄면 그는 금세 화가 솟고 혈압이 올랐다. 화가 나면 그때그때 풀어야지 억지로 참다가는 병 된다는 것이 그의 지론이었다. 그는 즉각 비서에게 소리쳐 그 신문사 사장에게 전화를 걸라고 했다. 사장이 나오면 그는 거침없이 소리쳤다. 그 신문은 배 터져 죽을 일 있소? 우리 광고 안 받아도 배 두들기고 살 만큼 좋은 일이 생겼냔 말이오. 아니, 그게 아닌데 어쩌자고 오늘 그따위 삐딱한 글을 실은 속셈은 뭐요? 우리 기업인들한테 훈계

하고 교육시키자는 거요 뭐요. 그게 아니면 우리 흥보고 망신시키자는 거요? 그것도 아니라면 그럼 잠자코 있는 세상 사람들에게 분배해 달라고 해라, 사회 환원하라고 해라 하고 바람 넣고 선동하자는 거요? 이것도 아니다, 저것도 아니다, 그럼 도대체 뭐라는 거요? 그따위 말도 안 되는 글 실리면 우리가 얼씨구나 반가워할 줄 알았소? 신문도 사업 아니오, 사업! 사업이면 사업답게 치밀하고 영리하게, 서로서로 이익이 되게 돕고, 거 뭐야……, 에에 그거……, 상부……, 에 그거 그렇지, 상부상조해얄 것 아니오. 이거 기분 싹 잡쳐 우리 몇 기업이 광고 그만하기로 짤지도 모르겠소. 아, 아, 찾아오긴 뭐하러 찾아와요. 편집국장인지, 무슨 부장인지, 어느 작자의 잘못인지 모르겠소만, 회사 그렇게 운영해서야 되시겠소? 이거 말이오, 호미 빌려 주니 감자 캐 가더라고, 광고 실컷 밀어주고 이런 일 터지면 우리가 꼭 그 꼴 당한 기분이라는 것 아는 거요, 모르는 거요? 에이, 말로만 이해한다는 거지 당하는 사람 기분 더러운 것 어찌 다 알겠소. 전화 그만 끊읍시다. 이렇게 한바탕 포악을 부려야만 직성이 풀렸다. 광고라는 것은 하는 만큼 상품 매상에 효과를 낸다는 것을 알면서도, 변소 갈 때 맘 다르고 올 때 맘 다르더라고 광고료를 줄 때는 꼭 공돈 빼앗기는 기분이곤 했다. 그런데 이런 일이 생기면 그런 기분은 더 강해져 광고를 딱 끊어버리고 싶은 충동이 일어났다.

사장에게 전화를 하는 것은 단순히 화풀이하자는 것만이 아니었다. 그런 엄포를 통해 다시는 그따위 싸가지 없는 글줄을 싣지 못하게 하려는 뜻이 더 컸다. 그리고 몇 기업이 짜서 광고를 안 할 수 있다는 것도 결코 허풍이나 위협만이 아니었다. 서로서로의 이익을 위해 큰 기업 대여섯 개가 뭉치는 것이야 한나절 전화로 족했고, 그래서 6개월, 아니 3개월만 광고를 중단해 버리면 그 신문사는 코피만 줄줄 흘리는 게 아니라 숨이 꼴딱꼴딱 넘어가는 신세가 되기 마련이었다. 물론 신문만이 아니었다. 텔레비전은 광고료가 훨씬 비싸기 때문에 그만큼 광고가 발휘하는 위력은 커서 가히 원자폭탄 격이라고 해도 과장일 것이 없었다. 기업이 광고라는 초대형 대포로 각종 언론을 손쉽게 다루는 것은 참으로 고소하고도 달콤한 부수입이고 덤이 아닐 수 없었다. 상품 판촉 실컷 하고, 기업 경영의 보호 무기도 되고, 더없이 매력적인 광고비의 이중 효과였다.

그러나 남 회장은 노조를 싫어하는 만큼 기자라는 부류들도 싫어했다. 그자들은 하나같이 생각하는 게 삐딱하고, 무엇이든 깐죽깐죽 캐내려고 하고, 입들을 팔랑팔랑 방정맞게 놀려대기 때문이었다. 그때도 무슨 기자회견을 하는 게 아니었고 신제품을 선보이는 잔치 자리였다. 그런 자리에 왔으면 신제품을 세세하게 뜯어보고, 설명을 잘 듣고, 고급 술 한

잔 기분 좋게 마시고, 촌지 고맙게 받아 가서, 사진 곁들여 기사 매끈하게 잘 써내면 그게 바로 누이 좋고 매부 좋고로 얼마나 궁합 잘 맞아떨어지는 일인가. 그런데 신제품에 대한 이런저런 질문과 설명이 오가며 분위기가 잘 무르익고 있는데 그 기자 놈이 가당치도 않은 잡소리를 질문이랍시고 느닷없이 터뜨렸던 것이다. 일광그룹은 우리나라를 대표할 수 있는 1급 기업들 중에 하나입니다. 이렇게 되기까지는 회장님을 중심으로 한 모든 임직원들의 노고가 컸습니다. 그러나 그보다 더 중요한 것은 일광그룹의 상품들을 구매해 준 소비자 대중들이 있었기 때문에 가능한 일이었습니다. 그렇다면 이 시점에서는 신제품 개발만큼 중요한 문제가 그 소비자 대중들에게 감사를 표시할 줄 알아야 하는 일입니다. 그것이 바로 기업 이윤의 사회 환원입니다. 그런데 그 당연한 고민을 하기는 커녕 일광그룹에서는 지금 수천 명의 비정규직을 부리고 있습니다. 비정규직은 비인간적인 인건비 착취의 수단인데, 회장님께서는 이 기회에 비정규직을 정규직으로 전환시키는 모범을 보이실 생각은 없으신지요. 날벼락도 그런 날벼락이 없었다. 그 기자는 비서들에게 끌려 나갔지만 분위기는 산산조각이 난 다음이었다. 4백여 명의 손님 중에 기자들이 50여 명이었고, 성능 좋은 마이크로 울린 그 말을 못 들은 사람은 아무도 없었다. 그놈의 신문에 영원히 광고 끊어! 회장은 이렇게 외쳐대고도 분이 풀리지 않아 숨을 씩씩거리며 이를 뿌득뿌득 갈아붙였는데, 어금니에 금이 가지 않나 싶을 정도로 그 소리는 지독스러웠다. 물론 그 기자의 발언은 어느 텔레비전이나 신문에도 나오지 않았다. 언론이 그런 생뚱맞은 소리를 보도할 만큼 어리석지 않았고, 해병대 특공대 무색할 만큼 기동성이 빠른 비서실에서 그저 손 놓고 있었을 리 없었다. 며칠이 지나 회장은 보고를 받았다. 그 기자 부서가 바뀌었습니다. 눈을 내리감은 회장은 엉덩이를 빼며 습관적으로 끄응 된똥 누는 소리를 냈다. 그다음부터 회장은 더욱 기자들을 꼴 보기 싫어했다. 요런 버르장머리 없고 싸가지 없는 놈들아, 내가 비정규직을 십만을 쓰든 백만을 쓰든 네놈들이 무슨 상관이야, 상관이. 내 회사 내 맘대로 운영하는 건데 왜 주둥아리들 놀리고 그래. 괜히 남 회사 잘되는 것 배 아파하지 말고 느네들도 어서 사업을 해. 말리는 사람 없으니까 많이많이들 해보라구. 돈 많이 가져봐야 돈 많은 사람들 마음 알게 되는 거니까. 회장은 십팔번 노래를 부르듯 이런 말을 거듭거듭 곱씹으며 더 많은 돈을 향하여 마음을 다잡고는 했다. 그 마음 다잡음의 하나가 문화개척센터 사업이었고, 또 다른 하나가 아들에게도 관상 면접법을 전수하는 것이었다.

　회장의 관상 면접 덕에 모두 순둥이 인상을 한 젊은 사원들은 돈만 세어 봉투에 담는 것이 아니었다. 어느 직원은 상품권을 담고 있기도 했다. 그런데 상품권이 한 가지가 아니었다. 대상에 따라 백화점 상품권을 몇 장씩 넣기도 했으며, 외제 맞춤 양복표를 넣기도 했고, 관광지 호텔 할인권이나 골프장 이용권을 넣기도 했다. 그건 이쪽에서 대상을 차별하는 것이 아니라 저쪽에서 음식 가려 먹듯 까다롭게 굴기 때문이었다. 한사코 현찰은 받지 않으려는 별난 식성은 돌다리도 두드려보고 건너려는 공무원 특유의 보신주의에서 나온 것이었다. 그 몸 사리기와 눈치 보기는 위로 올라갈수록 심해졌다. 만약의 사태에 대비한 것이었는데, 그런 그들의 의식 속에는 현찰은 '뇌물'이고, 상품권은 '선물'이라는 인식이 뿌리 깊이 박혀 있었다. 똑같은 5백만 원인데 왜 현찰은 '뇌물'로 죄가 되고, 상품권은 '선물'로 죄가 안 되는 것인지 주는 쪽에서는 이해할 수가 없었다. 법에서도 그런 판결을 내린 적이 없다는데도 고위 공무원들은 그 번거로움을 고치려 하지 않았다. 그건 순전히 관습을 방패막이 삼고 있는 약은 기회주의이기도 했다.

재무실 비자금팀 소속인 그 직원들의 분류 작업은 며칠이 걸려 끝났다. 다음 날부터 그 크고 작고 두껍고 얇은 여러 가지 봉투들은 주인을 찾아 여행을 떠났다. 그 여행 안내자들은 봉투에 따라 다 달랐다. 그런데 한 가지 원칙 같은 게 있었다. 크고 두꺼운 봉투일수록 이쪽 임원들의 급이 높아진다는 사실이었다. 여행 안내자 역할을 위해 계열사 사장을 비롯해 그룹 내의 고급 임원들은 전부 나섰다. 예를 들어 국세청 7급 주사에게 이쪽의 전무가 선물을 전하는 것과, 팀장이 전하는 것과, 어느 쪽이 더 저쪽의 기분을 좋게 할 것인가. 똑같은 것도 전무한테 받을 때 저쪽의 자기 권력 확인감이 훨씬 커질 것은 더 말할 것이 없었다. 대기업 계열사 전무가 땅에 닿는 절을 하며 선물을 바치는데 자신의 권세와 자존심이 최대한 팽창되는 그 황홀한 존재감을 어디다 비할 것인가. 그것은 수컷들이 느끼는 절정의 쾌락 중 하나였다. 그 터질 듯 뼈근한 만족감을 위해 수컷들은 생명을 거는 경쟁을 무릅쓰며 출세하려고 기를 쓴 것이 아니겠는가.

그러나 그 많은 돈 봉투들을 여행시키기 위해 그야말로 눈코 뜰 새 없이 바쁜 사람들은 윤성훈, 박재우, 강기준을 비롯해서 문화개척센터에 소속되어 있는 임원들이었다. 그들은 평소부터 관리해 온 친근한 사람들을 찾아 며칠씩 숨 가쁜 택배 배달원 노릇을 해야 했다. 회장 대리인으로 소문난 윤성훈은 각 기관 최고위층을 알현하면서 스스로의 위세를 만끽하고 있었다. 그건 받는 자가 느끼는 황홀한 존재감과는 또 다른, 주는 자가 느끼는 야릇한 쾌감이고 지배감이었다. 주는 자가 느끼는 감정은 겉으로 굽실굽실하는 것과는 정반대의 것이었다. 그들은 겉으로 굽실거리는 것만큼 속으로는 상대방을 휘어잡거나 손아귀에 넣었다고 자족감에 흡족해하고 있었다. 너희들이 권력을 가지고 있다고 해봤자 결국 우리가 원하는 대로 다 해주잖아. 그러니 너희들이 쥐고 있는 권력은 너희들 것이 아니야. 우리가 그 위에 군림하고 있잖아. 그들이 품고 있는 이런 지배감을 돈 받는 자들은 알 까닭이 없었다. 그들의 그 음흉한 지배감은 로비 효과에 근거한 것이었고, 돈이란 지위 고하를 막론하고 누구든 노글노글하게 만들어버리고 흐물흐물하게 만들어버리는 그 위력을 확신하는 데서 나오는 것이었다.

추석이 지나면서 사원들의 돈 가방에 대한 관심도 차츰 사그라들었다. 관심 써봤자 헛김만 빠질 뿐이었고, 돈 가방의 이동도 뜸해진 데다가, 자본주의 첨병인 대기업의 노동 강도는 언제까지나 그런 일에 한눈팔게 내버려두지 않았다. 그런데 문화개척센터에서는 돈 가방 이동보다도 몇 배 더 중요한 일이 극비리에 벌어지고 있었다. 그 일은 지난번 여름휴가에 대비한 첫 번째 돈 가방 이동보다 더 전부터 시작된 것이었다. 그러나 그 일은 돈 가방처럼 외부로 드러날 게 없어서 사원들은 아무 눈치도 채지 못하고 있었다. 그 일을 아는 사람은 회장을 비롯해서 은행 사람 서넛, 그리고 강기준까지 예닐곱에 지나지 않았다. 사내외 정보를 총괄하며, 여사원들이 소리 죽여 뀌는 도둑 방귀의 횟수까지도 탐지하고 있다고 할 정도인 김동석 실장마저도 그 일이 진행되고 있는 것을 까맣게 모를 정도였다. 그건 비자금을 은닉하기 위한 차명계좌 개설이었다. 비자금은 명령이 떨어지기 무섭게 착착 와서 쌓였다. 그 신속함과 정확도는 시속 250킬로미터로 달리는 고속철이 무색할 지경이었다. 연간 1조 원 목표를 향한 거침없는 질주였다. 그 속도에 따라 쉴 새 없이 쌓이는 돈을 제때제때 처리해야 했다. 그 작업이 차명계좌 개설이었다. 엄연한 금융실명제 시대에 한두 푼도 아니고 상상하기 어려운 돈을 차명계좌로 감추려 하다니……. 그러나 그 일은 하나도 어려울 것 없이 술술 진행되었다. 차명인은 그룹 내에 그 많은 임원들이었고, 그들의 인적 사항은 인사부의 컴퓨터에 말끔하게 정리되어 있었다. 그리고 도장을 새기는 데는 만 원밖에 들지 않았다. 고위 임원들로부터 차명계좌가 만들어져 나갔는데, 본인들은 그것을 모르고 있었다. 서류 작성에 필요한 모든 것이 구비되었으니 굳이 본인에게 알릴 것이 없었던 것이다. 임원들은 자기들도 모르는 사이에 엄청난 거부가 되어가고 있었다. 사장급 임원은 100억 정도, 그다음급 임원이 50억 정도씩 가진 차명계좌의 주인이 되었다. 그런데 그 비밀 유지가 얼마나 철저한지 박재우나 강기준도 자신들의 차명계좌에 얼마가 들었는지 볼 수 없었다. "그거 좀 궁금하지 않아요?" 강기준이 물었다. "궁금하지만 어떡해." 박재우가 대꾸했다. "우리한

테까지 그러는 건 좀 심하잖아요?" "글쎄, 총본부장 원래 그렇게 철저하잖아." "좀 보자고 하면 미운털만 박히겠죠?" "그런 게 바로 긁어 부스럼 아닌가?" 그 내용을 볼 수 있는 사람은 단 셋, 회장과 윤성훈과 재무실장뿐이었다. 아니 은행에 두 명이 더 있었다. 지점장과 실무자. 그들에게 묻는다고 알 수 있는 일이 아니었다. 철통같이 비밀을 지키기로 약속했을 그들이 입을 열 리 없었다. 내용은 알지도 못한 채 곧바로 배신자의 낙인이 찍히게 될 거였다. 윤성훈이 믿을 정도로 충성심 강한 지점장이 재까닥 윤성훈에게 보고할 것이기 때문이었다.

차명계좌의 비밀은 꽤나 오래도록 지켜질 수 있게 되어 있었다. 대형 예금에 따라 발생하는 이자 소득세 고지서 같은 것을 회사에서 미리 회수해 버리면 되는 일이었다. 그런데 전혀 예기치 못한 돌발 사건이 터졌다. 어느 임원의 아들이 차명계좌의 돈을 인출하겠다고 나선 것이다. 그 느닷없는 사건에 부딪친 윤성훈은 뭐……, 뭐……, 뭐……, 말을 더듬으며 한동안 정신을 차리지 못했다. 은행으로부터 그 연락을 받았을 때 그가 느낀 충격은 어떠했을 것인가. 난공불락이라고 확고부동하게 믿었던 비밀의 성이 무너졌으니 정신을 잃지 않고 말만 더듬은 것이 그나마 다행이라고 할 수 있었다. 윤성훈은 주변부터 닦달하고 나섰다. 재무실장이 그 임원을 모르는 사이라고 고개를 저었다. 박재우도 고개를 저었다. 강기준도 고개를 저었다. 50여 개의 계열사 사장도 다 알고 지내기가 어려운데 그보다 몇 배가 많은 임원들을 모른다는 건 너무나 당연하고 자연스러웠다. 윤성훈의 눈초리는 곧장 은행으로 뻗쳤다. 그러나 지점장도 실무자도 펄쩍 뛰며 고개를 짤짤 내둘렀다. 그러나 윤성훈은 그들이 자기를 속인다고 생각했다. 그럴 수밖에 없는 것이 그들이 비밀을 누설하지 않았다면 나머지 혐의자는 두 사람, 자기 자신과 회장님뿐이었다. 자신이 그러지 않았으니 그렇다면 회장님이 그랬다는 것인가! 이 말도 안 되는 사실 앞에서 범인은 은행의 두 사람 중에 하나라는 결론이 너무 자명했던 것이다. 눈을 부릅뜬 윤성훈의 추궁은 더욱 무서워졌다. "저보고 사표를 내라는 것입니까?" 지점장의 절망적 탄식이었다. "차라리 저를 죽이십시오." 실무자가 가슴을 치며 울었다. 윤성훈은 거기서 물러서지 않았다. 정보 총책 김동석 실장을 동원했다. "거기서 했던 것처럼 철저히 해서 반드시 범인을 찾아내시오." 자초지종을 설명한 윤성훈이 지시했다. 그런데 두 시간도 못 되어 돌아온 김동석이 말했다. "그들은 아닙니다. 사람에겐 직업의식이라는 게 있고, 두 사람은 비밀을 지켜야 하는 은행 업무에 충실한 사람들이었습니다. 그리고 제 육감으로도 그들이 거짓말을 하는 게 아니었고요." "그럼 마지막, 임 전무를 닦달하는 수밖에 없소." 윤성훈이 독기를 내뿜었다. "그 사람 지금 시한부 인생이라면서요. 남겨놓고 가는 처자식들 위해 그 돈 챙기겠다고 결심한 사람인데 그 비밀을 누구한테 들었다고 실토할 리가 있습니까. 그만두시는 게 좋습니다." 김동석이 조용히 말했다. "아니 그럼 이 중대한 사실을 그냥 덮고, 그 돈을 꼼짝없이 빼앗기란 말이오? 비밀은 누설됐는데 범인이 없다니, 이런 귀신이 곡할 노릇이 있나." 윤성훈은 분을 이기지 못하고 있었다. "예, 제 경험으로는 세상사에는 귀신이 곡할 노릇이 가끔 있습니다. 그런 일은 빨리 수습해서 덮는 게 상책입니다." "수습? 어떻게 말이오?" "타협을 하는 겁니다. 그쪽도 당당할 게 없고, 형편이 급하니까요." "타협이라니, 구체적으로 말해 보시오." "예, 이건 이쪽의 약점을 잡고 덤비는 일종의 공갈 행위인데, 대개 이런 경우에는 반타작으로 타협이 이루어집니다." "반타작?" "예, 반을 떼 주고 덮는 거지요." "아니, 그게 말이 돼요?" 윤성훈이 벌컥 소리를 질렀다. "지금 우리 입장에서는 그 반을 잃는 게 아까운 게 아니라 이 비밀이 더 번지지 않게 빨리 틀어막는 게 더 급하고 중요한 일 아닙니까? 상대방은 그 약점까지 노리고 있다는 걸 잊어서는 안 됩니다." 김동석은 수사관 출신답게 침착하고 냉정했다. "빌어먹을! 그럼 누가 타협에 나선단 말이오?" "예, 총본부장님이야 위신도 있고, 당사자나 마찬가지이기도 하니 나서시기 곤란하지요. 기획총장이나 실행총무 두 분 중에……." "아니오, 그 사람들도 이런 일 해결엔 서툴 거요. 기왕 나선 김이니 김 실장께서 좀 수고해 주시오." "예, 지시하시면 그렇게 하지요." 김동석이 나서서 이틀 만에 반타작으로 20억을 넘겨주기로 타협을 보았다. "그런데 말이오, 이게 선례가 되면 어쩌지요?" 윤성훈이 잔뜩 찌푸린 얼굴로 말했다. "그건 크게 염려 안 하셔도 될 겁니다. 그런 일 함부로 저지를 수 없도록 인간관계로 얽혀 있는 것이고, 또 있어봤자 백에 한둘일 테니, 이런 일 하면서 그 정도야 구더기 무서워 장 못 담그는 격 아니겠습니까. 그리고 그 사람 사정이 딱하기도 했습니다. 급성 간암으로 3개월밖에 안 남았다고 하니까요. 이 말씀 안 드리려고 했었는데, 이렇게 해결해 주신 총본부장님이 고맙다며 눈물을 흘렸습니다. 이제 다 잊으시고, 단속이나 더 철저히 하도록 하십시오." 자신에게 고마워하며 눈물을 흘렸다는 말에 윤성훈은 가슴이 찡해지며, 그래 그게 니 돈이냐 내 돈이냐……, 생각하며 그 일을 깨끗이 정리해 버리듯 입술을 야무지게 훔쳤다.

소슬바람을 타고 가을이 오고 있었다. 가깝고 먼 나뭇잎들의 표정이 변하고, 하늘의 쪽빛은 날로 맑고 깊어져 갔다.

그래, 기다리던 너가 왔구나!

윤성훈은 양복을 춘추복으로 갈아입으며 그 일의 막을 올리기로 마음을 정했다.

"가을이 완연하지요? 슬슬 시작할 때가 되지 않았어요?"

윤성훈은 건설 사장에게 전화를 걸었다.

"아 예, 말씀 기다리고 있었습니다. 모델하우스는 언제 오픈해도 좋도록 대기 상태에 있구요."

건설 사장은 시합에 나서는 운동선수 같은 활력으로 응답했다.

"곧 시작하게 모든 걸 최종 점검해 주세요. 광고는 기사와 함께 엮어서 모든 신문에 5일 이내로 띄우겠어요."

"예, 홍보 화끈하게 부탁드립니다. 메이커 좋고, 경기 풀리고, 계절 좋고, 이번 분양도 대성공일 겁니다."

"자아, 그러면 오늘부터 시작입니다."

"예, 차질 없이 준비하겠습니다."

"이번 일에 회장님 관심 크신 것 아시죠?"

윤성훈은 굳이 대포 한 방을 먹였다.

"예, 항상 명심하고 있습니다."

문득 긴장한 어조에서 건설 사장이 차렷 자세를 취하는 모습이 선히 떠올랐다.

윤성훈은 홍보실에 연락해 이미 준비해 둔 신문 전면 광고를 가져오게 했다. 그는 분양 날짜를 열흘 뒤로 확정해 표시하게 했다. 그리고 경제지를 포함해 모든 신문의 광고부를 다음 날 오전에 소집하라고 일렀다. 물론 부동산 담당 기자도 동행하는 조건이었다.

다음 날 윤성훈은 홍보팀장을 제치고 앞으로 나섰다.

"길게 얘기하지 않겠습니다. 이번 분양물인 주상복합아파트의 품질에 대해서는 이 보도자료에 상세하게 밝혀놨습니다. 한마디로 말하면 VIP들을 위한 최고급 명품 아파트라는 사실입니다. 이 점을 특히 클로즈업시켜 주시기 바랍니다. 그리고 이번 사업에 우리 회장님의 관심도 특히 크시다는 것도 유념해 주시기 바랍니다. 이 전면 광고는 한 번으로 끝나지 않습니다. 지면 보아가며 더 돌릴 계획입니다. 협조 잘 부탁합니다."

끝부분의 말에 무게를 실으려고 자신이 직접 나섰던 것이고, 회장님까지 언급했던 것이다. 윤성훈은 말을 마치며 힘 모은 눈초리로 신문사 사람들을 느릿하게 훑어나갔다. 그 눈초리는 말에 못지않은 압력이었다. '지면 보아가며'라는 말은 광고만 먹어치우지 말고 부동산면에 기사를 눈길 끌리고 마음 동하게 잘 쓰라는 뜻이었다. 그 결과에 따라 전면 광고를 한 번씩 더 준다는 의미였다. 전면 광고……, 그 광고료를 푸른 돈으로 광고 크기에 맞추어 깔면 몇 겹이 될 것인가. 쉰 겹……, 예순 겹……? 그 말은 뿌리칠 수 없는 유혹이고, 거부할 수 없는 압박이었다. 그것을 잘 알기에 신문사 사람들은 윤성훈의 눈길 앞에서 움츠러드는 것이고, 광고보다는 기사의 신뢰성이 훨씬 더 크기 때문에 윤성훈은 그렇게 노골적인 것인지 솔직한 것인지 모를 '협조'를 구할 수밖에 없었다.

모든 신문에 전면 컬러 광고가 터져 나가고, 경제면이나 부동산면에는 눈에 잘 띄는 위치에 기사들이 떠올랐다. 호화로운 모델하우스가 오픈되고 분양이 시작되었다. 최고급 명품, 특별한 사람들의 거처, 완벽한 주거 환경, 최고의 투자 가치, 그들의 겨냥은 적중했다. 완전 분양에 이어 억대의 프리미엄이 붙는 대성공이었다. 그 억대의 프리미엄은 더없이 좋은 로비품이었다. 윤성훈은 미리 빼두었던 50여 채를 뒤늦게 탐내는 로비 대상자들에게 인심을 썼다. 분양 값 다 받으면서 50억이 넘는 효과를 올린 셈이었다.

분양 일을 다 마무리 지었을 때는 가을이 깊어져 단풍 든 나뭇잎들이 새로 피는 꽃처럼 고왔다. 윤성훈은 느긋한 마음으로 김동석 실장과 마주 앉았다.

"요즘 노조 움직임은 어떤가요."

윤성훈은 손짓으로 녹차를 권하며 물었다.

"예, 별다른 이상은 없습니다."

김동석이 두 손으로 찻잔을 받쳐 올리며 대답했다.

"노조는 항시 시한폭탄이오."

"예, 명심하고 있습니다."

"김 실장을 믿어요. 그리고 말이오, 우리가 관계하는 기관에서 국장급 이상으로, 지난 2년 동안 퇴직한 사람들과, 앞으로 6개월 이내에 퇴직할 사람들을 한 3백 명 정도 체크해 봐 주시오."

"3백 명이나요?"

"어려운가요?"

"아닙니다. 체크하기는 쉽습니다만 너무 많아서……."

"아, 왜 필요한지 궁금하신 모양이군요. 계열사에 사외 이사를 보강해야 되겠어요. 비용은 얼마 안 들고, 우리의 울타리 역할을 하게 하면 그 효과가 아주 클 거예요."

"아 예, 무슨 말씀인지 알겠습니다. 퇴직한 입장에서 그분들도 좋아할 것 같습니다."

"예, 상부상조지요. 오래 걸리겠습니까?"

"아닙니다. 오늘 바로 시작하면 한 사흘이면 완료될 겁니다."

"예, 빨리 좀 부탁합니다."

"알겠습니다."

7

서로 다른 길

전인욱은 신태하를 골똘하게 생각하고 있었다. 그는 신태하를 묵살해 버리고 싶었다. 그러나 신태하는 마음에서 몰아내지지도 않았고, 의식에서 지워지지도 않았다. 이제 전하고는 달라진 입장 때문이었다. 신태하가 그런 모습으로 변해 자신 앞에 나타난 것은 전혀 뜻밖이었던 것이다.

그와는 한때 검사 노릇을 함께 했었다. 그러나 마음가짐이나 몸가짐은 서로 꽤나 달랐다. 신태하가 눈치 빠르게 꼬리잘 흔드는 애완견이었다면, 자신은 둔하게 아무 때나 컹컹 짖어대는 촌개였다. 검찰이란 이상한 특성을 가진 조직체였다. 상명하복 원칙과 검사동일체 원칙이 그것이었다. 위에서는 명령하고 아래서는 무조건 따라야 하고, 검사들은 모두 한 덩어리! 상사에 대해 충성을 다해야 하고, 검사들끼리 똘똘 뭉치는 검찰 조직은 마치 총 갖지 않은 군대나 다름없었다. 자유와 다양성과 개개인의 존엄성을 옹호하는 민주주의 법을 다루는 조직이 그렇다니……. 그건 갓 쓰고 골프 치는 격이었고, 한복에 구멍 내 배꼽 내놓고 섹시춤 추는 꼴이었다. 그런데 그 황당한 원칙에 딱 잘 어울리는 것이 있었다. 그것은 바로 검찰의 전용 술처럼 인식되어 있는 폭탄주 마시기였다. 검찰 출신으로 장관이 된 어느 인사의 프로필에, 그가 마치 폭탄주를 두주불사로 잘 마셔서 장관이 된 것처럼 소개되는 바람에 폭탄주는 검찰의 술인 것처럼 인상이 박히게 되었다.

폭탄주—그 이름부터가 얼마나 야만적이고 폭력적인가. 그리고 그 술 내용은 또 얼마나 무지막지하고 무식한가. 저 옛날부터 우리 어른들이 술에 대해 두 가지를 가르치기를, 술은 어른 앞에서 배워라 하였고, 술은 섞어 마시지 마라 했다. 왜 그랬을까. 세 살 버릇 여든 가더라고 처음에 술버릇을 잘못 들여 술망나니 되는 것을 막으려 함이었고, 도수가 다른 술을 섞어 마시게 되면 몸을 쉬 상하게 되기 때문이었다. 독한 술을 마시다가 약한 술을 섞어 마시게 되면 그 술이 전부 독한 술이 되어버린다. 그러니 술기운에라도 그런 어리석은 짓은 하지 말라는 것이 오랜 가르침이었다. 그 지혜로운 체험

의학은 1980년대까지도 잘 지켜져 나왔다. 그런데 어찌 된 일인지 90년대 그 언제부터인가 해괴하게도 폭탄주라는 돌연변이 술이 생겨났다. 그 독한 양주에다가 맥주를 뒤섞은 술. 그 국적 불명의 술은 뒤섞인 내용만 무식하고 무지막지한 것이 아니었다. 마시는 방법은 더욱더 야비하고 저돌적이었다. 양주와 맥주가 섞여 이미 독주로 변했는데, 큰 맥주잔에 한가득 넘치는 그 독주를 입을 떼지 말고 단숨에 마셔야 하는 것이었다. 그 꼴을 양주의 본고장인 서양 사람들이 보았다면 뭐라고 할 것인가. 보나 마나 '갓뎀 크레이지(미친놈들)!' 했을 것이다. 이 욕은 실제로 있었던 일이었다. 저 1970년대 중반에 우리나라의 고급 관료 두 사람이 뉴욕의 어느 술집에서 양주를 병째로 시켜놓고 서양식으로 핥는 것이 아니라 한국식으로 벌컥벌컥 들이켰다. 양주가 귀해 국내에서는 마시기 어려운 데다가, 모처럼 미국 나들이를 한 판이었으니 두 분 관료께서는 기분이 얼마나 달떠올랐을 것인가. 그런데 독한 양주를 냉수 마시듯 벌컥벌컥 마셔대는 그들의 모습은 다른 손님들의 좋은 구경거리가 되었다. 자기네가 구경거리가 되고 있는 줄도 모르고 두 사람의 술 마시기는 한 병으로 끝나지 않았다. 두 병째를 시켜 그들은 더욱 신나게 벌컥벌컥 마셔댔다. 그 꼴을 보다 못한 누군가가 내뱉었다. 갓뎀 크레이지! 그 욕설은 홀 안의 다른 술꾼들 사이로 금방 퍼졌고, 술을 많이 팔아먹어서 좋은 술집 주인마저도 쓴웃음을 물며 고개를 내젓고 있었다. 달러 벌어들이기를 국가적 차원의 대과업으로 외쳐대고 있던 그 시절에 고급 관료 두 분께서는 국민의 혈세를 탕진해 가며 국위선양을 톡톡히 하신 셈이었다.

독한 양주를 핥듯이 마셔야 하는 건 그 두 분네처럼 꼭 현지에 가서 체험해야 할 것도 없다. 이 나라에 서양 영화들이 얼마나 범람하는가. 그 영화에서 술 마시는 장면들은 얼마나 또 자주 나오던가. 주인공들이 아무리 기분 나쁘다고, 너무나 기분 좋다고 술을 물 마시듯 벌컥벌컥 마셔대는 것을 본 적이 있는가. 그런데 이 나라의 검사 나으리들께서는 그 큰 맥주컵 가득한 독주를, 숨도 쉬지 않고, 입도 떼지 않고, 단숨에 마셔대기를 불문율로 정해놓고 있었다. 그러나 그 이름도 거룩한 폭탄주 마시기의 불문율은 또 하나가 더 있었다. '열외' 인정 없음. 그 술자리에 앉아 있는 사람들은 남녀 가릴 것 없이 그 독주를 마셔야 하는 것이다. 여자에게 억지로 들어간 폭탄주는 그야말로 폭탄이 될 수밖에 없다. 또 체질적으로 술을 못 마시는 남자의 배 속에서도 폭탄이 되기는 마찬가지다. 여기서 남녀를 구분한다고 어느 여권운동가께서는 남녀 차별이라고 열을 낼지도 모른다. 그러나 진정하시라. 현대과학이 규명한 바에 의하면, 여자는 남자에 비해서 알코올 분해 성분이 평균적으로 5분의 1밖에 안 된다는 것이다. 그것은 여자의 눈물주머니가 남자보다 다섯 배나 큰 것과는 반대되는 현상이다. 여자에게 알코올 분해 성분이 그렇게 적은 것은 그만큼 알코올을 적게 받아들여 2세를 잉태하고, 보호하기 위한 자연의 섭리라 한다. 그러니까 '열외' 없는 원칙에 따라 여검사님이 남검사님들과 똑같이 폭탄주 열 잔을 마셨으면 어떻게 될까? 그 여검사님은 열 잔의 다섯 배, 그럼 그게 몇 잔이 되나? 그만큼 몸에 피해가 갈 수밖에 없는 것이다. 여검사님들께 지옥이 따로 있을 것인가. 여검사님들은 그런 지옥이 기다리고 있는 줄도 모르고 사법고시라는 태산준령을 주파하신 것이니 그 얼마나 가엾고 안쓰러운 일인가. 앞으로는 알코올 분해 성분을 남자와 똑같이 갖춘 돌연변이 여성들만 사법고시를 치게 하면 그런 가슴 아픈 일은 안 생길 것이다. 아니다. 굳이 그런 돌연변이를 찾아내려고 애쓸 것이 없다. 이미 여성들이 사법고시 합격자 절반을 넘지 않았는가. 그 기세를 더욱 몰아 여성들이 90퍼센트 이상을 차지해 버려라. 그렇게 되면 검찰의 그 유치한 폭탄주 마시기도 없어지고 말 것 아닌가. 아아, 그 얼마나 다행스럽고도 행복한 일인가. 이 나라의 복된 장래를 위해 특출 나게 기억력 좋은 여성들이여, 분발하여 주시기를.

그러나 여검사님들을 끝까지 붙들어 앉혀놓고 지옥 체험을 시키는 바보 같은 남검사님들은 다행히도 없으셨다. 술자리에 1차, 2차는 괜히 있는가. 여검사님들은 1차로 돌려보내고, 2차는 남검사님들만 새로 시작하는 것이다. 그건 여성에 대한 신사적이고도 살뜰한 배려 같지만, 전혀 그런 것이 아니다. 거기에는 음험한 남성적 음모가 도사리고 있다. 술이라는 마약 성분의 음료를 마시며 수컷들끼리 할 일이 있는 것이다. 수컷들끼리 무엇을 한다는 것인가. 그걸 꼭 말로 해야 하는가. 그거 말로 하지 않아도 그렇고 그런 거 뭐 있지 않은가. 이심전심으로 아는 거. 아니 뭐 이렇게 말하니까 눈치 빠른 척하며 엉뚱하게 천박하고 잡스러운 상상하지 마시라. 젊고 예쁜 아가씨들 불러다 앉혀놓고 어쩌고저쩌고, 그런 말씀이 아니다. 물론 젊고 예쁘고 늘씬하고 사분사분한 아가씨들이야 나온다. 술안주 없는 술상이란 없는 것처럼. 그런데 2차부터 본격적으로 하는 일은 따로 있다. 바로 검찰 2대 원칙의 확인과 강화 작업이다. ― 상명하복과 검사동일체 정신!

그 정신의 일사불란한 구현과 완전무결한 발현을 위해 남검사님들께오서는 용기백배하고 용감무쌍하게 술잔을 드높이 드는 것이다. 바로 그 세계적 신발명품 폭탄주를. 그 지엄하고 엄숙한 자리에서 술을 한 방울도 마실 수 없도록 태어난 사람은 어찌할 것인가. 나를 좀 봐달라고 할 것인가. 에이, 그 무슨 실례의 말씀. 수컷들의 세계를 우습게 보고 얕잡아 보는 것도 유분수지. 사관학교 졸업식에서 대통령이 치사를 하는데 꾸물거리던 하늘에서는 기어코 눈이 내리기 시작했다. 모자챙 때문에 눈발은 생도들의 콧등에 내려앉지는 못하지만, 가리는 것이 없는 귓바퀴에는 자꾸 내려앉는다. 귓바퀴 안쪽 아래 오목한 거기에 내려앉은 눈은 곧 녹는다. 그런데 눈은 자꾸만 내려앉고, 언제부턴가 그 눈은 녹지 않고 쌓이기 시작한다. 귓바퀴 전체가 눈을 녹일 수 없도록 식어버린 것이다. 그래도 귀를 만지는 생도는 단 한 명도 없다. 부동자세 상태이기 때문이다. 군인에게 있어 부동자세란 벌이 와서 쏘아도 움직여서는 안 되는 자세라고 철저하게 교육된 것이다. 귓바퀴 안에 눈이 쌓이는 그 추위를 미동도 없이 견디어내는 것은 한국의 육사 생도들이나 미국의 웨스트포인트 생도들이나 전혀 다를 것 없이 똑같다. 그리고 붉은 광장에서 행사를 하는 러시아 군인들도 다를 것이 없다. 눈이 잦은 그곳에서 무슨 행사가 진행되고 있는데, 추위를 견디다 못한 병사 하나가 곤두박이며 쓰러지고 말았다. 그 누구도 그 병사를 알은체하지 않았고, 쓰러진 병사 위에 눈발이 쌓이며 행사는 진행되고 있었다. 행사가 끝나고 보니 그 병사의 숨은 끊어져 있었다. 그래도 어쩔 수 없는 일이다. 군인이니까. 허약은 그 병사의 책임일 뿐이다. 인정사정없고 야멸차기 그지없는 적자생존의 법칙이다. 수컷들이 도모하는 세계는 이렇듯 무모하리만큼 철저하고 잔인하리만큼 단순한 데가 있다.

술을 한 방울도 못 마시는 자가 그 사실을 폭탄주 못 마시는 이유로 내세우는 순간 그는 비겁자가 되고 배신자가 되고 만다. 충성을 맹세하고, 한 덩어리로 똘똘 뭉치는 단결을 확인하는 그 성스러운 마당에서 배신을 하다니…… 부장 검사가 내는 술자리에 두 번 빠지면 찍혀서 아웃되는 건 두루 아는 사실이었다. 그런 형편에 어찌 감히 배신자가 될 수 있는가. 이 위기를 의리 있는 부하로서 모면하는 방법이 딱 한 가지가 있다. 모두가 폭탄주를 단숨에 들이켜는 것에 맞추어 이쪽에서도 자기 머리 위에 술을 들이붓는 것이다. 아아, 그 큰 맥주컵에 가득 찬 술이 머리에서부터 쏟아져 내리니 어찌 될 것인가……. 속옷이 다 젖다 못해 불알 아래까지 축축해지거나 어쩌거나, 그 느닷없는 행동은 더없이 의리 강하고 남자다운 행동으로 상사를 흡족하게 만들어준다. 아아, 이 수컷들의 난해한 함수여.

불행하게도 신태하는 술이 약했다. 최대 주량이 고작 폭탄주 다섯 잔이었다. 그다음부터는 화장실로 내빼 토해내고는 다시 마셔야 하는 운명이었다. 그는 두 번, 세 번 토해내면서도 기를 쓰고 폭탄주를 마셨다. 그의 꺾일 수 없는 출세욕이 시키는 일이었다. 그에 비해 전인욱의 주량은 무한정이었다. 술 잘 마시는 전 형이 부러워. 억지로 토하느라고 눈물이 글썽글썽해진 눈으로 신태하가 말했다. 내가 신 형보다 잘하는 건 주량 큰 것밖에 없으니 한심하지 뭐. 전인욱은 껄껄거리는 신태하의 등을 두들겨주며 대꾸했다. 한심하긴, 그게 얼마나 큰 능력이라구. 나두 그 능력만 있었더라면 더 바랄 게 없는데. 신 형도 이렇게 힘들어하지 말고 누구처럼 머리에다 쏟아부어. 이렇게 억지로 토하면서 마시는 건 위에도 간에도 안 좋다던데. 아니야, 아니야. 난 그런 쪼다로 보이고 싶진 않아. 이렇게 고생하다 보면 주량도 차츰 늘어나겠지. 신태하는 고개를 짤래짤래 내저었다. 그 완강함에서 그의 강한 출세 욕구가 뚝뚝 듣고 있었다. 그래, 그 짓 자꾸 하다가 위암이고 간암이고 걸려 죽어가도 네 팔자고 네 운명이다. 전인욱은 이런 속말을 하며 그냥 지나치고는 했다.

여러분은 대한민국 검사다. 우리 사회의 최고 엘리트들이다. 누구든지 잡아넣을 수 있고, 어느 사건이든지 수사 못 할 게 없다.

검사로 임용될 때 한 달간의 법무연수원 교육에서 선배 검사들이 반복적으로 강조한 말이었다.

우리 사회의 최고 엘리트들이다.

이 얼마나 듣기 좋고 자긍심 드높여주는 말인가. 그 최고 엘리트들이 지적이고 고상한 것과는 거리가 멀게 몰상식하고 상스럽게 폭탄주를 강압하는 분위기를 만드는 것은 어인 일인가. 욕하면서 배우더라고 폭력배들을 많이 다루다 보니 폭력배를 닮아가는 것인가. 그게 아니다. 검사님들의 몸속 저 깊디깊은 곳에 숨어 있는 수컷의 본성이 자연스럽게 드러나고 있는 것이다. 수컷들의 삶이란 다른 수컷들과의 끊임없는 싸움으로 이어져 나아가도록 되어 있다. 애초에 수컷이 존재해야 하는 절대 소명은 씨뿌리기였다. 최대한 씨를 많이 뿌려 종족을 보존해 나가야 하는 것. 그 성취를 위해서는 암컷들을 최대한 확보해야 한다. 그런데 모든 수컷들이 똑같은 욕구를 갖다 보니 나 아닌 다른 수컷들은 나의 적이 될 수밖에 없다. 서로서로 척결해야 될 적인 수컷들 사이에 대두한 단 하나의 해결책. 그건 목숨을 건 싸움, 사투가 있을 뿐이다. 그리하여 물개들은 바닷물을 붉게 물들이는 혈투를 벌여 최후의 승리자가 마흔 마리든, 쉰 마리든, 그 영역의 모든 암컷들을 독차지한다. 어디 물개만 그러한가. 원숭이도 그러하고, 개도 그러하고, 사슴도 그러하고, 산양도 그러하고, 들소도 그러하다. 암내를 풍기는 암컷 하나를 두고 수캐 네댓 마리가 싸우는 것을 보았는가. 그놈들은 이빨을 있는껏 송두리째 드러내며 서로를 향해 으르렁거리기 시작한다. 앞발을 내뻗으며 곧 달려들어 물어뜯을 것처럼. 그 기싸움에서 두어 마리의 꼬리가 아래로 처져 내린다. 1차전 탈락자들이다. 나머지 놈들이 다시 으르렁거리기 시작한다. 그 기세가 처음보다 한결 더 거세고 사납다. 눈에서 푸른빛이 뻗치고, 앞발이 땅을 격하게

216

파헤친다. 다시 또 한 마리의 꼬리가 뒷다리 사이로 떨어져 내린다. 2차전 탈락자다. 이제 두 마리만 남았다. 그놈들은 눈만이 아니라 이빨에서까지 푸른빛을 내쏘며 상대방을 향해 돌진한다. 두 놈은 서로를 물어뜯으며 나뒹군다. 두 번, 세 번, 공격전 끝에 결국 한 마리가 목덜미에서 피를 흘리며 뒷걸음질 친다. 그 치열한 암컷차지 싸움에서 개들이 저 옛날 사납기 그지없는 야수였음이 확실하게 드러난다. 그리고 사냥에 나선 개들이 곰이나 멧돼지들에게 덤빌 때도, 밤에 도둑을 향해 짖어댈 때도 암컷차지 싸움을 할 때처럼은 사납지 않다고 한다. 그렇게 이긴 수캐는 그때까지 기다리고 있던 암캐를 차지한다. 어디 개뿐인가. 수사슴들은 계곡이 쩡쩡 울리도록 그 수려한 뿔들을 맹렬하게 맞부딪친다. 승부가 날 때까지 정면으로 부딪치고, 뒤로 물러나 다시 내달아 또 부딪치고……. 그 치열하고도 처절한 싸움을 암컷들은 무표정한 듯 담담하게 바라보고만 있다. 그러다가 마지막 이긴 자에게 몸을 바친다. 아니다. 암컷들을 '독차지한다'거나, 암컷들이 몸을 '바친다'고 하는 식의 말은 꽤나 잘못된 것이다. 그건 수컷 본위의, 수컷 우월감을 드러내려는 말일 뿐이고, 모든 종류의 암컷들은 최후로 승리한 수컷들에게 순종하는 것이 아니고, 복종하는 것은 더구나 아니고, 굴종하는 것은 더더구나 아니다. 암컷들은 자연의 순리와 섭리에 따라 가장 힘센 수컷을 '받아들이는' 엄숙한 '선택'을 한 것이었다. 가장 힘센 수컷이 지닌 가장 강건한 DNA를 받아야 건강한 새끼들이 태어나고, 그래야만 혹독한 자연환경에 부대끼면서도 살아남아 종족 보존을 해나갈 수 있기 때문이다. 인간이라고 예외일 수 없었다. 인간과 가장 가까운 원숭이를 보라. 암컷차지 투쟁에서 패배한 수컷들이 비실비실 옆 걸음 치며 한쪽 구석으로 몰리는 그 초라함. 그보다 더한 궁상과 비참함이 어디 또 있겠는가. 수컷으로 태어나 암컷을 한 번도 차지하지 못하고 한평생을 살아야 하다니. 그들이야말로 하늘을 향하여 '오오 하느님, 왜 저를 낳으셨나이까' 하는 원망과 장탄식을 하지 않을 수 있겠는가. 그러나 인간들은 원숭이들처럼 순수하지도, 순진하지도, 단순하지도 않았다. 왜냐하면 인간들은 원숭이보다 머리가 훨씬 더 영리하고, 그 영리함은 교활을 만들어내니까. 인간 수컷들은 자연의 순리와 섭리에 복종해 암컷을 단념하고 한평생을 참으며 살려고 하지 않았다. 영리한 머리를 써서 서로 공평하게 암컷 차지하기 방법을 찾아냈다. 그 위대한 발명이 바로 일부일처제였다.

그렇다고 하여 인간 수컷들 속에 잠재해 있는 투쟁의 DNA가 완전히 사라진 것은 아니었다. 생식 투쟁은 그런대로 해소되었지만, 생존 투쟁은 인간의 수가 불어나고 사회가 복잡해질수록 더욱 치열해져 갔다. 사회 각 분야마다 '경쟁'이란 이름으로 전개되고 있는 생존 투쟁. 그래서 수컷들은 자기 아닌 모든 수컷들을 본능적으로 적대시하며, 언제나 불신 속에서 경계한다. 그리고 그 힘을 강화시켜 나아가기 위하여 끼리끼리 패거리를 만들고, 자기네들의 힘을 결속시키기에 바쁘다. 검찰의 상명하복이나 검사동일체 원칙 같은 것도 바로 그런 것 중의 하나다. 그리고 폭탄주 돌리기는 그 조직을 튼튼하게 결속시키기 위한 윤활유 치기 아닌가. 자기네 생존을 위해 조폭들이 패거리를 짜는 것도 하등 다를 것이 없다. 다만 차이가 있다면 하나는 합법적 조직이고, 다른 하나는 불법적 조직이라는 점이다. 그러나 그것이 수컷들의 놀이라는 데에는 아무런 차이가 없다. 그래서 검사들도 폭탄주를 마시며 충성과 결속을 다지고, 조폭들도 폭탄주를 마시며 충성과 결속을 다지는 것이다. 그런데 조직을 다스리는 방법은 좀 달랐다. 조폭들은 배신자에 대해서는 몽둥이로 다스리는데, 검찰에서는 마땅찮은 대상에 대해서는 인사권으로 다스렸다.

그런데 검사님네들이 술자리에서 충성과 결속을 다지는 데 폭탄주보다 더 효과 있는 것이 한 가지 또 있다. 여자들이다. 술기운으로 감정은 느슨하게 풀려가겠다, 젊고 예쁜 여자들은 옆에 앉았겠다, 암컷을 차지하고자 하는 그 질기고 강한 수컷들의 본능이 폭발해 솟구치게 되는 것은 너무 자연스러운 현상인 것이다. 어떻게 검사들이 보통 남자들과 똑같을 수 있느냐고, 법을 다루는 사람들은 달라야 하는 것 아니냐고 따지려 하지 마시라. 그걸 따지려 드는 건 순수한 것이 아니라 바보의 소치다. 그들도 검사이기 이전에 남자이고, 죽을 때까지 남자일 것이고, 검사란 다만 직업일 뿐이라는 사실을 잊지 마시라.

술자리의 젊은 여자들 —그들이 저 옛날 기생이라 불리던 시절부터 그 기본 조건이 꽃인 듯 예뻐야 하고, 날씬한 몸매와 어우러진 자태가 살랑살랑 한들한들 나붓나붓 나비 춤추듯 하는 데다가, 가야금 거문고에 소리 한 가락이 유창할 뿐 아니라, 시·서·화에 이르는 기예 하나씩을 곁들였으니 수컷들의 본능에 불붙이기 그보다 더 좋은 금상첨화가 어디 있는가. 그러나 어디 옛날뿐이랴. 이제는 민주사회니까 기적(妓籍)이니 기생 수업이니 하는 것 따위는 없애버렸지만, 돈 흔하고 유흥 낭자해진 세상 변화에 발맞추어 술자리 젊은 여자들도 옛 기생들 찜 쪄 먹게 그 미모가 아리땁고, 눈웃음 상글상글 생글생글 방글방글 방실방실 쳐대는 교태하며, 남자 기분을 노골노골 녹이고 흐물흐물 풀리게 하는 그 고분고분 나긋나긋 사근사근 야들야들한 보비위는 모든 수컷들이 깜빡 가정을 잊어버리게 하기에 충분하지 아니한가.

내시도 여자를 밝히더라고 남자치고 술자리에 여자 앉히는 것을 마다하는 자가 어디 있을 것인가. 부처님도 여자 애기를 하면 빙그레 웃으신다는데. 그것은 이성(理性)이라고 하는 것의 힘으로는 어찌해 볼 수 없는 수컷들의 본능의 발로 아닌가. 남자들은 어여쁜 여자들까지 곁들인 술자리가 사회생활에서 어떤 효과를 발휘하는지 너무나 잘 안다. 서로 부담 없이 술에 흥건히 취하여 객소리를 주고받고 음담패설에 함께 웃어젖히고 하다 보면 한 번의 술자리가 그동안의 간격을 단숨에 허물어 서로 흉허물 없는 사이로 만들어준다. 맨정신으로 일 년을 지내도 이루어지기 어려운 감정의 소통을 단 한 번의 술자리가 해결해 주는 것이다. 그 술자리의 격의 없는 얼크러짐이 동질감을 갖게 하고, 그 자리의 실수까지도 새 얘깃거리로 추억되며 서로의 사이가 도타워지는 것이다. 거기다가 수컷들의 본성까지 낭자하게 퍼질러놓고 여자들을 야하게 어르고 희롱하며 놀게 되면 그 친근감의 밀도와 일체감의 농도는 측정하기 어렵게 두꺼워진다. 그리고 그 여자들에게 더불어 씨뿌리기까지 하게 되면 그 공범의 체험은 친밀도의 절정을 이루게 된다.

전인욱은 큰 주량에 힘입어 그 모든 과정을 잘 치러내 부장의 기분을 흡족하게 해주는 부하가 될 수 있었다. 술 약한 신태하도 수컷값은 제대로 하느라고 씨뿌리기는 히죽히죽 웃으며 꽤나 즐겼다. 부하들의 그 즐거워함을 부장은 충성 표시로 받아들였고, 그런 술자리를 자주 만드는 것을 남다른 자신의 능력으로 과시했다. 그들은 그런 술자리의 술값이 엄청나다는 것을 누구에게 묻지 않아도 다 알았다. 예쁜 아가씨들이 만족할 만큼 팁까지 줘야 하니까. 부장의 월급이 자신들보다 많다 하나 그런 술값을 감당하기에는 턱도 없는 일이었다. 부장에게 그런 굵은 돈줄이 있다는 것을 그저 짐작할 뿐이었다. 그러나 그런 돈줄을 생각하면 전인욱은 기분이 영 찜찜하고는 했다. 검사가 그래가지고⋯⋯, 제대로 된 검사 노릇을 자꾸 생각하지 않을 수가 없었다. 신 형, 부장님은 그 많은 술값이 어디서 나는 것일까? 신태하가 알 것 같아서 물은 것은 아니었다. 복잡하게 그런 것 생각하지 말고 그냥 따라다니면서 마셔. 전 형은 생각이 많아서 탈이야. 신태하가 그 특유의 능구렁이 스타일로 눙치고 들었다. 한두 번도 아니고⋯⋯, 생각을 안 하려고 하지만⋯⋯. 아무 걱정 하지 말어. 산전수전 다 겪은 부장이 좀 잘 알아서 하겠어. 더 이상 말할 필요가 없었다. 출세 욕구 강하고 순종적인 신태하는 그런 말 자체를 꺼리는 위인이었다. 그런 말이 부장을 흉잡는 것이 될까 봐.

그런데 얼마 지나지 않아 태봉그룹 사건이 터졌다. 비자금 조성 사건이었다. 기업들이 비자금을 조성하는 것. 그건 여름에 장마 지고 겨울에 폭설 내리는 것처럼 별것 아닌 사건일 수 있었다. 크든 작든 사업하는 사람들이 아무 죄의식도 부끄러움도 없이 당연하다는 듯 예사롭게 하는 말. 세금 낼 것 다 내고 무슨 사업을 해! 그 당당함 앞에서 탈세는 죄라고 말하는 사람은 여지없이 세상 물정 아무것도 모르는 바보 천치이거나, 양심적인 척하는 촌놈 취급을 당하고 만다. 기업들의 비자금도 그런 식으로 당연시되어 왔다. 그러나 교통사고도 단순접촉 사고가 있고, 인명살상 사고가 있다. 태봉그룹의 비자금 사건은 바로 인명살상 사고급이었다. 그들이 뒤로 감춘 돈이 자그마치 1조 원이었던 것이다.

1조……?

전인욱은 잠시 멍해졌다. 그 돈의 크기가 문득 잡히지 않았다. 조 단위의 돈 얘기를 처음 듣는 것이 아니었다. 몇 백조의 국가 예산에서부터 연간 수출 총액까지 수없이 들어온 말이었다. 그러나 비자금이 1조라니……, 믿을 수 없었고, 어이가 없었다. 검사가 되고 나서 3~4천억 비자금 수사는 서너 번 해본 일이 있었다. 그런 액수도 비자금으로서는 엄청나게 큰 돈이었는데, 1조라니.

그게 도대체 억이 몇 개인가……. 삼각함수까지 다 풀어낸 학벌이면서도 그게 선뜻 잡히지 않았다. 억이 만 개가 뭉쳐진 것이라는 것은 그 그룹에 대한 분노를 두어 번의 심호흡으로 누르면서 나온 계산이었다.

억이란 뜻을 아는가? 그 글자는 사람 인 변(人·亻)에, 뜻 의

(意) 자가 합해진 거지. 그게 무슨 의미일까? 그건 실재하는 수가 아니라 사람의 마음속에만 있는 큰 수라는 뜻이야. 그 글자가 만들어졌던 그 옛날에는 지금과 달리 경제 규모가 작았으니까 억 단위의 금전 거래는 이루어지지 않았던 거야.

교양 국어 시간에 교수가 한 말이었다. 배움의 필요를 새삼스럽게 느끼게 하는 신선함이 머리를 산뜻하게 해주었었다.

사람의 마음에만 있는 그 큰 수를 만 개나 비자금으로 감추다니. 다시 분노가 꼬약꼬약 괴어올랐다. 기업들이 이런 짓을 하라고 그 시절에 온몸을 던져 가투(가두투쟁)를 하며 화염병을 던지고 최루탄 가스를 마신 것이 아니었다. 그 투쟁은 단순히 군부독재만을 무너뜨리자는 것이 아니었다. 군부독재를 종식시킨 민주주의 사회에서 경제도 제대로 운영되어 모든 사람들이 사람답게 사는 세상이 되기를, 그런 세상이 반드시 오게 하겠다는 의지로 공부를 뒤로 밀쳤던 것이다. 그런데 한 기업인이 억을 만 개나 뭉쳐 혼자 배 터지게 먹을 작정을 하다니……. 그 배신감은 분노를 살살 자극하고 있었다.

우리는 흔히 분노와 증오를 감정적인 것, 또는 비이성적인 것으로 값싸게 취급하거나, 경멸적으로 비웃는다. 그러나 그건 아주 잘못된 것이다. 우리가 사는 세상에서는 비인간적인 불의와 반사회적인 부정이 끝없이 저질러지고 있다. 그런 그른 것들을 보고도 아무런 분노나 증오도 안 느낀다면 그것이

옳은 것인가. 더구나 지식인들이라면 어떤 태도를 취해야 할 것인가. 마땅히 그 잘못을 바로잡으려는 분노와 증오를 느껴야 한다. 현실만이 아니고 역사를 바라보았을 때도 마찬가지다. 특히 우리나라처럼 비참하고 고통스러운 역사를 처절하게 살아온 민족일수록 그 지식인들은 가해자들을 향해 식을 줄 모르는 분노와 증오를 품어야 한다. 그 시간과 세월을 초월하는 분노와 증오는 이성적 판단과 논리적 분석이 없이는 생성되지 않는다. 그러므로 그 분노와 증오는 일시적 감정이나 비이성적인 것이 아니고 이성적 분노와 논리적 증오인 것이다. 지식인으로서 현실의 부당함과 역사의 처절함에 대해 이성적 분노와 논리적 증오를 가슴에 품고 있지 않다면 그건 지식인일 수 없다. 더구나 작가로서 이성적 분노와 논리적 증오가 가슴에 담겨 있지 않다면 그는 작가일 수 없다.

80년대 그때에 큰 자극을 받았던 어떤 작가의 글이었다.

먼저 표 내지 말아야 해. 여기는 가투하는 데가 아니야. 먼저 입을 열지 말아야 해. 넌 검사야. 쫄짜 검사.

전인욱은 애써 스스로를 다스렸다.

그 사건은 당연히 세상을 소스라치게 놀라게 했다. 모든 매스컴들이 좋은 먹이를 찾았다는 듯 시끌벅적 신바람을 냈다. 그리고 식당이고 어디고 사람들이 모이는 곳이면 온통 그 얘기로 넘쳐났다. 도대체 1조면 얼마라는 거야? 그것도 몰라, 대

학 헛 나왔군. 아니 그게 말이나 돼? 1조씩이나 꿍치다니. 왜
말이 안 돼. 그 사람한테 물어봐. 자기 돈 가지고 자기 맘대로
하는데 무슨 상관이냐고 할 건데. 그게 왜 자기 돈이야. 주식
회사니까 회사 돈이지. 저렇게도 순진하니 원. 자네 초등학생
이야? 순진, 안 순진이 문제가 아니잖아. 해도 정도가 있는 거
지, 이건 해도 해도 너무하잖아! 이봐, 열 내지 말어. 자네 고
혈압이잖아. 아아, 정말 열통 터져서 못 살겠다, 더런 놈에 세
상. 세상 다 그런 거지 뭐. 그래, 우리 같은 월급쟁이들만 서럽
지. 근데, 도대체 이런 죄에는 몇 년을 살려야 되는 거야? 또
순진한 소리. 그런 죄진 재벌님네들이 따끔하게 벌 받는 것
언제 봤어? 아이고 참 드런 놈에 세상!

그런 말을 들으며 전인욱은 자신의 이마에 '검사'라고 큰
도장이 찍혀 있기라도 한 것처럼 몸이 움츠러드는 것을 느
꼈다. 사람들의 그런 반응은 검찰에 대한 가차 없는 불신이
었다. 검찰에 대한 세상의 불신이 하루 이틀 된 것은 아니지
만 그런 말을 직접 듣는 것은 새로운 치욕이고 새삼스러운
통증이었다. 그 절망적인 민심의 체념은 분명 검찰이 조장한
죄였다. 기분 같아서는 그들에게 "종신형이오!" 하고 말해 주
고 싶었다.

그런데 해괴한 현상이 벌어졌다. 검찰에 앞서서 그 재벌 총
수에게 무기징역이라도 선고할 것 같은 기세로 들끓어 올랐

던 매스컴들의 반응이 거품 스러지듯 잠잠해져 버린 것이었다. 그건 참 괴이쩍은 일이 아닐 수 없었다. 그건 단순 강도살인 사건도 아니었고, 버스 추락 사고도 아니었다. 나라와 사회 전체에 피해를 입히는 초대형 사건이었다. 더구나 세상 사람들의 성난 눈길이 온통 쏠려 있는 상황이었다. 기사 가치로도 그렇고, 그 심층 내막을 알고자 하는 세상 사람들의 요구에 부응해야 하는 언론의 책무로도 자세한 취재 보도를 며칠씩 계속해야 마땅한 일이었다. 그런데 독자가 그다지 많지 않은 한두 신문에서만 관심을 보이고 있을 뿐이었다. 왜 그러는 것일까. 어떻게 된 일일까. 전인욱은 그 이유를 캐내려고 골똘히 생각해 보았다. 그러나 그 이상야릇한 수수께끼는 좀체로 풀리지 않았다. 무언가 분명히 이유가 있을 텐데 그 실마리가 잡히지 않았다. 언론계의 구조나 생리에 대해서는 별로 아는 것이 없으니 그럴 수밖에 없었다. 그렇다고 검찰 출입 기자들에게 물어볼 수도 없는 일이었다. 무엇이든 기삿거리를 찾고 있는 그들에게 검사가 그런 것을 묻는 것은 체면상 곤란한 일이었다. 그리고 그들은 법조계 담당이었지 경제계 담당이 아니었던 것이다. 그런데 쉽게 답을 찾을 수도 있을지 모르는 대상이 바로 옆에 있기는 했다. 경험 많은 선배 검사들이었다. 그러나 그들에게 함부로 입을 열 수 있는 분위기도 아니었다. 그 사건에 대한 검찰 내부의 기류도 매스컴과 마찬

가지로 또 하나의 수수께끼를 만들어내고 있었다. 그런 원자
폭탄급 대형 사건이 돌발하면 검찰은 즉각 긴장하고 술렁거
려야 하는 것이 당연하고, 자연스러운 일이었다. 그런데 어찌
된 영문인지 검찰은 별다른 반응을 드러내지 않고 있었다.
그 잠잠함이 그 사건을 전혀 모르고 있는 것 같은 느낌이 들
지경이었다. 그것이 고의적인 침묵이라는 것을 느끼기는 어렵
지 않았다. 그러나 그 이유를 찾아내기는 언론계가 품고 있는
수수께끼처럼 난해할 뿐이었다.

전인욱은 견디다 못해 신태하에게 말문을 열어야 했다. "신
형, 신문들이 좀 이상하잖아?"

"뭐가……?" 신태하의 눈길에 아무런 느낌도 담겨 있지 않
았다.

"태봉 비자금, 그 큰 사건에 대해 신문들이 더는 보도를 안
해버리는 게 이상하단 생각이 안 들어?"

"글쎄에……." 신태하의 대꾸는 심드렁했다.

"신 형은 왜 그러는지 생각해 보지 않은 거야?" 전인욱은
비위가 좀 상하는 걸 느끼며 말했다.

"글쎄에……, 그게……."

전인욱은 신태하의 볼때기를 쥐어질러버리고 싶은 충동을
가까스로 참아내고 있었다. 신태하는 현실 탐지용 고성능 안
테나를 부착한 인간답게 대화를 거부하고 있었다. 눈치 살피

기와 분위기 파악에 촉수가 예민한 그는 지금 몸을 사리고 있는 거였다. 전인욱은 그런 신태하가 못마땅했다. 아니 역겹기까지 했다. 사람은 누구나 생각이 다르고, 처신이 다를 수 있었다. 그러나 그는 검사였다. 검사이되 경제 사건들을 다루어야 하는 검사였다. 그렇다면 이런 대형 사건 앞에서 최소한의 견해 표명은 해야 하는 것이었다. 어려운 상사 앞도 아니고 동료가 묻는 것인데도 그는 계속 '글쎄에⋯⋯' 타령이었다. 그 격렬한 가투의 시대에도 도서관에서 사법고시 준비에 파묻혀 있었다는 사나이다웠다.

그 괴상야릇한 침묵 속에서 며칠이 지났는데 부장이 뜬금없이 회식 자리를 마련했다. 으레 있어온 술자리였지만 전인욱은 분명 '뜬금없다'고 느꼈다. 세상 사람들의 날선 눈초리가 집중되고 있는 그 큰 사건에 대한 검찰로서의 그 어떠한 대응도 보이지 않은 채 또 폭탄주에 계집들을 끼고 돌아가는 술자리라니, 전인욱은 성난 세상 사람들에게 돌팔매질을 당하는 기분이었다. 그러나 군소리 한마디 못 하고 따라나설 수밖에 없었다.

여섯 명이 어김없이 시간을 지켰는데 좌장인 부장이 나타나지 않았다. 10분이 지나고, 15분이 지나고⋯⋯, 먼저 술을 시켜 마실 수도 없고, 그들은 냉수만 홀짝거리는 붕어 신세로 실없는 소리만 주고받고 있었다. 전인욱은 한 사람, 한 사람의 눈치를 살피고 있었지만 아무도 그 사건에 대해서 입을 뗄 것 같은 기미는 보이지 않았다. 상명하복, 검사동일체 ─그들의 침묵은 그 정신을 어김없이 잘 따르고 있음을 보여주는 것이기도 했다. 위에서 아무런 움직임이 없으니 우리도 모른 체해야 한다, 하고.

또 20분이 지나고……, 전인욱은 입이 간질간질하고 목이 스멀스멀하다 못해 가슴까지 답답해지고 있었다. 하고 싶은 말을 참는 것도 고통이라는 것을 그는 처음인 것처럼 느끼고 있었다. 그 사건을 어떻게 할 거냐는 그 한마디를 꺼내기가 그렇게 어려웠다. 마주 앉은 황 검사는 고등학교 선배니까 그런 말 정도는 쉽게 물을 수도 있었다. 그러나 다른 검사들 앞에서 그의 입장이 난처해질까 봐 그럴 수가 없는 노릇이었다.

부장은 30분이 지나 느지감치 나타났다. 모두 강력 스프링이 달린 것처럼 벌떡벌떡 일어나 그를 맞이했다. 그들의 잽싼 동작은 군인들과 다를 게 없었다. 군부 통치를 오래 받다 보니 물든 것인지, 무단통치를 받아온 식민지 시대의 유산인지 모를 일이었다. 어쨌거나 민주주의의 법을 다루고, 저 봉건시대의 구분으로 하자면 문관이 분명한 검사님네들의 행동으로는 영 어울리지가 않았다.

"오래들 기다렸지. 총장님과 얘기가 길어져서."

부장이 자리 잡으면서 모두를 휘둘러보았다. 그 흔한 변명,

차가 막혀서, 했어도 아무도 토를 달 수 없는 판에, 총장님과……, 했으니 모두는 반사적으로 고개를 숙이며 긴장의 빛을 띠었다.

"자아, 빨리 술들 시작하지."

부장이 말했고, 대기하고 있었던 만큼 술상은 빨리 차려졌다.

"아가씨들 들어오기 전에 우리끼리 할 얘기가 있으니 누가 술 좀 만들지."

부장의 말은, 부르기 전에는 아가씨들을 들여보내지 말라고 일렀다는 뜻이었다.

신태하는 민첩하게 술병을 들며 탁자 앞으로 바짝 다가앉았다. 전인욱은 그런 신태하를 내려뜬 눈길로 보면서 희미하게 웃고 있었다. 그런 허드렛일은 으레껏 맨 끝 쫄짜가 하기 마련이었다. 자신과 신태하는 나이는 같지만, 검사 경력은 신태하가 3년 앞이었다. 자신의 늦은 3년은 순전히 가투의 은혜였다. 그런데도 신태하는 그런 식의 잡일, 궂은일, 허드렛일을 언제나 도맡고 나섰다. 그의 그 희생적인 기민함과 민첩함은 당할 재간이 없었다. 그가 윗사람들에게 많이 잘 보이라고 전인욱은 그런 기회를 늘 양보할 수밖에 없었다. 주량은 약하면서도 신태하의 폭탄주 제조 솜씨는 아가씨들 뺨치게 날렵했다.

"자아, 한 잔씩 쭈욱 들자구. 위하여!"

"위하여!"

무엇을 위하는 것인지는 모르지만, 하여튼 부장의 선창을 따라 외친 그들의 복창은 상명하복과 검사동일체 정신을 의심할 여지없게 우렁찼다.

그 큰 잔의 술을 단숨에 마셔젖힌 그들은 다투듯 술잔을 흔들어댔다. 큰 술잔 속에서 작은 술잔이 부딪치는 소리가 딸랑딸랑, 딸그랑딸그랑 경쾌하면서도 호들갑스럽게 울렸다. 술을 한 방울도 남기지 않고 다 마셨음을 보이는 그 몸짓들은 어린애들같이 천진난만하였다.

"어, 어……, 이번 태봉 사건 말인데, 어떻게 생각하는지 돌아가면서 한마디씩 해보지그래."

부장이 흔히 재판정에서 쓰는 그 무게 실린 가성으로 말하며 좌중을 한 눈길로 훑었다. 그리고 자기의 옆, 서열 두 번째 검사에게 눈길을 고정시켰다.

"그야 뭐……, 별달리 의견 있을 리가 있겠습니까. 되신 대로 가는 거지요."

낮은 목소리의 신중한 느낌의 말이었다. 그 말을 듣는 순간 전인욱의 가슴은 갑자기 두근두근 뛰기 시작했다. '되신 대로 가는 거지요.' 외부인들이 들으면 얼핏 말뜻을 알아듣기 어려운 그 말은 그들에겐 너무 귀에 익은 말이었다. 그건 '협의되신 대로 진행해 가는 거지요' 하는 말의 간략형이라고나 할까. 그의 말은 검찰총장과 부장 사이에 어떤 협의가 이루어졌음을 전제로 하고 있었던 것이다. 그게 무엇일까……, 그 의문 때문에 전인욱의 가슴은 두근거리기 시작했던 것이다.

"으음……."

양쪽 입꼬리가 처지도록 입을 꾹 다문 부장은, '으음' 소리를 길게 끌며 고개를 끄덕이고는, 눈길을 다음 사람에게로 옮겼다.

"예에……."

다음 사람이 의미 모호하게 이런 소리를 내며 고개를 공손함을 넘어 여성적 몸짓으로 다소곳이 숙였다.

"으음……."

부장은 세 번째 사람에게로 눈길을 옮겼다. 그러고 보니 두 번째 사람의 그 모호한 반응은 군대 용어로 말하면 '전과 동'이라는 분명한 의사 표시였던 것이다.

이 술자리가 흔히 해왔던 것처럼 단합과 친목을 도모하는 자리가 아니라 그 사건 처리 방향을 위한 의견 통일의 자리라는 것을 확인하며 전인욱의 가슴 뛰기는 더 심해지고 있었다.

세 번째를 지나 부장의 눈길은 네 번째에 이르렀다. 전인욱의 가슴은 이제 두근두근을 넘어 벌떡벌떡 뛰기 시작했다. 난 어떻게 대답해야 할 것인가. 판박이 전과 동이 될 것인가

하고 싶은 대답을 해야 할 것인가. 모두 전과 동인데 혼자서 딴말을 한다고 무슨 효과가 있을 리 있는가. 아무 효과 없는 말을 하면 뭐하나……. 갑자기 화염병들의 불꽃과 최루탄 가스 냄새와 구호를 외치는 함성이 물결쳐왔다. 왜 뒤늦게 사법고시에 매달리며 검사가 되고자 했던가. 할 말은 해야 될 게 아닌가. 아내와 아이들의 얼굴이 밀려들었다. 가슴이 더욱 거세게 벌떡거렸다.

부장의 눈길은 신태하를 지나 마침내 자신에게로 닥쳐왔다. 전인욱은 숨을 들이켜며 어금니를 맞물었다.

"예, 잘 아시다시피 세상 사람들의 관심이 온통 이 사건에 쏠려 있습니다. 모든 사람들의 의혹을 풀어줄 수 있도록 철저하게 수사해야 된다고 생각합니다."

전인욱은 무엇에 쫓기는 것처럼 허둥거리며 말했다. 왜 그렇게 되었는지 자기 마음을 스스로도 알 수가 없었다.

"철저하게라……, 그거 좋지." 부장은 아무 표정 없이 고개를 끄덕이고는, "여긴 술자리니까 그만 얘기 끝내기로 하고, 전 검사는 낼 나하고 얘기 좀 더 하도록 하지." 달갑지 않은 기색의 잔기침을 두어 번 했다.

분위기는 일시에 썰렁해졌다. 전인욱은 자신을 향해 날아오는 눈초리들을 느꼈다. 그 열 개의 눈총들은 차갑고, 따가웠다. 그건 거부감이고 적대감이었다. 아니 두 개의 눈총은 좀 달랐다. 황 선배의 두 눈은 딱하다는 빛을 띠고 있었다.

내가 뭘 잘못했지……? 그 눈총들에 눌려 자신의 몸이 찌부러드는 압박감을 느끼면서 전인욱은 못내 당혹스러웠다. 굳이 생각을 말해 보라기에 말한 것뿐이었다. 그것이 잘못된 것인가. 그럴 수도 있었다. 평소에 비싼 술 사 먹여가며 교습을 시켰으면 그대로 따라야 했을 것 아닌가. 상명하복, 그 의미는 무엇인가. 너무나 쉽게도 '명령 내리는 대로 따르겠습니다' 아닌가. 거기에 맞는 정답은 바로 그들이 통일적으로 다소곳이 고개 숙인, 그것이었다. 그런데 시건방지고 버르장머리 없이 서열 맨 끝인 것이 방정맞게 주둥이를 나불나불 놀리다니, 그건 눈총 받아 싼 일이었다. 그런데 그것이 정답인 줄 몰랐다고 한다면 그건 스스로를 속이는 것이었다. 그것이 정답인 줄 알았지만, 그건 자신의 정답은 아니었다.

아가씨들이 들어오고, 폭탄주가 빠르게 돌고, 아가씨들이 신바람 나게 노래를 불러댔지만 술자리는 전처럼 다정하고 흥겨운 분위기가 아니었다. 한번 끼친 썰렁함과 서먹서먹함은 끝내 가시지 않았다. 술자리는 전보다 일찍 끝났다.

"나 좀 보고 가."

룸을 나서는데 옆을 스치듯 하며 황 선배가 낮고 빠르게 말했다.

모두 떠난 다음에 황 선배를 따라 커피숍으로 들어갔다.

"자네 왜 그래. 다 알면서."

황 검사는 매질하듯 후배를 쏘아보았다. 술 취한 사람의 눈길이 아닌 그 눈에 매운 꾸지람이 담겨 있었다.

"……."

전인욱은 할 말이 마땅찮아 선배만 바라보고 있었다.

"자네 맘 다 알아. 허지만 자네 혼자 검사 노릇 하는 것도 아니고, 이 세상이란 얽히고설켜서 아주 복잡해. 그러니까 혼자 생각만 하지 말라구."

황 검사는 눈길을 풀며 타이르는 어조로 말했다.

"그렇지만 이번 사건은 재벌들의 쌓이고 쌓인 병폐를 수술할 더없이 좋은 기회 아닙니까."

선배와 단둘이 앉은 자리니까 전인욱은 할 말은 하고 싶었다.

"글쎄 그걸 누가 모르나. 허나 그건 단칼에, 단숨에 될 일이 아니야. 차츰차츰 해나가야지."

"그 차츰차츰이 언젭니까. 경제발전을 위해 국가적 차원에서 기업들을 비호해 온 것이 40년을 넘었고, 그 결과가 이번 사건 같은 어마어마한 비리를 만들어냈습니다. 이런 사건을 단호하게 처리하지 않고 자꾸 뒤로 미루면 결국 이 나라는 망하고 맙니다. 지금 민심이 얼마나 사나운지 잘 아시지 않습니까. 국민들은 철저한 수사를 바라면서 검찰을 바라보고 있는데, 이런 때 검찰이 해야 할 일이 무엇이겠습니까."

"글쎄 그 원칙론을 누가 모르냐 말야. 허지만 이 세상은 얽히고설켜 있다니까. 검찰의 힘이라고 다 되는 게 아니라구. 복잡한 얘기 여기서 다 하기 어렵고, 한마디로 하자면, 혼자 나대봤자 계란으로 바위 치기고, 맨머리로 63빌딩에 박치기 하기야. 이 말 명심하고, 언행에 신중을 기하란 말야."

황 검사는 답답하다는 듯 커피를 술 마시듯 벌컥벌컥 들이켰다.

그따위 소리가 무슨 만고의 진리라고 명심하고 말고 해? 더 세게 강조하기 위해서 백운대 인수봉이라고 하지 왜 고작 63빌딩이야? 계란으로 바위 치기……, 비겁한 기회주의자, 얄미운 이기주의자들이 자기변명하고 자기 합리화시키기 위해서 써먹고 써먹고 또 써먹어온, 그보다 더 때 묻고 쿠린내 나고 치졸한 말이 어디 또 있을까. 당신, 그런 식으로 검사 노릇 해먹는 게 부끄럽고 회의스럽지 않아? 전인욱은 커피를 조금씩 넘기며 선배를 한껏 비웃고 있었다.

후배의 침묵이 신경에 거슬리는 듯 황 검사는, "자넨 이제 대학생이 아니야. 처자식이 있는 몸이잖아. 그동안 자네가 덜 좋게 보여왔다는 것도 잊지 말어!" 하고 힘 준 목소리로 말하고는, "내일 부장님 뵙거든 오늘 한 말은 술기운에 한 거라고 하고, 최대한 공손하게 대해. 알겠지!" 이거 마지막 충고야, 하는 기분이 들게 말하고 그는 몸을 일으켰다.

전인욱은 늦은 밤길을 혼자 걸었다. 처자식 있는 몸! 계란으로 바위 치기라는 말보다 훨씬 더 호소력이 강한 자기변명의 수단이고 무기였다. 그리고 비겁자, 보신주의자들이 가장 안전하게 몸을 숨길 수 있는 은신처였다. 처자식이 있는 몸이라……, 그 한마디는 그 어떤 난처한 입장, 그 어떤 궁지에서도 단숨에 탈출할 수 있는 만사형통의 묘수요, 만병통치 특효약이었다. 그 말의 밑뿌리는 우리의 골수에 박혀 있는 인정주의였다.

처자식……, 자신에게도 가장 실감 생생한 존재들이었다. 아내보다 두 자식은 훨씬 강한 자력을 발산하고 있었다. 낳은 것이 자유였던 것과는 반대로 키워야 하는 것은 벗어날 수도, 떼칠 수도 없는 절대 의무였다. 영원한 올가미고 족쇄인 그 의무에는 키우되 잘 키우고자 하는 본능이 식욕이며 성욕처럼 강하게 작용하고 있었다. 오죽했으면 예로부터 부모는 문서 없는 종이라고 했겠는가. 그 아비 노릇을 충실히 하려면 어찌해야 하는지 황 선배는 그 답을 어리석은 후배의 눈앞에 흔들어 똑똑히 보여주었다. 그가 굳이 시간을 따로 낸 성의만큼은 진심이었고, 고마웠다. 다른 사람들은 아무 관심 없이 뿔뿔이 흩어져 가버렸지만, 고등학교 선후배란 고리는 그렇게 따스할 수 있었다.

전인욱은 잠을 잘 수가 없었다. 붙들려고 할수록 잠은 멀리 달아났다. 황 선배의 그 짧고 평범한 말 속에는 두 가지 중요한 사항이 분명한 답을 가지고 포괄되어 있었다. 첫째가 검찰의 수사 방향이었고, 둘째가 자신이 취해야 할 행동 방향이었다. 이 세상이란 얽히고설켜서……, 검찰의 힘이라고 다 되는 게 아니……. 그래서 민심이 뜨겁게 끓어오르고 있는 그 엄청난 사건을 검찰은 미적미적 미루고, 적당적당 수사하는 척해 가며, 우물쭈물 뭉개다가, 어물어물 꼬리 자르기를 해가며, 흐지부지 넘기기로 한 것인지도 모른다. 대부분의 경제 사건을 처리해 왔던 식으로. 그러나 이번 사건은 그 성격이 달랐다. 그 금액이 회사 경영상 납득할 수 있는 액수가 아니라 너무나 막대해 나라를 망칠 지경이었고, 민심의 반발이 태풍에 실린 거센 파도 같았고, 이번 사건을 냉정하게 처리하지 않으면 다른 기업들도 덩달아 똑같은 일을 저지르고 나설 위험이 다분했던 것이다. 만약 이번에 태봉그룹이 엄단되지 않고 적당히 덮고 넘어가서 다른 대기업들도 줄줄이 그렇게 엄청난 비자금을 꿰차게 되면 어찌 될 것인가. 두말할 것 없이 사회는 골병이 들고, 나라는 망가지게 될 거였다.

화염병을 앞세우고 가투에 몸 던졌던 그때 군부독재를 물리치는 '정치민주화'만 꿈꾸었던 것이 아니었다. 모든 사람들이 고루 혜택을 누리며 살 수 있는 '경제민주화'도 함께 꿈꾸었었다. 노동자들의 열성적인 노동에 힘입어 기업들이 성장하고, 기업들은 양심적으로 투명경영을 하고, 성실하게 세금을 내서 복지 제도와 함께 분배가 잘 이루어져 모두가 사람답게 살 수 있는 세상이 되기를 바랐다. 그러나 정치민주화가 시급했기에 경제민주화를 함께 내세울 수가 없었다. 단계적으로 실천하자고 했다. 그 유보의 세월 속에서 기업들은 거대 공룡으로 성장한 것도 모자라 분배와 반대의 길인 비자금 꿰차기에 나선 것이었다. '지금은 분배의 시기가 아니라 축적의 시기다.' 1970년대 초에 정부가 국민을 향해 으름장을 놓듯이 한 말이었다. 잔말 말고 기다리면 분배를 해주겠다는 것이었다. 그러나 강산도 변하는 세월이 자그마치 네 배가 되도록 흘러갔건만 정부는 '이제부터는 분배의 시기다' 하는 말을 할 낌새는 전혀 보이지 않았다. 그리고 기업들은 그 보호막 뒤에서 크고 작은 규모의 비자금을 조성하기에 혈안이 되어왔던 것이다.

30년 군부독재를 무너뜨렸을 때 전인욱은 한동안 두리번거리고 멈칫거렸다. 이제 무엇을 할 것인가……, 하는 생각이 허망함과 경이감과 함께 섞여 의식의 어느 부분을 공백 상태로 만들고 있었다. 떠밀던 벽이 와르르 무너져버리자 제 힘을 못 이겨 그대로 나둥그러지는 것처럼 군부독재의 종식은 그렇게 허망감과 경이감을 함께 맛보게 했다. 허, 이렇게 간단하게! 아, 무너지긴 무너지는구나! 그 허망감과 경이감이 엇갈리는 가운데 진로 잡기가 선뜻 쉽지 않아 두리번거리고 멈칫거리지 않을 수 없었다.

길은 여럿이었다. 그걸 크게 나누면 세 가지였다. 현실 정치에 발 담그는 것. 노동 현장으로 투신하는 것. 밀쳐둔 공부를 계속하는 것. 가까운 동지들은 제 나름의 판단과 선택에 따라 새 길을 찾아 흩어져갔다. 전인욱은 처음의 길로 되돌아가기로 했다. 정치는 모리배적인 생리가 싫었고, 노동운동은 법관의 길에 비해 그 의미나 효과를 확신하기가 어려웠다. 가투에 몸을 던졌던 그 열정과 투지로 공부에 매달렸다. 4년 만에 검사가 될 수 있었다. 사람이 사람답게 살 수 있는 바른 세상, 깨끗한 세상을 만들어가리라! 난생처음 기차를 타고 서울 유학을 떠나는 소년이 가슴에 품은 청순한 꿈처럼 그 생각으로 심장이 박동 쳤던 것이다. 그러나 시간이 지날수록 현실과 이상의 거리는 자꾸만 벌어져갔다. 검찰에 대한 회의도 점점 무겁고 깊어져갔다.

전인욱은 아내에게 들키지 않으려고 입맛 떨어져버린 모래밥을 억지로 다 먹었다. 아내에게 의논하면 아내는 뭐라고 할 것인가. 자신에게는 벌써 아이가 둘이었다. 두 아이의 아버지는 그런 문제를 아내 앞에 꺼내놓을 자격이 없는 존재였다. 그리고 그 답도 이미 빤히 나와 있었다. 아내는 조금은 다른 여자였다. 가투를 하지는 않았지만, 그 시절에 학보사 기자를 했고, 사회학과 출신이었다. 가투와 대학생의 사명에 대한 인터뷰를 하는 것을 계기로 서로 남·여를 발견하는 인연을 맺지 않았던가. 그러나 이제 아내는 두 아이의 사교육에 눈을 밝히고, 과외비에 신경 써야 하는 평범한 어머니였다. 그 평범한 생활은 가장 소중한 생존이었고, 가장인 자신은 그 소중함을 지켜야 할 의무와 책임을 짊어지고 있었다.

전인욱은 하루 종일 아무 일도 하지 못한 채 서성거리고, 두리번거리고, 화장실을 자주 오가고 하면서 보냈다. 행여나 행여나 했지만 부장은 오전을 그냥 보내고, 점심시간도 그냥 보내고, 오후까지도 그냥 흘려보내고 있었다. 황 선배도 아무런 표정이 없었다. 일부러 몇 차례고 눈길을 보냈지만 한 번도 눈길을 맞출 수가 없었다. 황 선배가 의도적으로 눈길을 피한다는 것을 느끼기 어렵지 않았다.

전인욱은 '좀이 쑤신다'는 그 흔히 쓰는 말뜻이 어떤 것인지 처음으로 실감하고 있었다. 하루 종일 마음은 들떠 불안불안했고, 초조함이 겹겹으로 밀려들어 안절부절못했다. 취조실에 끌려와 하루 종일 혼자 앉혀진 용의자의 심정이 어떤 것인지 비로소 깊이 알 것 같았다. 부장이 자신을 하루 종일 부르지 않은 것은 일이 바빠서도, 깜빡 잊어서도, 경시해서도 아니었다. 부장은 고의적으로 시간을 끌고 있는 것이었다. 그

242

고문 아닌 고문 — 기를 다 빼버리고, 스스로 무너지게 하려는 심리 전략이었다. 능구렁이 부장다운 수법이라고 생각했다. 그런데 문득 한 생각이 스쳐갔다.

부장이 안 부르고 묵살해 버릴지도 모른다!

이 갑작스러운 생각을 하자 좀이 쑤시는 마음은 몇 배로 커졌다. 그 묵살은 바로 다음번의 '인사 조처'일 수 있었던 것이다.

그런데 부장은 퇴근 시간이 다 되어 느지막하게 마지못해 선심을 쓰듯 불러들였다.

"앉게. 어제 생각에는 변함이 없는가?"

부장이 보일 듯 말 듯한 아주 흐린 웃음을 입가에 피우며 물었다.

"아닙니다. 어제는 술자리라서……."

전인욱은 자신의 목소리 같지 않은 잠긴 소리로 대답했다. 목소리가 왜 갑자기 그렇게 변한 것인지 야속했다.

"그럴 수 있지. 아직 젊으니까. 헌데, 지금 하는 말, 진심인가?"

부장의 눈길이 매섭게 직선으로 뻗쳐 왔다. 온갖 범죄자들을 다루어온 백전노장의 차가운 눈초리였다.

"예, 그렇습니다."

그 눈초리를 피해서는 안 된다고 생각하며 전인욱은 또렷하게 대답했다.

"됐네, 나가보게." 부장이 몸을 일으키며 손을 내밀었다. "일희일비(一喜一悲)하지 말고 넓고 멀리 보게. 정의는 차차로 세워나가면 되니까." 그는 흔쾌한 웃음과 함께 이렇게 말하며 악수하고 있는 전인욱의 손등을 왼손으로 토닥토닥 두들겼다.

아아, 이 남자다움……, 전인욱은 부장의 그 통 크고 너그러운 태도에 감동하며 자신도 모르게 두 손을 받쳐 올리며 허리를 깊이 굽혔다.

이렇게 물들고 병들어가는 거겠지……. 앞을 가로막는 아내와 두 아이의 모습을 떠밀어내며 전인욱은 부장실을 나왔다. 아무도 보고 싶지 않아 눈길을 떨구었다. 더구나 황 선배하고는 눈을 마주치고 싶지 않았다. 부장실에 들어갈 때까지도 두 마음은 팽팽히 맞서 있었다. 좀이 쑤시면서도, 기회가 온 김에 부장 앞에서 왜 재벌들의 대형 비리를 엄격하게 다루어야 하는지를 냉정하고 명료하게 주장하고 싶기도 했다. 그랬는데 왜 그렇게 허망하게 부장의 비위를 맞추고 말았는지 스스로도 자신의 속마음을 알 수가 없었다. 일희일비하지 말라고 했다. 그건 법조계의 전용어였고, 법조계의 상투어였다. 그 이름도 멋들어진 법조 삼륜(三輪), 판사·검사·변호사 중에 그 말을 가장 애용하는 것이 변호사들이었다. 의

뢰인들 앞에서 자기변명을 하고, 책임 모면을 하는 임시방편의 말로 그보다 더 좋은 것은 없었던 것이다. 그 말이 검사의 입에서도 안성맞춤의 효과어가 될 줄이야. 정의는 차차로 세워나가면 되니까……. 차차로……, 언제……? 또 40여 년 뒤에……? 화염병들이 터져 오르고, 최루탄 가스가 자욱하게 퍼지고, 함성들이 우렁차게 울리는 가투가 머나먼 전설처럼 아득해지고 있었다.

태봉그룹 사건의 수사가 시작되었다. 그런데 전인욱은 제외되었다. 아니 정확하게 말하자면 신태도 제외되었다. 경험 많은 베테랑들이 신속히 처리해야 할 사건이기 때문이다. 부장의 그럴듯한 말이었다. 그러나 수사는 신속히 진행되지 않았고, 완행열차에 맞추어 실무자 소환이라는 변죽만 울려대고 있었다. 그래가지고는 상상할 수 없이 큰 비자금 돈주머니를 꿰어 찬 당사자인 회장이 언제 소환될 것인지 그야말로 부지하세월이었다.

그렇게 석 달쯤 지나 정기 인사가 단행되었다. 전인욱은 한동안 정신을 차리지 못했다. 그 충격이 얼마나 큰지, 고등학교 체육시간에 불알을 걷어채였던 그때의 통증과 고통이 엄습해 오는 것 같았다. 서로 축구공을 다투다가 불알을 걷어 채였는데, 그 아픔이라니! 눈에서 파란불이 번쩍하고, 숨이 컥 막히면서 정신이 아찔해지는데, 불알 부분은 어찌나 통증이 극심한지 갈가리 찢어지고, 비비 꼬이며 뒤틀리고, 쏙쏙 아리며 잡아 뜯는 아픔이 온 배 속을 들쑤시고 뒤집으며 전신으로 퍼지고 있었다. 이대로 죽는구나! 하는 절박한 생각 속에서 두 손으로 사타구니를 싸잡은 채 "아이고, 나 죽어! 아이고, 나 죽어!"를 바락바락 외쳐대며 나뒹굴 수밖에 없었다. 왜 남자의 가장 위험한 급소가 거기라고 했는지 처절하게 깨달은 계기였다. 법무관으로 군대 기본 훈련인 총검술을 배울 때도, 영화나 드라마에서 주먹패들의 현란한 싸움판을 볼 때도, 저게 다 무슨 소용이 있나, 불알을 한 방만 걷어차면 될 텐데, 하는 생각이 떠오르곤 하는 것이었다. 태권도 앞차기 폼으로 불알 차기 연습을 열심히 해서, 작심하고 군홧발로 적을 걷어차면 백발백중 저승객을 만들 수 있는 신효한 무기라는 확신을 버릴 수 없었다. 그만큼 그 체험은 극심한 고통으로 뇌리에 생생히 살아 있었던 것이다.

그런데 인사 발령의 충격이 그 체험으로 직결되다니……. 발령지는 제주도였다. 신태하는 그대로 제자리를 지키도록 되어 있었다. 그때 비로소 전인욱은 두 가지 사실을 깨달았다. 그때 자신의 손등을 토닥여주었던 부장의 그 부드러운 악수는 통 크고 너그러웠던 게 아니라 악어의 눈물 뺨치는 능글능글한 위장이고 연극이었던 것이다. 그리고 그 수사에서 신태하까지 제외시켰던 것은 이런 인사 조처를 전혀 눈치채지 못하게 하려는 고수 놀이였었다.

그리고 뒤따라오는 자기 스스로에 대한 견디기 어려운 부끄러움. 이렇게 작정된 줄 모르고 고개를 숙였다니……, 전인욱은 자괴감에 몸이 비비 꼬였다.

제주도……, 바다 건너 그곳은 조선시대 관리들에게만 귀양지가 아니었다. 지금도 관리들은 그렇게 받아들였다. 이제 길은 두 갈래, 그 섬을 비롯해서 변방으로만 떠돌며 월급쟁이 검사로 일생을 마칠 것인가, 아니면 검사직을 버리고 변호사로 변신해 나라의 중심에서 버틸 것인가 하는 것이었다.

전인욱은 자신의 귀양살이가 왜 이루어졌는지 잘 알고 있었다. 그 사건을 철저하게 수사해야 된다고 해서만이 아니었다. 선배 황 검사가 스치듯이 했던 한마디, 운동권 경력이 보태진 것이었다. 이런 골치 아픈 존재는 빨리 도려내서 멀리 멀리 내던져버려야만 자기네 신간이 편해질 거였다. 그리고 인사 조처 사유에 그런 사실들을 기재했을 테니 평생 변방 떠돌이 신세를 못 면할 것은 너무 뻔한 일이었다. 그건 애초에 꿈꾸었던 길이 아니었다.

그렇다면 길은 단 하나. 그러나 그 길은 혼자 결정할 수 있는 길이 아니었다. 한 사람, 또 하나의 자신인 아내에게 의논해야 했다. 그러나 이 면목 없는 사태를 어느 고리부터 풀어 무슨 말로 시작해야 할 것인가.

이틀 동안 애를 끓이다가 전인욱은 아내에게 말했다. "여보, 오늘 저녁 외식할까?" 도저히 집 안에서는 말을 꺼낼 수 없었던 것이다.

아내가 문득 그를 쳐다보았다. "알았어요. 맛있는 것 사주세요." 그 깊은 눈빛 가장자리에서 흐린 웃음인지 가는 떨림인지 모를 파장이 스쳐 지나가는 것을 그는 얼핏 느꼈다. 눈치 빠른 아내가 무슨 기미를 느꼈다는 것을 알 수 있었다.

"여보, 내 신변에 변화가 생겼어. 놀라지 말고 들어."

전인욱은 얼굴이 일그러지며 무척이나 힘들게 말을 꺼냈다.

"여보, 힘들어하지 말고 편하게 말해요. 당신이 뭔가 고민하고 있는 거 오래전부터 눈치채고 있었어요. 놀라지 않을 테니 어서 말해 보세요."

아내가 그의 손가락 끝에 손가락을 포개며 말했다. 길고 우아한 손가락, 그 끝의 속손톱들이 유난히 하얀 반달로 떠 있었다.

"고마워. 간략하게 말할게."

아내의 손가락 끝에서 일어난 전기가 찌르르 가슴으로 전해져 오는 것을 느끼며 전인욱은 목멘 소리를 냈다.

전인욱은 미리 간추려놓은 얘기를 그런대로 담담하게 해나갔다. 아내가 베풀어준 이해의 따스함 덕분이었다.

"……결국 이 두 가지 길 앞에 섰는데, 나 혼자 결정할 수

248

있는 일이 아니잖아. 미안해, 일이 이 지경이 되게 만들어서."

미안하다고 말을 하고 보니 정말 더 미안해져 전인욱은 아랫입술을 물며 눈길을 떨구었다.

"여보……." 남편을 부르는 그녀의 목소리가 물기에 젖은 듯했다. "여보, 미안해하지 말아요. 우린 남남이 아니잖아요." 깊은 눈길을 담은 눈시울이 붉어지며 그녀는 긴 숨을 내쉬었다. "당신이 언젠가는 이런 일 당하게 될지 모른다는 생각으로 늘 불안했었어요. 당신이 검사 생활을 시작한 다음부터 관심을 쓰다 보니 이런저런 소문들을 듣게 됐거든요. 당신이 변심하지 않는 한 이런 날은 분명 오게 되어 있었어요. 당신을 떠밀어낸 그 사람들 참 훌륭하고 장해요. 당신은 하나도 고민할 것 없어요. 제주도로 간다면 굴종인데, 당신 그럴 맘 전혀 없잖아요. 그럼 검사 집어치우고 변호사 노릇 하면서 당신이 가고자 하는 길로 가면 검사 노릇 하는 것보다 더 보람 있고 의미 있을 수 있잖아요. 그렇게 하세요." 그녀의 보드랍고 따스한 눈길은 폭 큰 팔이 되어 남편을 보듬고 있었다.

"여보, 나 같은 딱지가 붙어버리면 금방 소문이 나서 대형 로펌 같은 데는 발붙일 수가 없어. 이 바닥이 원체 손바닥만하거든. 그리되면 혼자 변호사 노릇 해봤자 그 수입이 들쑥날쑥, 생활이 엄청나게 불안해질 거야."

전인욱이 어깨가 처져 내리도록 깊은 한숨을 내쉬다가 당황해 아내를 쳐다보았다.

"알아요, 의사만 개업했다가 문 닫는 게 아니라 변호사도 문 닫는 세상이라는 거." 그녀는 귀밑머리를 뒤로 넘기며 씨익 웃고는, "걱정 말아요, 나도 돈벌이 나설 테니까." 자신감을 보이듯 허리를 쭉 펴며 식탁 앞으로 바짝 다가앉았다.

"당신이……?"

전인욱은 어리둥절하고 의아한 눈길로 아내를 건너다보았다.

"당신, 나 무시하지 말아요. 학보사 편집장 출신인 내 경력 안 잊고 있지요? 그 경력이 돈벌이 밑천으로 충분해요. 출판사 교정 보는 일을 하는 거예요. 전부터 애들 과외비를 충당하려고 그 일을 좀 할까 생각하곤 했었는데, 당신 얘길 들으면서 그걸 하자고 작정했어요." 그녀는 아무 구김살 없이 말했다.

"지금 하는 집안일도 힘든데 어떻게 직장 생활을 하겠다는 거야?"

"아이고 우리 검사님은 어찌 저리 세상 물정에 밝으신지 몰라. 설마 재택근무라는 말 모르진 않겠지요? 출퇴근 없이 집에 앉아서 하는 일이라구요."

"그렇지만 틀린 글자 잡아낸다는 게 얼마나 힘들겠어."

전인욱은 고개를 설레설레 저었다.

"당신 같은 문외한한테는 엄청 힘든 일이지만 나처럼 숙달

된 사람한테는 하나도 힘든 일이 아니에요. 책도 읽으면서, 돈도 버는 게 그 일이라구요. 나 책 읽는 것 좋아하고, 빨리 읽는 것 당신도 잘 알잖아요."

"여보, 괜히 그러지 마. 내가 어떻게 해서든 생활비는 꼭 벌어들일 테니까."

전인욱은 목메는 소리를 하며 계속 고개를 가로젓고 있었다.

"좋아요, 당신이 얼마를 벌어들이든 난 이번 기회에 그 일을 꼭 시작할 거예요. 그 대신 당신한테 부탁할 게 한 가지 있어요. 청소기 돌리는 것!"

그녀는 검지손가락을 세워 보이며 민망한 듯 부끄러운 듯 어깨를 움츠렸다.

"청소뿐이 아니라 설거지까지도 해줄 수 있어. 그치만 그런 아르바이트가 몇 푼 될 거고, 일자리 구하기도 쉽지 않을 거 아냐."

"그런 건 걱정 말아요. 내 친구고 선배들이 출판사 많이 하고 있고, 한 권에 평균 150만 원 수입이에요. 난 속도가 빠르니까 한 달에 두 권은 거뜬해요. 당신이 설거지까지 맡아주면 세 권까지도……, 호호호호……."

"당신도 참……."

전인욱은 아내를 따라 웃을 수밖에 없었다. 그러나 그 꾸며진 웃음에 숨겨진 아내의 불안과 두려움과 실망감이 얼마나 클지 그는 잘 알고 있었다. '꼭 그대가 바라는 세상이 되도록 검사 노릇 충실히 하고, 그리고 큰검사 되세요.' 합격 축하 카드에 그때는 애인이었던 아내가 한 자, 한 자에 정성 새겨 쓴 말이었다. 그 '큰검사'는 무엇을 가리키는 것이었는가. 그런 기대가 다 무너졌으니 아내의 허망함은 얼마나 클 것인가. 그런데도 아내는 의연하려고, 담담하려고 애쓰고 있었다. 그 고마움에 전인욱은 가슴이 온통 눈물로 젖고 있었다. 남자의 감정을 뜨겁고 격하게 뒤흔들었던 그때에 아내는 향기 짙고 화사했던 한 떨기 꽃이었다. 그런데 이제 아내는 풍성한 잎새들 아래 넓은 그늘을 드리운 우람한 느티나무가 되어 있었다. "당신이 합격해서 좋은 것과 똑같은 비중으로 불안하고 걱정스러웠어요. 당신을 뺏기게 될까 봐. 고시 합격자들이 발표되면 마담뚜들이 몇 명씩 붙는대잖아요. 열쇠를 주렁주렁 매단 신부 후보자들을 거느리고. 의사가, 약속했던 열쇠 수가 모자란다고 신부를 두들겨 패다가 이혼하고, 텔레비전에서 애인이 있는 여자들 3백 명에게 10억 가진 남자가 나타나 프러포즈하면 어떻게 할 거냐고 물으니까 2백 명이 넘는 여자가 10억 가진 남자를 택하는 세상이에요. 당신한테도 분명 마담뚜들이 줄을 섰을 텐데, 당신은 열쇠를 하나도 내밀지 못한 나를 선택했어요. 고마워요, 정말 고마워요. 그 사랑에 보답하며 평생 잘할게요." 신혼여행의 첫날밤 아내의 눈물 머금은 말이

252

었었다.

변호사가 되어 태봉그룹 사건을 주시했다. 아니 응시했다. 그러나 그 사건은 예상했던 대로 시간만 질질 끌고, 수사하는 시늉을 하고, 세상의 관심이 흐려지자 무죄 판결을 내리고 말았다. '국가 경제발전에 기여한 공로가 크고, 국민경제를 불안하게 해서는 안 되기 때문에……' 어김없이 이 문구가 들어간 판결문과 함께. 남의 일은 사흘 지나면 다 잊어버린다, 는 말처럼 해가 지나버린 그 사건에 대해서 세상 사람들은 별다른 반응이 없었다. 처음 그 사건이 터졌을 때의 뜨거움과는 정반대의 차가운 침묵이었다. 그것이 대중들의 망각 때문인지, 체념 때문인지 전인욱은 이해할 수가 없었다. 한 가지 분명한 것은 대중들의 반응이 그렇게 되풀이되는 한 재벌들의 그런 비리는 끝없이 계속될 거라는 사실이었다.

그 사건 처리를 지켜보면서 악어와 악어새 같은 대기업과 검찰과의 관계도 소상히 알게 되었다. 어느 정치인이 대통령 후보가 되면서 신문기자들을 '××× 장학생'이라고 불렀다. 그 정치인이 뿌리는 촌지를 무슨 특별한 일이 있을 때만이 아니라 '정기적'으로 받고는 무조건 그 정치인을 비호하는 기사를 쓰는 기자들을 가리키는 말이었다. 검찰 간부들은 바로 그와 똑같이 태봉그룹의 장학생이었던 것이다.

그런 상황 속에서 바른 소리 하겠다고 고개 빳빳이 세운 것은 청룡도 앞에 바늘 들고 덤빈 격이고, 태풍 앞에 촛불 켜겠다고 나선 격이었다. 태봉그룹의 무죄에는 검찰만 간여한 것이 아니었다. 정식 재판을 통해 나온 결과이니 당연히 판사도 변호사도 개입되어 있었다. 그 거룩한 이름 법조 삼륜, 판사 나으리, 검사 영감, 변호사님들께오서는 서로서로 밀어주고 끌어주고 감싸주고 보태주는 얼씨구나 좋구나 지화자 좋아, 한통속으로 돌아간 것이었다. 세상이 부러워하는 사법고시에 합격한 그들은 누구인가. 저 초등학교 시절부터 1등을 독차지하고, 하늘의 별따기만큼 힘들다는 법대에 합격하고, 마침내 사법고시라는 그 드높은 별을 딴 존재들이 아닌가…….

"선배님, 또 귀찮은 사건입니다. 거 잘 아시는 일광그룹 말입니다. 거기서 노조를 민·형사로 다 걸었습니다. 지난번에 여성 노동자들을 많이 쓰고 있는 계열사에서 몇백 명씩 부당 해고를 하고 그 자리를 비정규직으로 바꿔치기 시작했습니다. 당연히 파업이 시작되었지요. 그게 바로 인건비 착복 수단이었으니까 파업은 자연히 격렬해질 수밖에 없었지요. 그랬더니 과격한 구호를 빌미로 명예훼손이라고 형사로 걸었고, 파업으로 인한 업무방해로 생긴 손해를 변상하라고 민사로 걸었습니다."

후배의 목소리가 차츰 뜨거워져 가고 있었다.

"골탕 먹이자는 상투 수단이군."

후배가 숨을 좀 돌리게 하려고 전인욱은 한마디 끼워 넣었다.

"예, 기죽이고 진을 빼자는 거지요. 근데 선배님, 혹시 신태하라고 아십니까? 선배님하고 동년배쯤 될 텐데, 그자가 이번 일을 꾸민 주동잡니다. 그가 검사 그만두고 일광그룹의 새로 생긴 조직으로 뽑혀 갔거든요."

"응, 좀 알어."

무슨 생각에 정신 팔려 걷다가 차도로 허방을 디딘 것처럼 깜짝 놀랐으면서도, 전인욱은 예사롭게 대답하려고 애썼다.

"그치 그거 아주 형편없는 작자예요. 얼마나 배가 터지게 먹고살겠다고 검사 자리 내팽개치고 드러운 재벌 앞잡이가 돼서 가난하고 불쌍한 여성 노동자들 등을 치고 나옵니까 그래. 선배님이 이 사건 맡아 그 작자한테 쓴맛을 좀 보여주세요."

"알았어……."

쓴맛은 무슨 쓴맛. 궁지에 몰린 건 이쪽인데. 전인욱은 이 말을 속으로만 씹었다.

"이번에도 수임료는 얼마 못 드려요."

"알았어."

"선배님, 늘 고맙습니다. 내일 바로 뵀으면 좋겠어요."

대학을 중퇴하고 노동운동에 나선 후배는 얼마 안 되는 수
임료 얘기를 해버려 홀가분해진 것인지 좀 달라진 느낌의 생
기를 띠며 말했다.

"알았어."

전인욱은 '알았어'를 되풀이하며 후배가 아닌 신태하를 생
각하고 있었다. 저 높은 법무부장관까지 거침없이 고속 승진
을 할 수 있는 자질을 충분히 갖춘 그가 어찌하여 그 권력 센
검사 자리를 그만두고 대기업으로 옮겼다는 것인가. 아무리
생각해도 납득할 만한 이유가 잡히지 않았다. 후배가 신태하
를 지칭한 그자, 그치, 그 작자는 더 이상은 인격을 모독할 수
없는 최하의 지칭이었다. 그다음에 오는 것은 욕이 있을 뿐이
었다. 후배는 선배 앞이니까 그 정도 지칭을 썼지 만약 친구
를 상대했더라면 그 새끼, 개새끼 같은 호칭을 사용했을지도
모를 일이었다. 그런 취급을 당하면서 신태하는 대기업을 위
해 그런 소송 업무나 맡고 있는 것인가. 좋으나 싫으나 간에
머지않아 신태하를 대면하게 될 것을 생각하며 전인욱은 쓰
게 웃었다.

상명하복이란 특징을 가진 검찰은 자신과 같은 의식을 가
진 존재를 애초에 거부하는 조직이었다. 상명하복은 무조건
복종이었고, 그 앞에서는 법의 엄정성, 객관적 판단, 양심적
수사란 설 자리가 없었다. 그런 것을 내세우면 즉각 돌아오는

것이 너무 똑똑하다, 정책 판단 능력이 없다, 조직에 불화를 일으킨다, 독불장군이다, 트러블 메이커다, 위아래를 모른다, 다혈질이다, 조직 부적응자다, 하는 낙인이었다. 계속 고위직으로 승진하고 출세하려면 한 번이라도 그런 낙인이 찍혀서는 안 되는 일이었다. 그 최적임자가 바로 신태하 아니었던가.

고등학교 때 마피아 세계를 다룬 미국 영화 〈대부〉를 보고 도저히 이해가 되지 않는 것이 한 가지 있었다. 범죄 조직 마피아를 위해 일하는 변호사가 있었던 것이다. 고작 그런 짓 하려고 변호사가 된 것일까……, 그 의문과 회의는 속편에서 풀렸다. 고아였던 그를 마피아의 왕초 대부가 데려다 키웠고, 그는 공부를 잘해 변호사가 된 것이었다. 그 변호사에게는 사적이나마 대부에 대한 '은혜 갚음'이라는 동기와 이유가 분명했었다. 그런데 신태하는 무엇인가. 아무리 생각해 보아도 검사 자리를 내던지고 재벌의 하수인 노릇으로 나선 이유를 찾을 수가 없었다. 신태하야말로 고작 그런 짓 하려고 사법고시를 패스했던 것일까…….

대학 시절부터 서로 바라보는 방향이 달랐고, 검사 노릇을 하면서도 서로 태도가 달랐고, 이제는 맞닥뜨릴 수밖에 없게 된 상황 속에서 서로 다른 길 위에 서 있었다.

8

골든 패밀리의 잔치

두 사람만 있기에는 회장실은 바다처럼 넓었다. 그런데 두 사람은 한 마디도 말이 없어서 침묵의 깊이가 사무실 넓이를 더 넓게 만들고 있었다. 그러나 넓은 방에는 전혀 아무런 소리도 없는 것이 아니었다. 깔깔한 종이 펼쳐지는 소리가 냉기 속에서 울리는 가을벌레의 울음소리처럼 가늘면서도 투명하게 번지고 있었다. 인적 없는 바닷가의 잔잔한 파도 소리가 바다의 침묵을 더 깊게 하고, 한낮의 녹음 속에서 울리는 매미 울음소리가 숲 속의 침묵을 더 깊게 하듯 종이를 펼치는 소리는 넓은 사무실의 침묵을 자꾸 깊게 만들고 있었다. 깔깔한 종이는 펴지고, 펴지고, 또 펴졌다. 그럴수록 두 사람의 몸은 깊어지는 침묵 속에 잠겨갔다.

종이는 펴질수록 커졌고, 커지는 만큼 펴지는 소리도 커지고 있었다. 다 펴진 종이는 모조지 전지였다. 그 큰 종이는 32절로 접혀졌던 선들이 선명했다. 그런데 그 종이 전체에는 그야말로 깨알 같은 글씨들이 가득 차 있었다. 설명 없이도 그게 아주 중요한 도표라는 것을 직감하게 했다.

"으음……, 쩝!"

마땅찮거나, 기분 상하거나, 긴장하면 습관적으로 나오는 된똥 누는 소리에다가, 남 회장은 군침을 삼키며 입맛 다시는 소리까지 냈다. 그 두 가지 소리는 지금 그의 기분을 표현하는 데 가장 잘 어우러진 음악이라고 할 수 있었다. 그는 지난 일 년 가까이 추진해 온 새 사업의 결과를 마침내 직접 눈으로 확인하려는 참이었던 것이다.

남 회장은 묵직한 몸놀림으로 탁자 앞으로 다가앉았다. 그리고 느린 손놀림으로 양복 안주머니에서 안경집을 꺼냈다. 천으로 누벼진 안경집은 뜻밖에도 새빨간 색이었다. 그리고 거기서 나온 안경도 흔한 것이 아니었다. 엷은 갈색 무늬가 감기고 있는 안경테는 반드르르 윤이 나면서도 천하지 않고 우아했으며, 안경 전체의 모양도 동글갸름한 것이 세련되기 이를 데 없었다. 새빨간 안경집이며, 그 눈에 띄는 안경은 다 총본부장 윤성훈의 작품이었다. 빨강색은 모든 액운을 물리치고 행운만 가져오는 색깔이었다. 그러나 안경집은 그냥 빨간 것만이 아니었다. 눈여겨보면 그 양쪽에는 빨간 실로 꽃한 송이씩이 수놓아져 있었다. 그 꽃은 꽃 중의 꽃이라고 하는 모란이었고, 모란꽃은 부귀와 영화와 번성을 가져오는 꽃이었다. 괜히 그 옛날 궁중의 크고 긴 병풍에 수십 송이의 모란들이 흐드러지게 만개해 있었던 것이 아니었다. 그 안경집의 모란은 소문난 중국 장인의 솜씨로 수놓아진 것이었다. 그리고 세련미 우아하게 돋보이는 안경도 아주 특별난 것이었다. 그건 다름 아닌, 안경테로서 최고로 치는 구각이었다. 구각 안경테는 세계적으로 최고로 대접받는 명품입니다. 윤성훈이 말했다. 구각……? 남 회장이 되물었다. 윤성훈이 정신번뜩 들게 실수를 깨달았다. 예, 거북 껍질은 그 무늬가 고상하게 아름다울 뿐 아니라 특히 무게를 거의 느낄 수 없도록 가벼워서 콧등에도 귓바퀴에도 전혀 부담을 주지 않아 안경테로서 최고로 치는 것입니다. 그뿐만 아니라 거북은 9백 년을 살기 때문에 가장 불로장생하는 동물이고, 그래서 십장생중의 하나로 뽑혀 임금님 뒤의 병풍을 장식하는 것입니다. 회장님이 무색하지 않게 하려고 그는 숨 가쁘게 설명을 해댔다. 으음, 그런 말 어디선가 들은 것 같기도 하군. 회장은 구각이 거북 껍질이라는 것을 이제야 알게 되었다는 것을 시침 뚝 따며 고개를 끄덕였다. 남 회장은 배부른 부잣집 아들로서 눈

260

앞에 오락가락하는 군침 도는 일들이 많고 많아 공부를 우물쩍주물쩍 해치운 것만이 아니었다. 해방이야, 전쟁이야, 전후 복구야, 그 격랑 속에서 선생 부족까지 겹쳐 그의 세대들은 공부가 설익은 밥이요, 설 끓은 국일 수밖에 없었다. 그래서 그다음 세대에 비해서 한문은 한문대로 허약했고, 영어는 영어대로 허약했던 것이다. 그러니 한자 중에서도 획수가 아주 많은 축에 드는 거북 귀(구, 龜) 자에, 흔하게 잘 쓰는 것도 아닌 껍질 각(殼) 자가 합해진 말을 우리 회장님이 선뜻 알아듣기란 쉬운 일이 아니었다. 어쨌거나 구각 안경테를 끼면 불로장생한다는 데 마다할 리가 없었다. 사람의 말 중에서 가장 귀에 솔깃하고, 가장 귀에 거슬리는 것이 길·흉·화·복에 대한 말 아니던가. 그 네 가지로 사람을 놀리고, 홀리고 하면서 손쉽게 돈 벌어 먹고사는 게 무당이고 점쟁이들 아니던가. 거창하게 말하면 '말은 인간을 지배한다' 하는 유식한 말도 여기에 해당되는 셈인데, 특히 남 회장은 그런 달콤하고 꼬소롬한 말은 착한 아동처럼 모범적으로 잘 따랐다. 더구나 불로장생은 그가 간절히 소망하는 절대 과제가 아니던가. 그리하여 구각 안경테는 프랑스의 세계적인 장인에게 특별 주문하게 되었다. 그런데 그 값이 얼마였을까. 일금 5천만 원정! 그거 뭐가 그리 비싸? 불쑥 이렇게 나오려는 말을 회장 체면 살리느라고, 그거 남들이 뭐라 하지 않을까? 하고 돌려 말할 정도로 남 회장도 놀랐다. 남들이 무슨 상관입니까. 재력으로나 인품으로나 그 정도의 명품을 쓰셔야 회장님 품격에 어울립니다. 세계 최고의 부호나 명사들만 쓰는 것이고, 나폴레옹도 그 돋보기를 썼다고 합니다. 윤성훈의 미끈미끈한 아부였고, 나폴레옹이란 말은 말을 하다 보니 멋대로 미끄러져 나온 말일 뿐이었다. 나폴레옹! 그거 좋군, 어서 주문해. 우리 회장님에게도 흰 말을 타고 알프스를 넘는 나폴레옹은 중학교 때부터 높이 우러른 영웅이었던 것이다.

"이게 2천여 명……, 완료된 거라 그거지?"

남 회장이 눈동자를 잔뜩 위로 밀어 올려 돋보기 너머로 윤성훈을 빤히 쳐다보았다.

"예, 그렇습니다."

윤성훈이 더할 수 없이 공손하게 머리를 조아렸다.

"이거면 다 우리 손아귀에 들어온 거라 그거지?"

단둘뿐인데도 회장의 목소리는 은밀한 속삭임으로 낮게 눌려 있었다. 그러나 부하에게 향하고 있는 눈초리는 범인의 속마음을 캐내려는 형사의 눈빛처럼 매섭고 차가웠다. 대기업을 이끌고 있는 총수다운 예리함이고 냉정함이었다.

"예에, 원하시는 대로 할 수 있게 짜여진 것입니다."

윤성훈은 이번에는 머리를 조아리지 않고 회장의 눈길을 받아내며 자신감 있게 그러나 낮은 소리로 대답했다.

"원하는 대로라……." 입꼬리에 주름이 잡히도록 입을 꾹 다물며 회장은 눈길을 도표로 옮기더니, "그럼 그 일도 무사히 처리할 수 있다 그건가?" 다시 윤성훈에게 옮겨진 눈길은 아까보다 훨씬 더 송곳이었고, 칼날이었다.

"예, 언제라도 명령만 내리시면 즉각 추진할 수 있습니다. 아무 염려 마시고 언제든지 하명만 주십시오."

윤성훈은 회장님의 속이 후련하도록 명확하고 자신 있게 대답했다. 그의 낮은 목소리에는 생고무 같은 탄력과 강철 같은 강한 힘이 실려 있었다. 회장은 그런 속 시원한 응답을 듣기 위해 그동안 오래 기다려왔던 것이고, 자신도 그런 자신만만한 대답을 하기 위해 그동안 혼신을 다해 뛰어왔던 것이 아닌가.

"그래, 수고했어. 애 많이 썼어."

회장이 고개를 보일 듯 말 듯 끄덕이며 말했다. 윤성훈을 바라보는 그 눈빛이 감싸 안듯 포근하고, 쓰다듬듯 부드럽게 변해 있었다. 눈은 말보다도 얼마나 더 깊고 넓은 말을 하고 있는 것인가. 눈은 뇌의 일부분이고, 그러므로 눈이 사물을 보는 것은 곧 뇌가 세상을 보는 것이며, 따라서 모든 사람의 눈에는 그 사람의 마음인 생각과 감정이 담겨 있다고 과학은 말한다. 그래서 눈이 '마음의 창'이라고 하는 것은 단순히 문학적 묘사만이 아닌 것이다.

"예……, 감사합니다."

윤성훈은 회장의 눈빛이 보내는 칭찬에 안도하며 고개를 깊이 숙였다. 그 칭찬은 신임의 재확인이기 때문에 그동안 쌓여왔던 긴장이 후련하게 풀리고 있었다.

"이번 설까지 다 합쳐서 총 얼마나 든 것인가?"

회장이 두 손바닥으로 도표를 좌우로 쓸며 물었다. 그 무심한 듯한 손짓을 윤성훈은 유심히 보고 있었다. 바로 그 도표에 표시되어 있는 권력들은 모두 회장의 손아귀에 들어와 있었던 것이다.

"예, 대략 3천 정도 들었습니다."

"으음……, 3천……."

고작 3천? 하는 말이 곧 쏟아지려는 것을 황급히 삼키며 회장은 묵직하게 고개를 끄덕였다.

"좀 더 줄여보려 했지만 첫해라서……, 다음부터는……."

"아니 그런 뜻이 아니야." 회장은 얼른 윤성훈의 말을 끊고는, "그만하면 아주 잘했어." 고작 그 정도 돈을 가지고 그 많은 권력을……. 그는 이런 감탄스러운 속마음을 싹 감추고 적당하게 칭찬의 말을 골랐다. 속마음을 다 드러내는 것은 아랫것들을 버르장머리 없이 나대게 하는 어리석음이었던 것이다.

"이걸 이렇게 쫙 다 아는 사람은 누구누군가?"

회장이 도표를 반으로 접으며 물었다.

"예, 회장님과 저뿐입니다. 다른 사람들은 자기가 해당되는 부분만 알 뿐이고, 혹시 전체를 알려고 할까 봐 철저히 통제해 왔습니다."

윤성훈은 회장이 원하는 대답을 맛있는 밥상을 차려내듯이 했다.

"잘했어, 참 잘했어. 자넨 역시 내 맘에 꼭 들게 일을 한다니까."

이 대목에서는 흘러넘치게 칭찬을 해주었다. 그런 신임 표시가 새로운 충성심을 솟게 하는 동력이기 때문이었다.

그러나 도표의 전체 내용을 회장과 자신밖에 모른다는 윤성훈의 생각은 일방적인 착각이었다. 그가 아무리 통제를 하려고 했어도 도표의 내용을 알고 있는 사람은 최소한 셋은 더 있었다. 그들은 박재우, 강기준, 그리고 정보 담당 김동석이었다. 명민하고 눈치 빠른 그들은 도표 내용의 80퍼센트 이상을 이미 머릿속에 넣고 있었다. 그들이 모르고 있는 20퍼센트는 굳이 기억 안 해도 그만인 잔챙이들이었으니 그들은 도표 내용을 전부 알고 있는 것이나 다름없었다.

처음대로 도표를 다시 접은 회장은 "이거 내 책상 위 깔판 밑에 갖다 놓고." 윤성훈에게 도표를 건네고는, "두 사람 들어오라고 해" 해놓고 그는 두 팔이 찢어져 나가도록 요란스럽게 기지개를 켜댔다. 그 모습은, 보기 좋게 얼룩말을 쓰러뜨린 수사자가 암컷과 새끼들이 지켜보는 가운데 피 묻은 아가리를 있는껏 벌리며 하품을 하는 그 포만감 가득한 거드름과 너무 닮아 있었다.

"자네들도 총본부장 받들고 그 일 잘해 내느라고 수고 많이 했어."

회장은 아까와는 다른 굵고 큰 목소리로 두 손을 모아 잡고 옹송그리고 앉은 박재우와 강기준에게 치하를 보냈다. 두 사람은 그 흔한 '감사합니다'도 하지 못하고 그저 허리를 깊이 굽혔다.

"자네들이 애썼으니 이젠 내가 상을 내려야 할 차례겠지?"

회장은 듬직한 세 부하 직원을 휘둘러보며 입꼬리 돌아가는 흐뭇한 웃음을 흘렸다. 세 사람은 입 다문 채 황송하다는 몸짓만 지었다.

회장은 소파 옆의 보조 탁자 위에서 메모지 석 장을 뜯어냈다. 그리고 첫 장에다 무엇을 빠르게 적었다.

"자아, 총본부장!"

그 종이쪽을 윤성훈에게 기세 좋게 내밀었다. 몸을 벌떡 일으킨 윤성훈이 두 손을 모아 받아 든 그 종이에는 '50억'이라고 씌어 있었다.

그다음은 박재우 차례였다. 그 종이에 씌어진 것은 '40억'이었다. 세 번째 강기준에게 주어진 스톡옵션은 '30억'이었다.

"어떤가? 만족이야, 불만이야?"

느닷없이 터진 회장의 목소리가 넓은 사무실을 쩡 울리도록 컸다. 그건 분명 물음표가 붙어 있는 말이었다. 그러나 그건 묻는 말일 수가 없었다. 당연히 감지덕지하라는 위세고 압력이었다. 사실 그 액수들은 종이쪽에 쓸 게 아니라 금판에 새겨도 과하지 않을 만큼 엄청난 돈이었다.

그들은 윤성훈을 필두로 '황송합니다' '감사합니다' 하는 인사를 올렸다. 그러나 그들의 속마음은 겉마음처럼 그렇게 흔쾌한 것이 아니었다.

"이 일을 기분 좋게 완료했으니 설 쇠고 새해부터는 다시 세 사람이 힘을 합쳐 그 일을 본격적으로 추진하도록 하게."

남 회장은 한 사람, 한 사람에게 눈길을 고정시키며 엄하게 명령했다.

"예, 그렇게 하겠습니다."

윤성훈이 대표로 대답했고, 박재우와 강기준은 머리를 조아리는 것으로 복종을 표시했다.

"에에……, 그거 말이야, 그동안 고생했으니까 설 연휴에 세 사람이 함께, 멀리 가는 건 곤란하고, 홍콩쯤 가서 푹 쉬다가 오는 게 어때. 그런 데서 차분하게 그 일에 대해서 궁리도 하고 말이야. 거기 마카오 건너가면 쉴 거리도 많고 하니까 말이야. 내 생각이 어떤가?"

개구리에게 헤엄 가르칠 걱정하더라고 거침없이 돈을 쓰며 흥청망청 노는 것에 이미 도가 튼 그들에게 회장은 이렇듯 엉뚱한 소리를 하고 있었다.

"예, 그렇게 여행 계획을 세우겠습니다. 거기 가서 그 일 추진에 대해서 충분히 의논하도록 하겠습니다."

윤성훈은 숙달된 낚시꾼이 꼭 필요한 시점에 낚싯대를 잡아채듯 회장의 의중을 정확하게 읽어내고 있었다.

박재우와 강기준은 그저 묵묵히 앉아 있었다. 그런 때의 침묵은 동의로 간주되기 마련이었다. 회장의 의중이 실린 일인데다, 마누라들이 알면 기절해 나자빠질 만큼 거액을 받았으니 설 연휴 망쳤다고 바가지 긁힐 염려도 없었다. 또한 남자들끼리만 국제적 별천지인 홍콩행 비행기를 탄다는 것은 달나라를 가는 듯한 여행이기도 했던 것이다.

회장실을 나온 그들 셋은 별다른 말이 없이 각자의 방으로 흩어졌다. 그들은 스톡옵션을 두고 제각기 딴생각에 빠져 있었던 것이다.

제일 실망한 것은 윤성훈이었다. 그는 50억이 전혀 셈에 차지 않았다. 자신이 기대했던 것에 비해 너무 적었던 것이다. 어느 기업에서는 한 제품 개발로 400~500억 스톡옵션을 받는 세상이었다. 자신이 회장을 위해서 한 일은 그에 못지않은

268

일이었다. 다른 해의 몇 배가 되게 비자금을 1조나 모았다. 거기다가 태봉그룹에 맞먹도록 모든 권력 조직을 망라해서 로비망을 완료시켰다. 그건 바로 회장을 왕 중 왕으로 등극시킨 업적이었다. 그렇다면 스톡옵션을 얼마를 받아야 했을 것인가. 어디 그뿐인가. 1조에서 겨우 3천억 쓰고 7천억을 남겨주지 않았는가. 7천억에서 500억이라 한들 그게 뭐 많은 돈인가. 그러나 그렇게 바라지도 않았다. 그 절반도 못 되게 200억은 주려니 했던 것이다. 그런데 겨우 그 4분의 1이라니. 회장에 대한 서운함이 자신에 대한 모멸감으로 바뀌려 하고 있었다. 자신이 멸시당했다는 느낌을 떼칠 수가 없었다. 그 감정은 배신 충동을 살살 자극하고 있었다. 이럴 줄 알았더라면 로비 자금을 마구 뿌려대는 동안에 100억쯤 빼돌렸어야 했던 것이다. 3천을 뿌리면서 그쯤 외봉치는 것은 진창 속을 걸으며 발자국 감추기만큼 누워 떡 먹기 아니었을 것인가. 멍청하게 내가 너무 순진했던 거지. 공을 몰라주면 별수 있나. 눈치껏 요령껏 실속 챙겨야지. 기회야 또 오니까……. 그는 깊고 느리게 들숨과 날숨을 쉬며 어금니를 맞물었다.

감정이 상하기는 박재우도 마찬가지였다. 우선 회장에게 심히 감정이 꼬여 있었다. 그런 큰일을 해냈는데 고작 40억이라니, 태봉그룹 회장에 비해 그 스케일이나 배포가 영 꼬질꼬질했던 것이다. 태봉 회장 같았으면 그 정도 일을 해냈으면 천은 아니더라도 500은 화끈하게 하사했을 게다. 그리고 더 기분 나쁜 것은 공 세운 사람을 구분 못 하는 점이었다. 어째서 윤성훈이 50억이고, 자신이 40억이란 말인가. 일은 전적으로 자신이 했고, 윤성훈은 윗자리만 차고 앉아 빈둥빈둥 놀고 먹기만 하지 않았는가. 강기준은 그래도 심부름이라도 확실하게 했었다. 그 순서를 바로잡자면 자신이 50억, 강기준이 40억, 윤성훈은 30억이어야 했다. 기분 상하는 김에 막말로 말하자면, 공 씹 하고 비녀 빼 갈 놈이더라고 바로 그런 얌통머리 없고 얄밉기 짝이 없는 놈이 윤성훈이었다. 회장이야 노망기 드느라고 능력 있는 인재 구분 못 하고 자기 가까운 부하한테 돈을 퍼먹인다고 하더라도, 아무것도 한 일이 없는 것을 제 스스로가 너무나 잘 알고 있는 윤성훈이 놈은 무슨 낯짝, 무슨 배짱으로 제일 많은 돈을 원숭이 바나나 삼키듯 해버린단 말인가. 일은 할 줄 모르면서 간죽간죽 트집이나 잡고, 회장과 가까워지지 못하게 하려고 짯짯이 눈꼬리 세워 회장실 접근을 감시한 것이 그가 한 일의 전부가 아니던가. 그를 밀어내지 않고는 언제까지고 이 꼴을 면할 도리가 없다. 첫해니까 참았다만, 어디 두고 보자. 내 실력 다 발휘한 게 아니니까 기다려라.

강기준은 강기준대로 또 불만에 차 있었다. 온갖 궂은일 도맡으며 셋 중에 자신이 일은 제일 많이 했는데 돈은 제일 적다는 게 말이 되는가. 셋이 같아도 억울할 판인데 왜 윤성훈과는 20억이나 차이가 나고, 박재우하고도 10억이나 차이가 난단 말인가. 윤성훈은 회장과 워낙 가까운 심복이니까 그렇다고 치자. 그러나 박재우는 뭔가. 그건 분명 굴러 온 돌 아닌가. 어떻게 굴러 온 돌을 박힌 돌보다 높게 쳐줄 수 있는 것인가. 좋다, 박재우가 태봉에서 고스란히 빼 온 정보의 값을 다 인정한다고 치자. 그렇더라도 어떻게 10억이나 차이를 둘 수가 있나. 그 정보라는 게 완전히 새로운 것도 아니고 거의가 보충, 보완하는 것에 지나지 않았던 게 아닌가. 그리고 조직 완료의 실무는 자신이 죽을 둥 살 둥 뛰어서 추진한 것이었다. 5억 차이도 서운할 판인데, 10억 차이란 도대체 자존심 상해 못 견딜 일이었다. 사나이는 자신의 능력을 알아주는 군주한테 목숨을 건 충성을 바친다고 했다. 그 납득할 수 없는 홀대에 심한 모욕감을 느끼며 그는 회장을 다시 생각하고 있었다.

"자아, 이거."

술기운 거나해서 밤늦게 들어온 강기준은 그 말막음을 하려는 듯 쪽지를 아내의 눈앞에 불쑥 디밀었다.

"30억? 이게 뭐예요?"

그의 아내가 영문 모르겠다는 표정을 지었다.

"아니 돈 냄새라면 셰퍼드 저리 가라 하는 당신이잖아. 척

보면 알 텐데."

강기준은 시큰둥한 기색으로 말했다.

"글쎄……, 30억? 이게 뭘까아아?"

그녀는 '뭘까아아?'에 맞추어 고개를 갸우뚱 돌렸다.

"뭐긴 뭐야, 금년 스톡옵션이지."

그는 퉁명스럽게 내지르듯 했다.

"뭐라구요, 스톡옵션? 이 많은 돈을 다 준다는 거예요?" 그
녀는 눈도, 목소리도 두 배로 커지도록 소스라치게 놀라고는,
"여보, 근데 왜 당신 하나도 기쁜 눈치가 아니에요? 딴 사람
들은 이보다 더 많이들 받은 거예요?" 그녀의 눈치는 마침내
마약 탐지견 같은 기능으로 작동하고 있었다.

강기준은 아차 싶었다. "아니, 다 똑같아." 잽싸게 말을 둘러
붙이다가 또 아차 싶어, "윤 실장만 5억이 더 많아" 하고 거짓
말이 들통 나지 않게 땜질을 했다. 윤성훈과 자신이 무슨 돈
이건 똑같이 받았다는 건 자신의 말이 100퍼센트 거짓말이
라는 걸 입증하는 것이나 마찬가지였다. 아내는 윤성훈이란
존재의 힘을 잘 알고 있었고, 모든 면에서 자기 남편과 차이
나는 것을 당연하게 여기고 있었다. 강기준은 스톡옵션의 차
이에 대해 아내에게 완전히 숨기고 싶었다. 아내에게도 자존
심 상하고 싶지 않았고, 또한 아내하고 한 팀을 이뤄 새롭게
기분 상하고 싶지 않았던 것이다.

"근데 왜 그렇게 기분이 찝찝하고 그래요?"

그녀는 탐색적인 눈을 새롭게 뜨며 바람기를 추궁할 때처럼 남편의 눈을 헤집듯 들여다보았다. 야성 강한 여자의 직감이 작동하는 참이었다.

"나만 기분 나쁜 게 아니야. 우리 셋 다 기분 나쁜 거지." 그는 일부러 더 퉁명스럽게 말하고는, "큰일을 잘해 냈으면 그 값을 제대로 알아야 할 것 아니냔 말야. 영감탱이가 자기 욕심밖에 몰라." 화내는 척 넥타이를 거칠게 풀었다.

"어머, 이 돈이 적다고 셋이 회장님께 불만을 품었다는 거예요?"

그녀가, 미쳤어요? 하는 얼굴로 남편을 쳐다보았다.

"당연하지. 우리가 해낸 일을 생각하면 최소한 50억씩은 받아야 해!"

"어머나, 그런 말도 안 되는 소리 하지도 말아요. 이걸 10억만 줬으면 어떡할 거예요. 아니 하나도 안 주면 또 어떡할 거예요. 스톡옵션은 연봉하고 달리 주는 사람 맘대로잖아요. 30억, 이게 얼마나 어마어마한 돈이에요. 이건 형제들에게도 말 못 할 액수라구요. 이런 엄청난 돈을 주시다니, 회장님 같으신 분은 세상에 없으시다구요. 이 얼마나 고맙고, 고맙고, 또 고마운 일이에요 글쎄."

두 손바닥 사이에 쪽지를 끼운 그녀는 부처님 앞에 합장하듯 하고 서서 천장 저 멀리를 우러르고 있었다. 지금 이 순간 그녀는 회장님을 진정 구세주로 받들어 모시고 있었다.

강기준은 아내의 고성능 탐지망에서 벗어난 것에 안도하며, "여보, 뼈 빠지게 일한 것은 나야. 일을 시원찮게 했는데도 그 영감탱이가 돈 주겠어. 합장하고 고마워해야 할 사람은 따로 있는데 왜 엉뚱한 데다 대고 그래?" 그는 과장되게 눈을 부라렸다.

"당신, 농담으로라도 영감탱이, 영감탱이 하지 말아요. 회장님은 진짜 우리의 은인이고, 하느님이시잖아요. 회장님이 아니시면 우리의 이 행복을 누가 주겠어요. 실없이 그런 말 해 버릇하다가 당신이 어디서 정말 실수할까 봐 겁나요."

그녀는 정색을 하고 말했다. 그녀는 30억 앞이라서 그러는 게 아니었다. 한 번도 대면한 일이 없는 회장님을 향해서 그녀는 늘 그렇게 신앙적 경배를 했다. 그도 그럴 것이 회장님은 그녀의 여자다운 옷사치에서부터 시작해 이런저런 온갖 사치의 욕망과 무한한 안락의 추구를 완전무결하게 해결해주는 전지전능한 해결사였던 것이다. 전혀 확인할 수 없는 종교의 신에 비해 회장님이야말로 생생히 살아 있는 신이 아니신가. 남편이 대단해 보이는 건 어디까지나 회장님 다음이었다.

"나 지금 기분 싹 상하려고 해. 회장님만 하느님으로 보이고 난 안중에 없다 그거야?"

"어머머, 왜 안중에 없겠어요. 솔직하게 말하자면 회장님은 해고, 당신은 달이에요. 그 점 인정해야 되잖아요."

그녀는 애교 살짝 비치는 눈웃음을 사르르 지었다.

"뭐 달? 그게 말이 돼!"

그가 꾸민 것이 아닌 듯 소리쳤다.

"달이 뭐가 어때서요? 달도 달의 역할이 엄연히 있잖아요. 해와 달, 얼마나 멋진 음양의 조화예요?" 그녀는 정 뚝뚝 듣는 눈웃음을 쌩그레 지으며 "너무 서운해하지 말아요. 당신도 눈부시게 빛나는 태양이기도 하니까요." 그녀는 남편의 팔짱을 끼며 눈웃음보다 더 정겨움이 감겨드는 콧소리를 냈다.

"그건 또 무슨 소리야?"

"아이구 참, 머리 좋은 당신이 이런 땐 어찌 그리 껌뻑껌뻑 형광등이우. 당신은 우리 집안에서 아이들한테 찬란하게 빛나는 태양이잖아요. 그리구 난 달이고. 안 그래요?"

그녀는 곱게 눈을 흘겼다. 그 간드러지는 눈빛에서는 꽃이 송이송이 피어나는 듯한 행복이 넘치고 있었다.

"당신, 너무 좋아하지 말어. 그 영감탱이가 우리 설 연휴 망쳐버렸어."

아내가 자아내는 이 보들보들하고 포근포근하고 달차근한 분위기가 그 말을 간단하게 통과시켜 버릴 수 있는 적기라고 판단한 강기준은 이렇게 불쑥 말했다.

"그게 무슨 말이에요?"

거짓말처럼 빠르게 그녀의 눈빛에서 분홍빛 안개가 걷혔다.

"아까 이 스톡옵션을 주면서 내년에 해야 할 큰일 준비를 위해서 우리 셋이 홍콩으로 출장을 가라는 명령을 내렸어. 주책 같은 영감탱이가 얌체같이."

"여보, 자꾸 영감탱이라고 하지 말라니까요. 그리고 연휴 좀 망쳐지는 게 무슨 문제예요. 회사를 위한 큰일이면 당연히 가야지요. 딴생각하지 말고 기분 좋게 가도록 해요."

그녀는 명령하는 상관과 같은 눈빛으로 남편을 똑바로 쳐다보았다.

"아이고 관대하셔라. 누가 주말 하루만 망쳐도 못 견디는 사람이."

참 돈이 억세게 좋긴 좋구나. 새로 할 큰일이라니까 또 받을 스톡옵션 생각하고 있는 거지? 강기준은 이 말을 꾹 눌러 참고 있었다. 굳이 그 말을 해서 아내를 천하게 만들 필요가 없었고, 생각지도 못한 30억을 받은 기분에 그까짓 설 연휴 3~4일 망쳐지는 것쯤 흔쾌하게 받아들이지 않을 사람 이 세상에 하나도 없을 거라는 생각이 들었던 것이다. 그리고 새로 하는 큰일로 다시금 30억을 받게 된다면 그 어느 여자나 3~4일이 아니라 30~40일 출장도 시비하고 나설 리가 있을

276

것인가.

"나한테 아무 신경 쓰지 말고 편한 마음으로 다녀오세요. 난 그렇게 회사가 필요로 하는 당신이 한없이 멋지고, 자랑스럽고, 대단해 보여요. 여보, 사랑해. 당신은 우리 집안의 눈부신 해야, 찬란한 태양이야."

정말 눈부신 듯 남편을 바라보는 그녀의 눈에서는 행복감이 철철 넘쳐나고 있었다.

홍콩이 면세 지역이잖아!

잠이 깨면서 강기준의 머리에 문득 떠오른 생각이었다. 싱가포르와 함께 홍콩은 쇼핑 천국이라는 이름을 달고 있었다. 세금 없이 물건을 싸게 살 수 있기 때문에 단체 관광 코스에 감초 노릇을 했고, 쇼핑을 위해 굳이 가는 사람들도 있다고 했다. 그런 곳으로 여행을 가는데……, 돈도 큼직하게 생기지 않았는가. 강기준은 이번 기회를 멋지게 이용하고 싶은 욕심이 동하고 있었다. 비싼 물건일수록 그 이익이 커지는 면세. 아내가 놀라 자빠질 만큼 값비싼 명품을 선물한다. 그보다 더 큰 남편 노릇이 어디 있는가. 그보다 더 당당한 일이 어디 있는가. 그보다 더 떠받들려지는 일이 어디 있는가. 그 생각을 하고 보니 결혼기념일이 그다지 멀지 않았다. 물건을 미리 사다 놓았다가 결혼기념 선물을 하면 이번 여행은 알토란 같은 실속을 채울 수 있는 절호의 기회 아닌가! 아늑하고 감미로운 아침 선잠 속에서 이런 생각을 줄줄이 엮어내며 강기준은 자신의 순발력에 그지없는 만족을 느끼고 있었다.

그리고 윤성훈의 값비싼 명품 시계를 떠올렸다. 그가 특별한 날만 차고 나오는 그 시계는 그야말로 눈부셨다. 밤하늘에 명멸하는 별들처럼 다이아몬드는 시계 전체에 박혀 현란하게 반짝거렸다. 그건 시계라기보다는 보석 덩어리 그 자체였다. 그 시계는 단순히 윤성훈의 재력만이 아니라 품격과 위신까지 높여주는 역할을 했다. 그것이 명품을 갖는 만족감이고 효과 아니겠는가. 그 시계를 볼 때마다 솔직히 부럽고, 기죽고는 했다. 까르띠에라든가 불가리라든가 하는 그 시계는 1억이 좀 넘는다는 거였다. 물론 윤성훈에게 직접 물어볼 수는 없었고, 사원들 사이에 떠도는 말이 그랬다.

강기준은 생각이 여기에 미치자 불쑥 새로운 생각이 떠올랐다. 이번 기회에 나도 눈 딱 감고 그걸 장만할까! 명실공히 골든 패밀리가 될 수 있게. 그렇다. 그 정도의 명품을 지녀야 골든 패밀리라는 신분을 자연스럽게 드러낼 수 있는 게 아닌가. 한번 시동이 걸린 생각은 가속도를 내기 시작했다.

좋다. 28억 받은 셈을 치면 된다. 그 정도 결혼기념 선물이면 아내를 충분히 까무러치게 만들 수 있지 않은가. 거기다가 싸게 살 수 있는 기회이니 그보다 더 좋은 일이 어디 있는가. 결혼 때 주고받은 시계는 어느덧 늙을 만큼 늙어 있었다. 강기준은 이렇게 마음을 결정하고 기세 좋게 이불을 걷어차며 몸을 일으켰다.

강기준은 비상이 걸린 상황 속의 보초병처럼 꼬박 이틀 동안 박재우한테서 눈길을 떼지 못하고 살피고 다녔다. 윤성훈은 아예 말을 걸 상대가 아니었고, 그래도 선배인 박재우가 의논 상대였던 것이다. 홍콩으로 떠날 날은 하루하루 다가오는데, 그곳에서 과연 억대의 최고급 시계를 사가지고 올 수 있는 것인지, 현지 지사를 이용해 편법으로 시계 값을 지불하는 방법은 있는 것인지 빨리 알아보아야 했다.

강기준은 어쩔 수 없이 화장실을 가는 박재우를 따라갔다.

"선배님, 의논할 게 있어서 그러는데 시간 잠깐 내주실 수 있습니까?"

강기준은 '선배님'을 앞세움으로써 사적인 얘기라는 것을 암시했다.

"뭐, 긴 얘긴가?"

박재우가 사무적인 냄새 없이 부드러운 웃음을 지었다.

"아닙니다. 커피 한잔 마실 시간이면 충분합니다."

"그래, 편히 차 한잔 마신 지도 오래됐군."

그들은 사옥 옆의 커피숍으로 갔다.

"이 집이고, 저 집이고 여자들이란 참⋯⋯."

강기준의 말을 듣고 나서 박재우는 이렇게 말하며 혀를 찼다. 강기준은 아내가 시계를 사달란다고 둘러댔던 것이다. 그런데 박 선배의 부인도 그런 부탁을 했다는 것 아닌가. 강기준은 너무 반가워 선배를 바라보며 벙그레 웃었다.

"자네가 이름 붙인 대로 우리 골든 패밀리의 마나님들이 세계적인 명품으로 치장하고 싶어 하는 건 아주 자연스러운 일이고, 우리 남편들 품위에도 어울리는 일이기도 하지. 헌데 명품을 구하는 방법에는 신중해야 해. 결론부터 말하자면 홍콩 같은 데서 구입하는 경우에는 한 20퍼센트 싸다는 한 가지 이점 이외에는 네댓 가지의 위험이 따르지. 1억 이상의 거액을 쓰다간 곧바로 추적 대상이 될 수 있고, 지사의 송금 라인을 이용했다가 자칫 잘못하면 위에 직보될 수 있고, 그런 문제들이 무사히 해결됐다 해도 입국할 때가 또 문제야. 워낙 큰 물건이니까. 그러나 그것도 우리 힘으로 해결하려면 못 할 게 없지. 그렇지만 우리 결점 노출하고, 흠 잡히는 거니까 그게 언제 칼이 되어 우리 등을 찌를지 모를 일이지. 그러니까 가장 안전한 해결책은 단 하나, 국내에서 줄 돈 제대로 주고 구입하는 거야. 지금 대한민국에는 세계 명품이란 명품이 정식으로 안 들어와 있는 게 없는 상태니까. 우리 대한민국 사람 폼 잡고 살 만한 나라 된 거고, 세계가 무시 못 하는 대단한 나라 된 거지. 괜히 돈 1~2천만 원 아끼려다가 덫에 걸리고, 치명타 당하고 하지 말고 마음 편하게 국내에서 구입해.

280

나도 다 국내에서 구했고, 막상 홍콩에 있는 물건들이 우리나라에 있는 것만 못한 경우가 많아. 그만큼 우리나라 사람들이 세련되고, 까다롭고, 눈이 높다는 증거지. 그리고 이거한 가지는 잊지 마. 우린 남들의 흠을 많이 잡고 있을수록 좋지만, 우리의 흠을 잡혀서는 안 되는 사람들이라는 거."

박재우는 역시 말솜씨 좋게 설명을 마무리했다.

"예, 그런 것들을 미처 다 생각해 보지 못했습니다."

강기준은 큰일 날 뻔했다 싶으면서 선배의 말을 전적으로 받아들였다. 이런 사실 모르고 무턱대고 윤성훈에게 지사의 송금 라인을 이용하게 해달라고 했더라면 어찌 될 뻔했는가. 강기준은 뒤늦게 등에서 진땀이 흐르는 것을 느끼고 있었다.

"자네 부인이 뭘 사다 달랬는데?"

박재우가 가느스름하게 뜬 눈으로 후배를 쳐다보며 담배 연기를 길게 내뿜었다.

"그게 글쎄……, 주책이지……."

강기준은 멋쩍게 뒷머리를 긁적이며 어물거렸다.

"우리끼리 뭘 그래. 기왕 말 나온 김에 내가 도와줄 수도 있잖아. 그쪽은 내가 좀 아는 편이니까."

박재우가 눈짓으로 대답을 독촉했다.

"글쎄, 1억짜리 다이야 박힌 시계를……."

"아니, 여태 그런 것 하나 안 사줬어? 이 사람 이거 순 엉터

리네. 골든 패밀리라고 이름은 그럴듯하게 지어냈으면서 마누라는 실버 패밀리로 방치해 뒀잖아. 당장 사줘, 골든 패밀리의 품위와 자존심이 있지. 자네 나이쯤이면 그 정도 명품 사주기 적당한 나이야. 더 고가품은 차츰 장만해 나가고."

박재우의 말은 화려한 선거 공약을 외치는 국회의원 후보처럼 막힘없이 시원시원했다.

자네 나이쯤이면 그 정도 명품……, 그렇다면 박재우는 자기 아내에게 그보다 더 비싼 시계를 사주었다는 뜻이었다. 강기준은 그게 얼마짜리인지 물어보고 싶었다. 그러나 인간관계를 어그러뜨리게 하려는 어깃장이 아니라면 물어서는 안될 말이었다. 자신과 박 선배는 같은 골든 패밀리라 하더라도 그 급수까지 같을 수는 없었다. 박 선배는 태봉그룹에서부터 스톡옵션을 받아온 사람이었고, 자신은 그런 거액을 받은 것은 이번이 처음이었다.

"그리고 말야, 기왕 말 나온 김에 하는 말인데 말야, 자네 명품 수준도 좀 더 올리라구. 명품도 제각각 질이 있고, 급이 있는 거고, 그게 사람의 품격과 밸런스를 맞춰야 하니까. 넥타이 하나라도 같은 이태리나 프랑스 명품이라고 해서 구찌, 샤넬, 에르메스가 같은 등급이 아니란 말야. 왜 동급이 아닌지 그 차이를 구분할 수 있는 수준이 돼야 해. 골든 패밀리는 돈만 가지고 되는 게 아니야. 명품을 고를 줄 아는 식견과 안

목, 그것이 골든 패밀리의 교양이고 품격이겠지. 앞으로 조금 더 관심을 써봐. 금방 빠삭하게 돼. 차에 관심 쓰게 되면 한 두 달 사이에 세계적으로 쓸 만한 차에 대해서 달통하게 되는 것처럼 말야. 자아, 그만 가지."

강기준은 뒤따라 나가며 박 선배의 모습을 새삼스럽게 유심히 뜯어보았다. 그의 자신 있는 말투로 보자면 그의 전신은 세계 최고의 명품으로 치장되어 있다는 뜻이었다. 그가 윤성훈 못지않게 명품 멋을 즐긴다는 것을 알고 있었지만 그렇게까지 전문적 식견을 뽐내는 정도인지는 몰랐던 것이다. 박 선배의 말을 듣고 보니 자신은 정말 구찌와 샤넬과 에르메스가 어떻게 다른지 알 수가 없었다. 자신이 아는 것은, 각종 패션과 디자인의 명품은 단연 프랑스와 이태리가 최고고, 영국과 독일과 미국은 그 한참 아래라는 것 정도였다. 이번에 아내에게 시계를 사주며 자신도 박 선배가 찬 시계로 바꿔야 되겠다고 강기준은 작정했다. 돈만 모을 것이 아니라 삶의 질도 골든 패밀리답게 꾸미고 싶은 욕구가 꿈틀꿈틀 일어나고 있었다.

사흘 뒤에 박재우의 시계가 스위스제 브레게 3억짜리라는 것에 강기준은 기절초풍하게 놀랐다. 자신은 기껏해야 롤렉스, 오메가를 알 뿐이었고, 브레게란 듣기를 처음 듣는 브랜드였던 것이다.

"내가 말했잖아. 처음부터 무리할 것 없어. 까르띠에 다이 야박이 정도면 어디서든지 품위 유지하기에는 너끈해. 결혼 몇 주년 축하 같은 것을 달아 부부가 한 쌍으로 하면 의미도 있고 말야."

강기준은 이런 박 선배의 말을 따를 수밖에 없었다. 아무 리 배짱을 부려보려고 해도 박 선배와 똑같은 시계를 찰 도 리는 없었다. 아직 경제력이 거기에 미치지 못했고, 아내까지 덩달아 나선다면 그건 참 큰 탈 날 일이었던 것이다. 물건 속 을 모르겠거든 값비싼 것을 잡으라는 말이 있듯이 결국 유명 한 명품이란 숨 막히게 비싼 물건들이라는 뜻이었다. 그 경제 력이 곧 사람값이었다. 강기준은 사르르 기분 나쁜 채 박 선 배의 손목으로 자꾸 눈길이 가는 걸 어찌할 수가 없었다. 자 기네 부부 것을 합해 봤자 박 선배의 하나 값도 못 된다는 게 영 찜찜하고 찌뿌드드했던 것이다.

"여보, 고마워요. 정말 고마워요. 당신이 이렇게 위대해 보 일 수가 없어요. 난 이 세상에서 제일 행복한 여자예요. 내일 당장 은행에 가서 개인 금고 신청할 거예요. 이 시계 보관해 야 하니까요. 그런 여자들이 얼마나 부러웠는지 몰라요."

아내는 감동으로 떨면서 말했고, 그리고 뜨거운 키스를 퍼 부어댔다. 강기준은 뜨거운 키스의 물결에 실리며 그 어느 때 없이 크게 부푸는 남편 된 보람을 느끼고 있었다.

홍콩행 비행기 퍼스트 클래스에는 그들 셋밖에 없었다. 그러나 퍼스트 클래스보다 두 배 이상 좌석이 많은 비즈니스 클래스는 거의 다 차 있었다. 더 말할 것 없이 두 배 차이 나는 돈 때문이었다. 퍼스트 클래스와 이코노믹 클래스의 차이는 네 배였다. 그 항공료의 차이는 누워서 가는 것과 앉아서 가는, 비행기 면적을 차지하는 것에 비례하고 있었다.

"그 일 방안을 잘들 궁리해 봐."

회장은 이 말에 어울리게 그들의 여행을 공무로 처리했다. 회장이 계속 강조해 온 '그 일'이란 아들에게 경영권과 재산권을 상속하는 일이었다. 문화개척센터는 바로 '그 일'을 간단하고 손쉽게 처리하기 위해서 만든 것이었다. 그러니까 정작 필요한 일은 이제부터 본격적으로 시작된 셈이었다. 회장은 지난 수고를 격려하고, 새 일을 독려하기 위해 검사검사 홍콩 여행을 보내며, 비행기 1등석, 호텔 최고급으로 인심을 푹푹 쓴 것이었다.

공항에는 두 명의 직원을 데리고 지사장이 마중 나와 있었다. 강기준은 홍콩이 두 번째였지만, 초행이나 마찬가지였다. 처음 걸음은 10여 년 전에 아내와 함께 동남아 여행을 하면서 그야말로 바람 스치듯 건성으로 지나쳐갔기 때문에 남은 인상이라고는 급경사 산비탈에 위태위태하게 세워진 고층 아파트들뿐이었다.

"지시하신 대로 한 차로 모시기로 준비했습니다."

지사장은 윤성훈 앞에서 굳이 소형 버스 앞에 붙은 벤츠 마크를 가리키듯 하는 손짓을 하며 안내했다. 지사장은 마치 회장이라도 대하는 것처럼 줄곧 허리를 제대로 펴지 못하며 굽실거렸고, 윤성훈은 그런 영접을 위엄과 거만이 잘 조화된 폼으로 아주 자연스럽게 받아들이고 있었다. 회사에서 볼 수 없었던 또 다른 윤성훈의 모습이었다. 강기준은 그런 윤성훈을 바라보며 그의 위세가 얼마나 폭넓게 뻗치고 있는지 새삼 실감하고 있었다. 일광그룹의 지사가 있는 곳이면 모든 지사 장들이 그렇게 오금을 못 펴며 회장님 받들듯 할 것이니 그의 위세는 전 세계에 뻗치고 있는 셈이었다. 그런 반대급부를 받을 수 있으니 그가 회장을 위해 혼신을 다하는 것은 당연하다고 여겨졌다. 그 어느 지사장이든 그의 눈 밖에 나면 당장 모가지였다. 그 권력의 매혹에 강기준은 가슴이 푸드득 떨리는 것을 느꼈다. 인간은 정치적 동물이고, 특히 남자는 권력 지향적 동물이다. 굳이 이 말을 되새김질하지 않더라도 남자라면 누구나 그런 권력을 누려볼 수 있기를 바란다. 회장 앞에 움츠리고 있을 때보다 몇 배는 더 커 보이는 윤성훈을 바라보며, 나는 언제 저렇게 돼보나 하는 생각으로 강기준은 가는 한숨을 쉬었다. 윤성훈은 기세등등하고 위풍당당한 새 끼 회장으로서 한 점 손색이 없었다.

"여기 치안은 어찌 되고 있소?"

차가 출발하자 윤성훈이 물었다.

"예, 관광객들이 야간에 다녀도 아무 사고가 안 생길 정도로 완벽합니다."

지사장이 기다렸다는 듯 대답했다.

"영국 때는 야간 통행을 금할 정도였는데……, 중국 사람들 예사가 아니야." 윤성훈은 혼잣말하듯 하고는, "외국으로 도망간 사람들은 계속 돌아오고 있는 거요?" 눈길을 창밖으로 던진 채 물었다.

"예, 특히 캐나다 쪽에서 많이 돌아오고 있습니다. 요즘에는 대만 자본도 많이 들어오고 있는데, 보시다시피 저 새로 들어선 건물들은 거의가 대만 자본이라고 보시면 됩니다."

지사장은 창밖 멀리 여기저기를 손가락질했다.

"대만 부자들의 신뢰까지 얻다니. 중국 지도부의 능력은 보통이 아니오. 우리나라 정치인들하고는 확실히 달라요."

윤성훈은 중국 지도부에 대해 연달아 호감을 나타내고 있었다. 그 누구보다도 자본주의 예찬론자인 윤성훈이 사회주의 중국 지도부를 그렇게 생각하는 것이 너무 뜻밖이라 강기준은 새삼스러운 눈길로 윤성훈의 옆얼굴을 물끄러미 바라보았다. 그러기는 박재우도 마찬가지였다.

"예에, 잘은 모르겠지만 중국 지도부는 무언가 무게가 있고, 신중하고, 그러면서도 신속하고, 상황 판단이 정확하고, 하여튼 우리나라 정치인들하고는 많이 다르다는 걸 느끼고 있습니다. 그 이유가 무엇인지는 잘 모르겠습니다만."

지사장이 비로소 아부의 느낌이 가신 담담한 어조로 말했다.

"우리나라 대통령들은 하나같이 업적주의에 빠져 허우적거리다가 죽도 밥도 안 돼요. 무슨 업적을 세우기에는 임기 5년은 너무 짧은데, 자꾸 업적을 세우려고 욕심을 부리다 보니까 실수를 연발하게 되고, 그 변명을 하다 보니까 자꾸 거짓말을 하게 되고, 다 의욕 과잉의 어설픈 아마추어들인 거요."

여행 기분이라서 그런지, 나라 밖으로 나와서 그런지, 윤성훈의 말은 거침이 없었다. 회사에서는 전혀 하지 않는 정치적 발언에 놀라 다시 눈길을 돌리던 강기준과 박재우는 서로 눈이 마주쳤다. 둘은, 어쩐 일이냐, 는 눈짓 말을 나누며 웃음 지었다.

"예에, 말씀 듣고 보니 중국과 우리나라 지도부의 차이는 그 임기에 있을 수도 있다는 생각이 듭니다. 저어, 곧 도착하겠습니다. 홍콩은 워낙 좁아서요."

지사장이 내릴 채비를 했다.

강기준은 평소에 별 관심이 없던 중국 지도부에 대해 다시 생각해 보았다. 사회주의 깃발을 지키며 그들은 세계 자본주의를 상대로 경이적인 성장을 20년 넘게 계속해 오고 있었다. 그 결과 달러 보유 세계 최고 국가가 되었다. 그리고 세계가 우려했던 홍콩 독립 보장을 충실히 지켜내 거뜬하게 경제 도약을 이룩해 낸 것이었다. 정치인들의 입에서 나오는 건 하품 빼고는 다 거짓말이라는 옛말도 있고, 정치가들이란 강도 없는데 다리를 놓겠다고 하는 자들이다, 고 소련 정치가 후르시초프는 힐난하기도 했지만, 중국 지도부는 무언가 좀 다른 게 있는 것이 아닌가 싶기도 했다. 그 다름이 무엇인지 알아내기란 우주의 크기나 넓이를 알아내는 것만큼이나 어렵고 난해하리라 생각하며 강기준은 차에서 내렸다. 좁은 땅에 넘쳐나는 자동차들 소음이 왈칵 끼쳐왔다.

"자아, 중국 땅에 왔으니까 중국 최고의 술을 한번 맛봐야 되겠지. 이게 마오쩌둥 주석이 닉슨 대통령과 정상회담에서 건배한 그 유명한 마오타이 아닌가. 자아, 술 받어."

여행의 흥겨움을 내비치며 윤성훈이 액체감을 느낄 수 없도록 투명한 술잔을 들었다.

"알지? 중국식으로 간빠이야."

윤성훈의 말에 맞추어 그들 셋은 47도짜리 독주를 단숨에 털어 넣고, 머리 위에서 잔을 뒤집어 흔들어댔다.

"그 일은 어떻게 하실 생각입니까?"

공무부터 먼저 정리하자는 듯 박재우가 말을 꺼냈다.

"그거, 우리가 이미 다 알고 있다시피 방법은, 태봉에서 했던 것과 똑같이, 그리고 시작은 회장님께서 원하시는 대로 최대한 빨리!" 윤성훈이, 지휘관이 참모들에게 작전명령을 내리듯이 말했고, "알겠습니다. 다 된 일이나 마찬가지니까요." 박재우가 가볍게 응수했다. 강기준은 두 사람의 말을 수긍하는 태도를 취하고 있었다.

그들의 공무는 그것으로 끝났다. 그들 셋은 그 일을 귀국하자마자 바로 추진하기로 마음을 하나로 모은 것이었다. 똑같은 말도 장소와 분위기에 따라서 그 감도가 달라지듯 그들은 새 일을 앞두고 이렇게 장소를 바꿈으로써 새롭게 마음의 결속이 강화되는 것을 느끼고 있었다. 남 회장은 헛돈 쓰고 있는 것이 아니었다.

"오전에 쇼핑하시고, 오찬 다음에 바로 마카오로 모시겠습니다."

아침 식사에 동석한 지사장의 일정 설명이었다.

"쇼핑은 한두 군데로 고르시오. 괜히 여기저기 여러 군데 다녀봤자 너저분하기만 하고, 피곤하기만 해요."

윤성훈이 냉정한 느낌이 들게 말했다. 그 말은 지사장에게 하는 것이 아니라 박재우와 강기준에게 하는 말일 수도 있었다. 강기준은 그 일방적인 결정이 서운하거나 고깝지 않았다. 애초에 여행을 따라나서며 자신의 뜻대로 행동할 수 있기를

290

아예 바라지 않았었고, 아내에게 사줄 것은 이미 사주지 않았는가.

"그렇지요. 브랜드가 제아무리 많아봤자 쓸 만한 건 결국 한두 가지뿐이니까요." 박재우가 시원하게 동의했고, "예, 알겠습니다. 프랑스 쪽의 에르메스, 샤넬, 이태리 쪽의 로로 삐아나로 모시겠습니다." 쇼핑 천국이라는 홍콩 지사장답게 그 반응은 재빠르고 매끈했다.

"공항 통과할 때 곤란할 수 있으니 천만 원 안 넘는 게 좋을 거야."

에르메스 매장으로 들어서며 윤성훈이 나직하게 말했다.

강기준은 가슴이 뜨끔했다. 그 순간 눈길이 박재우에게로 돌아갔다. 눈길이 마주치자 박재우가 눈을 찡긋했다. 쇼핑액을 천만 원으로 제한하는데 1억짜리 시계를 사고 싶다고 했으면 어찌 되었을 것인가. 윤성훈의 마음을 꿰뚫고 있었던 박재우는 학교 선배만이 아니라 노회한 인생 선배라는 것을 강기준은 다시금 느끼고 있었다.

넓은 매장에 상품들은 많고, 어떻게 해야 좋을지 몰라 강기준은 두리번거리고, 더듬거렸다. 윤성훈과 박재우는 그야말로 물 만난 고기처럼 재빠른 동작으로 여기저기로 움직이고 있었다. 강기준은 그들이 사는 것을 사면 실수가 없을 거라고 생각하며 두 사람 뒤를 쫓아 힐끔힐끔 눈동자 굴리기에 바빴다. 윤성훈은 넥타이 코너에서 멈춰 서 있었고, 박재우는 반대쪽에서 허리 높이의 진열장을 유심히 들여다보고 있었다. 한동안 넥타이들을 눈여겨보아가던 윤성훈은 앞으로 다가가 빠른 손놀림으로 넥타이를 고르기 시작했다. 자기도 모르게 윤성훈이 골라내는 넥타이를 세나가던 강기준은 깜짝 놀랐다. 윤성훈이 골라낸 넥타이는 10개였다.

"이 지사장, 이 지사장."

윤성훈이 낮게 누른 조심스러운 목소리로 문 쪽에 서 있는 지사장을 불렀다. 지사장이 달리는 듯 빠르게 걸어갔다.

"지사장도 몇 개 골라보시오." 윤성훈이 말했다. "아, 아닙니다. 저는 있습니다." 지사장이 황급히 말했다. "난 뭐 없어서 이렇게 많이 골랐겠소. 사양 말고 서너 개 골라봐요." "아닙니다. 정말 괜찮습니다." "어허, 사람 촌스럽긴. 이런 기회 아니면 내가 언제 넥타이 사줄 수 있겠소. 빨리 골라요." "예에, 그럼 하나만 고르겠습니다." "아니오, 두 개를 고르시오." "아유, 이거 참……"

그들의 말에 귀 기울이고 있다가 강기준은 그만 화들짝 놀랐다. 윤성훈이 자신을 향해 오라고 손짓하고 있었던 것이다. 말을 엿들은 것이 된 것인가……, 갑자기 두근거리기 시작한 가슴으로 강기준은 빨리 걸었다.

"뭘 그렇게 두리번거리고 있어. 이 넥타이부터 골라봐. 남자의 유일한 액세서리인 넥타이의 효과가 양복 한 벌과 맞먹는 다는 건 잘 알겠지. 이 집 넥타이는 디자인이고, 색깔이고, 원단이고, 유행이 없고, 변색이 없고, 평생을 가. 그러니까 하나 살 때는 비싼데 품위 유지하면서 오래 쓰게 되니까 오히려 싼 거지. 괜히 명품이라고 하는 게 아니야. 자네도 이것저것 한 열 개쯤 골라봐. 이런 기회에 면세 혜택 받으며 물건 싸게 사는 것도 애국이니까. 어서!"

윤성훈이 다정한 웃음을 싱긋 지으며 강기준의 어깨를 철 썩 쳤다. 그리고 자기가 고른 넥타이들을 싸잡아 들고 계산대를 향해 걸어갔다.

강기준은 가슴이 뭉클해졌다. 무심한 척하면서도 그렇게 마음 써주는 윤성훈이 너무나 고마웠던 것이다.

강기준은 유혹을 뿌리치며 다섯 개만 골랐다. 넥타이를 고르다 보니 선물하고 싶은 얼굴이 여럿 떠올랐지만, 윤성훈과 똑같이 열 개를 한다는 것이 영 신경 쓰였던 것이다. 무엇이든 한 단계 낮게……, 가장 안전한 처세술이었던 것이다. 그리고 윤성훈이 고른 열 개 중에 절반은 회장님께 드릴 것인지도 모른다는 생각이 문득 스쳤다.

넥타이는 면세를 받았는데도 보통 상표의 세 배쯤 비쌌다. 강기준은 애써 태연한 척했다.

돈을 계산하고 돌아서는데 저쪽에서 박재우가 손짓으로

부르고 있었다. 강기준은 걸음을 서둘렀다.

"넥타이 샀어?" 어느새 보았는지 박재우가 물었다. "예, 총 본부장님이 권해 주셔서." "잘했어. 이 집 넥타이 최고야." "선배님은 안 사세요?" "사야지 이것부터 사고. 근데 자네 쓸 만한 돈지갑 있어?" "예, 이거요." "아이고, 삼류 명품 광택 와니. 그걸로는 시계하고 영 언밸런스지. 이걸 봐, 이 무광택 와니. 이게 바로 악어가죽 중에서 최고로 치는 미국 미시시피 강 악어야. 태국이나 아프리카 악어하고는 비교가 안 되지. 이 정도는 지녀야 품위도 서고, 액운 싹싹 물리치고 돈이 잘 붙지. 여기 여성용도 함께 있으니까 이번 기회에 자네 부부가 함께 장만하라구. 이 무광택의 갈색이 얼마나 세련되고 품위 있어. 과연 명품이야."

이거 비싸겠죠? 하는 말을 강기준은 간신히 눌렀다. 그리고 박재우가 들고 있는 돈지갑에 붙은 가격표를 얼른 훔쳐보았다. 대충 암산을 해보니 3백만 원이 넘었다. 자신이 가지고 있는 것의 열 배 값이었다. 지금 가지고 있는 것은 몇 년 전 아내가 생일 선물로 준 것이었다. 악어가죽은 모든 액운을 물리치고 재운을 불러온대요, 하는 메모와 만 원짜리 한 장과 함께.

강기준은 너무 비싸다는 말을 하기 싫었고, 새 시계와 격이 맞는 최고품 돈지갑을 갖고 싶기도 했고, 선배 앞에서 쩨쩨하게 보이고 싶지 않았고, 이번에 받은 스톡옵션에 비하면 아내 것과 함께 두 개를 사더라도 그까짓 돈, 돈도 아니었고, 더구나 최고 명품 돈지갑을 받고 아내가 또 얼마나 기쁘고 행복해할 것인가.

"예, 사겠습니다."

강기준은 아주 멋들어진 골든 패밀리가 될 작정이었다.

홍콩 근해에서 잡은 활어 요리들로 점심을 마친 그들은 향기로운 술 사오싱주에 불콰해져 배에 올랐다. 마카오까지는 차 한잔 마실 정도의 시간이었다.

"여기 일정은 게임 즐기시고, 술 한잔 하시고, 내일 아침 홍콩으로 건너가시도록 잡았습니다."

지사장이 그들을 베네치아호텔 카지노로 안내하며 말했다.

"세상에 3대 바보가 있는 것 알지. 마약 하면서 나만 중독 안 되리라고 생각하는 놈, 사창가에서 바람피우며 나만 성병 안 걸리리라고 생각하는 놈, 카지노 하면서 나만은 돈 따리라고 생각하는 놈. 다 알겠지만 이건 다만 골프보다도 더 스트레스 해소가 잘되는 스릴 만점의 놀이일 뿐이야. 몇 시간 요령껏 잘 즐기되, 각자 3천이 넘지 않도록 해. 지사에서 무리하지 않고 선불해 줄 수 있는 게 그 정도니까."

윤성훈이 관록 두툼한 보스처럼 묵직한 느낌이 들게 말했다. 회사 돈 9천만 원 정도를 카지노에서 미리 당겨 쓸 수 있는 힘을 가진 그는 보스가 아닌 것도 아니었다.

될 듯 될 듯하며 빗나가고, 어찌어찌 얽혀 맞아떨어지고, 잃었다 따고, 따다가 잃으며, 아슬아슬 아쉽고, 짜릿짜릿 안타까우며, 한 시간이 10분처럼, 그렇게 네 시간이 흘러가고 있었다. 얼추 계산해 보니까 2천이 날아가고 없었다. 엇갈리는 마음에 쐐기를 박았다. 카지노 하면서 나만은 돈 따리라고 생각하는 놈⋯⋯, 윤성훈이 괜히 그 말을 한 것이 아니라는 생각이 들었다. 지난 1년 동안의 스트레스 풀기는 여기서 끝! 강기준은 단호하게 손을 털고 일어났다.

"허, 자네가 제일 모범일세. 판이 거꾸로 됐으니 이거 어디 체면이 서나."

윤성훈이 고개를 뒤로 젖히며 껄껄껄 헛웃음을 쳤다. 박재우가 2천5백 정도, 윤성훈이 3천을 다 잃었던 것이다.

지사장은 그들을 술집으로 안내했다. 호화롭게 꾸며진 룸살롱이었다.

"아까 보셨겠지만 그 카지노와 호텔은 미국의 라스베이거스의 베네치아와 똑같은 규모로 지어졌습니다. 홍콩보다 2년 뒤에 포르투갈로부터 이곳을 돌려받은 중국은 대대적으로 외국의 유흥 자본을 끌어들이기 시작했습니다. 여기는 전 세계 투기 자본이 몰려 있고, 이런 유흥업소에도 대략 9개국의 여자들이 와 있습니다. 그래서 주말이면 중국 본토에 와 있는 외국 상사원들이 몰려와 하룻밤씩 지내고 돌아갑니다. 중국은 이 섬에서는 무슨 짓을 해도 좋도록 라스베이거스 같은 유흥 천국을 만들어놓은 것입니다. 필요한 나라의 여자들을 말씀해 주십시오."

지사장은 마치 직업적 여행 안내원처럼 설명이 비단결이었다.

"바로 저거요. 중국 지도부가 머리 쓰는 것 좀 보시오." 윤성훈이 탄력 넘치게 말하며 손가락으로 딱 소리를 내고는, "이 마카오의 경영을 보면 중국 지도부와 우리나라 정부의 차이가 확실히 드러나오. 중국이 마카오에 각 나라 여자들까지 묵인하며 유흥 천국을 만들고 있을 때 우리나라에서는 창녀촌 일소한다고 야단법석을 떨었소. 개방한 사회주의 중국은 경제발전을 위해 철저하게 실리를 쫓아가는데, 자본주의 한국은 자본주의에 어울리지 않게 엉뚱한 도덕군자의 나라를 만들겠다고 나선 것이오. 세계 각 나라마다 차이나타운을 건설했고, 동남아 경제력 80퍼센트 이상을 장악했고, 개방 이후에는 20년 넘게 해마다 고도성장을 해 이제 최고의 달러 보유국이 된 것은 중국인들의 전통인 실리주의와 현실주의 정신 때문이었소. 그 정신을 요령껏 실천하는 중국 정치인들이 노련한 프로들이라면, 그런 바탕도 안목도 없는 우리나라 정치인들은 미숙한 아마추어들이오. 그들이 얼마나 어설

프고 서툴고 판단력이 한심하냐면 말이오, 사람들이 해외 골프를 치려고 동남아로 너무 많이 빠져나가 외화 낭비가 극심하다고 하여 그 대비책을 세웠는데, 그거 참 가관이었소. 동남아의 골프장 이용료가 싸서 그렇게 나가는 것이니, 농촌 인구가 날로 줄어들어 유휴지가 자꾸 늘어나니 농토에다 싼값으로 골프장을 만들어 이용료를 대폭 낮춘다는 것이었소. 또 하나의 해결책은 새만금 간척지에다가 골프장 백 개를 만들겠다는 거였소. 자아, 우리 다 골프 좋아하니 생각해 봅시다. 골퍼들이 동남아로 몰려 나가는 게 이용료가 싸다는 이유 하나 때문이오? 거기에는 서너 가지 이유가 겹쳐 있는 것 아니오? 첫째, 외국 여행한다는 기분, 둘째, 골프장 이용료가 싸고 서비스가 좋다는 것, 셋째, 술값도 싸다는 것, 넷째, 여자도 흔하고 싸다는 것 등이 합해진 것 아니겠소. 그런데 우리나라 지도부 눈에는 딱 한 가지밖에 안 보이는 거요. 난 중국을 바라보면서 두려울 때가 많아요." 윤성훈은 평소에 많이 생각해 온 것이 분명한 말을 이렇게 길게 하면서, 동석한 지사장을 의식해 말끝을 올리고 있었다.

"예, 옳으신 말씀입니다. 중국 사람들은 만날수록 그 속을 알기 어렵고, 둔한 듯 영리하고, 느린 듯 재빠르고, 친절한 듯 냉정하고, 아주 복잡하고, 우리하고는 많이 다릅니다."

지사장이 경험자답게 말했다.

298

강기준은 윤성훈을 물끄러미 바라보며, 회장한테 아부하는 기술만 개발해 내는 게 아니라 제법 저런 인식도 갖추고 있는 만만찮은 물건이라니까, 하는 생각을 하고 있었다.

"술 시키면서 여자도 함께 고르셔야 합니다."

지사장이 조심스럽게 말했다.

"여자라, 그거 좋은데……, 어느 나라 여자들이 있소?"

"예, 백인들은 러시아를 위시해서 폴란드, 루마니아, 헝가리 등 거의 몰락한 공산권 국가들이고, 나머지는 필리핀, 베트남, 캄보디아, 태국 같은 동남아 여자들입니다."

"허! 망한 공산주의 상처가 20년이 지나도 회복이 안 되고 있다 그거군. 흥, 마르크스 선생과 레닌 동지께서 이 꼴을 내려다보시며 어떤 기분이실까. 근데 한국 여자는 어떻소?"

"우리나라와 일본 여자들이 있다는 말은 못 들었습니다."

"아, 그것 참 다행이오. 역시 우리나라는 경제 대국이오."

"예, 분명 국력의 차이입니다."

국제무대를 경험하고 있는 지사장의 동감이었다.

"난 백인 여자는 싫어."

윤성훈은 박재우와 강기준에게 눈길을 돌리며 불쑥 말했다.

"아니 왜 그렇습니까?"

박재우가 빙긋 웃으며 물었다.

"두 사람이야 미국 유학파니까 더러 백마를 타보기도 했을

지 모르지만, 백인 여자는 두 가지가 기분 나빠. 첫째, 백인들의 고질병이 무조건 황인종을 무시하는 것인데, 이런 데 나오는 계집애들이라고 다를 게 없을 것 아닌가. 겉으로는 안 그런 척하면서 속으로는 무시하는 계집애들을 끼고 술 마시고 팁을 주고 하다니, 그보다 더 재수 없는 일이 어딨어. 그리고 둘째는 그것들 몸집이 얼마나 크냐 말야. 몸집의 크기는 그것의 크기와 비례한다. 이 자연법칙에 따라 서양 놈들한테 맞도록 되어 있는 서양 계집애들이 우리 것 작다고 깔보고 누웠으면 그것은 더욱 재수 옴 붙는 일이라니까. 어떻게 생각해?"

윤성훈이 박재우에게 손가락질을 했다.

"그거 듣고 보니 전적으로 동감입니다. 여자한테 그런 꼴 당하는 거야말로 정말 기분 잡치는 일이지요."

박재우가 고개까지 끄덕였다.

"자넨?"

윤성훈은 강기준에게 눈길을 돌렸다.

"저도 남자니까요."

"됐어, 모두 우리 황인종으로 통일. 예쁜 애들로 잘 골라 오시오."

윤성훈이 지사장에게 말했다.

"예, 알겠습니다."

지사장이 허둥거리듯 밖으로 나갔다. 술자리에 앉은 그들은 바야흐로 수컷들의 본능의 발로에 충실히 따르고 있었다. 여자를 갖고 싶어 하는 것이 술자리에 앉은 수컷들의 어찌할 수 없는 본능이라면, 방금 그들 셋이 쉽게 동의한 그것, 어떠한 경우에도 여자에게 무시당하거나 얕잡아 보이지 않으려고 하는 것도 똑같은 비중의 본능이었다.

수컷들에게는 여자들이 도저히 이해할 수 없는 두 가지 본능적 특징이 있다. 첫째는 암컷을 보면 무작정 씨를 뿌리려는 욕구가 발동하는 것이고, 둘째는 자기 그것이 한사코 작다고 생각하는 성기 열등감이다.

첫 번째 문제는, 문명적 이성으로 일부일처제를 채택했지만 수컷들의 몸 저 깊은 곳에는 씨를 뿌려야 한다는 본능적 욕구가 면면히 살아 있음을 입증하는 것이다. 그래서 그 옛날부터 뭐라고 했던가. 열 계집 싫어하는 사내는 없다. 그리고 이렇게 미화시키기도 했다. 영웅호색(英雄好色)이라. 또 이런 방어막을 치기도 했다. 배꼽 밑의 일은 입에 올리는 것이 아니다. 그런데 어느 유명한 시인은 이렇게 말했다. 나그네는 쉬어 간 그늘을 기억하지 않는다. 아, 역시 시인다운 묘사가 아닐 수 없다. 그건 애정이 아니다. 그냥 잠시 쉬었을 뿐이다. 그것이 씨뿌리기이다. 개들이 한 다리 들고 찔끔찔끔 오줌을 깔기고 지나간 나무나 전봇대들을 어찌 기억할 것인가. 인간 수컷들의 씨뿌리기도 그와 같은 배설 행위일 뿐이다. 그런데 이 세상의 아내들은 자기 남편의 그 나그네 노릇을 '애정 행위'로 확정 짓고, 사생결단하고 덤빈다. 아아, 남자들은 그 그늘이 어느 그늘인지 기억할 수가 없고, 절대 애정 행위가 아니라고, '아무것도 아니라고' 진실을 말하지만 아내들은 더욱더 펄펄 뛰며 남편들 가슴을 쥐어뜯다 못해 자기 가슴을 픽픽 치다가 까무러치기도 한다. 남편들은 그게 오줌 싸기와 비슷한 배설 행위라는 것을 이해시킬 수 없어 답답하고, 아내들은 '분명 문제인 것'을 '아무것도 아니라고' 하는 뻔뻔스러운 거짓말이 분해서 미칠 노릇인 것이다. 남편과 아내 사이의 그 이해할 수 없는 간격, 그 남녀의 차이를 2~3년 전에 비로소 과학의 힘이 명쾌하게 밝혀냈다. 우리 뇌 속에 이성 문제를 관장하는 조직이 있는데, 남성은 이성을 자각하면 곧바로 성적 자극을 일으키는 '2단계' 구조인데 반해, 여성은 이성을 자각하면 그 대상을 관찰·판단하는 과정을 거친 다음 성적 자극의 유무가 결정되는 '3단계' 구조였던 것이다. 여성의 그 두 번째 단계가 문제였던 것이다. 그것은 바로 씨뿌리기와 씨받기의 입장 차이를 구분 짓기 위해 자연이 만들어낸 점검·제어 장치였다. 신성한 종족 보존을 위해 강건한 씨를 받아 건강한 새끼를 낳아야 하는 것이 모든 암컷들의 소임이다. 그래서 암컷들은 수컷들의 혈투를 침묵 속에서 지켜보고 있다. 그 침묵의 기다림의 시간, 그때가 바로 남성에게는 없는 '두 번째 단계'가 작동되고 있는 중인 것이다. 그 점검을 통해 최후의 승자가 결정되면 암컷들은 그 강건한 DNA 소유자에게 무한한 애정을 쏟으며 자기네 몸을 맡기는 것이다. 임신의 노역과 출산의 고통을 기꺼이 감수할 각오와 함께. 그런데 인간들이 일부일처제를 채택했다고 하여 여성들에게서 그 '두 번째 단계'가 소멸된 것이 아니었다. 일부일처제는 인간들의 발명품일 뿐이고, 그 '두 번째 단계'의 소멸 여부는 자연의 권능에 속하는 것이었다. 대개 남자들은 마음이 급해 허겁지겁 갈팡질팡 정신이 없는데, 여자들은 잦바듬한 자세로 눈을 내립떠보며 몸을 사리듯 꼬리를 감추듯 하는 기미를 보이게 마련이다. 그게 바로 '두 번째 단계'의 관찰이고 점검인 것이다. 가만있어봐……, 너 혹시 허약한 DNA로 나한테 임신시켜 날 헛고생하게 만들거나, 골탕 먹이거나, 평생 속 썩이며 살게 하는 것 아니야? 여자들에게 그런 점검 능력을 준 자연의 섭리는 그얼마나 오묘한가.

남자들의 두 번째 본능적 특성인 성기 열등감도 그 뿌리는 씨뿌리기였다. 씨뿌리기는 두 가지 방법으로 구분된다. 한 가지는 최대한 많은 암컷들에게 뿌려야 하는 횟수의 문제다. 그 횟수를 결정짓는 것이 흔히 말하는 정력이다. 그 정력을 강화시키기 위해서 저 먼먼 옛날부터 오늘에 이르기까지 남성 동포들은 그 얼마나 노심초사하고 각고의 노력을 기울여왔던

가. 해구신을 노려 물개들을 인정사정없이 잡아 죽였고, 웅담을 차지하고자 곰들을 닥치는 대로 때려잡았고, 독 오른 가을뱀을 백 마리씩 한꺼번에 고아서 마시기를 서슴지 않았고, 개 그것까지 눈 밝혀 찾아 먹기를 게을리하지 않았다. 지금도 소리 소문 없이 제일 잘 팔리는 것이 정력제라는 것은 널리 알려진 사실이다. 변방 속국이라고 해서 한반도의 그 어떤 것도 인정하지 않았던 중국마저도 높게 평가하지 않을 수 없었던『동의보감』의 허준 선생께서 무겁게 한 말씀 하시었다. "남자가 타고나는 정력은 대개 한 되 반 정도이다. 그걸 한평생 나누고 가려 쓰게 되는데, 나이 들어가면서 차츰 정력이 쇠해가면 그에 따르는 것이 순리인데, 억지로 보약을 먹는다 보신을 한다 하는 것은 오히려 몸을 크게 상하게 되어 천명을 다 누릴 수 없는 위험에 처하게 된다." 그러나 이 고견을 전혀 듣고 있지 않음이 여실히 입증되고 있다. 비아그라란 그 해괴망측한 물건이 얼마나 잘 팔리면 미국에서 정식 수입이 되고 있는데도 중국산 짝퉁이 그렇게도 줄기차게 밀수가 되고 있는 것일까. 한번 적발될 때마다 수십만 정씩이니, 단속되지 않고 전국적으로 판매되고 있는 것은 얼마나 많을 것인가. 비싼 비아그라까지 사 먹으며 씨뿌리기에 열중하겠다는 것은 가상하기 그지없는 일이나, 가짜 중국산에 유해 물질이 많이 들어 있어서 치명적인 병에 걸릴 위험이 있다 하니 그것 참 딱

한 노릇이 아닐 수 없다. 미국산 정품도 노쇠해져 가는 사나이들에게 심장병, 뇌졸중 같은 것을 일으킬 위험이 있다는데 말이다. 기왕 죽을 나이니 그 즐거움 속에서 죽는 것이 곧 천국행 아니겠느냐고 배짱부린다면 허준 선생도 입 다물어야 하지만.

그리고 씨뿌리기의 다른 한 가지는 씨를 뿌리되 어떻게 뿌리느냐 하는 방법론이다. 소중한 씨를 뿌리는데 헛되지 않게, 백발백중 생명이 탄생되도록 해야 하는 것이다. 가장 안전하고 정확한 그 방법은 단 하나, 정자가 난자를 쉽게 만날 수 있도록 해주어야 한다. 그러기 위해서는 수컷의 그것이 어떠해야 할까? 굳이 잔말 덧붙일 필요가 없을 것이다.

그 두 가지 당위가 모든 남자들에게 성기 열등감을 불러일으킨다. 내 것이 남들 것보다 커야 하는데, 혹시 내 것이 더 작은 것이 아닐까. 이런 걱정과 두려움 속에서 이 세상 남자들은 단 한 명도 빼놓지 않고 자기 성기가 작을지도 모른다는 열등감에 사로잡혀 한평생 내내 살아간다. 그래서 남자들은 공중목욕탕에 가면 반드시 온갖 눈놀림 다 해가며 남들의 그것을 훔쳐보기에 바쁘다. 그래서 어찌하자는 것이 아니다. 갓난애들이 배냇짓을 하는 것과 다름없는, 스스로도 어쩌지 못하는 행동이다. 남자들의 나그네 노릇을 이해하지 못하듯 그 성기 열등감 또한 여자들로서는 전혀 알 수 없는 남자들만의 비밀이다. 남자들이 월경기 여자들의 감정 기복을 전혀 알 수 없고, 출산의 고통을 영원히 알 수 없는 것처럼.

그들은 푹 쉬고 오라는 회장님의 지엄하신 분부를 충실히 수행하느라고 얼굴 반반하고 피부 가무잡잡한 아가씨들을 끼고 밤 깊어가는 줄 모르고 독한 중국술의 회오리에 휘말려 들어가고 있었다.

숙취에 꺽꺽거리며 이튿날 아침 늦게 일어난 그들은 오후 비행기에 몸을 실었다. 비행기가 고도를 잡고 사인 등이 꺼지자마자 세 사람은 약속이나 한 듯이 의자를 완전히 눕혀 침대를 만든 다음 깊은 잠에 빠져들었다.

9

국민, 당신들은 노예다

국민은 나라의 주인인가. 아니다. 노예다. 국가권력의 노예
고, 재벌들의 노예다. 당신들은 이중 노예다. 그런데 정작 당신
들은 그 사실을 모르고 있다. 그것이 당신들의 비극이고, 절망
이다.

이번에 재벌의 재산권 불법 상속과 경영권 불법 승계 사건
이 또다시 벌어졌다. 일광그룹이 일으킨 이번 사건은 몇 년 전
태봉그룹에서 일으킨 사건과 한 치도 다름없이 똑같다. 왜 그
런 사태가 거듭 벌어지는 것일까. 두 가지 이유 때문이다. 하
나는, 세상 망칠 그 거대한 경제 범죄를 저지르고도 태봉그룹
이 무죄가 되었기 때문이다. 그리고 다른 하나는, 나라의 주인

이고 이 사회의 주인인 국민과 대중들이 그 끔찍한 사건을 방관하고, 묵인했기 때문이다.

이번에 일광그룹이 일으킨 사건의 내용을 국민들은 똑똑히 알아야 한다. 어렵게 생각할 것 없다. 간단명료하다. 일광그룹 총수는 아들에게 그룹의 재산권과 경영권을 넘겨주기 위해 80억을 증여했다. 세금 20억을 내고, 나머지 60억으로 자기네 계열사 중에서 아직 상장되지 않은 회사 넷을 골라 주식을 헐값에 사게 했다. 그런 다음 그 회사들을 상장시켜 주식을 비싸게 팔아치웠다. 그 돈이 자그마치 950억, 10배가 넘게 둔갑했다.

그들의 행위는 거기서 그치지 않았다. 더 본격적으로 2단계 작업에 착수했다. 그들은 다시 서너 개의 계열사를 골라 BW(신주인수권부사채)와 CB(전환사채)를 시가보다 훨씬 싸게 발행해서 이미 950억을 확보한 아들에게 넘겨주었다. 그 사채들은 다시금 10배 이상이 되는 마술을 부렸다.

그렇게 불어난 막대한 돈으로 아들은 그룹의 중심을 이루고 있는 한 회사를 장악했다. 그것으로 일광의 재산권과 경영권 넘기기 작업은 완료되었다. 왜냐하면 아들이 장악한 A회사는 다른 주력 계열사인 B회사의 주식을 이미 일정량 확보하고 있었고, B회사는 다시 C회사의 주식을 또 얼마큼 가지고 있었고, C회사는 다시 D회사의 주식을 가지고 일정한 영향력을 행사했고, D회사는 또다시 A회사의 주식을 확보하고 있어서 그 회사들은 소위 순환출자구조로 연결되어 있었던 것이다. 따라서 그 아들은 세금 겨우 20억을 내고 매출 200조에 이르는 대그룹의 재산권과 경영권을 확보하게 된 것이었다.

그런데 어떻게 그런 황당무계한 불법 범죄행위가 무죄가 될 수 있는가. 국민인 당신들이 노예이고 싶지 않다면 이 점에 눈을 부릅떠야 한다. 당신들 모르게 무슨 일들이 벌어졌는지 정신 똑바로 차리고 알아야 한다. 그 엄청난 경제 범죄를 무죄로 만든 것은 다름 아닌 비자금의 막강한 힘이었다.

비자금, 쉽게 말해 기업들이 온갖 탈법, 위법, 범법을 저질러 뒤로 빼돌려 감춘 돈이다. 몇 년 전 태봉그룹 사건이 터졌을 때, 그들이 매년 1조씩의 비자금을 조성했다는 것이 밝혀졌다. 그들은 그 탈세한 검은 돈을 이 나라의 모든 권력기관에다 뿌렸다. 정치인, 법조인, 정부 관료들은 물론이고 언론인, 학자들까지도 그 돈을 받아먹었다. 그러나 놀라지 마라. 재벌을 감시 감독해야 하는 검찰, 국세청, 공정위, 금융감독기관도 모두 그 돈을 달게 먹었다. 이 사태는 무엇을 말하는가. 국가의 모든 권력이 재벌의 손아귀에 들어가 좌지우지되고 있다는 것을 뜻한다. 그러니 아무리 큰 죄를 저질러도 무죄가 될 수밖에. 좀도둑은 포승 받아도 큰 도둑은 상 받는다. 우리의 속담이다.

태봉그룹의 시범을 보고 그대로 따라 한 것이 일광그룹이
다. 자기네도 무죄가 될 것이 틀림없으니까. 재벌들이 저지르
는 그 불법행위는 분명 사회를 병들게 하고 나라를 망치는 범
죄이고, 그 피해는 국민 전체에게 씌워진다. 그런데도 우리는
그동안 재벌들의 경제 범죄에 대해 너무나 관대했다. 왜 그랬
을까. 기업들이 잘되어야 우리도 잘살 수 있다는 생각 때문이
었다.

그러나 그건 순진함을 넘어 바보 같은 기대고 희망이었다.
그건 지난 40여 년 동안 우리가 취해 있었던 환상이고 몽상
이고 망상이었다. 태봉그룹과 일광그룹의 불법행위가 그것을
잘 입증해 주고 있지 않은가. 우리가 그동안 일방적으로 품어
왔던 그 기대와 희망은 바로 자발적 복종이었다. 스스로 노예
되기를 자청한 것이다.

긴 인류의 역사는 증언한다. 저항하고 투쟁하지 않은 노예
에게 자유와 권리가 주어지지 않았다는 것을. 그런데 노예 중
에 가장 바보 같고 한심스런 노예가 있다. 자기가 노예인 줄을
모르는 노예와, 짓밟히고 무시당하면서도 그 고통과 비참함을
모르는 노예들이다. 그 노예들이 바로 지난 40년 동안의 우리
들 자신이었다.

우리는 지난 80년대에 피 흘려 '정치민주화'를 이룩했다. 이
제 우리는 '경제민주화'를 이룩해야 할 시점에 와 있다. 그 경

제민주화가 바로 모든 재벌들이 그 어떤 불법행위도 저지르지 못하도록 막는 것이다. 그것은 우리가 취해 있었던 그 환상과 몽상과 망상에서 빨리 깨어나는 것이다. 그리고 우리가 가진 강력한 무기를 뽑아 들어야 한다. 그것은 바로 소비자로서 우리 모두가 가지고 있는 권한인 '불매'다. 우리 모두가 힘을 합쳐 경제 범죄를 저지른 기업의 상품을 사지 않는 '불매운동'을 적극 벌이는 것이다. 그 막강한 소비자의 힘에 대항할 기업은 이 세상에 단 하나도 없다. 그 굴복으로 마침내 기업들은 투명 경영을 하게 되고, 세금도 올바로 내게 된다. 그때에 비로소 '기업들이 잘되어야 우리도 잘살 수 있다'는 말이 성립하게 된다.

투표가 피 흘리지 않고 민주주의를 계속 신장시켜 나갈 수 있는 '정치혁명'이듯이, 우리가 단결한 불매운동은 기업들과 우리들이 모두 함께 행복해질 수 있는 가장 효과적인 '경제혁명'이다. 우리가 그 어리석은 환상과 몽상과 망상에 사로잡혀 뿔뿔이 흩어져 있으면 기업들은 더욱 신바람 나게 경제 범죄를 저지르고, 우리는 점점 더 비참한 노예가 되어간다.

감기 고뿔도 남 안 준다는 말이 있다. 하물며 왜 재벌들이 당신들에게 돈을 주겠는가. 모기도 모이면 천둥소리 내고, 거미줄도 수만 겹이면 호랑이를 묶는다. 조상들의 일깨움이다. 국민, 당신들은 지금 노예다.

"요런 빌어먹을 놈이!"

회장실에서 돌아온 윤성훈이 이런 고함과 함께 찻잔을 내던 졌다. 탁자에 부딪친 찻잔은 그 소리도 요란하게 깨져나갔다.

"이 빨갱이 새끼를 당장 그냥……."

험하게 부릅뜬 윤성훈의 눈에서는 살기가 뻗치고 있었고, 뿌드드득 어금니 맞갈리는 소리가 울렸다. 박재우와 강기준 은 눈길을 떨군 채 아무 소리 못 하고 앉아 있었다.

"이 쳐 죽일 놈이 감히……."

윤성훈은 치솟는 분으로 얼굴이 시뻘겋게 됐을 뿐만 아니 라 숨까지 헐떡거렸다.

"좀 진정하십시오. 화 안 나실 수 없지만 혈압도 별로 좋지 않고 하신데……."

강기준은 겨우 이렇게 말했다. 윤성훈은 요즘 들어 혈압에 좀 문제가 생겼다고 투덜거리고는 했다.

"혈압이고 뭐고, 이놈이 이 지랄을 하는데 어떻게 진정을 해. 근데 이놈이야 생각 삐딱한 교수 놈이니까 그렇다 치더라 도 요따위 돼먹지 못한 글을 이렇게 크게 실어주는 이놈에 신문은 또 뭐하고 자빠졌는 거야!"

윤성훈은 소리를 지르다 못해 탁자 다리를 걷어찼다. 그 바 람에 박재우의 앞에 놓였던 찻잔이 굴러떨어져 팍삭 깨지는 소리를 냈다. 그 찻잔들은 청색으로 풍경화가 그려진 중국제

고급 찻잔이었다. 그 두께가 종잇장처럼 얇은 것으로 명품이라는 것을 뽐내는 것이라 걸핏하면 깨지기 쉬웠다. 담배를 끊은 다음부터 차 애호가가 된 그는 그 찻잔들을 애지중지했다. 그런데 그 아끼는 것들이 마구 깨져나가도록 심하게 화를 내는 것을 보면 회장실에서 어떤 일이 있었는지 대충 짐작할 만했다.

"이건 어찌 보면 고의 같기도 하고, 어찌 보면 실수 같기도 하고, 얼핏 종잡기가 어렵습니다. 일단 정확한 진상 파악이 중요할 것 같습니다."

박재우가 핏기 없이 굳어진 얼굴로 말했다.

"빌어먹을, 고의든 실수든 결과는 똑같소. 감히 이따위 글을……."

윤성훈은 거칠게 내쏘았다.

"제가 신문사에 연락해 볼까요?"

박재우가 말했다.

"됐소. 다 두고 나가시오. 내가 알아서 할 테니까."

윤성훈이 짜증을 부리며 손을 내저었다. 나가라는 그 손짓에는 더는 말을 걸 수 없는 거부감이 드러나고 있었다. 그 거센 거부감은, 왜 그따위 글이 실리지 않도록 미리 막지 못했느냐는 힐책이 서린 듯하기도 했다.

박재우와 강기준은 아무 말도 못 하고 윤성훈의 방에서 밀려났다.

윤성훈은 지체 없이 신문사로 전화를 걸게 했다.

"아, 사장님이시군요. 오늘 아침 허민 교수를 통해 보내주신 충고 평생 잊지 않겠습니다."

윤성훈은 천천히 묵직하게 말했다.

"아, 안녕하십니까. 그렇잖아도 지금 긴급회의를……."

윤성훈은 당황스러운 사장의 말을 잘랐다. "그런 건설적인 충고 앞으로 더 많이 보내주시기 바랍니다. 안녕히 계십시오." 상대방의 황급한 목소리를 무지르며 그는 전화를 끊어버렸다.

"김동석 실장 불러."

윤성훈은 비서에게 지시했다. 찌푸려진 그의 얼굴에서는 짜증이 찐득찐득 묻어나고 있었다. 눈치만 먹고사는 직업인 비서는 자동 기계처럼 빠릿빠릿 움직였다.

"K대학 허민. 빨리 신상 파악해 주시오."

윤성훈이 김동석 실장 앞에 신문을 내밀었다.

"이 글 읽고, 파악 시작했습니다."

김동석이 건조하게 말했다.

"벌써……?"

"외부에서 연락이 왔습니다, 실렸다고." 김동석은 쓴 입맛을 다시고는, "이자가 어떻게 우리 사정을 이렇게 샅샅이 알

314

았는지가 문젭니다." 그는 세게 혀를 찼다. "대학교수라 더 골치 아프고요."

"나도 그 문제를 생각해 봤는데, 어떻게 알았을 것 같소?"

윤성훈은 그것까지는 생각해 보지 못했으면서도 이렇게 말했다. 뒤늦게 그 생각을 하자 이상하게 불길한 느낌이 휙 스쳐갔다.

"예……, 제 예감으로는 그 일을 놓고 무슨 문제가 생길지도 모른다는 생각이 듭니다. 어디선가 그 일을 조직적으로 탐지했고, 그자는 거기서 정보를 얻고 말이죠……."

"조직적으로 탐지라……."

불길함은 더한데 윤성훈의 머리에서는 딱히 잡히는 게 없었다.

다음 날 아침 일광그룹 수뇌부 머리 위에서는 또 폭탄이 터졌다. 어제의 것은 오늘의 쓰나미가 덮쳐오기 위한 전조의 파도에 불과했던 것이다. 정보 담당 김동석 실장의 불길한 예감이 적중한 셈이었다. 모든 신문은 오늘 경제민주화실천연대라는 시민단체에서 일광그룹의 불법적 재산권 상속과 경영권 승계를 검찰에 고발하는 기자회견을 할 거라고 보도하고 있었다.

"자넨 도대체 뭘 하고 있는 거야!"

회장은 팔을 뻗쳐 윤성훈을 겨누며 불길을 토해냈다.

"걱정 마십시오, 회장님. 이거 별거 아닙니다."

뜻밖에도 윤성훈은 태연하게 대꾸했다.

"너 지금 정신 있어, 없어! 고발이래잖아, 고발!"

회장은 곧 안전핀이 빠질 것 같은 위태위태한 대형 폭탄이었다.

"회장님, 그렇게 심려 안 하셔도 됩니다. 우리의 그 사업은 진행 과정에서 거의 다 공개되었던 것이고, 시민단체가 그 내용을 알았다는 것은 하나도 대단한 일이 아닙니다. 그리고 우리를 고발하겠다는 시민단체는 바로 태봉그룹을 고발했던 그 단체입니다. 태봉은 무죄였습니다. 우리 또한 무죄입니다. 그러니 하나도 걱정하지 마시라는 겁니다. 고발이란 시민단체들이 으레껏 하는 일이고, 우리도 이런 일쯤 어느 정도 예상하고 있었던 바이기도 합니다. 그래서 문화개척센터를 만든 것 아닙니까."

윤성훈의 그 기민한 대처는 나뒹굴어지면서도 끝내 볼을 잡아내 판세를 바꾸는 외야수 같았다.

"근데 왜 발등에 불 떨어질 때까지 모르고 있냐 그거야."

"예, 신문들의 보도를 보십시오. 다 일단짜리로 쬐그맣게 취급하고 있지 않습니까. 신문들도 무죄라는 결과를 알기 때문에 신경 안 쓰는 것입니다. 회장님, 정말 아무 걱정 마십시오."

316

윤성훈은 다시금 민첩하게 대처했다. 그러면서, 공자도 못 읽는 문자가 있고, 부처님도 못 외는 염불이 있더라고 나도 더러 놓치는 게 있지 젠장······, 하며 속이 상하고 있었다.

"정말 걱정 안 해도 되는 거야!"

회장이 매서운 눈초리로 다짐을 받고자 했다.

"예, 저를 믿지 말고 문화개척센터를 믿으십시오. 그건 곧 회장님의 힘입니다."

윤성훈은 이 위기의 순간에도 회장님을 떠받들어 올리는 능란한 아부의 힘을 발휘하고 있었다.

"좋아, 철저하게 대비해. 풀가동시키라구."

회장이 좀 안심하는 기색으로 말했다.

"예, 200퍼센트 가동시키겠습니다. 회장님께서는 그저 마음 편히 가지십시오."

윤성훈은 허리가 반 접히는 깊은 절을 하며 무죄 승리의 출전을 알렸다.

"미국이 아닌 유럽, 독일에서 경제학 박사학위를 받았고, 전공은 마르크스 경제학입니다. 그리고······."

윤성훈은 김동석의 말허리를 자르며, "아, 회장님의 말씀이 딱 맞았소. 그것 참 기막히네." 그는 감탄하듯 했다.

"회장님께서 무슨 말씀을······?"

"어제 그자를 빨갱이라고 부르셨소."

어제 회장실에서 나온 윤성훈이 빨갱이라는 말을 쓴 것은 그의 말이 아니라 회장한테서 감염된 거였던 것이다.

"아, 그러셨군요. 그 글이 빨갱이식 선동 같기도 했으니까요." 김동석이 고개를 끄덕이고는, "학교에서는 강의를 충실히 하고, 학생들에게도 인기가 있는 편이지만, 학교 측하고는 별로 사이가 좋지 않습니다. 등록금 인상 등 학교 경영에 입바른 소리를 잘하기 때문입니다. 그리고 중요한 것은, 경제민주화실천연대 안에 있는 경제민주화연구소 연구위원으로 있습니다. 그래서 우리 일을 자세히 알고 있는 것입니다. 상대하기 좀 거북하고 빡빡한 존재 같습니다." 그는 마른 입맛을 다시며 미간을 찌푸렸다.

"제까짓 게 빡빡해봤자 한주먹감이오. 수고했소."

윤성훈은 한주먹감이 되게 할 무슨 묘방이라도 있다는 것인지 이상한 기색을 풍기며 소파에서 일어났다. 김동석이 따라 일어서며 그런 윤성훈의 눈치를 빠르게 살폈다.

윤성훈은 박재우와 강기준, 그리고 홍보팀장을 불러들였다.

"빨리 전면 광고 준비하시오. 기업 이미지 광고로, 세계로 뻗어가는 글로벌 기업, 국민을 행복하게 하는 국민 기업, 하는 식으로 컨셉을 잡고. 서둘러요, 두 시간 안에 광고를 돌려야 하니까."

윤성훈은 돌격 명령을 내리는 지휘관처럼 숨 가쁘게 홍보팀장에게 말했다.

"옛, 알겠습니다."

홍보팀장이 탁구공 튕기듯 재빠르게 반응하며 사무실을 뛰쳐나갔다.

"저 광고 완성되는 대로 각 신문에 빠짐없이 두 번씩 배정해 주고, 그 대신 오늘 경제민주화실천연대에서 기자회견하는 기사 완전히 죽이도록 신속히 대처하시오. 단 Y신문만은 제외시키고!"

윤성훈이 박재우와 강기준에게 말했다.

"그 교수님도 나이 헛잡수셨지. 어찌 그리 순진무구하실까." 박재우가 상대방을 가소롭고 역겹게 여기는 느낌의 한숨을 길게 내쉬었고, "그런 사회적 저능아들이 가끔 있어요. 잔뜩 촌스럽게 정의다 진실이다 떠들어대면서. 인간은 본질적으로 자본주의적이라는 그 기본 생리도 파악이 안 된 위인이지요." 강기준이 코웃음을 쳤다.

"너무 간단하게 생각지 마시오. 전투 개시니까!" 윤성훈의 차가운 눈초리가 두 사람에게 칼날로 날아갔다.

그 시간에 현관 로비에서는 조용조용한 입씨름이 벌어지고 있었다.

"나 Y신문 편집국장이란 말이오."

"예, 이 명함을 의심하는 게 아닙니다."

"근데 왜 들어갈 수 없다는 거요."

"말씀드리지 않았습니까. Y신문 관계자는 그 누구든 통과시키지 말라는 특별 지시가 내려왔다니까요."

"글쎄, 그 이유가 뭐냐고 묻잖소."

"그 이유는 모릅니다. 저희들은 지시받은 대로 근무할 뿐입니다."

"됐소. 그럼 총본부장님과 통화나 한번 하게 해주시오."

"예, 그것도 곤란합니다."

"아니, 이거 해도 해도 너무하는 거 아니오. 도대체 신문사를 뭘로 보고 이러는 거요."

"죄송합니다. 지시를 제대로 수행하지 않으면 저희들 처지가 곤란해진다는 것을 이해해 주시기 바랍니다."

"하, 이거야 원. 참 기가 막혀서."

Y신문 편집국장은 어깨가 처져 내리는 긴 한숨 끝에 아랫입술을 깨물며 발길을 돌렸다.

두어 시간이 지나 홍보팀장은 Y신문의 광고국장 전화를 받고 있었다.

"글쎄, 만나봤자 소용없어요."

"다 아는 처지에 정말 이러기요? 만나서 차나 한잔하자 그거요."

"아 참, 답답하시네. Y신문의 그 누구도 만나지 말라는 명령이 떨어졌다니까요."

"그래도 그렇지, 그동안 그렇게 친해놓고 차 한잔도 못 하겠다니 이게 말이 되는 소리요?"

"글쎄 우리 총본부장님 몰라서 그래요? 날 이렇게 괴롭히지 말고 윗선에서 일 해결하게 해놓고 다시 연락해요."

"우리 편집국장님도 안 만난다고 문전박대, 실무자끼리도 못 만나게 명령 내려, 그럼 일광에선 우리 신문사하고 영영 담쌓겠다 그거요?"

"허 참, 그걸 나한테 따지면 어떡해요. 그쪽에서 일 저지른 거니까 그쪽 윗선에서 어떡하든 일이 풀리게 해야지요."

"한마디만 물읍시다. 그쪽 분위기는 얼마나 얼어붙은 거요?"

"말도 마요. 남극 북극 다요."

"이런 젠장, 우리 다 동사하게 생겼네."

"그러게 누가 그따위 글 실으랬어요. 장난도 아니고, 바보도 아니고, 어린애도 아니고. 내가 윗선이라도 열통 터지고, 숨 넘어가게 생겼지요."

"그러니까 우리 편집국장이 똥줄 타는 거지요. 좌우지간 이거 큰 탈 났네."

"어쨌거나 위에서 일이 풀릴 때까지 그저 국으로 기다립니다. 그 방법밖에 없어요."

"이렇게 얼어붙어서 어떻게 해결이 될 수 있을까요?"

"윗선에서 무슨 궁리를 하든 묘안을 찾아내겠지요. 그게 윗선들이 하는 일 아닌가요?"

"알았소, 기다립시다. 어쨌거나 나 많이 서운해요."

"예, 많이 서운하세요. 허허……."

다음 날 모든 신문의 맨 끝 장에는 일광그룹의 광고가 뒤덮여 있을 뿐이었고, 경제민주화실천연대의 기자회견 기사는 전혀 눈에 띄지 않았다. 거의 모든 신문이 기사 취급을 하지 않았고, 기사를 쓴 신문은 서너 곳에 지나지 않았다. 그런데 그들도 체면치레용으로 겨우 여권용 사진만 하게 써서 한쪽 구석으로 몰았기 때문에 눈을 크게 뜨고도 찾기 어려울 지경이었다.

모든 신문의 지면이 대폭 불어나면서 몇 년 전부터 생긴 것이 '지면 파괴' 현상이었다. 전에는 정치·경제·사회·문화의 순으로 무슨 불문율처럼 지면이 고정되어 있었고, 사설은 어떤 일이 있어도 그 자리를 비워줄 수 없다는 근엄함으로 사시장철 맨 윗자리를 차지하고 앉는 식이었다. 그런데 언제부턴가 사설과 칼럼들이 맨 뒤로 옮겨 앉더니, 1면에서도 혁명적 지면 파괴가 시작되었다. 한 마리 학이 날개를 활짝 펼치고 유유하게 나는 것처럼 그 날렵하고 우아한 자태의 김연아 양의 크나큰 사진이 1면을 다 덮다시피 한 것도 파격적 지면 파괴의 덕이었다. 모든 분야에 걸쳐서 사회적 관심이 큰 문제를 1면에서 클로즈업시키는 것은 아주 바람직한 문화 발전이 아닐 수 없다. 어차피 정치는 필요악의 금 간 옹기 꼴이 되었으니 1면을 차지할 자격을 진작 상실했으니까. 그렇다면 일광그룹 사건을 고발하는 경제민주화실천연대의 기자회견은 당연히 1면에서 대서특필되는 대접을 받아야 했을 것이다.

"죄송합니다. 찰떡 먹듯이 약속을 해놓고 이 사람들이 글쎄……."

박재우가 여권 사진 크기의 기사 서너 개에 붉은 동그라미가 쳐진 것을 힐끔거리며 고개를 못 들고 꿍얼꿍얼했다. 그 옆에서 기를 못 펴기는 강기준도 마찬가지였다.

"아니오, 이 정도면 백점 만점이오. 그 사람들도 신문으로서 지켜야 할 최소한의 체면도 있고, 책임도 있는 법이오. 그 정도를 이해 못 하면 문화 엘리트라 할 수 없잖겠소." 윤성훈은 그 뜻이 애매모호한 문화 엘리트라는 말까지 써가며 무척 너그러운 것처럼 말하고는, "싸움은 이것으로 다 끝난 것이 아니오. 언제 또 무슨 방법으로 기습을 가해올지 모르오. 그게 길거리에서 익힌 시민단체들의 생리고, 전술이오. 싸움은 이제부터 시작이니까 절대 방심하지 마시오." 그가 말한 '길거리에서 익힌'이란 저 80년대의 운동권 출신들이 시민단체를 많이 이끌고 있는 것을 가리키는 것이었다. 그는 사회 지형을 그 나름으로 정확하게 꿰뚫고 있었다.

"총본부장님, N일보 기자 왔습니다."

여비서가 들어와 알렸다.

"모셔."

윤성훈이 말했고, 박재우와 강기준이 엉거주춤 일어섰다.

"이따가 다시 얘기합시다."

윤성훈의 말에 두 사람은 재빨리 자리를 피해 사무실을 나
갔다.

"최 기자가 얼마 전에 말했던 미국 건 말이오, 지금도 도움
이 필요하오?"

윤성훈이 부드러운 표정만큼 살갑게 물었다.

"그럼요. 마누라가 태평양 건너에서 몸 달아 매일이다시피
전화 걸고 야단인 걸요."

젊은 기자는 꼭 도와달라는 말을 그렇게 요령껏 하며 눈이
어글어글 빛났다.

"됐소, 좋은 기회가 왔소." 윤성훈은 은단 몇 알을 입에다
털어 넣고는, "가는 차비까지 대주겠소" 하고 말했다.

"네에……?"

젊은 기자는 어리둥절해져 윤성훈을 멀뚱멀뚱 쳐다보았다.
그럴 수밖에 없는 것이 윤성훈의 말은 몇 단계를 비약했거나,
생략해 버린 결론이었던 것이다. 맹수가 사냥할 때 사냥감의

급소를 일격에 물어뜯듯 상대방이 원하는 바를 한 단계 더 선수 쳐 자기 목적을 쉽게 달성시키는 윤성훈 특유의 공략법이었다.

"뭐 놀랄 것 없소. 내가 모든 일 다 끝내놨으니까 최 기자는 인터뷰 기사 하나 멋들어지게 써놓고 미국 특파원으로 떠나라 그 말이오."

"아이고 감사합니다. 감사합니다." 젊은 기자는 벌떡 일어나 꾸벅꾸벅 절을 하고는, "무, 무슨 인터뷰인데요?" 기대하지 않은 항공료까지 얻어 태평양을 건너가게 되었다는 기쁨이 넘치는, 반들반들 빛나는 눈으로 그는 윤성훈을 바라보았다. 명령만 내리시라, 무슨 일인들 못 하리까, 하는 눈빛이었다.

"뭐, 간단한 거요. 최 기자가 가진 능력을 총동원해서 멋지고 세련되고, 그러면서도 위엄 있고 고상한 인물로 부각되도록 하면 되오. 최 기자 능력이면 충분히 할 수 있소." 윤성훈은 녹차를 한 모금 마시고는, "우리 회장님과 2~3일 내로 인터뷰를 하는 거요." 그는 서론을 결론에다 놓는 도치법의 효과를 구사하고 있었다.

"아 예, 방향과 주제는 어떤 것입니까?"

젊은 기자는 밝게 웃으며 이렇듯 기민하게 대화를 진전시키고 나왔다. 그 세련미 뒤에는 몇 단계 이야기가 생략되어 있었다. 두 사람은 인터뷰가 잡힌 과정을 굳이 묻지 않고 답하지 않아도 이심전심으로 통하는 것이었다. 이심전심의 비법이란 석가모니와 그 제자 사이에서만 오가는 깨달음의 기쁨이 아니었던 것이다. 경제부 기자인 최 기자는 윤성훈이 신문사에 행사할 수 있는 영향력을 환히 알고 미국 특파원으로 가게 해달라고 부탁을 했고, 윤성훈은 이번 일을 당해 회장의 기분을 살려내는 동시에 그룹의 이미지를 높이기 위해 대형 인터뷰 지면을 확보했고, 최 기자의 부탁을 들어주면서 그 일에 활용하면 그보다 더 효과 좋은 일이 없었고, 인터뷰 지면을 확보하면서 이미 최 기자가 미국 가는 문제를 함께 마무리 지은 것이었다.

"자아, 이게 인터뷰 시나리오니까 잘 살펴보고, 최 기자가 더 추가할 게 있으면 메모했다가 다시 의논합시다. 시간 없으니까 어서 가봐요."

사흘 뒤 N일보 두 면 전체에는 '글로벌 시대의 글로벌 CEO〈1〉'이란 소제목 아래 남 회장의 인터뷰가 드넓은 평야처럼 펼쳐져 있었다. 양쪽 면 가운데는 남 회장의 두 가지 모습이 손바닥보다 크게 나와 있었다. 왼쪽 것은 심각하고 무게 있는 얼굴로 말하고 있는 모습이었고, 오른쪽 것은 부드럽고 후덕하기 그지없는 표정으로 웃고 있는 모습이었다. 사진만이 아니라 인터뷰 내용도 사전에 윤성훈의 혜안을 거친 것이니 기자의 질문을 따라 굽이굽이 넘어가는 회장님의 말씀말씀이 그 얼마나 말캉말캉하고, 야들야들하고, 쌈빡쌈빡하고, 쫀득쫀득할 것인지는 두말할 것이 없었다. 또한 'CEO ⟨1⟩'이라고 한 것도 예사 솜씨가 아니었다. 시리즈 기획물을 만듦으로써 조작의 냄새를 지우고 객관성을 확보하는 동시에, 신문사는 여기저기서 실한 이끗을 챙기게 되어 있었다.

"허허, 사진 좋고 내용 좋고, 아주 근사하게 체면 세웠군. 자넨 역시야, 역시. 크크크크……."

회장은 절로 어깨춤이 출렁이고 웃음이 넘쳐 실눈이 되어 버릴 지경으로 흐드러진 만족을 표시했다.

윤성훈은 비로소 한풀 살아난 기분이었다. 몸이 축 늘어질 정도로 긴장이 풀렸다. 그는 점심을 먹는 둥 마는 둥 하고 돌아와 의자에 몸을 부렸다.

윤성훈은 비서가 흔들어 깨워서야 쪽잠에서 깨어났다.

"Y신문 편집국장님 전화입니다."

송수화기를 받쳐 든 비서가 말했다.

윤성훈은 느릿느릿 두 팔을 뻗어 올려 늘어지게 기지개를 켰다. 전화를 받을 낌새는 전혀 보이지 않았다. 비서가 보기에는 견디기 민망한 기지개 켜기일지 모르지만, 윤성훈은 지금 기지개를 켜고 있는 것이 아니었다. 상대방을 몸 달게 하고, 기를 완전히 빼놓게 하는 뜸 들이기였다. 홍보팀장을 통해 에둘러 침을 놓았더니 편집국장은 득달같이 전화를 걸어

온 것이었다.

"아아, 여보세요."

느릿하게 가라앉은 윤성훈의 목소리에서는 거만이 뚝뚝 떨어지고 있었다.

"아, 안녕하십니까 총본부장님! 저 Y신문 편집국장입니다."

턱없이 크게 울린 목소리는 상대방이 벌떡 일어서고 있는 모습을 떠올리게 했다.

"아 어쩐 일이시오?"

윤성훈의 뜨악한 목소리는 상대방을 여지없이 떠밀어내고 있었다.

"지난번 일은 정말 잘못되었습니다. 정말 죄송합니다. 진심으로 사과드립니다. 치졸하고 구구하게 변명하지 않겠습니다. 남자답게 사과드립니다. 정말 한 번만 용서하시고, 노여움을 풀어주십시오."

상대방은 말 한마디 한마디마다 허리를 굽실굽실하는 것처럼 그 목소리가 절박하고 애달아 있었다.

"노여움을 풀라니……, 어떻게 풀라는 거요?"

윤성훈의 목소리는 더욱 싸늘히 식고 가시 돋쳐 있었다.

"아 예, 오늘 N일보 잘 보았습니다. 그런 기회를 저희한테 주셨으면……."

두 번의 전면 광고에서 제외된 것이 Y신문에게 라이트 훅,

328

레프트 훅이었다면 오늘의 특집 인터뷰는 스트레이트 펀치였던 것이다.

"아니, 우리 망치기로 작정한 신문한테 그런 기회를 주면 아주 숨통 끊기려고요?"

윤성훈의 목소리는 잣바듬하게 엇나가고 있었다.

"아닙니다, 기회만 주셨으면 저희가 잘못을 만회하는 기회로 더 잘할 수 있었는데……"

"글쎄……, 그거 진심이오?"

"그럼요. 왜 헛소리를 하겠습니까."

"그렇다면 사과할 기회는 얼마든지 있소. 해외 투자한 현지 공장 순례라든가, 진심으로 찾아보면 할 거리는 널려 있는 것 아니겠소?"

윤성훈은 던졌던 투망을 느긋하게 끌어당기고 있었다.

"알겠습니다. 감사합니다. 기회를 주신 것으로 알고 기획 구체적으로 짜서 곧 찾아뵙도록 하겠습니다."

상대방의 목소리가 생기로 살아나고 있었다.

"예, 곧 회의라 전화 끊습니다."

윤성훈은 주가를 올리느라 더 말을 섞지 않고 먼저 전화를 끊어버렸다. 치밀하게 계산되어 있는 언행이었다.

며칠이 지나서 Y신문에는 '글로벌 기업 일광그룹의 세계 현장을 찾아서 〈1〉'이라는 소제목을 단 기사가 한 면 전체를 차지하고 있었다. 고딕체의 기사 설명에서는 글로벌 시대를 선도해 가는 글로벌 기업 일광그룹의 세계적 활약상을 특파원들의 현장 취재로 5회에 걸쳐 생생하게 전한다고 되어 있었다. 그리고 그 설명 아래에는, 기사 가운데 있는 현지 공장 사진 말고, 남 회장의 근엄한 표정의 사진이 따로 실려 있었다.

"허, 이것들이 이제 정신 차렸군. 잘했어, 아주 잘했어. 자넨 역시 하는 일이 시원시원해서 좋아."

회장이 다시금 만족감이 입꼬리로 지르르 흘러내리도록 윤성훈을 치하했다.

그런 일들이 벌어지면서 날들이 자꾸 흘러가고 있는데도 정작 경제민주화실천연대의 고발 건은 수사를 하는지 마는지 뜨뜻미지근하고 흐리멍덩하기만 했다. 사흘이면 남의 일은 다 잊어버린다는 그 말을 다시금 입증해 주듯이 한동안 끓는 물 넘치듯 시끌벅적 와자지껄해 대던 사람들의 입도 잠잠해지고 있었다. 속이 터지는 경제민주화실천연대에서만 어서 빨리 수사를 진행하라는 시위를 검찰청 앞에서 날마다 벌였다. 그러나 그건 법에 저촉되는 것을 피한 1인 시위였다. 그 침묵의 외로운 시위는 저마다 바쁘고 지친 도시인들의 눈길을 전혀 끌지 못했다.

잎잎이 낙엽 지면서 가을이 저물고, 찬바람에 실려 밤이 빨리 오면서 겨울이 깊어가고 있었다. 경제민주화실천연대도 추위에 밀려 1인 시위를 당분간 접을 수밖에 없었다. 세상의 물결은 또 그렇게 무표정하게 흘러가고 있었다.

그런데 어느 날 K대학 허민 교수는 날벼락을 맞았다.

"교수님, 교수님, 크, 큰일 났습니다. 교수님이 재임용에서 탈락되었답니다."

숨 가쁜 듯 더듬거리는 조교의 말은 갈데없는 날벼락이었다. 재임용 탈락!

"뭐라구? 그, 그게, 무, 무슨 소리야!"

허민은 갑자기 혀가 굳어지고 말리는 것 같아 그 간단한 말을 제대로 할 수가 없었다.

"심의위원회에서 오늘 그렇게 결정했다고 합니다. 교무과의 말입니다." 조교가 울듯이 말했고, "사유, 사유가 뭐라는 거야?" 조교의 말을 떠밀듯이 허민이 말했고, "내용, 내용 부실이랍니다." 조교의 말에는 분명 눈물이 묻어 있었다.

허민은 학교로 쫓아갔다. 그러나 긴 겨울방학 중인 학교에서 조교가 말한 그 이상의 내용은 확인할 수가 없었다. 젊은 교무과 직원의 대답은 '잘 모릅니다'의 되풀이일 뿐이었다.

캠퍼스에 가득한 추위를 헤치며 허민은 허청허청 걸었다. 재임용 탈락, 교수직 박탈이었고, 학교에서 쫓겨나는 것이었고, 수입 없는 실업자 신세가 되는 것이었다. 내용 부실이라니, 도저히 용납할 수 없는 일이었다. 언제나 당당하게 자신

있게 써온 논문이었다. 그건 아전인수나 자화자찬이 아니고 줄곧 학회가 인정해 준 바였다. 내용 부실, 그 이유야말로 코에 걸면 코걸이, 귀에 걸면 귀걸이였다. 아무리 잘된 논문도 그렇게 시비를 걸고 늘어지며 헐뜯고 비틀어대면 내용 부실한 논문이 될 수밖에 없었다. 그게 이론의 다양성의 덫이고, 현학성의 허방이었다. 내용 부실이라는 그 모호하고 포괄적인 평가 이유는 학교 측에서 아주 편리하게 써먹기 좋은 인사 무기였다. 자기네 학교 운영에 짐스럽거나 마땅찮은 교수가 있으면 이따금 그 무기를 써먹어 말썽이 되고는 했다. 공부 안 하는 교수, 논문 짜깁기하는 교수가 더러 없는 것도 아니었다. 그런 무능하고 빤빤한 교수들은 당연히 가려내야 하는 것이지만, 자신이 왜 내용 부실이란 심판을 받아야 하는지 아무리 이모저모로 골똘히 생각해 보아도 짚이는 것이라고는 없었다.

혼자 대처 방안을 찾아보려고 발싸심을 했지만 뾰족한 수가 떠오르지 않았다. 그 원인을 모르니 해결책이 찾아질 리 없었다. 애를 태우다가 허민은 경제민주화실천연대의 고문 변호사 전인욱을 생각해 냈다. 그는 그런 문제를 임의롭게 의논할 수 있는 가장 가직이 있는 법조인이면서, 의식이 같은 삶의 길벗이었다.

"그거……, 음모의 냄새가 아주 짙은데요."

허민의 말을 듣고 밥 뜸 들이듯 한참이나 생각하고 나서 전인욱이 한 말은 이랬다. 그의 신중함은, 글을 깨치고 있는 아이에게 엄마가 책을 한 글자, 한 글자 또박또박 읽어주는 것처럼 그렇게 말했다.

"음모……라니?"

허민은 뜨악하게 반문하며 고개를 갸우뚱했다.

"예, 허 교수 얘기 듣고 직감적으로 떠오른 것이 그 칼럼이었어요. 그러나 직감이란 적중률이 높기도 하지만 그만큼 빗나갈 확률도 크기 때문에 몇 번이고 거듭 생각을 해봤어요. 그래도 역시 그 문제는 음모라는 심증이 커요."

전인욱은 법정에서 변론하는 느낌이 들게 말했다.

"그렇다면…… 기업 쪽에서는 어떻게 하려고도 했겠지만……" 허민은 또 고개를 갸웃하고는, "설마 학교에서 그런 음모에……" 그늘 짙은 한숨이 길었다.

"학교를 그렇게까지 나쁘게 보고 싶어 하지 않는 허 교수의 심정 잘 알아요. 그렇지만 허 교수가 칼럼에서 명확히 지적하고 있듯이 이 나라의 모든 권력기관들이 돈 앞에서 다 허물어지고 말았어요. 학교라고 별수 있나요. 학교도 사람이 경영하는 거고, 돈 앞에서 허약하게 흔들리는 사람의 마음이야 다 똑같은 거지요."

"하긴 그렇지요. 저 자유당 때부터 끝없이 되풀이되어 온

교육계의 여러 가지 비리들은 다른 분야의 비리에 뒤지지 않으니까요. 만약 그 음모가 사실이라면 어떻게 해야죠?"

허민의 눈빛이 달라졌다.

"글쎄요, 지금으로선 심증만 있지 물증이 없어요. 그리고 무슨 음모를 꾸몄다 해도 그 마각이 쉽게 드러나게 할 리도 없구요. 이런 경우에는……" 전인욱은 가운뎃손가락으로 미간을 누르며 눈을 감고 잠깐 생각하더니, "두어 가지 방법이 있어요. 첫째, 동료 교수들의 연명으로 객관적인 재심을 청구하는 겁니다. 둘째는 학회에서 재심을 실시하도록 하는 겁니다. 그런 일과 동시에 재임용 탈락 중지 가처분 신청의 소송을 내는 겁니다. 그러는 사이에 양쪽에서 꾸민 음모의 실마리라도 드러나게 되면 더없이 좋은 거구요." 그는 충실한 안내자 역할을 했다.

"소송이라……."

눈길이 아래로 깔리는 허민의 얼굴에 그늘이 졌다.

"소송 그거 어렵게 생각할 것 없어요. 내가 맡아드릴게요. 물론 무료 변론으로." 전인욱이 웃음 지으며 말했고, "아, 그래주시겠어요!" 허민의 감격스러운 목소리와 함께 얼굴에서도 환한 웃음꽃이 피어나고 있었다.

"그게 아주 지루한 싸움이 될 수가 있어요. 그들이 야합했을 경우는 더욱더. 그런 경우에는 일광 쪽에서 적극 지원을 할 테니까요. 그래도 우리가 싸운다는 것 자체에 큰 의미가 있어요. 우리가 싸우는 것은 경제민주화실천연대 활동의 연장인 셈이고, 시민 대중들의 각성을 촉구하는 계기가 될 수 있으니까요. 어쨌거나, 그동안 말은 안 하고 있었는데 허 교수 칼럼 읽고 속이 시원하고 후련하다 못해 화끈화끈했었어요. 그러면서도 한편으로는 아슬아슬하기도 했었는데 결국……."

전인욱은 쓰디쓴 입맛을 다셨다.

"글쎄요……, 내가 요새 계속 바쁜 일이 있어서……, 무슨 일인지 우선 좀 전화로 말씀하시지요. 아하, 아하, 그렇군요……, 그럼 예, 예……, 그러니까……, 그거 남들이 다 하면 나도 하도록 하지요."

남들이 다 하면……, 송 교수의 말이었다.

"예에……, 내가 외국 세미나 참석 준비로 너무 바빠서……, 지금 말씀해 보세요. 아, 그거, 그게……, 예, 좋은 일인데요……, 남들이 하면 나도 하지요."

한 교수의 말이었다.

"새 책 원고 때문에 너무 바빠서……, 다 아는 처지에 지금 말씀하세요. 아, 예에……, 그게……, 아하, 알겠어요, 남들이 하면 물론 나도 하지요."

조 교수의 말이었다.

"아, 내가 내일 외국에 나갑니다. 무슨 말씀인지 지금 하시죠. 아, 예예, 그거 좋은 생각이군요. 당연히 해야지요. 남들이 다 하면 하고말고요."

김 교수의 말이었다.

나머지 세 교수의 말도 약속이나 한 것처럼 닮아 있었다. 일곱 명의 동료 교수들의 반응은 두 가지 공통점을 가지고 있었다. 무슨 이유를 끌어다 대서든 만나려고 하지 않았고, 남들을 앞세우며 연명을 거부했다.

"예, 잘 알았습니다. 곧 이사장님께 보고드리고, 바로 결과 알려드리지요."

학회 사무국장이 친절하게 말했다.

닷새가 지나고, 일주일이 지나도 학회에서는 아무 연락이 없었다. 허민은 전혀 연락해 보고 싶지 않았지만 전 변호사에게 말을 해야 했기 때문에 전화를 걸지 않을 수 없었다.

"그게 학교 내부 문제이기 때문에 학회에서 개입하기가 곤란한 문제라는 이사장님 말씀이십니다."

사람 냄새가 사라진 무슨 기계음 같은 사무국장의 대꾸였다.

"예, 다 그럴 줄 알았어요. 그런 게 세상인심 아니던가요. 다만 후회나 아쉬움 같은 걸 남기는 일이 없게 하려고 일단 시도해 보시라고 한 것이었죠. 그럼 이제부터 소송을 제기하십시다."

전인욱은 따스하게 웃으며 허민의 손을 잡았다.

"……."

침묵 속에서 허민은 전인욱의 손을 맞잡았다. 그런데 허민의 손은 바르르 떨리면서 전인욱의 손을 점점 세게 압박해 왔다. 그건 허민의 외로움과 고마움을 절절히 표현하고 있는 가슴의 말이었다.

"당장 생활이 어려워질 것 아닌가요?"

전인욱의 말이 무겁고 어두웠다.

"예, 급히 대비책을 세우고 있어요. 선배가 경영하는 학원에 자리를 알아보고 있고, 번역 같은 것도 하고 해야죠. 좀 고달플지는 몰라도 밥이야 굶겠어요."

허민의 웃음은 겨울바람이었다.

"저어, 번역은 어떤 종류의 책인가요? 집사람이 서너 군데 출판사의 일을 하고 있어서 일거리를 소개할 수 있을 것 같습니다."

"아 예, 영어와 독일어가 되니까 문학책 빼놓고는 아무거나 다 할 수 있습니다. 특히 근자에 유행하고 있는 자기 계발서나 인물 평전 같은 것은 번역하기가 쉽지요. 날로 좋아지고 있는 컴퓨터라는 놈도 일을 훨씬 빨리하게 해주고요."

허민이 기분이 좀 회복된 기색으로 말했다.

"예, 집사람 말로는 옛날에 손으로 원고지에 쓸 때보다는 열 배 이상 빨라졌다고 하더군요. 옛날이라고 말하지만 겨우 20여 년 전 일인데, 과학 발달이 참 새삼스럽게 무서워요."

"예, 번역하기 쉬운 책일수록 일의 효과는 이십 배, 삼십 배 커지지요. 번역이 쉬울수록 찍는 속도는 빨라지니까요. 경험 하셨겠지만 컴퓨터를 찍다 보면 머리의 생각보다 손이 먼저 움직인다는 느낌이 많지 않습니까. 일거리만 많다면 컴퓨터 덕에 번역 원고료가 교수 월급보다 많을 수도 있습니다."

부질없는 바람이라는 듯 허민이 허전하게 웃었다.

"예, 집사람보고 번역거리 적극적으로 찾아보라고 하지요."

"예, 고맙습니다."

때꾼한 허민의 눈에 물기가 번지는 듯싶었다.

바람결에 실려 오는 봄기운과 함께 개학이 되었다. K대학 캠퍼스에는 하루가 다르게 허민 교수의 소문이 거친 물결로 퍼져 나가고 있었다.

허 교수님보다 못한 자들이 허 교수님 논문을 심사했다며? 그야 말하면 잔소리지. 허 교수님이야 우리 학교에서 젤인데, 외부 교수들이라고 해봤자 당할 도리가 있겠어. 그게 아니야, 학교 쪽에서 즈네 입맛에 맞는 것들만 골라 왔으니까 보나 마나 뻔할 뻔자지. 근데 그 일이 일광그룹하고 학교 측이 짬짜미로 놀아났다는 소문이 사실인 거야? 글쎄, 사실이 아니면 그런 소문이 났겠어? 맞어, '……카더라 방송'의 적중률은 100퍼센트잖아. 누가 그 소문 좀 자세히 얘기해 봐. 그거다 뻔한 거잖아. 일광그룹이 거액을 걸고 배팅했고, 학교 측이 똥창 맞춰서 허 교수님 싹 잘라버린 거! 글쎄 그 거액이 도대체 얼마냐 그거야. 그거 알 사람이 누가 있어. 음모자들만 아는 영원한 비밀이겠지. 야, 돈이 아무리 좋고, 세상이 아무리 개판이라지만 학교에서 이런 일이 벌어질 수 있는 거냐. 맞어, 우리가 이대로 있어서는 안 되는 거잖아. 그래, 일을 바로잡도록 대대적인 시위를 벌여야 한다구. 여보시게, 때는 이미 늦었네. 그 일을 합리화시키기 위해서 허 교수님보다 더 학벌 좋은 하버드 출신을 벌써 채용해 버렸다는 소식 몰라? 빌어먹을, 우리가 멍하니 놀고 있는 방학 동안에 일을 싹 해치웠군. 그래도 그건 말이 안 돼. 엄연한 불법이고, 반칙이라구. 야, 순진한 소리 좀 작작해라. 올림픽이고 월드컵에서 오심인 것이 분명히 밝혀졌는데도 스코어가 변경되는 것 봤어? 이거 다끝난 게임이라구. 안 돼, 학교 명예가 있고, 우리 자존심이 있지. 기업이 금력으로 학교와 결탁해 실력 있는 교수를 몰아내다니, 이게 말이나 되는 소리야! 그걸 반드시 밝혀내야 해. 야, 열 내지 마. 그건 소문일 뿐이야. 만일 사실이라 하더라도 양쪽 당사자들이 입 싹 씻고 부인해 버리면 그만인 거야. 이 세상에 그런 사건이 어디 한둘이더냐. 누구나 그랬으리라고 뻔히 다 알면서도 그냥 흐지부지 덮어버리는 그런 사건을 뭐라는지 알지? 심증은 있으나 물증은 없다! 아이구 참, 허 교수님이 얼마나 억울하고 분하고 원통할까. 허 교수님이 바른 말 잘하고 그랬으니까 학교 측에선 이 기회다 하고 신바람이 났겠지. 근데 그 말썽이 된 허 교수님 글은 도대체 어떤 글이야? 응, 그거 아직 못 읽었구나, 아주 명문이야. 어떤 명문인데? 그걸 어떻게 말로 해. 하여튼 가슴 찡 울리고, 정신 번쩍 들게 하는 명문이야. 정치민주화처럼 경제민주화를 이루려면 우리 소비자들의 특권인 불매운동을 일으켜 경제혁명을 이룩해야 한다는 내용이지. 그거 읽어봐야 되겠는데, 어떻게 구하지? 그거 구하기 틀렸어. 누가 Y신문 인터넷을 검색했는데 지워지고 없고, 그래서 신문사를 찾아갔는데도 팔 게 없다고 하더래. 그건 뻔한 거짓말이다. 신문사에 보관용 여분이 없다는 게 말이 되냐? 몇 년이 지난 것도 아닌데. 그거 간단하잖아, 허 교수님한테 직접 연락하면 되지. 미안하지만 머리가 너무 빨리 도셨네. 그러잖아도 누가 연락했더니 전화번호가 바뀌었더래. 어떡하지, 우리 학교 도서관에서도 신문은 한 달씩만 보관하고는 없애버리던데. 아하, 한 가지 틀림없는 방법이 생각났다. 국립도서관! 거긴 대한민국의 모든 인쇄물이 다 있는 데잖아. 맞어, 거기 가서 구하자.

며칠이 지나 복사된 허민의 칼럼 수백 장이 캠퍼스에 뿌려졌다.

10

덫 그리고 덫

    멀찍한 야산이 줄기줄기 이어지며 호수를 에워쌌고, 그 산들의 모습이 오롯이 담긴 잔잔한 호숫가를 따라 벚꽃들이 기쁨의 노래를 합창하듯 만개해 있었다. 그 경치 위로 실안개 퍼지듯 저녁 어스름이 내리고 있었다. 산들거리는 봄바람과 어우러진 그 풍광은 그지없이 환상적이었다.

    "자아, 편한 마음으로 술 들면서 얘기합시다." 강기준이 맥주잔을 들었고, "경치도 최고고 얘기 잘 풀리지 않겠소." 그는 맞은편 남자를 향해 잔을 내밀었다.

    "……"

    맞은편 남자는 마지못한 듯 맥주잔을 무거운 느낌으로 들어 올렸다.

"자, 시원하게 쭉 듭시다."

신태하도 그 남자 앞으로 잔을 내밀며 말했다.

세 사람의 맥주잔이 부딪쳤다. 포도주 잔이 부딪치는 소리
보다는 경쾌하지 못했지만 유리잔 부딪치는 소리는 역시 맑
고 밝았다. 그러나 강기준과 신태하에 비해 그 남자의 얼굴은
어둡고 무거웠다. 그 남자의 얼굴은 표정만 두 사람과 다른 것
이 아니었다. 살의 질감이며 피부색이며가 표 나게 달랐다. 두
툼하게 살이 오른 강기준과 신태하의 얼굴은 발그스름한 혈
색으로 윤기가 자르르 도는 데 비해 그 남자의 얼굴은 광대
뼈가 불거질 정도로 말랐고 핏기 없이 거무스름한 피부는 꺼
칠해 보였다. 그 대비되는 얼굴들은 서로 신분이 다르다는 것
을 단적으로 드러내고 있었다. 그러나 신분의 차이를 드러내
는 것은 얼굴만이 아니었다. 그들의 입성은 그 차이를 더 잘
보여주고 있었다. 두 사람은 말끔한 양복 차림이었고, 그 남
자는 후줄근한 점퍼 차림이었다.

"김상호 씨. 우리가 왜 김상호 씨를 만나자고 하는 줄 아시
오?" 강기준은 그 남자에게 어서 잔을 비우라고 눈짓하며 맥
주병을 들고는, "그건 다름이 아니라 김상호 씨 팔자를 고쳐
주기 위해서요." 그는 목소리에 힘을 주며 상대방을 똑바로
쳐다보았다.

"팔자……?"

그 남자가 멈칫했다. 그 꺼칠한 얼굴과 지친 눈빛이 어리둥 절해졌다.

"그렇소. 힘든 공원 생활 집어치우고 평생 편안히 살 수 있 게 해줄 작정이오."

"무슨 말씀이신지……?"

그 남자는 의심스러운 눈초리로 강기준을 빤히 쳐다보았다.

"뭐, 갑작스러운 말이라 좀 어리둥절하겠지만, 우리 말 똑 똑히 들으시오. 김상호 씨가 이 일만 하면 틀림없이 김상호 씨 팔자를 고쳐주겠소. 자아, 편하게 술부터 마셔요." 강기준 은 그 남자의 잔에 술을 넘치도록 따라 다시 잔을 부딪치는 여유를 부리고는, "김상호 씨가 병든 노모에 자식들 데리고 아무리 열심히 일해 봤자 평생 임대아파트 신세 못 면해요. 그리고 김상호 씨는 지금 노조 간부 하고 있는 게 무슨 큰 감 투라고 생각할지 모르겠는데, 그건 참 철없는 착각이오. 우리 가 맘만 먹으면 김상호 씨는 하루아침에 모가지고, 그럼 그 감투도 휴지쪽이나 마찬가지요. 그러니 우리가 말하는 한 가 지 일만 하고, 공원 생활 깨끗이 청산하고 평생 편히 살 수 있 도록 팔자 고치라 그거요." 그는 살가움이 느껴질 정도로 부 드러운 목소리로 조단조단 말했다.

"도대체 그게 무슨 일인지……." 그 남자가 앉음새를 고치고는, "우리 어머니가 아픈 것을 어떻게……?" 그는 궁금증 서린 눈을 끔뻑거렸다.

신태하는 입술 씰그러지는 웃음을 씨익 웃고는, "우린 당신만이 아니라 우리 그룹 전 사원에 대해 모르는 게 없소. 당신에 대해선 그것만이 아니라 며칠 전에 안마시술소에서 성매매를 한 것을 알고 있고, 그전에는 노래방 도우미와 여관에서 성매매를 한 것도 알고 있고, 당신, 성매매가 쇠고랑 차야 하는 죄인 것은 알고 계시겠지?" 그는 검사 출신답게 죄인을 다룰 때의 그 싸늘한 냉기를 내뿜고 있었다.

"아, 아니 그걸 어떻게……."

당황한 그 남자는 말을 더듬었다. 심하게 흔들리고 있는 눈동자는 그가 얼마나 큰 공포에 떨고 있는지를 잘 보여주고 있었다.

"당신, 내가 누군지 모르겠지." 신태하는 다시 입술만 웃는 냉소를 뿌리고는, "나 법복 입었던 사람이야. 그러니까 당신에 대한 모든 걸 다 알고 있다 그거야. 지금 무슨 생각을 하고 있는가 하는 것까지도." 그는 칼날 같은 눈초리로 상대방을 노려보며 천천히 술잔을 비우고는, "당신, 평생 팔자 고칠 일이 무엇인지 알고 싶어 하는데, 물론 지금 말해 주지. 그러나 그보다 먼저 당신이 똑똑히 기억해 둬야 할 일이 한 가지 있어. 그게 뭐냐, 우리 입에서 그 말이 나가면 반드시 그 일을 해야

344

하고, 오늘 일은 영원히, 죽을 때까지 영원히 비밀을 지켜야 한다는 사실이야. 한 가지 물을까? 당신이 오늘 여기 온 걸 아는 사람이 누가 있지? 없어, 아무도 없어. 당신은 당신 친구를 만났어. 그리고 헤어졌어. 그리고 다시 다른 친구를 만났어. 그렇게 사람이 네 번 바뀌고 다섯 번째에 우릴 만난 거야. 그 각기 다른 네 사람은 다 당신이 아는 사람들이지만, 그 만난 시간과 장소가 다 따로따로라 서로 연결이 안 돼. 이게 무슨 말인고 하면, 당신이 이 경치 좋은 호숫가에 죽어 있어도 당신이 누구와 여기 왔는지 아는 사람이 이 세상에는 아무도 없다 그거야. 더군다나 호수 가운데 깊이 가라앉아버리면 저 기막힌 경치가 다 당신 차지가 되는 최고 명당이 될 거고." 그는 검사들의 범인 취조용 반말투를 쓰고 있었다. 그 가공적인 싸늘한 말투는 살벌한 말의 내용과 함께 상대방의 심장을 향해 날아가고 있었다.

"……."

그 남자는 겁에 질려 떨고 있었다. 어깨가 와들와들 떨리고 있었고, 두 손이 푸들푸들 떨리고 있었고, 입술이 바들바들 떨리고 있었다.

"우린 쉬운 일을, 아주 쉬운 일을 당신한테 딱 한 가지만 시킬 거야. 그렇지, 사람 죽이는 일에 비하면 그 일은 개미새끼 한 마리 죽이는 것보다도 더 쉬운 일이지. 그 일만 하면 큰 것

두 장으로 단숨에 팔자 고치게 해줄 거야. 그것도 그냥 주는 게 아니라, 한 장은 현찰로 줄 테니까 집 장만하는 데 쓰고, 다른 한 장으로는 아주 목 좋은 데 편의점을 따내 차려줄 거야. 어때, 수입 좋은 편의점 사장님. 월수 천만 원대의 사장님이 되시면 팔자 단단히 고치는 게 되겠지?"

신태하는 차갑게 웃으며 그 남자의 눈 속을 파헤치듯 쏘아보았다.

"……."

그 남자는 아무 대꾸도 하지 못하고 여전히 전신을 떨고 있었다.

"그만 떨고 똑똑히 들어봐. 간단해, 아주 간단해. 다음 재판에 증인으로 나가서 변호사가 묻는 대로 서너 가지만 예, 예, 하고 대답만 하면 돼. 다른 말 하나도 할 필요 없이 예, 예, 대답만 하는 거라구. 어떻게, 할 수 있지!"

신태하의 말꼬리가 강한 탄력으로 곤두섰다.

"옛! 할 수 있습니다."

그 남자는 잔뜩 주눅 든 신병의 외침처럼 대답했다.

"잘됐소, 기분 좋게 대답해서. 자아, 우리 기분 좋게 한잔 쭉 합시다."

강기준이 분위기를 맞추며 술잔을 들었다.

"저어……, 저어……, 틀림없이 대, 대답만 하면 되는 거지요?"

그 남자가 여전히 떨면서 더듬거렸다. 두 손으로 받쳐 잡은 술잔도 떨리고 있었다.

"그렇다니까. 다른 말 하면 안 되고, 묻는 대로 예, 예, 만 해."

신태하가 짜증 돋는 소리로 내쏘았다.

"그, 그게……, 큰 것이면 이, 일……."

그 남자는 떨리고, 말을 더듬는 경황 중에서도 돈 액수를 확인하고자 하고 있었다.

"맞소, 일억이 둘이오."

강기준이 안심시키듯이 손가락 두 개를 V자로 세워 보였다. 그의 모습은, 몇 년 전부터 애들이고 어른이고 할 것 없이 사진기 앞에만 서면 달랑 손가락 두 개를 세우는 그 천한 유행의 포즈가 되었다.

"그, 그걸……, 언제……?"

이미 돈에 홀린 남자의 관심은 집요했다.

"왜, 날 못 믿겠다 그거요? 좋소, 확실하게 믿게 해드리지. 증인 서기 전날 한 장 주고, 증인 끝낸 그날로 나머지 한 장을 주겠소. 됐소?" 강기준이 말했고, "예에……, 잘 알았습니다." 그 남자는 고개를 꾸벅하고는 부랴부랴 술잔을 입으로 가져갔다.

전인욱은 경제민주화실천연대 옆의 커피숍으로 갔다. 허민이 저쪽 구석 자리에 앉아 있었다. 그는 어깨를 늘어뜨린 채허공을 멍하니 올려다보고 있는 모습을 하고 있었다. 전인욱은 주춤하며 그 모습에 혀를 찼다. 그 허탈하고 근심 어린 모습은 날이 갈수록 심해지고 있었던 것이다. 자신이 검찰을 떠난 다음 한동안 그랬던 것처럼 허민도 그 고통의 터널을 통과하고 있는 중이었다. 누구든 자기의 인생은 자기가 질 수밖에 없다. 그 무게를 결정짓는 것도 오로지 자기 자신이다. 요령껏 가볍게 질 수도 있고, 우직하게 무겁게 질 수도 있다. 그선택 또한 오로지 자기 자신이 하는 것이다. 아무리 무거운 인생의 무게도 못 견딜 무게는 없다. 그것이 스스로 선택해서오는 무게라면 더욱 그렇다. 다만 그 무게에 익숙해지고, 이겨내는 과정에서 닥치는 고통과 괴로움이 외로울 뿐이다. 그 외로움은 혼자 견디어내는 수밖에 없다. 그 쓰라린 인내는 육체와 영혼을 동시에 키우는 자양분이 된다. 허민 교수여, 너무외로워하지 마시라. 고달프지 않은 인생이 없듯이, 외롭지 않은 인생도 없다. 고통은 나누면 절반으로 줄고, 기쁨은 나누면 두 배로 커진다고 했다. 나는 당신의 옆에서 그런 역할을하는 벗이고 싶다.

"오래 기다리셨소?"

전인욱은 허민의 손을 다정하게 지그시 눌러 잡으며 따스하게 웃음 지었다.

"아니, 얼마 안 돼요."

허민도 전인욱의 마음에 답해 그 손을 마주 잡으며 밝은 웃음을 지었다. 언제나 자신이 마음을 표현한 만큼 응답해 주는 허민에게 전인욱은 고마움을 느끼고 있었다. 그 노력이 곧 지금 겪고 있는 고통과 외로움에서 머잖아 벗어나게 되리라는 증거였기 때문이다.

"그 재판 때문에 실망하고, 속상하고 그렇지요?"

허민이 전인욱을 위로하듯 말했다.

"아, 그 소식 들으셨군요. 그것 참, 너무 엉뚱해서 당황하고 놀랐는데, 어쨌거나 '인간이란 무엇인가' 하는 거창한 명제에 대해 다시 한 번 야무지게 공부한 셈이었지요."

전인욱은 씁쓰름하게 웃었다.

"돈 앞에서 인간이란 허약하기 짝이 없는 군상이지요. 고깃덩어리를 본 굶주린 하이에나 떼라고 해야 할 겁니다. 돈에 팔려 동료들을 배신하며 거짓 증언을 한 사람도 나쁘지만, 더 나쁜 건 거금을 미끼로 가난한 사람을 유혹해 그런 짓을 시킨 자들이지요."

허민은 짙은 한숨을 내쉬었다. 그가 이 일에 관심을 갖는 건 너무 자연스러웠다. 바로 그의 사건이 벌어진 일광그룹의 일이었고, 그들은 큰돈으로 사람을 현혹시키는 똑같은 방법을 사용하고 있었던 것이다.

"예, 그 사람들은 어디든지 막힘없이 돌진하고, 어떻게 해서든 자기네 목적을 달성하는 무서운 사람들이에요. 그 증인은 애초에 우리 증인이었어요. 노조 간부였기 때문에 추호도 의심 없이 믿었던 거구요. 그게 바로 우리의 허점이었어요. 그 자들은 거금을 앞세워 그 사람을 공략하고 나선 거지요. 우리 쪽 증인을 표적으로 삼고 덤비다니, 그런 무모하리만큼 과감한 용기가 어디서 나오는지 모르겠어요."

"그게 바로 돈의 힘이죠. 돈을 앞세워 실패한 적이 없으니까 그들은 돈의 힘을 절대 신봉하면서 거칠 게 없는 거지요. 대학이 돈 힘에 넘어가는 판인데, 가난한 개인이야 더 말할 것 없는 거지요. 그 사람한테도 거액을 줬겠죠?"

"예, 그걸 밝혀내려고 했는데, 안 됐습니다. 1억이라는 말도 있고, 2억이라는 말도 있고……."

"그랬겠지요. 1억이라고 하더라도 가난한 노동자에게는 얼마나 끔찍하게 많은 돈입니까. 동료고, 사실이고 뭐고 다 외면하고 유혹에 넘어갈 수밖에 없지요."

"예, 그래서 그 사람을 찾아내지 않기로 한 겁니다. 사실을 사실대로 밝히지도 못하면서, 그 사람을 괴롭히게 될 것이기 때문에."

"잘하셨어요. 생각해 보면 말이지요, 생활이 안정된 지식인들 중에서 비밀이 완전 보장된 1~2억의 유혹을 깨끗이 뿌리칠 수 있는 사람이 몇이나 되겠어요. 천 명 중에 한 명? 만 명 중에 한 명? 그것도 자신할 수가 없군요."

"그렇지요. 그 증거가 바로 태봉과 일광그룹이 몇 천억씩 가지고 모든 국가 권력을 손아귀에 잡고 좌지우지하게 된 것 아닙니까."

"근데 그 사건은 앞으로 어떻게 할 겁니까?"

"당연히 고등법원, 대법원까지 계속 가야지요. 끝까지 싸우는 데 의미가 있고, 여기서 주저앉으면 터무니없는 손해배상을 뒤집어쓰게 되니까요. 그리고 회사 쪽에서는 이번 승소로 노조와 다른 모든 근로자들의 기를 꺾어 자기네의 목적을 충분히 달성했으니까 오래 끌면 결국 흐지부지 그만두게 되어 있으니까요."

"전 변호사님 수고가 끝이 없겠군요." 허민은 커피를 한 모금 마시고는, "혹시 잘 아시는 정신신경과 의사 있으신가요?" 하며 근심 깊은 한숨을 내쉬었다.

"누가 문제 있습니까?"

허민을 따라 전인욱의 목소리도 낮아졌다.

"아내가……, 우울증이 날로 심해져 가고 있어서요. 아무리 위로를 하고 안심을 시키고 해도 소용이 없습니다. 아내는 교수직을 대단히 높게 생각했는데, 그런 만큼 충격이 컸겠지요. 그걸 이겨내지 못하고 상태가 점점 심해지고 있으니 이젠 의사를 찾을 수밖에 없는 형편입니다."

허민의 목소리가 떨리고 눈시울이 붉게 젖고 있었다.

"예, 믿을 만한 고등학교 선배 한 분이 있습니다. 바로 내일 이라도 모시고 가시지요."

전인욱은 아까 본 허민의 모습을 떠올렸다. 어깨를 늘어뜨 린 채 허공을 멍하니 올려다보고 있었던 그 허탈하고 근심 어린 모습은 허민 혼자만의 삶의 무게가 아니었던 것이다. 날 이 갈수록 심하게 우울증의 늪으로 빠져 들어가고 있는 아내 의 무게마저 얹혀 있었던 것이다. 남편이 느닷없이 교수직에 서 떨려난 그 충격이 얼마나 컸으랴……. 전인욱은 야무지고 씩씩하게 현실의 파도를 헤쳐 나가고 있는 자신의 아내에게 새삼스럽게 고마움을 느꼈다.

"소개장을 좀 써주시든지, 전화를 좀 걸어주시든지 하면 고 맙겠습니다."

그동안 얼굴이 많이 상하고 눈까지 때꾼한 허민이 조심스 럽게 말했다.

"아닙니다. 제가 직접 모시고 가지요."

"바쁘신데……."

"아니, 전혀 신경 쓰지 마세요. 그보다 더 중한 일이 어디 있겠습니까." 전인욱은 안쓰러워하는 눈길로 허민을 건너다

보며, "병원 치료도 적극적으로 받게 하시고, 병행해서 제 집사람도 좀 자주 만나시게 하는 게 좋겠습니다. 같은 경험을 한 집사람과 말벗이 되어 여러 가지 얘기를 나누다 보면 위안도 받게 되고, 심적 안정도 얻게 되고, 생활의 활력도 찾게 되고, 치료 효과가 더욱 커질 수도 있으니까요." 그는 아내들끼리도 삶의 길벗으로 묶어주고 싶은 마음으로 말했다.

"아 예, 그렇게 해주시면 정말 고맙지요. 같은 일을 당한 분과 감정 소통을 하게 되면 그게 의사 치료보다 더 효과가 클 수도 있습니다."

반색하는 허민의 얼굴에 문득 밝은 기운이 피어났다.

"내일 당장 모시고 가도록 하지요. 제 집사람도 함께 가요. 여자 동행이 있으면 부인께서 스스로 환자라는 생각을 덜 하고, 심적인 안정을 취하는 데도 도움이 될 테니까요. 어차피 서로 소개하는 것도 빠를수록 좋구요."

전인욱은 지난날 사건 수사를 몰아칠 때처럼 신속을 기했다.

"그렇게까지……, 정말 고맙습니다."

허민은 목이 메며 고개를 떨구었다.

며칠이 지나 전인욱은 무거운 제의를 받았다. 경제민주화실천연대의 공동대표를 맡아달라는 것이었다. 공동대표는 모두 셋이었다. 도덕적 상징성과 사회적 파급 효과를 위해 스님과 목사가 한 명씩, 그리고 법적 파워를 과시하고 많은 고발 사

건에 신속히 대응하기 위해 변호사가 한 명이었다. 그런데 폐
암을 앓던 이 변호사가 세상을 떠난 거였다. 그 빈 자리가 자
신에게 돌아올 줄은 전인욱은 전혀 예상하지 못한 일이었다.
자신이 그런 자리에 오르기에는 아직 늙수그레하지 못했고,
명망성 또한 전임 이 변호사에 비해 아예 비교할 수조차 없
었다. 그런데 어떻게 해서 이사회에서는 그런 결정을 내렸는
지 알 수가 없는 일이었다.

"좀 더 탄력 있고 기민한 활동력을 확보해야 한다는 데 의
견 일치가 되었고, 그 적임자로 전 변호사님이 만장일치의 지
지를 받으신 겁니다. 잘 아시겠지만, 만장일치의 지지란 그런
지지를 받도록 그동안 행동해 온 당사자의 문제이고, 그 책임
또한 전적으로 당사자가 져야 하는 문제입니다. 그러니까 이
의가 있을 수 없고, 대표를 꼭 나이 들거나 명망성 있는 분이
해야 한다는 원칙도 없고, 그건 잘못된 고정관념이기도 합니
다. 전 변호사님께서 하실 수 있는 일은 오로지 단 하나, 만
장일치의 지지를 받은 것에 대한 책임을 지시는 겁니다."

말을 잘해야 하는 시민단체의 사무국장답게 안 사무국장
은 이렇게 입을 막고 나섰다.

"나, 수많은 논리를 알지만, 그런 해괴한 논리가 어딨소? 꼭
그리스 시대 궤변철학자같이."

"예, 궤변도 논리는 논립니다. 수락하신 사실을 소식지에

올리겠습니다. 그만 전화 끊겠습니다."

　이렇듯 넉살스레 밀어붙이기를 해대는 사무국장 앞에서 전인욱은 엉거주춤해 있었다. 그 엉거주춤은 생각의 복잡함이기도 했다. 한 시민단체의 대표가 된다는 일은 결코 간단한 일이 아니었던 것이다.

　우리는 흔히 국민을 나라의 주인이라고 한다. 과연 그런가? 그 그럴듯한 말을 틀림없는 진실인 것처럼 꼭 믿게 해주는 한 가지 사실이 있다. 투표권 행사. 남·여·유·무식을 불문하고 누구나 한 표씩인 권리. 그 권리는 법 앞에 만인 평등을 입증해 주는 동시에 국민이 나라의 주인인 것을 확실하게 확인시켜 준다. 그러나 이런 말이 있다. 선거는 지배계급에게 주기적으로 지배와 억압에 대한 정당성을 선사해 주는 제도일 뿐이다. 프루동의 말이다. 그러니까 지배계급일 수 없는 일반 국민들은 단지 투표장에서만 나라의 주인일 뿐이다. 그들은 투표장을 나서는 순간 지배계급에게 업신여김 당하고 짓밟히는 노예로 전락한다. 왜 그럴까? 이 말을 들어보라. 정치란 비도덕적인 것이 아니라 무도덕적인 것이다. 마키아벨리의 말이다. 그런 존재들에게 국민의 생존권과 재산권을 좌지우지할 수 있는 국가권력을 송두리째 넘겨주고 말았으니 그 결과야 뻔한 것 아니겠는가. 그들이 돈과 결탁하는 '정경유착'이 벌어지는 것은 너무 당연한 일이다. 그들의 배신과 불의를 막기 위해서는 국민들은 또 다른 감시와 감독 조직을 갖추지 않으면 안 된다. 그것이 바로 시민단체다. 우리가 거의 무조건적으로 선망하는 선진국이란 나라들은 우리와 다른 것이 두 가지가 있다. 하나는 우리보다 GDP가 두세 배는 많은 부자이고, 다른 하나는 민주주의 제도가 훨씬 앞서 있다는 점이다. 그런데 그들이 그렇게 된 것은 우연이 아니다. 그들은 그렇게 될 수밖에 없는 필연적인 이유를 가지고 있다. 그것이 바로 수많은 시민단체들의 철저한 감시와 감독 활동이다. 우리나라와 비슷한 인구를 가진 프랑스나 독일 같은 나라에는 5만여 개에 이르는 시민단체들이 활약하고 있다. 그 많은 시민단체들은 국민들의 생활과 직결되어 있는 모든 권력기관들을 이중, 삼중으로 감시하고 감독한다. 그러니 '정경유착', '경권유착', '경법유착', '경언유착', '정언유착', '권언유착' 같은 것들이 벌어질 도리가 없는 것이다. 그러나 열 눈이 한 도둑 지키기 어렵더라고 만약 어떤 비리나 야합을 포착하면 그 즉시 법적 고발을 단행한다. 그런 튼튼한 구조 속에서 민주주의는 굳건해지고, 국민들은 나라의 진정한 주인이 된다. 그것이야말로 생생히 살아 있는 직접민주주의의 실체인 것이다. 그럼 그 많은 시민단체들은 국가의 예산으로 운영되는가? 아니다. 순수하게 국민 개개인의 돈으로 운영된다. 국민들은 자기가 좋아하는 시민단체에 회원으로 가입해 일정액의 회비를 낸다. 그 회비가 시민단체들의 맥박을 뛰게 하는 피가 된다. 그들은 하나만이 아니라 자신들의 관심에 따라 여러 개의 시민단체에 가입해 후원하기도 하고, 직접 자원봉사에 나서기도 하고, 어느 때는 시위에 참여하기도 한다. 그들의 그런 적극적이고 열성적인 모습은, 민주주의는 하늘에서 떨어지는 것도 아니고 누가 거저 주는 것도 아니고, 모두가 힘을 합쳐 가꾸고 지켜야 한다는 것을 여실하게 보여주는 것이다. 그렇다면 우리나라에는 시민단체가 몇 개나 있을까. 대충 2만여 개이지만, 생명력 있게 활동하는 단체는 2백여 개를 넘지 못한다. 왜 그럴까. 그 원인은 자명하다. 국민들의 참여 부족, 무관심 때문이다. 물론 첫 술에 배부를 리 없다. 선진국들의 시민단체 역사가 100년이 넘는 데 비해 우리나라는 겨우 20여 년에 지나지 않는다. 그 쥐꼬리만 한 세월에 비하면 그 성과는 꽤나 컸다고도 할 수 있다. 경제의 고속 성장과 함께 모든 것이 고속 성장하는 사회답게. 시민단체라는 낯선 존재를 대중들의 인식 속에 확실히 심었고, 모든 권력 집단들이 시민단체들을 만만찮게 여기며 경계하게 되었고, 정치·경제·사회·환경·통일 등 수많은 분야에 걸쳐서 시위와 법적 고발과 법적 투쟁을 통해서 민주주의의 숲을 이루어가는 데 기여했던 것이다. 그러나 우리는 우리가 선망하는 선진국에 이르기 위해서는 결속력 강한 회원들로 이루어진 5만여 개의 시민단체를 갖지 않으면 안 된다. 그리하며 그 수많은 눈들로 정치권을 감시하고, 경제권을 감독하고, 법조계와 공직 사회와 언론계를 눈 부릅뜨고 지켜야만 비로소 전 사회는 맑고 깨끗해져 선진국의 문이 열리게 된다. 시민단체들의 활성화만이 사람이 사람답게 살 수 있는 세상이 열리는 유일한 길이요, 희망이다.

그런 중대한 시민단체의 대표를 맡으라니 당황스러운 한편으로 가슴 뻐근하고 뿌듯해지는 야릇한 충족감이랄까 보람스러운 감상이 이는 것도 숨길 수 없었다. 시민단체의 대표라는 자리는 보수란 아예 없고 오로지 봉사와 헌신이 있을 뿐이었다. 그러나 그 자리는 아무나 앉을 수 있는 자리가 아니었다. 도덕적으로 흠이 없어야 하고, 양심적으로 거짓이 없어야 하는, 중류수적 삶을 살아야만 오를 수 있는 자리였다. 그러므로 그 자리는 선거를 하는 것이 아니라 추대였고, 그 추대는 곧 황금빛처럼 순수한 명예였다. 삶을 바르게 살고자 인생 궤도를 설정한 사람에게 명예만큼 소중한 보물이 또 있을까.

"……잘 아시겠지만, 만장일치의 지지란 그런 지지를 받도록 그동안 행동해 온 당사자의 문제이고, 그 책임 또한 전적으로 당사자가 져야 하는 문제입니다."

전인욱은 사무국장의 말을 자꾸 곱씹었다. 자신이 그런 인정을 받았다는 것이 가슴 설레고 더없이 영광스러우면서도 꼭 꿈을 꾸고 있는 것처럼 믿어지지가 않았다. 공동대표를 한다고 해서 일이 더 벅차지거나 복잡해지는 것도 아니었다. 상근 업무는 사무국장 중심으로 진행되고 추진되어 나가니까 공동대표란 그야말로 그 단체의 얼굴 역할이었다. 그리고 실질적으로 해야 할 일이 있다면 공동대표라는 직함을 내세워 후원금을 많이 모으는 것이었다. 전인욱은 그 대목에 영 자신이 없었다. 집안에 그런 일로 손을 내밀 수 있는 부자가 없었고, 친구들 중에도 그런 돈을 기분 좋게 내놓을 만한 부자가 없었다. 이 세상에서 가장 어려운 일이 남의 주머니에서 돈 꺼내게 하는 일이라는 말이 있다. 그것은 나의 일이 아닌 것에 대한 세상 사람들의 무관심을 말하는 것인 동시에 부자들의 인색을 말하는 것이기도 했다. 부자들의 인색이란 흠으로 탓할 것이 없다. 그들은 인색했기 때문에 부자가 된 것이니까. 그들은 인색한 것만이 아니라 가질수록 더 허기를 느낀다고 했다. 그 끝없는 허기를 채우기 위해서 그들은 무슨 일이든 다 저지른다. 오죽했으면 예로부터 재떨이와 부자는 모일수록 더럽다고 했겠는가. 그러나 우리 사회에는 아직 희망이 살아 있다. 연말의 구세군 가두 모금액이 해마다 늘고 있고, 한국전쟁 이후 최대의 국난이라고 했던 IMF 사태 때는 훨씬 더 많이 걷혔었다. 그리고 사랑의 열매 모금도 사회적 불황과 상관없이 해마다 불어나고 있으며, 가난한 난치병 환자들을 돕자는 텔레비전 프로그램에서는 전화 한 통화에 천 원이나 2천 원이 모아지는 ARS 모금으로 매 회마다 1억을 훌쩍 넘어 2억에 이른다. 그런데 그 여러 모금의 중심 세력은 부자들이 아니라 일반 서민인 것이다. 그들이 바로 희망이다. 그들을 회원으로 확보하는 운동을 더욱 적극적으로 펼쳐나가는 것, 그것이 시민단체들이 번창하고 강해질 수 있는 유일한 길이었다. 시민단체들이 전개하는 모든 사회운동은 바로 사회의 절대다수를 차지하는 서민 대중을 위한 것이고, 그 인식을 열성적으로 확산시켜 나가면 대중들과의 공감대가 갈수록 튼실해질 수밖에 없었다. 전인욱은 그들의 따뜻한 마음, 열린 마음을 믿었다.

"당신, 뭘 망설여요. 당신은 어차피 기업들의 블랙리스트에 올라 있는 인물이잖아요. 그런 기피 인물로 시민단체 고문 변호사를 하나, 대표를 하나 더 손해 볼 것 없잖아요. 이러나저러나 수임료 많은 기업들 사건 의뢰 안 들어오기는 마찬가지니까요." 전인욱의 아내는 눈 흘김을 하듯 가볍게 웃고는, "그리고 나이나 유명도가 무슨 문제예요. 당신이 낯 두껍고 뻔뻔한 정치인들처럼, 나 잘났으니 뽑아주시오, 하고 선거운동한 게 아니잖아요. 그 사람들이 판단해서 능력을 인정했고, 추대한 거예요. 이 세상이 얼마나 살벌하고, 몰인정해요. 그런 세상에서 남들에게 인정받았어요. 그보다 더 기쁜 일이 어디

360

있겠어요. 그리고 바른 일 하는 단체의 대표로 추대받았어요. 그보다 더 큰 영예가 어디 있겠어요. 해요, 망설이지 말고 해요. 나도 고문 변호사 아내보다는 대표 아내가 더 좋으니까요." 그녀는 남편의 마음을 환히 들여다보고 있는 듯이 말하며 다정하게 웃었다.

"허, 은근히 감투 욕심 내네."

언제나 자신의 속마음을 깊이 헤아려주고 보듬어주는 아내에게 전인욱은 다시금 고마움을 느끼며 아내의 웃음을 받았다.

"내가 그 감투 욕심 왜 내는지 알아요? 딱 한 가지 이유가 있어요. 시민단체는 도덕성이 그 생명이다! 그러니까 그 대표는 비도덕적인 행위나 비양심적인 행동은 절대 해서는 안 되잖아요. 바로 대표 자리는 당신 바람 못 피우게 감시하는 나의 자동적인 파수병이라니까요. 호호호호……."

그녀는 처녀들이 풍기는 발랄함이 느껴질 정도로 유쾌하게 웃었다.

"아하, 그렇다면 절대로 대표 해서는 안 되지."

전인욱의 웃음소리도 아내의 웃음소리에 겹쳐졌다.

허민이 전인욱의 사무실을 찾아왔다.

"벌써 더워지기 시작했어요. 가십시다, 여름 보신, 보신탕 하러. 오늘 번역료를 받았거든요."

그동안의 신세를 갚겠다는 허민의 뜻이었다.

"보신탕이오? 그거 아직까지도 먹어요? 그거 절대 먹지 마세요. 암 덩어리고, 화학 물질 덩어리예요."

전인욱은 목소리만 단호한 것이 아니었다. 일그러질 지경으로 얼굴을 찌푸린 데다가 고개까지 내젓고 있었다.

"암 덩어리⋯⋯?"

허민은 전혀 알아듣지 못할 소리라는 표정을 지었다.

"아 참, 몇 년 전에 한 텔레비전 특집 방송을 못 본 모양이군요. 그거 아주 끔찍스러웠어요."

전인욱은 자리를 고쳐 앉고, 마른침을 삼키며 이야기를 시작했다.

쇠줄로 얽은 개 우리 속에는 예닐곱 마리의 개들이 비좁게 우글거리고 있었다. 그중에서 큰 개들은 다리를 반으로 접어야 할 만큼 우리의 높이도 낮았다. 크기와 무게를 줄여 운반하기 편하게 만든 거였다. 그런데 우리에 갇힌 개들의 모습이 하나같이 이상했다. 개들의 꼬리는 탄력 있게 위로 감겨 올라간 것이 아니고 모두 뒷다리 사이로 감추어져 있었다. 그리고 허리도 쭉 펴지지 못하고 활등처럼 휘어져 있었다. 개들은 무슨 일로 기가 죽거나 겁에 질리면 꼬리가 아래로 처져 내리다 못해 뒷다리 사이로 감추어졌다. 아니나 다를까, 개 우리 앞 시멘트 바닥에서 개 한 마리가 무자비한 몽둥이찜질을 당

하며 죽어가고 있었다. 몽둥이를 내려칠 때마다 목이 감긴 개
는 발버둥을 치며 찢어지는 비명을 질러댔고, 그때마다 우리
에 갇힌 개들은 반대쪽 구석으로 쏠리며 서로 머리를 감추려
고 다투었다. 그 개들은 다른 개가 맞아 죽어가고 있는 것을
보면서 공포에 질려 몸부림치고 있는 것이었다. 개는 가축들
중에서도 가장 영리해 사람의 말을 3백 가지 이상 5백 가지
까지 알아듣고 행동하는 짐승이었다. 그리고 주인이 야단을
치면서 저녁을 먹이면 다음 날 전혀 소화가 안 된 보리알을
그대로 배설할 만큼 신경이 예민한 짐승이기도 했다. 그런 개
들을 비좁은 우리에다 가두고, 바로 그 앞에서 차례로 끌어
내 때려죽이고 있으니, 죽음의 공포에 숨 막히고 있는 개들이
받는 스트레스가 얼마나 클 것인가. 선진국에서는 소나 돼지
를 도살할 때 그 1분 전, 아니 1초 전까지 그것들이 죽을 기
미를 전혀 눈치채지 못하게 한다. 긴 컨베이어벨트를 태워 이
동시키는 동안 양쪽에서는 따스한 물이 뿜어져 나와 자동 샤
워가 되고, 어디선가는 감미로운 음악까지 흘러나온다. 시원
하게 샤워를 즐기며 음악에 취해 있다가 어느 순간 덜컹 하면
서 소와 돼지들은 목이 잘리는 것이다. 그들은 질 높은 문명
을 누리는 사람들이라 소나 돼지에게까지 그렇게 인간성 좋
은 자비를 베푸는 것일까. 전혀 그게 아니다. 그들은 소나 돼
지들을 위해서 그러는 게 아니라 순전히 자기네들 건강을 위

해서 그런 번잡스러운 일을 한다. 그 짐승들이 전혀 죽음의
공포를 느끼지 않게 해서 스트레스 없게 도살하기 위함이다.
왜냐하면 스트레스 중에 제일 악성 스트레스가 죽음의 공포
에 시달리며 받는 스트레스고, 그런 고통을 당하고 죽은 가
축의 고기는 사람에게 여러 가지 피해를 입히기 때문이라는
것이다. 그러니 죽음의 공포에 시달리고 시달리며 극단의 스
트레스가 쌓이고 쌓인 그 개고기들은 어떨 것인가. 혈관 매듭
매듭이 맺히고, 근육 부분부분이 경직된 그 고기들은 사람의
몸속에 들어와 보신이 되기는커녕 각종 암을 일으키는 암 덩
어리일지도 모른다. 그러나 그뿐이 아니었다. 혀 빼물고 죽은
개를 처리하는 그 비위생적인 과정은 더욱 문제였다. 휴대용
가스불로 털을 대충 그슬린 다음 배를 갈라 내장을 꺼냈다.
그리고 그 검댕투성이인 고깃덩어리에 무슨 가루를 거침없이
뿌려댔다. 텔레비전 화면은 그 가루 봉지를 클로즈업시켰다.
그건 옷을 세탁할 때 쓰는 강력 세제였다. 그런데 세제를 고
깃덩어리에 문질러대던 여자는 그 거품을 깨끗하게 씻어내는
것이 아니었다. 그저 형식적으로 물을 두어 번 끼얹고는 고
깃덩어리를 번쩍 들어 커다란 플라스틱 바구니에 던져 넣었
다. 그때 얼굴 안 보이는 목소리가 물었다. 사람이 먹을 것에
이런 독한 세제를 쓰면 안 되잖아요? 안 그러면 이 검댕이 빨
리 씻어지나요. 그래도 이건 사람 몸에 들어가면 절대 안 되

는 것인 줄 다 알잖아요. 나만 그러나요 뭐. 다 그러는걸. 텔레비전은 그 바구니가 바로 자동차에 실려 어디론가 떠나가는 것까지 보여주었다. 멀어져가는 자동차의 뒷모습에 겹쳐지는 내레이션 한마디—이렇게 무방비 상태로 도살되는 개가 연간 백만 마리로 추산된다.

"난 그다음부터 보신탕을 입에 댈 수가 없었어요."

전인욱은 구역질이 솟는 것 같은 기색을 보였다.

"그게 정말 그런 식으로 더럽게 취급되나 보지요?"

허민은 믿기 어렵다는 표정으로 고개를 갸웃거렸다.

"글쎄 법으로 규제하고 감독하고 해도 속이고 거짓말하고 하는 세상인데, 법으로 아무런 규제도 하지 않고 제멋대로 하게 내버려두니 그게 오죽하겠어요."

"그건 도무지 말이 안 돼요. 개 한 마리를 스무 명이 먹을 수 있다고 치면, 연간 백만 마리면 2천만 명이 먹는 셈이에요. 2천만 명이면 국민의 절반에 가깝고요. 그런 식품을 국가가 조직적으로 관리하지 않고 무방비로 방치해서 국민 건강을 상하게 하다니, 그건 나라의 직무유기 아닙니까?"

그동안 먹어온 보신탕이 신경 쓰이는지 목을 쓸며 허민이 정색을 하고 말했다.

"당연히 그건 말이 안 되는 심각한 문젭니다. 헌데 서양 사람들이 개를 먹는다고 야만시하니까 나라에서도 그 눈치를 보며 법제화할 생각을 못 하고 있는 거지요."

"서양 사람들은 우리가 안 먹는 달팽이도 먹고, 말고기도 먹고 그래요. 하여튼 우리가 가지고 있는 서양 절대주의, 서양 중심주의, 그것 참 큰일이에요. 그 고질적인 사대주의 의식은 우리의 몹쓸 DNA가 아닐까 싶은 생각이 이따금 들어요."

허민의 한숨이 길었다.

"예, 긴 역사를 작은 땅덩어리에서 약하게 살다 보니 힘 강한 쪽에 무조건 굴종하는 기회주의와 사대주의가 무의식중에 체질화될 수 있지요. 옛날엔 중국, 이젠 서양 편중이 지나치게 심한 편인데, 그것 참 고치기 어려운 우리의 고질병이 아닐까 싶어요. 황인종 열등감과 함께."

전인욱이 쓰디쓰게 웃었다.

"그 말 맞아요. 중국은 당당하게 개고기 먹으면서 올림픽 치렀는데, 우린 88올림픽 때 보신탕 뒤로 감추기에 급급한 후로 지금까지 20년이 넘도록 무법천지로 방치해 버렸어요. 그러니 보신이 되기는커녕 그 피해가 얼마나 컸을지 원. 그런 중국의 배짱이 부러워요."

"예, 중국과 비교를 해보면 확실히 DNA란 육체적인 것만이 아니라 정신적인 면도 있다는 생각이 들어요. 중국의 중화주의와 우리의 변방의식과 약자의식, 그건 참 엄청난 차이지요."

"그나저나 급한 일들이 마무리되면 우리 단체에서 그 문제를 정식으로 제기하고 나서면 어떨까요? 국민 건강을 위한 개고기의 법적 관리에 관한 입법, 이것처럼 구체적이고 현실감 있는 시민운동이 어디 있겠어요."

허민은 농담을 하는 게 아니었다.

"예, 그거 좋은 생각이군요. 인터넷으로 그 내용을 자세히 알리고, 요샌 서명도 인터넷으로 받을 수 있는 세상이니까 백만 서명 운동이 어렵지 않을 거예요. 특히 남자들은 자기네 건강에 직결되는 문제니까 호응이 클 수밖에 없지요. 그럼 정식으로 입법 청원을 내야지요."

전인욱이 진지하게 말을 받았다.

"그럼 당장 어쩌지요? 무슨 다른 탕을 먹을 수도 없고, 냉면을 먹을 수도 없고."

허민이 뒷머리를 긁적였다.

"그다음으로 보신에 좋은 것 있잖아요. 삼계탕!" 전인욱이 말했고, "아, 그거 좋습니다. 가십시다." 허민이 몸을 일으켰다.

삼계탕 전문 식당은 넘치는 사람들로 시끌벅적했다. 임금의 하늘은 백성이고, 백성의 하늘은 밥이더라고 맛있는 먹을 것을 앞에 둔 사람들의 생기는 더없이 싱싱하게 부풀어 오르고 있었다. 그 생생한 활기를 죽여 백성을 굶주리게 하면 그 임금은 어떻게 될까. 그 하늘이 노하여 임금을 버리고 만다. 그래서 이렇게도 말했다. 백성은 바다요, 권세는 그 위에 뜬

일엽편주(一葉片舟)다. 그러니 정치를 잘못해 백성을 배곯게 하거나 부정부패를 저지르게 되면 어찌 될 것인가. 그 바다는 어김없이 노도를 일으킨다. 그러면 하나의 나뭇잎처럼 작은 배에 불과한 권세는 성난 바다 속에서…… 사람에게 먹고사는 문제는 예나 지금이나 가장 중대한 문제이고, 그 문제가 건강한 몸에 피가 순조롭게 돌듯이 그렇게 되지 못하고 어디선가 엉키고 막히게 되면 이 세상에 존재하는 크고 작은 모든 권세는 파탄을 맞을 수밖에 없었다. 그것이 기나긴 인류사가 보여주는 진실이었다.

한여름의 짙은 녹음을 닮은 식당의 생기 속에서 딴 나라 말이 섞여 울리고 있었다. 일본말이었다. 일본 관광객들이 한 무리 떼 지어 삼계탕을 먹으며 유쾌하게 목청을 돋우고 있었다. 신바람 났을 때의 그들의 목소리는 얼마나 카랑카랑하고 호들갑스러운가. 일본 사람들이 한국의 김치 다음으로 반한 것이 삼계탕이라는 말을 실감시키고 있었다. 일본 정부에서는 독도가 자기네 땅이라고 생판 억지소리를 지껄여 우리의 민족 감정을 새롭게 자극하고, 한 젊은 가수가 그게 거짓말인 것을 세계에 알리려고 애써 번 아까운 돈으로 미국 신문에 여러 번 광고를 해서 부자 나라를 더욱 부자 만들어주는 게 아닌가 심통이 나는 가운데, 두 나라의 평범한 사람들은 음식으로 그렇게 한자리에서 어우러지고 있었다.

"그 대표 문제 말입니다, 생각해 봤는데, 그대로 하시는 게 좋을 것 같습니다."

허민이 삼계탕을 뒤적여 식히며 분위기를 바꾸었다.

"아, 예……, 집사람도 그러긴 합니다만……."

전인욱은 이 말로 자신의 수용 의사를 나타내고자 했다.

"예, 잘 생각하셨습니다. 그럼……, 내가 한마디 해도 괜찮을지 모르겠습니다."

허민이 망설이는 눈길로 말했다.

"예, 무슨 말씀인데요?"

어서 말하라고 전인욱이 친근한 웃음을 보냈다.

"충고란 그동안 있어왔던 우정에 대한 배신이라는 말이 있습니다. 그 배신을 무릅쓰고 한마디 하겠습니다." 허민은 삼계탕 뒤적이던 숟가락을 놓고는, "대표가 되는 것을 계기로 술을 삼가는 게 어떨까 합니다." 이런 말 하기 거북하다는 듯 그는 어색스럽게 웃었다.

"술이오?"

전인욱은 눈이 커졌다. 너무 예상 밖의 엉뚱한 말이었던 것이다.

"예, 대표가 되는 것은 고문 변호사 때와는 달리 일광그룹과 정면으로 맞서는 관계가 됩니다. 그건 바로 그들의 표적이 된다는 뜻이기도 하죠. 그들의 표적으로서 전 변호사님의 약점이 무엇일까를 생각해 봤어요. 그런데 딱 하나, 애주가라는 점이 마음에 걸렸어요. 주색, 술과 여자, 그게 그들이 공격을 가해올 수 있는 전 변호사님의 허점이라는 거지요. 흔히 하는 수법으로 그들이 술자리를 이용해 전 변호사님에게 미인계를 쓸 수 있다는 겁니다. 여자 데리고 술 마시는 일이 보통 사람들에게는 아무렇지도 않은 일이지만, 시민단체 대표에게는 비도덕적이라는 치명상이 될 수 있습니다. CCTV가 범람하는 세상에서, 만약 전 변호사님이 술 취해 여자 껴안고 있는 모습이 찍혀 모든 신문사에 뿌려져 보세요. 도덕성을 그 생명으로 하는 시민단체와 그 대표는 어떻게 되겠어요. 이건 터무니없는 가상이 아닙니다. 그들은 그런 식의 함정을 얼마든지 팔 수 있어요. 내가 당한 경우도 어디 상상이나 했었습니까. 그리고 내가 서양 유학에서 한 가지 크게 배운 게 있어요. 교수가 절대로 여학생과 단둘이 문 닫고 연구실에 앉아 있지 않는 점이에요. 모든 교수들은 여학생들이 연구실에 들어오면 반드시 문을 활짝 열어버려요. 성적 스캔들의 오해나 말썽을 아예 없애버리려는 거지요. 나는 대학에 자리 잡으면서 그 방법을 철저히 지켜 아무 일도 없었는데, 다른 교수 몇몇은 구설수에 오르고, 곤란한 입장에 처하고 그랬지요. 내가 말썽의 소지를 아예 없애려고 했듯이, 전 변호사님도 그들이 침투할 수 있는 틈새기를 아예 없애버려야 하지 않을까 생각

370

합니다. 어떻습니까, 내 생각이 너무 가혹한가요?"

허민은 미안쩍은 기색으로 코밑을 훔쳤다.

"아닙니다. 허 교수님 말 들으며 생각해 보니 그런 흉계는 얼마든지 꾸밀 수 있어요. 누군가가 나한테 계획적으로 접근했는데 나는 그걸 모르고 필름이 끊기도록 억병으로 마시고 어느 호텔에 여자 끼고 누워 있는 것을 경찰이 덮치면……, 성매매한 시민단체 대표로 신문마다 도배질이 되고, 그 길로 생매장이겠지요. 알았습니다, 허 교수님의 충고, 그동안 있어 왔던 우정에 대한 배신이 아니라 새로운 우정의 선물로 받아들이면서, 오늘로 술을 안 마시겠습니다!"

전인욱이 눈과 눈으로 약속하듯 허민을 응시했다.

"아니, 술을 끊겠다는 겁니까?"

허민이 의아스럽게 물었다.

"예, 못 끊을 것 없지요. 그런 덫에 안 걸리려면."

전인욱의 어조는 강하고 차졌다.

"그럴 수야 없지요. 술도 고달픈 삶을 위로해 주는 좋은 음식인데요. 나하고만 마시도록 합시다."

"아아, 그거 좋습니다. 그럼 그 기념주를 당장 한잔 합시다."

"예, 좋은 생각이오. 아주머니, 여기 소주 한 병!"

허민이 어느 때 없이 큰 소리로 외쳤다.

두 사람은 서로의 잔에 따른 소주를 기분 좋게 단숨에 들이켰다.

"실은 전 변호사님한테 술 얘기를 한 것은 그럴 이유가 있었어요."

허민이 삼계탕 국물을 뜨며 말했다.

"무슨……."

"내 컴퓨터가 해킹 당했어요."

"해킹……?"

"이제 내 글은 아무 신문에서도 안 받아주니까 컴퓨터가 내 일인용 신문이잖아요. 그래서 며칠에 한 번씩 경제 현안에 대해서 해야 할 말을 써서 올려왔잖아요. 그런데 어제 해킹 당해 완전히 먹통이 돼버렸어요."

"그거 그자들이 한 짓이겠죠?"

"그들이 아니면 그런 일이 일어날 리가 없죠. 그자들은 자기네 반대 세력을 없애기 위해서 할 수 있는 모든 방법을 다 동원해서 공격하고 덫을 놓고 그래요. 그 일까지 당하고 보니 그들의 집요함에 가슴이 섬뜩했고, 대표를 맡아야 하는 전 변호사님이 걱정이 됐던 거죠."

"그랬군요. 정말 우리도 정신 차리고 방어를 철저히 해야 되겠어요. 그자들 그거 다 머리 좋고, 배울 만큼 배운 것들이라 못되게 머리 쓰는 것도 뛰어날 수밖에 없어요. 그리고 말이죠, 허 교수님 글은 우리 단체 컴퓨터로 옮겨서 올리도록 하십시다. 그자들도 우리 단체 컴퓨터는 함부로 침범하지 못할 거예요. 그 행위가 잡히면 또 큰 말썽으로 번질 수 있으니까."

"예, 그렇게 하지요."

그들은 두 번째 술잔을 부딪쳤다.

11

착해라, 자발적 복종

　우리나라 기업인들이 세상을 향해 공통적으로 가지고 있는 불만이 있다. 세상 사람들이 자기네를 전혀 신뢰하지도 존경하지도 않고 너무 불신하고 욕을 한다는 것이다. 그리고 또 하는 말이 있다. 선진국에서는 기업인들을 전혀 나쁘게 보지 않고 존경하고 있다는 것이다.

　이 말은 사실인가? 틀림없이 사실이다. 그럼 왜 이런 결과가 나왔을까. 그 원인은 너무나도 자명하다. 첫째, 선진국의 기업들은 완전히 투명경영을 한다. 그러므로 전혀 탈세를 하지 않는다. 둘째, 뒤로 비자금을 조성하는 범법을 저지르지 않는다. 셋째, 기업인들은 그렇게 합법적이고 양심적으로 번 자기 개인들의 돈(절대 회사 돈이 아님)에서 천문학적인 재산을 사회에 환원하고 있다.

세계 최고의 부자로 꼽히는 빌 게이츠는 지금까지 22조 원을 사회를 위해 내놓았고, 앞으로도 계속 기부하겠다고 했다. 그리고 자기 자식들에게는 자기 재산의 10퍼센트 이상은 상속하지 않을 것이라고 공언했다. 또한 세계 세 번째 부자 워런 버핏도 이미 10조가 넘는 돈을 사회를 위해 희사했고, 앞으로도 계속할 것이며, "자식들에게 편하게 살 만큼은 주겠지만, 결코 억만장자를 만들지는 않을 것"이라고 말했다. 그런 그는 대중식당에서 일반인들과 함께 25달러짜리 스테이크를 먹는다. 그래서 그는 미국인들이 가장 존경하는 기업인 1위에 오르는 것이다.

그런데 우리 기업인들은 어떠한가. 선진국 기업인들과 정 반대로 한다. 그들은 투명경영을 전혀 하지 않고, 당연한 것처럼 탈세를 일삼으며, 몇 천억에서 몇 조에 이르는 비자금을 조성하는 범행을 예사로 저지르고, 개인 재산을 사회에 환원하기는커녕 불법 상속을 밥 먹듯이 한다. 이러면서도 세상 사람들이 자기네를 존경하지 않고 불신한다고 불만을 갖다니……. 바람이 불어야 나무가 흔들리고, 북은 쳐야 소리가 난다는 말이 괜히 생겨났겠는가. 우리 기업인들이 빌 게이츠나 워런 버핏처럼 한다면 우리나라 사람들은 그들을 존경하다 못해 그들의 그림자도 밟지 않을 것이다.

기업인들은 추한 자화상을 자기네 스스로 만들어놓고는 존경해 주지 않는다고 사회인들을 타박한다. 그들은 탈세, 비자금 조성, 불법 증여와 상속뿐만이 아니라 선거 때마다 터지는 불법 정치자금 사건, 권력기관 매수 사건, 막대한 돈 해외 도피, 끝없이 뿌리는 불륜의 스캔들……, 이런 것들이 그들 스스로 만든 자화상 아닌가.

그 결과 국민들의 기업 호감도는 100점 만점에 38점이며, 기업인들의 재산에 대해 '부정적인 방법으로 축적했을 것'이라는 응답이 77퍼센트이고, '정당한 방법으로 축적했을 것'이라는 답변은 19퍼센트에 지나지 않는다. 그러나 이건 5~6년 전의 조사이고, 요즈음에 하면 어떻게 될까? 그 결과가 더욱 나빠질 것이다. 왜냐하면 그동안에 대기업 서너 개가 엄청난 비자금 사건과 불법 상속 사건을 일으켜 세상을 놀라게 했기 때문이다.

'이 세상에서 생산되는 먹거리는 세상 사람들 모두가 고루 나누어 먹고도 남는다. 그러나 부자들의 욕심을 채우기에는 모자란다.'

마하트마 간디의 말이다.

그 끝도 한도 없는 부자들의 탐욕을 방치하면 결국 이 사회는 망할 것이다. 그들의 탐욕을 막아야 한다. 그 일을 할 수 있는 사람은 바로 당신, 일반 대중인 우리들이다. 그런 경제 범죄를 저지른 기업들의 상품을 사지 않는 '불매운동'을 대대적으로 벌여야 하고, 그 효과적인 추진을 위해 여러분들은 시민단체로 모여들어야 한다. 모든 시민단체들은 지금 활짝 문을 열어놓고 여러분들을 기다리고 있다.

허민이 '기업인들의 자화상'이란 제목으로 경제민주화실천연대의 인터넷에 올린 글이었다.

이튿날 오후에 허민은 경제민주화실천연대의 사무국장 전화를 받았다.

"선생님, 스타 되신 것 축하드립니다."

사무국장이 대뜸 말했다. 그 신 나는 목소리가, 붙임성 좋은 그의 얼굴이 환하게 웃고 있다는 것을 보여주고 있었다.

"아니 사무국장이 영화감독으로 변신할 작정이오?"

허민은 농담 잘하는 상대방을 의식하며 말을 받아넘겼다.

"예에……? 아 예, 그렇게 고차원적으로 비약을 해버리시면 저 같은 머리는 잠시 작동을 멈출 수밖에 없지요. 제가 감독으로 변신해서 선생님을 스타 만들 자신은 전혀 없구요, 선생님이 정말 인터넷 스타가 되셨다니까요." 사무국장은 커피라도 마시는 듯한 기척으로 잠시 말을 끊고는, "어제 선생님이 올리신 글 말입니다, 하루 만에 수백 통의 댓글이 달렸습니다. 그리고 그 90퍼센트 이상이 회원 가입을 신청했습니다. 이건 우리 경민실 출범 이후 최초의 일입니다. 이런 기적적인 일을 일으킨 선생님이야말로 스타가 아니면 무엇입니까." 그는 평소의 달변을 쏟아냈다.

"그, 그게 사실이오?" 허민은 말을 더듬거리며, 좋아하다 보니 무슨 실수를 하는 게 아닌가도 싶어, "그거 괜히 날 놀리려는 거 아뇨?" 하고 부풀려는 감정을 틀어잡았다.

"선생님, 농담할 때가 따로 있지요. 우선 기쁜 소식 알려드리려고요. 그다음, 전인욱 대표님 말씀 전합니다. 전 대표님 오늘 재판에 나가시기 때문에 직접 전화 못 드린다구요. 상의할 일이 있으니 겸사겸사 내일 점심 하시자구요. 그리고 기왕 나오시는 김에 한 두어 시간 일찍 나오셔서 그 댓글들 직접 읽어보시고, 필요하시면 선생님께서 직접 댓글을 달아주시면 관리상 효과가 클 것 같은데요. 어떠신지요."

사무국장이 세련되게 사무적으로 말했다.

"예, 알겠어요. 내일 10시까지 나가지요."

허민은 비로소 가슴 가득 차는 기쁨을 느꼈다. 자신의 글이 그런 효과를 발휘하다니……, 신문에 글을 쓸 때와 달랐고, 자신의 개인 홈페이지에 글을 올릴 때와도 또 달랐다. 그게 단체의 파워고, 단체의 공신력이고, 단체의 필요성이었다. 그 파급 효과와 영향력을 자신은 얼마나 기대하고 갈망해 왔던가. 대학에서 밀려나 외톨이가 되어버린 것 같은 적막함, 대중을 향해 글을 쓰면서도 문득문득 밀려들던 회의……, 이제 그런 감정에서 벗어날 수 있는 출구가 생겼다는 것이 그렇게 기쁠 수가 없었다. 선진국들의 민주주의가 오늘의 형태를 갖추기까지는 지난 2백여 년의 시행착오를 거쳐야 했다. 오늘날의 인간의 얼굴을 한 자본주의의 틀이 잡히기까지도 정치사와 마찬가지로 2백여 년의 세월이 필요했다. 그런데 우리는 오늘의 민주주의를 이루는 데 단 50여 년밖에 걸리지 않았다. 경제발전도 그와 똑같은 세월 속에서 이른바 고속성장을 거듭해 왔다. 그 고속성장 속에서 정치적 보호를 받으며 재벌들은 탄생했고, 그러다 보니 그들은 탐욕스러운 축적에 길들여져 바른 경영은 외면한 채 온갖 경제 범죄 저지르기를 능사로 했고, 우리의 천민자본주의는 점점 더 야만의 얼굴을 하며 그 병이 세상을 망칠 지경으로 심해져 가고 있었다. 이제 그 모순과 문제점들을 대수술해 경제민주화의 시대로 나아가야 할 때였다. 지금, 시대는 급속도로 변해가고 있다. 재벌들이 돈의 힘으로 국가의 모든 권력, 언론의 모든 영역을 장악한다 해도 그들이 절대 손아귀에 넣을 수 없는 세계가 있다. 인터넷 세상이다. 시민단체들이 연합해 인터넷 세상에서 대중들을 결속시키면 무혈의 경제혁명은 이루어질 수 있다고, 그는 줄곧 꿈꾸어왔던 것이다. 그건 그저 막연한 꿈이 아니었다. 지지난 대통령 선거 때부터 신속하게 퍼져나가는 인터넷의 위력은 입증되었고, 그 뒤로 모든 선거 때마다 그 영향력은 확대되어 왔던 것이다. 그 꿈의 실체가 눈앞으로 성큼성큼 다가서고 있지 않은가! 허민은 다시금 그 꿈의 실현을 확신하고 있었다.

"인터넷 반응에 허 교수님도 놀라셨지요? 진작 이쪽으로 옮길 걸 그랬어요. 그자들이 해킹해 준 게 오히려 효자 노릇 했다니까요." 전인욱은 아주 고소하다는 웃음을 짓고는, "처음 그, 말썽이 됐던 '노예다' 하는 칼럼을 다시 올렸으면 좋겠어요. 못 읽은 사람이 많을 것이고, 다시 읽으면 또 생각을 새롭게 해서 좋구요. 그리고 그 글을 앞에 놓아야 뒤의 글하고 연결이 되니까요." 그의 얼굴에 모처럼 생기가 돌고 있었다.

"예, 그렇게 하지요."

허민의 얼굴에서도 그늘 걷힌 밝은 기운이 번지고 있었다.

"수고스러우시겠지만 글을 좀 자주 올렸으면 싶은데요. 5일이나 일주일 정도의 간격으로."

사무국장이 실무자의 욕심을 숨김없이 드러냈다.

"그거 원고료도 못 드리면서 너무 뻔뻔한 요구 아니오?" 전인욱이 은근슬쩍 말했고, "맞아요. 다음부터는 한 번에 백만 원씩 안 주면 안 쓸 거요." 허민이 대꾸했다.

그들은 한바탕 결판지게 웃었다.

"근데 우리 컴퓨터에도 해킹이 들어올지 모르는데, 그걸 어떻게 방어하죠? 악질 해커들을 동원하면 결국 뚫릴 수밖에 없거든요."

사무국장이 말했다.

"나도 그 일을 생각해 봤는데, 한 가지 방법이 있소. '이 컴퓨터는 공공의 이익을 위해 운영되므로 해킹 방지를 위한 특별 감시를 사이버 수사대에 의뢰하고 있다' 이런 내용의 자막을 올리는 게 어때요? 그리고 실제로 사이버 수사대에 특별 감시를 의뢰하고요. 그게 받아들여지든 아니든 그 자막을 본 해커들은 일단 긴장하지 않을 수가 없겠지요. 예방 효과가 괜찮을 것 같지 않아요?"

전인욱은 역시 검사 출신답게 말했다.

"예, 일단 그렇게 하겠습니다. 그다음에 뚫리는 것은 그때 가서 대처하기로 하지요."

사무국장의 빠른 대응이었다.

"일광 쪽에서 우리의 일거일동을 샅샅이 살피고 있을 텐데, 우리가 이렇게 인터넷으로 게릴라전을 펼치고 있는 것을 보면 얼마나 열 받치겠소. 그들의 위대하고 거룩한 금력도 무용지물로 맥을 못 쓰는 데가 있으니 말이오. 이거 죄송스러워서 어쩌지요?" 전인욱이 통쾌함을 감추기 어렵다는 듯 어깨를 들썩거리며 웃었고, "내 개인 컴퓨터가 소총이라면 여기 경민실 컴퓨터는 150밀리 야포예요. 그렇게 차이가 무지무지할 줄은 몰랐어요." 허민이 그 신기함을 곱씹듯 말했고, "그 파워 때문에 허리끈 졸라가면서도 시민단체 하는 것 아닙니까. 허 교수님도 조만간 더 큰 감투 하나 쓰셔야 할 것 같습니다." 사무국장이 신명 나게 장단을 맞추었다.

"아니, 그게 무슨 소리요?"

허민은 즉각 눈에 거부감을 담았다.

"연구소 이사장 임기가 다 돼갑니다. 신 이사장님은 연세 때문에 더는 연임을 못 하겠다고 하십니다. 사실 혈압이 심하셔서 저희들이 더 부탁드릴 면목도 없고요."

사무국장이 재빨리 태도를 바꿔 사정조로 말했다.

"이제 보니 오늘 만나자는 게 이 말 하려고 그랬군요?"

허민이 쌀래쌀래 젓는 고갯짓에서 거부감이 더 강하게 드러났다.

"남한테 감투 씌울 땐 좋아하구선. 그 벌로 허 교수님도 써야 해요. 말로만 길벗이라고 하면 무슨 소용이 있어요. 증거를 보여야지요." 전인욱은 밀어붙이듯이 말하고는, "부인은 좀 어떠세요?" 그는 나긋한 어조로 갑자기 화제를 바꾸었다.

허민은 어이없다는 듯 전인욱을 쳐다보고는, "예, 전 변호사님 부인을 만날 때마다 상태가 아주 좋아지고 있습니다. 부인께서 성의를 다해 대화해 주셔서 그게 의사의 치료보다 더 효과가 큰 것 같습니다. 내가 먼저 말씀드려야 하는데 이거……." 그는 고마움과 미안쩍음이 섞인 얼굴로 고개를 숙였다.

"예, 허 교수님께서 수락하셨으니까 그럼 점심 식사하러 가시죠. 제가 맛있는 것 대접하겠습니다."

사무국장이 앞장서 일어섰다.

일광그룹 사건의 일심 재판이 끝났다. 엿가락 잡아 늘이고, 고무줄 잡아 늘이듯이 질질 끌고, 미적미적 미루고 하다가 더는 어떻게 헐수할수없게 되니 재판을 연 것이었다. 그 결과는 '일광'이라는 회사 이름에 딱 어울리게 번쩍번쩍 눈부시고 번뜩번뜩 휘황찬란한 승리였다. 범행 당사자인 회장과 아들은 쏙 빠져버렸고, 계열사 사장 셋만 실형을 받은 것이었다. 그 실형이라는 것도 1년 6개월 징역에 3년 집행유예의 솜방망이였다. 그것은 무죄나 다름없었다. 다만 무죄를 선고하면 세상의 무수한 눈총을 견딜 수 없겠으니 그렇게 벌을 주는 척했을 뿐이다. 그것은 이심, 삼심을 향한 무죄 행군의 시작이었다. 그 판결에 겨우 덧붙여진 것이 추징금 2천억이었다. 그 액수도 재판이 진행되면서 줄었으면 줄었지 늘어날 리가 없는 벌금이었다. 그런데 그 판결문에, 김치에 고춧가루요, 소주에 오징어 안주처럼 딱 구색이 맞는 한 문장이 있었으니, 경제

재판에서 꼭 빠지지 않고 등장하는 성스러운 문구, '국가 경제발전에 기여한 공이 컸고, 잠시도 소홀히 할 수 없는 국민경제에 더 이상 부담을 주어서는 안 되기 때문'이라는 명문이 당당하고 뻔뻔하게 자리 잡고 있었다.

"이만하면 회장님께서도 만족하시겠지요?"

자동차 뒷문을 닫으며 박재우가 말했다.

"글쎄, 일심에서부터 무죄가 나오리라고 생각하진 않으셨을 거요."

뒷자리 상석에서 다리를 꼬아 올린 윤성훈은 아무것도 묻은 것 없는 바짓부리를 손가락을 튕겨 톡톡 털며 잔뜩 거드름을 피웠다. 그는 일부러 말도 그렇게 이상야릇하게 비틀리는 듯 모호하게 하면서 자신의 공을 과시하고 싶어 하고 있었다.

"그 경민실 쪽 전 변호사란 사람, 풀이 완전히 죽었던데요. 항소를 포기할지도 모른다는 기미까지 보이던데요."

운전기사 옆자리에 앉은 강기준이 말했다.

"또 순진한 소리. 시민단체 것들 기질을 몰라서 그런 소리 하는 거요? 그 작자들 독하기가 물속까지 따라 들어와 쏘는 땅벌이고, 독사 중에서도 제일 독한 살모사요. 전 변호사란 자는 풀이 죽은 게 아니라 분을 참느라고 그리 보이는 것이오. 그자가 그놈의 경민실인지 경호실인지 공동대표까지 됐으니까 대법원까지 끈질기고 지긋지긋하게 물고 늘어질 것이오. 그것들은 오기에 몽니밖에 없는 것들이니까."

윤성훈은 짜증스럽게 말했다.

"글쎄요, 저는 그전부터 그런 사람들을 보면서 도무지 이해할 수 없는 점이 한두 가지가 아니었어요. 현실감각도 없고, 상황 인식도 없고, 철없고 정신없는 소리나 지껄이는 게, 삶의 목적이 무엇인지 알 수가 없어요. 그들은 오기에 몽니밖에 없는 게 아니라, 그 학벌이나 자격들이 진짜인가 의심이 날 정도로 한없이 어리석고 답답해서 불쌍하기까지 해요."

박재우가 경멸기 가득한 웃음을 달리는 차창 밖으로 뿌렸다.

"그들이 비현실적이고, 소수이긴 하지만 만만한 상대들은 아니오. 그들의 단체가 많아질수록 시한폭탄이나 지뢰가 늘어나는 것이나 다름없소. 중동 사람들한테만 자살폭탄 테러가 있는 게 아니오. 그자들한테 항상 신경 써야 해요."

윤성훈이 박재우의 말을 뒤엎듯이 말했다.

"매사에 신중해야 하는 건 좋지만, 너무 신경과민이신 것 아닙니까? 그자들을 너무 과대평가하시거나……."

박재우의 말에 깔끄장하게 가시가 돋쳐 있었다.

"거 무슨 앞뒤 모르는 소리요. 그자들 대부분이 저 80년대에 화염병 던지던 자들인데, 그자들이 거리로 뛰쳐나와 화염병을 던지기 시작했을 때, 그들 힘에 군부독재가 끝장나리라고 누가 상상이나 했었소? 그런데 그 완강하던 30년 군부독재가 종말을 고했소. 저 구름에 비 들었으랴 하는데 소나기 쏟아진다고 하지 않소. 우리 세상이 오래가기를 원한다면 적을 우습게 보고 무시할 것이 아니라 똑바로 보고 철저하게 경계해야 한다 그거요."

윤성훈은 상사로서 가르치고 지시하는 태도를 분명히 하고 있었다.

"예에……, 알겠습니다."

박재우는 대화의 분위기가 깨졌음을 알아차리고 고개를 숙여 보였다.

"나, 회장님께 보고드리고 나올 테니까, 오랜만에 오늘 술 한잔합시다."

윤성훈이 차에서 내리며 말했다.

단골 술집에 자리 잡은 그들은 와인부터 시켰다. 윤성훈이 축하주로 와인을 택한 것이다.

"자아, 우리의 승리를 위하여!"

윤성훈이 유쾌한 웃음을 활짝 피우며 와인잔을 들어 올렸다.

"위하여!"

박재우와 강기준도 합창하며 와인잔을 들어 올렸다.

세 개의 잔이 가볍게 부딪쳤다. 쟝그랑……, 목이 길고, 날렵하면서도 풍만하게 둥근 와인잔 세 개가 부딪치며 해맑고 깨끔한 소리로 울렸다.

"아아, 이 울림……, 언제 들어도 좋단 말야. 맛보다는 이 울림이 좋아서 와인을 축하주로 한 거야. 이 소리를 들으면 진짜 축하의 종이 울리는 것 같거든."

눈까지 사르르 내려 감은 윤성훈은 무척이나 감상적인 어조로 말했다.

"예, 그렇지요. 역시 서양 사람들은 멋지지요. 술 한잔을 마셔도 이렇게 운치를 살리고." 박재우는 잔을 기울여 가볍게 입술을 축이고는, "울림 좋은데 축하를 한 번 더 하지요." 그는 재판의 승리가 정말 흡족한 듯 잔을 내밀었다.

세 사람은 밝은 웃음 넘쳐나는 얼굴로 다시 와인잔을 부딪쳤다. 공명 좋은 얇은 유리잔은 변함없이 투명하고 곱고 아득한 울림을 자아내며 그들의 흥 돋는 마음을 더욱 흥겹게 축하해 주고 있었다.

"좋아! 만족이야, 대만족! 이게 모두 자네들 세 사람의 공이야. 첫 출발이 좋으니까 결과도 말끔하게 끝나도록 자네들이 최선을 다하란 말야. 난 자네들 셋을 내 자식같이 믿어. 내가 며칠 안으로 특별 스톡옵션을 내리도록 하지. 정말 수고들 했어."

윤성훈의 보고를 받은 회장은 굳이 박재우와 강기준을 불러들여 이렇듯 흥건하게 만족을 표시했던 것이다. 그리고 정말 '내 자식같이 믿는다'는 것을 확인시키듯 회장은 일일이 악수까지 해주었다. 그러니 그들의 흥겨움은 춘향이를 품은 이도령이 부러우랴, 율도국을 세운 홍길동이 부러우랴.

"근데 말이오, 마음이 개운하고 말끔하지 않고, 한쪽 구석이 께름칙하고 우중충한 것이 다 그놈들 때문인데……, 그것들이 인터넷을 가지고 설쳐대고 있으니 그것 참……."

잔을 비워 와인을 입에 머금고 있는 윤성훈의 얼굴은 정말 말 그대로 우중충해져 있었다.

"예, 그 작자들의 선동이 사람들에게 먹혀들어갈지도 몰라 신경에 거슬리시는 것이죠? 그거 전혀 걱정 안 하셔도 됩니다. 제까짓 것들이 아무리 몸살 나게 떠들어대고, 진땀 빼며 글을 써대고 해봤자 아무 소용이 없는 헛짓입니다." 박재우는 어느 때 없이 자신감 넘치는 팽팽한 어조로 말하고 술잔을 비우고는, "아까 말씀하시기를, 그들의 힘에 의해 80년대에 군부독재가 무너졌다고 했습니다. 예, 그건 그 누구도 부인할 수 없는 엄연한 역사적 사실입니다. 그들 또한 그 경험을 확실하게 믿기 때문에 '경제민주화' 운운해 가며 다시 나서고 있습니다. 그러나 그건 천만의 말씀입니다. 그들은 '정치'라는 것과 '경제'라는 것의 차이를 모르고 설치는 것입니다. 보십시오, 군부독재 30년이 국민들에게 준 것은 무엇입니까.

억압과 공포 두 가지뿐입니다. 자기네 통치를 반대하는 말은 한마디도 하지 못하게 억압하고, 신문에 난 사실을 술주정으로 떠들어도 수사기관에 잡아다가 두들겨 패는 공포를 느끼게 했습니다. 국민들은 들고 일어나지는 못하고 불만이 가득차 있는데, 80년대에 마침내 그들이 화염병을 던지며 거리로 뛰쳐나오기 시작했습니다. 연세대생 이한열이 죽게 되자 침묵하고 있던 국민들의 울분은 한곳으로 모아졌고, 그 장례 행렬을 따라 마침내 시민들이 시청 광장에 백만이 넘도록 운집했습니다. 연세대를 출발할 때 3만이었던 것이 시청 광장에 이르는 동안 그렇게 무섭게 불어난 것입니다. 그 백만의 여파가 전국 대도시로 퍼져나가면 천만, 2천만이 되도록 되어 있었지요. 그게 억압정치, 폭력정치, 공포정치에 분노하고 저항하기 시작한 군중심리라는 거지요. 한번 불붙으면 걷잡을 수 없이 폭발하며 끝장을 보고 마는 그 무서운 군중의 힘에 의해서 인류사의 모든 독재 권력들은 종말을 고했습니다. 그런 정치에 비해 경제는 전혀 다릅니다. 경제가 국민들에게 주는 것은 정치와 정반대로 꿈과 희망입니다. 오늘 고생한 만큼 내일은 더 잘살게 된다. 선진국 부러워할 것 없다, 우리도 선진국 국민이 될 수 있다. 이런 꿈과 희망들을 차츰차츰, 차근차근 현실로 이루어지게 해준 것이 지난 50년의 경제발전 역사입니다. 그 생생한 실례가 바로 인간 생존의 3대 필수 요소인의·식·주의 완전 해결입니다. 전후의 가난 속에서 80퍼센트 이상의 국민들이 배고파 허덕이고, 헐벗어 떨고, 단칸 셋방에서 온 식구가 살아야 했던 것을 이제는 살이 너무 쪄서 전국적으로 살 빼는 열풍 속에 그 비용이 연간 20조에 이르는 사회가 됐고, 내의고 양말을 겹겹으로 누덕누덕 기워서 입고 신었을 뿐만 아니라 겉옷도 엉덩이며 팔꿈치 부분을 재봉틀로 박음질해서 입는 것이 예사였던 형편에서 이제는 기워 입는 일이란 아예 없어졌을 뿐만 아니라, 잘사는 나라들의 헌옷을 수출하는 데 우리나라 사람들이 입고 버린 것이 제일 질이 좋아 동남아며 아프리카에서 가장 인기를 얻고 있는 현실이 되었고, 국민들이 가진 가장 큰 소망이었던 '내 집 마련의 꿈'도 9평에서 12평, 12평에서 18평, 18평에서 24평, 24평에서 35평으로 세월 따라 그 넓이가 자꾸자꾸 넓어지면서 모두가 중앙난방이 되는 아파트에 살 수 있도록 집 문제가 해결되었습니다. 그뿐이 아니라 경제발전 혜택의 대표적인 것 두 가지가 또 있습니다. 자동차와 해외여행입니다. 국산 자동차를 처음 만들어내면서 '마이 카 시대'가 머잖아 온다고 했을 때 '마이 카'라는 그 생소한 말의 거리감처럼 그 말을 아무도 믿지 않았습니다. 그런데 이젠 신혼부부가 전세살이를 하면서도 따로따로 마이 카를 굴리고, 인구 몇천 명인 소읍에서도 자동차로 길이 막히는 상황이 되어버렸습니다. 한때 이 에피소

드는 유명했잖습니까. 최초의 남북 정상회담을 앞두고 준비 차 남쪽에 왔던 북쪽 대표단이 했던 얘기 말입니다. 남산에 올라가 서울 시내를 구경하던 북쪽 대표가 하는 말, "전국에서 차들 모아들이느라고 수고 많이 했수다래." 이에 남쪽 대표가 응수한 말, "그보다는 저 빌딩들을 옮겨오느라고 더 힘이 들었지요." 이렇듯 자동차는 남과 북의 현격한 경제 차이를 보여주는 상징물이 되기도 했습니다. 해외여행이란 것도 40~50년 전에는 엄두도 낼 수 없었던 꿈 아니었습니까. 우리 세대를 가르친 세계사 선생이나 지리 선생들은 대만은커녕 일본도 여행해 보지 못한 채 세계 역사와 세계 지리를 가르쳤습니다. 그런데 지금은 전 국민이 외국 여행을 못 해본 사람이 거의 없을 정도가 되었고, 효도 관광도 제주도에서 동남아로, 동남아에서 유럽으로 가는 것이 예사가 되었습니다. 이렇게 국민 모두는 자기들의 꿈과 희망이 경제발전을 따라 이루어지고 현실이 되는 것을 똑똑히 체험했고, 생생히 실감했습니다. 그 경제발전을 주도한 것이 누굽니까. 바로 기업들입니다. 그중에서도 대기업들입니다. 그래서 모든 국민들은 몇십 년에 걸쳐서 기업들이 잘되어야 우리가 잘살 수 있다는 생각을 마음속 깊이깊이 하게 되었고, 그 확고한 믿음은 뼛속 깊이까지 아로새겨지게 되었습니다. 지금 우리나라 사람들이 공통적으로 가지고 있는 꿈은 단 하나, 더욱더, 지금보다도 훨씬 더 잘살기를 바라고 있는 것입니다. 그 목표는 선진국처럼 국민소득이 4~5만 불 되는 것입니다. 그 좋은 증거가 '부자 되세요' 하는 광고 문구가 삽시간에 '새해 복 많이 받으세요' 하는 새해 인사를 물리치고 최고 덕담의 자리를 차지한 것이고, 남자들이 대우 좋은 기업들로 몰리는 바람에 초등학교에 여선생님들이 99퍼센트가 되어버리는 교육 불균형 현상이 벌어지고 있고, 보수 좋은 직장 구하기 위한 영어 교육 열풍으로 그 사교육비가 걷잡을 수 없이 늘어 15조 원에 육박하고 있습니다. 이런 현실은 앞으로 갈수록 심해질 것이고, 그에 따라 '기업이 잘되어야 우리가 잘살 수 있다'는 생각은 더욱더 강해질 수밖에 없습니다. 그자들은 이런 뚜렷하고 명백한 현실을 직시하지 못하고 있습니다. 그들이 인터넷에서 아무리 기를 쓰고 나대보았자 세상 사람들은 끄떡도 하지 않기 때문에 다 헛짓이고, 공염불일 뿐입니다. 모든 사람들이 더욱더 잘살기를 원하는 한 '기업이 잘되어야 우리가 잘살 수 있다'는 믿음은 그 어떤 종교의 주문보다도 신통력이 막강하고 강력합니다. 그러니까 아무 염려 안 하셔도 된다 그겁니다." 언변 좋은 그는 마치 예정된 경제 특강이라도 하듯이 그 말이 쫄깃쫄깃 길었다.

박재우가 열변을 토하는 동안 윤성훈은 소파에 몸을 부리고 와인을 홀짝홀짝 마시며, 숨도 안 쉬듯 술술술 말을 풀어내는 그 말재주가 신기하다는 듯 박재우를 물끄러미 바라보고 있었다. 박재우는 말만 하는 것이 아니었다. 목을 축이고 말하는 기분도 돋우려는 듯 빠른 솜씨로 술도 마셨기 때문에 강기준은 두 사람 잔과 자기 잔에까지 포도주를 따르느라고 부지런을 떨어야 했다.

그런데 강기준이 이제 내 차례라는 듯 말을 하기 시작했다.

"그리고 그들이 또 한 가지 모르고 있는 사실이 있습니다. 인간은 기본적으로 그리고 본능적으로 자본주의적이라는 점입니다. 쏘련을 위시한 사회주의권의 자멸에는 여러 가지 이유가 복합적으로 얽혀 있습니다. 당은 무오류라고 단언한 공산당의 오만한 오류, 그에 따른 공산당 일당독재, 일당독재에 의한 당원들의 횡포와 타락, 무사안일에 빠진 당원들의 봉건적 관료화, 계획경제에 따른 국민들의 직업 선택권 말살과 개성 무시, 사회주의 사회 건설에 따른 사유재산 불인정과 국민들의 의욕 상실, 국가의 국민생활 통제에 의한 경쟁 부재. 이런 것들이 서로 뒤얽히고 상승작용을 일으켜 결국 사회주의는 자본주의가 아무런 힘도 가하지 않았는데도 스스로 망해 인류사에서 자취를 감추고 말았습니다. 그런데 그 여러 가지 이유들 중에서 가장 비중이 컸던 것이 바로 인간의 자본주의적 속성이라고 할 수 있을 것입니다. 누구나 사유재산을 갖고 싶어 하고, 그래서 자기가 잘할 수 있는 일을 찾아 나서

고, 남보다 잘살기 위해서 열심히 일하고, 그러다 보니 자연스
럽게 경쟁이 생기고, 그 경쟁을 통해 사회는 활력 있게 발전
하게 되는 거지요. 사회주의는 그 기본 동력을 제거해 버렸으
니 정치를 아무리 잘해도 그 국가는 망할 수밖에 없는 것입
니다. 저 옛날에 오욕칠정을 말할 때, 인간의 다섯 가지 본능
적 욕망 중에 첫 번째로 꼽은 것이 재물욕입니다. 점쟁이들이
점을 칠 때도 재복을 맨 앞에 놓습니다. 그게 바로 사유재산
욕구 아닙니까. 그다음이 색욕·식욕·명예욕·수면욕 순이지
요. 두말할 필요가 없는 것입니다만, 자본주의는 인간의 본능
중에 첫 번째 본능을 극대화함으로써 갈수록 번성을 누리는
제도 아닙니까. 오늘보다 내일은 더……, 내일보다 모레는 더
욱더 잘살게 된다는 희망과 꿈을 품은 자본주의 열차의 승객
들은 절대로 중간에서 내릴 수가 없습니다. 그들은 잘살고 싶
은 욕망에 사로잡혀 있으니까요. 그자들이 떠들어대는 소리
는 그 열차에서 뛰어내리리라는 소린데, 그 소리가 잘살고 싶은
욕망이 솟구치고 있는 사람들 귀에 들릴 리가 있습니까. 그자
들은 문제의 핵심을 파악하지도 못하면서 문제를 해결하겠다
고 설쳐대는 아마추어들입니다. 그런 것들이 아무리 많아봤
자 한주먹감도 안 됩니다. 그 작자들은 헛기운만 쓰다가 제물
에 나가떨어지게 되어 있으니 전혀 신경 쓰실 것 없습니다."

　박재우, 당신만 알아? 하는 듯이 강기준도 한바탕 그럴듯하

게 자기 생각을 엮어냈다.

"허! 역시 두 사람은 박사답게 자기 논리가 분명해서 좋소. 허나 그자들이 내세우는 주장도 그 나름으로 일리가 있기도 하니 그렇게 안심할 수만은 없다 그거요."

윤성훈이 두 사람을 한 눈길로 싸잡아 보며 느리게 고개를 저었다.

"예, 그들도 제 나름으로 똑똑한 위인들이니 무방비로 방심할 수는 없는 일이지요. 허나 저희가 한 말은 일반 대중들이 가지고 있는 속성까지 포함해서 볼 때 그들이 전혀 성공할 수 없다는 것을 말씀드린 거지요."

박재우가 윤성훈을 피해 담배 연기를 길게 내뿜었다.

"대중들의 속성……?"

윤성훈이 앉음새를 고치며 관심을 드러냈다.

"예, 자발적 복종이지요."

"자발적 복종……?"

"예, 세상 사람들 모두가 더욱 잘살기를 바라고, 그래서 '기업이 잘되어야 우리가 잘살 수 있다'고 생각하게 되고, 그 꿈이 실현되기를 간절히 바라기 때문에 기업에 대한 관대한 법적 조처에 대해서 별다른 불만이나 저항감 없이 그저 묵묵히 묵인하고 침묵하며 넘어가는 것입니다. 그건 순전히 기업들을 위해서가 아니고 자기 자신들을 위해서 그러는 거지요.

아주 냉정하게 말하자면, 자기들이 더욱 잘살기를 바라는 세상 사람들의 마음속에는 전부 제각각의 교활한 이기주의와 약은 기회주의가 도사리고 있는 거지요. 그 이기주의와 기회주의를 완전히 뿌리 뽑고 깨끗하게 도려내지 않는 한 대중들은 시민단체 간부들의 선동에 따라나설 리가 없습니다. 우리의 몸에서 성욕이나 식욕의 본능을 그 누구의 힘으로도 완전히 제거할 수 없듯이 끝없이 잘살고자 하는 재물욕도 도려낼수 없습니다. 인간의 마음에서 재물욕이 생생히 살아 있는한 세상 사람들은 우리 세력에게 충성스럽게 자발적 복종을 하게 되어 있습니다."

박재우는 또 담배 연기를 길게 내뿜으며 냉기 서린 거만한웃음을 피워냈다.

"그렇습니다. 세상 사람들은 제각기 자기네 자신만을 위한이기주의와 기회주의에 사로잡혀 있을 뿐만 아니라, 우리 기업과 법조계, 우리 기업과 언론 사이의 메커니즘을 전혀 모르기 때문에 '국민경제를 위하여……' 하는 판결문이나 기사들을 정말 자기들을 위하는 것이라 믿을 뿐 아니라, 그 단순한 생각이 오랜 세월에 걸쳐서 반복됨으로써 집단 최면 상태에 빠져 있습니다. 그 두 가지 효과가 합쳐져 세상 사람들은우리 기업에게 배신을 모르는 자발적 복종을 하지 않을 수가없게 되어 있습니다." 강기준도 담배 연기를 내뿜으며 자신만

만하게 말했다.

"그래, 세상 사람들이 잘살고 싶어 하는 욕망을 얼마나 강하게 품고 있는가를 지난 대선과 총선에서 깜짝 놀라도록 또다시 생생하게 체험했었지. '경제 살리겠다' 그 한마디에 다른때 표차의 열 배가 넘는 몰표가 쏠려버렸고, '뉴타운 개발' 한마디 앞에서 쓸 만한 야당 국회의원 네댓 명이 낙동강 오리알신세가 되어버리지 않았어. 우리가 경제통이라 빤히 아는 사실이지만, 국민소득 1만 5천 달러 상태에서 성장률 4~4.5퍼센트는 아주 건강한 경제라고 국제적 평가가 내려져 있잖아. 그런데 대선 바람이 몰아치면서 그 멀쩡히 살아 있는 경제가 '죽은 경제'로 매도되고, 그 분위기 속에서 '경제 살리겠다'는 구호가 유권자들에게 먹히기 시작했잖아. 태풍 휘몰아치듯하는 그 분위기 속에서 상대 후보는 아무리 좋은 소리를 외쳐대도 전혀 효과 없이 다 분산되어 버리는 거야. 나는 그때 민심이라는 것이 무엇인지, 민심이라는 것이 얼마나 무서운것인지 처음으로 실감했어. 그전에는 '민심이 천심이다' 하면 막연하기만 했고, 그 실체를 보기가 어려웠거든. 그리고 총선의 뉴타운 공약 말야. 그 공약 하나 때문에 야당 현역 국회의원들을 네댓이나 떨어뜨려버린 것은 참 너무했었지. 아주 양심적으로 말하자면, 그 물먹은 국회의원들이 우리하고는 생각도 기질도 맞지 않았지만, 정치가로서 그래도 쓸 만한 인물들이라는 건 틀림없거든. 그런데 유권자들은 여당을 당선시켜 뉴타운 개발이 되면 1~2억은 벌 수 있다는 꿈에 부풀어 야당을 인정사정없이 모조리 떨어뜨려버린 거지. 헌데 그 뉴타운 공약이 모두 속임수였음이 당선 직후 곧바로 다 드러났잖아. 그 꼴을 보며 기분이 참 묘하더군. 돈에 미친 사람들의 꼴이 저런 것이구나 싶은 게. 자네들 말이 맞아. 세상 사람들은 배신을 모르는 충성심으로 언제까지나 우리한테 자발적 복종을 다할 거야."

윤성훈이 폭넓게 고개를 끄덕이며 술잔을 들었다.

"예, 정확히 지적하셨습니다. 사람들은 다음 선거에서 똑같은 식의 속임수를 써도 또 그런 후보를 찍을 겁니다. 그게 모든 사람들의 마음속에 도사리고 있는 잘살고자 하는 욕심의 발동이고, 그 욕심의 노예니까요."

박재우가 말했다.

"맞습니다. 그들은 그 욕심에 취한 채 아무것도 보지 못하는 장님이고, 아무것도 듣지 못하는 귀머거리고, 아무 말도 하지 못하는 벙어립니다. 그러니 시민단체들이 아무리 떠들고, 아무리 설레발을 쳐봤자 헛김 빠지고, 헛수고만 하는 거지요."

강기준이 장단을 맞추었다.

"그래, 사회주의가 다시는 살아날 수 없으니 자본주의는

398

독야청청 건재할 수밖에 없고, 그렇다면 세상 사람들은 눈앞에서 잡힐 듯, 잡힐 듯 흔들리는 당근을 보고 줄기차게 달려야 하고, 우리의 성은 난공불락으로 점점 더 튼튼해져 가는 거지."

윤성훈은 불콰해진 술기운에 실려 연극적인 어조로 말했다.

"예, 그렇습니다. 대중들은 바보스러울 만큼 착하게 자발적 복종을 하게 되어 있습니다."

박재우가 통쾌하다는 듯 와인잔을 단숨에 비웠다.

"예, 그러니까 우리 골든 패밀리도 더욱 강한 힘으로 건재할 겁니다."

강기준도 호기롭게 와인잔을 비웠다.

"바보스러울 만큼 착하게 자발적 복종을 한다! 그 말 아주 좋아. 자아, 우리 골든 패밀리의 영원한 건재를 위해 건배!"

윤성훈이 와인잔을 높이 들었다.

"건배!"

그들은 잔을 부딪쳤다. 세 개의 와인잔은 그야말로 충성스럽게 산사의 풍경소리처럼 영롱하고 청아한 울림으로 그들의 양양한 앞날을 축복했다.

"근데 얘기하다 보니 배부르게 와인을 너무 많이 마셨군요. 술 좀 바꾸고 애들 불러 앉히는 게 어떠시겠어요?"

박재우가 술기운에 감긴 말캉말캉한 어조로 윤성훈에게

물었다.

"좋지, 좋아! 계집들이 따르는 술맛이란, 그거 진짜배기 인생 꿀맛이지." 윤성훈이 감실감실 피는 눈웃음으로 응답하고는, "근데 우리끼리 얘기할 게 한 가지 더 있어." 그는 주목하라는 듯 검지손가락을 세워 박재우와 강기준의 눈앞에 흔들었다.

적잖은 술을 마셨는데도 박재우와 강기준은 그 간단한 손짓을 따라 정색을 하며 자세를 똑바로 세웠다. 마치 군인의 동작 같았다. 술기운에 젖어 있으면서도 수컷들의 위계질서는 그러하였다.

"그거 말이야, 경민실 공동대표, 전 변호사란 자 말야, 그대로 방치해선 안 돼. 그놈이 이래저래 걸치적거려. 그러니 한 방으로 날려버려야 해."

박재우와 강기준의 눈빛이 재빠르게 교차했다. 짧은 순간에 오간 그들의 눈짓말은, 다 끝난 얘기 갖고 왜 그러지? 였다.

"그 한 방이 뭔지 알겠어?"

윤성훈의 두 눈이 박재우를 빤히 쳐다보았다. 그 말똥말똥한 눈은 전혀 술 마신 눈이 아니었다.

"……"

박재우는 대답을 못했다. 그의 얼굴에는 당황스러운 기색이 완연해졌다.

"그 한 방이 뭐겠어?"

윤성훈의 두 눈이 강기준에게로 옮겨졌다. 그의 눈은 더욱 또릿또릿해져 강기준의 눈 속을 파고들고 있었다.

"……."

강기준도 대답을 못했다. 꿀럭 하는 생침 삼키는 소리와 함께 그의 목울대가 심하게 오르내렸다. 그는 박재우보다 더 긴장하고 있음을 보여주고 있었다. 당황과 긴장의 강도도 직급 순이었다.

이런 것이 바로 시험에 들게 하는 경우였다. 정답을 아는 것은 윤성훈. 그 답이 객관적인 것이 아니고 지극히 주관적인 것이니 무슨 재간으로 그걸 알아맞힌단 말인가.

윤성훈의 입언저리에 미묘한 웃음이 흐릿하게 피어나고 있었다. 그건 비웃음이었다. 네까짓 것들이 뭘 알아, 하는.

자알 논다. 내 참 드러워서. 박재우는 언젠가 기회만 오면 여지없이 치받아 소생 불능 상태로 만들어버릴 생각을 하고 있었다. 아이고, 기분 고소하시겠어. 혼자 잘나신 기분 맘껏 즐겨보셔. 강기준은 꼬약꼬약 괴어오르는 아니꼬움을 누르느라 애쓰고 있었다.

"그 작자들이 세상을 향해 당당하게 자랑하는 두 가지가 뭐지?"

윤성훈은 박재우와 강기준을 번갈아 쳐다보았다.

박재우와 강기준의 시선이 마주쳤다. 동시에 그들의 눈에 드러난 말은 난감함이었다. 박사학위 따는 것이 이런 식이었다면 그들은 끝내 따지 못했을지도 몰랐다.

"양심적이라는 거잖아, 즈네들이. 그럼 다른 하나는?"

윤성훈은 친절하게 힌트를 주었다.

"도덕성!"

대답하려는 것이 아니었다. 그냥 불쑥 나가고 말았다. 흔히 쓰는 말에, 자신도 모르게, 라는 말이 있다. 지금 강기준이 그 랬다. 자신도 모르게 그 말이 나가고 말았다. 자신이 정답을 맞히면 선배 박재우의 입장이 어떻게 되는가. 그리고 윤성훈에 대한 아니꼬움 때문에도 초등학생처럼 낼름낼름 입놀림을 하고 싶지 않았던 것이다. 그러나……, 그게 사실인가? 그게 진심인가? 과연 답을 빨리 맞혀 막강한 직계 상사 윤성훈에게 잘 보이고 싶은 마음은 없었던가? 자신의 맘을 자신도 알 수가 없었다. 맘이 맘대로 되는 맘이 없고, 맘이 맘대로 되면 사람 맘이 아니라고 했다. 하여튼 강기준은 불쑥 대답을 해 버린 것이 기분 더러웠다.

"맞았어, 도덕성이야." 윤성훈은 강기준과 눈을 맞추며 제법이라는 듯 씩 웃고는, "그걸 한 방에 깨부숴버리면 돼" 하며 팔을 내뻗어 허공을 쳤다.

시민단체 공동대표의 도덕성을 한 방에 깨부순다……, 윤성훈은 그 방법도 이미 알고 있다는 태도였다. 그리고 또 그것을 알아맞혀보라는, 하나도 재미없고 술맛 다 달아나는 퀴즈 게임을 계속하려는 기세였다.

강기준은 짜증이 불끈 솟기는 걸 느꼈다. 한편으로는, 자신은 그 사람을 깨부술 그 한 방을 전혀 생각하지 않았다는 것에 대해, 윤성훈의 그 폭넓고 치밀한 업무 태도에서 한 수 떨어지는 서늘한 긴장을 느끼기도 했다.

박재우는 선하품을 하며 담배에 불을 붙였다. 그건 지루한 짓 그만하라는 노골적인 감정 표시이기도 했다.

"양심적이고 도덕성이 강하다는 건 그자들의 강점이자 약점이지. 그 아킬레스건을 정면으로 공격하는 거야. 신태하 말을 들으니까 그 친구가 술을 아주 좋아한다고 하더군. 그건 공격이 아주 용이한 큰 허점이지. 옛날부터 지금까지 술에 꼭 따르는 건 안주 말고 또 하나가 있잖아. 여자. 그래서 주·색이 한 단어 아닌가. 여자를 끼고 코가 비틀어지게 술을 마시게 하면 일은 끝장나지. 근데 그 일이 쉽고도 어렵단 말야. 우리 셋은 죽었다 깨나도 그자한테 그런 식으로 술을 먹일 수 없잖은가. 그래서 그 적임자를 하나 구했지. 그자가 마음 놓고 믿을 수 있도록 고등학교 동창으로, 완전 비밀 유지를 위해서 LA에 사는 사람으로. 김 실장이 수고했는데, 그 사람이 곧 태평양을 건너올 거야. 그 성공한 사업가는 좋은 일을 하는 고등학교 동창을 위해 시민단체에 기부금을 내는 거지. 궁한 시민단체가 제일 감지덕지하는 게 활동비 아닌가. 그렇게 접근된 고등학교 동창끼리 야하게 술 마시게 되는 거야 너무 쉬운 일이고. 그렇게 되면 그자는 완전 매장이야, 생매장. 그자가 없어져야 우리 앞길을 안심할 수 있어. 돌다리도 두들겨 건너랬다고 장애물이 될 수 있는 건 미리미리 깨끗이 청소해 버려야 해. 그 사람이 귀국하면 관리는 전적으로 자네가 맡으라구. 알겠어?"

윤성훈이 강기준에게 지시했다.

"예, 알겠습니다."

강기준이 사무실에서와 똑같은 태도로 대답했다.

"됐어, 이젠 분위기 바꾸자구."

윤성훈이 쓸모없는 물건 밀쳐내듯 와인잔을 밀어버렸다. 그러나 윤성훈은 한 가지 사실은 입에 올리지 않았다. 그들의 컴퓨터 해킹은 김 실장에게 전담시켰던 것이다.

다음 날 세 사람은 회장이 직접 내린 스톡옵션의 봉투를 받았다. 회장은 그 액수를 말하지 않았다. 그들 세 사람도 회장실을 나온 다음 서로 확인하지 않았다.

강기준은 주위의 눈치를 살피며 화장실로 달려갔다. 대변기에 걸터앉아 봉투 속의 것을 꺼냈다. 손끝이 바르르 떨렸다. 수표의 숫자 세 단위마다 찍힌 점이 두 개, 한눈에 1억이었다. 그 수표가 몇 장 포개져 있었다. 이제 와들와들 떨리는 손으로 그는 수표를 다 꺼냈다. 모두 다섯 장이었다.

돌깍쟁이 영감탱이, 우리가 만들어준 비자금 이자만 하루에 얼만데…….

강기준은 어금니를 맞물었다. 뿌드득 소리가 났다.

며칠이 지나 강기준이 결근을 했다. 아무 연락도 없었다. 이튿날도 결근이었다. 역시 전화 한 통화 없었다. 오후에 윤성훈 앞으로 빠른우편이 도착했다. 강기준의 사표였다. 사직서 내용은 틀에 박힌 형식 그대로였다. 그의 행적을 구체적으로 알려주는 듯 봉투의 왼쪽 위에 거상그룹의 주소가 선명히 박혀 있었다.

1943년   전남 승주군 선암사에서 아버지 조종현과 어머니 박성순 사
          이의 4남 4녀 중 넷째(아들로는 차남)로 태어남. 아버지는 일
          제시대 종교의 황국화 정책에 의해 만들어진 시범적인 대처
          승이었음.

1948년   '여순반란사건'을 순천에서 겪음.

1949년   순천 남국민학교 입학.

1950년   충남 논산에서 6·25를 맞음.

1953년   작은아버지들이 살고 있던 벌교로 이사. 최초의 자작 문집
          을 만들었고, 글짓기에서 전교 1등상을 받음.

1956년   광주 서중학교 입학.

1958년   아버지가 서울 보성고등학교로 전근.

1959년   서울로 이사. 광주 서중학교 제34회 졸업.
          보성고등학교 입학.

1962년   보성고등학교 제52회 졸업. 동국대학교 국문학과 입학.

1966년   대학 졸업과 동시에 육군 사병 입대.

1967년   시인 김초혜와 결혼.

1969년   육군 병장 제대.

1970년   《현대문학》 6월호에 「누명」이 첫회 추천됨. 12월호에 「선생님
          기행」으로 추천 완료. 동구여상에서 교직 근무 시작.

1971년   중편 「20년을 비가 내리는 땅」《현대문학》, 단편 「빙판」《신동
          아》, 「어떤 전설」《현대문학》 발표. 「선생님 기행」이 일본어로

번역됨.

1972년   중편 「청산댁」《현대문학》, 단편 「이런 식이더이다」《월간문학》
발표. 부부 작품집 『어떤 전설』(범우사) 출간. 중경고등학교
로 전근. 아들 도현을 낳음.

1973년   중편 「비탈진 음지」《현대문학》, 단편 「거부 반응」《현대문학》,
「타이거 메이저」《일본 한양》, 「상실기」를 「상실의 풍경」으로
개제 《월간문학》에 발표. 10월 유신으로 교직을 떠나게 됨.
《월간문학》 편집일을 시작. 「청산댁」이 일본에서 간행된 『한
국전후대표작선집』에 번역 수록.

1974년   중편 「황토」 작품집 『황토』에 수록. 단편 「술 거절하는 사회」
《월간문학》, 「빙하기」《현대문학》, 「동맥」《월간문학》 발표. 작
품집 『황토』(현대문학사) 출간.

1975년   단편 「인형극」《현대문학》, 「이방 지대」《문학사상》, 「전염병」을
「살풀이굿」으로 개제 《신동아》에 발표, 「발아설」을 「삶의 흠
집」으로 개제 《월간문학》에 발표. 「황토」가 영화화됨. 월간문
학사 그만둠.

1976년   단편 「허깨비춤」《현대문학》, 「방황하는 얼굴」《한국문학》, 「검
은 뿌리」《소설문예》, 「비틀거리는 혼」《월간문학》 발표. 장편
『대장경』을 민족문학 대계의 일환으로 집필 완성.
월간 문예지 《소설문예》 인수, 10월호부터 발간.

1977년   중편 「진화론」《현대문학》, 「비둘기」《소설문예》, 단편 「한, 그 그
늘의 자리」《문학사상》, 「신문을 사절함」《소설문예》, 「어떤 솔거
의 죽음」《창작과비평》, 「변신의 굴레」《신동아》, 「우리들의 흔
적」《소설문예》 발표. 작품집 『20년을 비가 내리는 땅』(범우
사) 출간. 10월호를 끝으로 《소설문예》의 경영권을 넘김.

1978년   중편 「미운 오리 새끼」《소설문예》, 단편 「마술의 손」《현대문학》, 「외면하는 벽」《주간조선》, 「살 만한 세상」《월간중앙》 발표. 작품집 『한, 그 그늘의 자리』(태창문화사) 출간. 도서출판 민예사 설립.

1979년   단편 「두 개의 얼굴」《문예중앙》, 「사약」《주간조선》, 「장님 외줄타기」《정경문화》 발표. 중편 「청산댁」이 KBS 〈TV문학관〉에 극화 방영.

1980년   단편 「모래탑」《현대문학》, 「자연 공부」《주간조선》 발표. 도서출판 민예사의 경영권을 넘기고 주간의 일을 봄. 문고본 『허망한 세상 이야기』(삼중당) 출간.

1981년   중편 「유형의 땅」《현대문학》, 「길이 다른 강」《월간조선》, 「사랑의 벼랑」《여성동아》, 단편 「껍질의 삶」《한국문학》 발표. 장편 『대장경』(민예사) 출간. 중편 「청산댁」이 프랑스어로 번역 출간. 중편 「유형의 땅」으로 현대문학상 수상.

1982년   중편 「인간 연습」《한국문학》, 「인간의 문」《현대문학》, 「인간의 계단」《소설문학》, 「인간의 탑」《현대문학》, 단편 「회색의 땅」《문학사상》, 「그림자 접목」《소설문학》 발표. 작품집 『유형의 땅』(문예출판사) 출간. 중편 「인간의 문」으로 대한민국문학상 수상. 중편 「유형의 땅」이 MBC TV 6·25 특집극으로 방영.

1983년   중편 「박토의 혼」《한국문학》, 단편 「움직이는 고향」《소설문학》 발표. 대하소설 『태백산맥』을 원고지 1만 5천 매 예정으로 《현대문학》 9월호부터 연재 시작. 연작 장편 『불놀이』(문예출판사) 출간. 『불놀이』가 MBC TV 6·25 특집극으로 방영.

1984년   중편 「운명의 빛」을 「길」로 개제《한국문학》에 발표. 단편 「메아리 메아리」《소설문학》 발표. 장편 『불놀이』 영어로 번역. 중편 「박토의 혼」 독일어로 번역. 작품 「메아리 메아리」로 소설 문학작품상 수상. 도서출판 민예사에서 《한국문학》을 인수하고, 주간을 맡아 12월호부터 발간.

1985년 중편 「시간의 그늘」《한국문학》 발표. 대하소설 『태백산맥』 연재 집필을 위해 매달 안양의 라자로마을에 10여 일씩 칩거.

1986년 『태백산맥』 제1부 4천 8백 매 완결(《현대문학》 9월호). 제1부를 3권의 단행본으로 출간(한길사).

1987년 『태백산맥』 제2부를 《한국문학》 1월호부터 연재 시작하여 12월호까지 3천 2백 매 완결. 제2부를 2권의 단행본으로 출간.

1988년 『태백산맥』 제3부를 《한국문학》 3월호부터 연재 시작하여 12월호까지 3천 2백 매 완결. 제3부를 2권의 단행본으로 출간. 작품집 『어머니의 넋』(한국문학사) 출간. 신문사 문학 담당 기자와 문학평론가 39인이 뽑은 '80년대 최고의 작품' 1위 『태백산맥』(《문예중앙》, 1988년 여름호). 성옥문화상 수상.

1989년 『태백산맥』 제4부를 《한국문학》 1월호부터 연재 시작하여 11월호까지 4천 5백 매 완결. 제4부를 3권의 단행본으로 출간(전 10권 완간). 『태백산맥』 완결을 고대하며 투병하시던 아버지의 별세를 소설을 쓰다가 전화로 연락받음. 소설의 완결까지 연재 1회분 반을 남겨놓은 상태에서 아버지의 장례를 치름. 문학평론가 48인이 뽑은 '80년대 최대의 문제작' 1위 『태백산맥』(『80년대 대표소설선』, 1989년, 현암사).

80년대의 '금단'을 깬 대표 소설 『태백산맥』(《한겨레신문》, 1989. 12. 28). 동국문학상 수상.

1990년 새 대하소설 『아리랑』의 집필을 위해 중국 만주, 동남아 일대, 미국 하와이, 일본, 러시아 연해주 등지를 취재 여행. 12월

11일부터《한국일보》에 2만 매로 예정된 『아리랑』 연재를 시작. 출판인 34인이 뽑은 '이 한 권의 책' 1위 『태백산맥』(《경향신문》, 1990. 8. 11). 현역 작가와 평론가 50인이 뽑은 '한국의 최고 소설' 『태백산맥』(《시사저널》, 1990. 11. 22).

1991년 『아리랑』 연재 계속. 작품 『태백산맥』으로 단재문학상 수상. 『태백산맥』으로 유주현문학상 수여가 결정되었지만 수상을 거부함. 이를 계기로 그 상이 폐지되었음. 『태백산맥』 연구서 『문학과 역사와 인간』(한길사) 출간. 전국 대학생 1,650명이 뽑은 '가장 감명 깊은 책' 1위 『태백산맥』, '대학생 필독 도서' 1위 『태백산맥』(《중앙일보》, 1991. 11. 26).

1992년 『아리랑』 연재 계속. 대검찰청에서 『태백산맥』이 국가보안법상의 이적 표현물과 적에 대한 고무 찬양에 저촉되는지를 내사한 결과 작가에 대한 의법 조치나 책의 판금을 문제 삼지 않기로 했다고 발표. '학생이나 노동자들이 읽으면 불온서적 소지·탐독으로 의법 조치할 것이며, 일반 독자들이 교양으로 읽는 경우에는 무관하다'는 내용의 대검 발표는 모든 언론들의 비판과 조롱거리가 됨. 대검의 그런 공식적 태도는 『태백산맥』 1부가 단행본으로 발간되면서부터 작가에게 몇 년 동안에 걸쳐 줄기차게 가해져 온 모든 수사 기관들의 음성적 압력과 억압 그리고 협박이 대표적으로 표출된 것에 지나지 않음. 일본의 출판사 집영사와 『태백산맥』 전 10권 완역 출판 계약 체결, 일본에서 대하소설을 완역 계약한 것은 최초. 한국의 지성 49인이 뽑은 '미래를 위한 오늘의 고전' 60선에 『태백산맥』 선정(《출판저널》, 1992. 2. 20). 독자 5백 명이 뽑은 '가장 기억에 남는 작품' 1위 『태백산맥』, 서울리서치 조사(《조선일보》, 1992. 8. 25).

1993년 『아리랑』 연재 계속. 외아들 도현이 육군 사병 입대. 중편 「유형의 땅」이 영어로 번역되어 현대한국소설집(제목 『유형의 땅』, 샤프 출판사) 출간.

1994년 6월 『아리랑』 제1부 「아, 한반도」를 3권의 단행본으로 출간 (도서출판 해냄). 8월 제2부 「민족혼」을 3권의 단행본으로 출간. 10월 제3부 「어둠의 산하」 중 일부가 제7권으로 출간. 12월 제8권 출간. 신문 연재로는 원고량을 다 소화할 수가 없어서 《한국일보》 연재를 중단하고 후반부 집필에 전념. 4월에 8개의 반공 우익 단체들이 작품 『태백산맥』과 작가를, 역사를 왜곡하여 국가보안법을 위반한 불온 서적 및 사상 불온자로 몰아 검찰에 고발함. 거기에다 이승만의 양자에 의해 이승만의 명예훼손죄 고발도 첨가됨. 6월에 치안본부 대공수사실 (속칭 남영동)에서 수사를 받았고, 그 후 몇 개월에 걸쳐 출두 요구와 거부를 반복하는 동안에 『아리랑』 집필에 치명적인 피해를 받음. 『태백산맥』 영화화(태흥영화사), 영화 개봉을 앞두고 작가를 고발했던 반공 우익 단체들이 영화를 상영하면 극장과 영화사를 폭파하고 불 지르겠다고 공공연한 공갈 협박을 자행하여 대대적인 사회의 물의를 일으킴. 전국 애장가 720명이 뽑은 '가장 아끼는 책' 1위 『태백산맥』(《한겨레신문》, 1994. 10. 5).

1995년 2월 『아리랑』 제3부 「어둠의 산하」 중 일부인 제9권 출간. 5월 제4부 「동트는 광야」 중 일부인 제10권 출간. 7월 25일 총 2만 매의 『아리랑』 집필 완료, 4년 8개월 만의 결실. 7월 제11권 출간. 8월 해방 50주년을 맞이하며 제12권 출간(전 12권). 『태

백산맥』을 출판사를 옮겨서 출간(도서출판 해냄).「조정래 특
집」(《작가세계》 가을호). 서울대학교 신입생 218명이 뽑은 '가
장 감명 깊게 읽은 책' 1위『태백산맥』, '가장 읽고 싶은 책' 1위
『태백산맥』(《한겨레신문》, 1995. 3. 15). '우리 사회에 가장 영향
력이 큰 책'《시사저널》 조사 2위『태백산맥』, 3위『아리랑』
(《시사저널》, 1995. 10. 26). 20대 남녀 독자 294명이 뽑은 '가
장 읽고 싶은 책' 1위『아리랑』(《도서신문》, 1995. 12. 30).《한겨
레 21》의 독자들이 뽑은 '1995년의 좋은 인물'에 선정(《한겨레
21》, 1995. 12. 28). 사회 각 분야 전문가 47인이 뽑은 '올해의
좋은 책' 1위『아리랑』(《출판문화》, 1995, 송년 특집호). 1천만
명 서명을 목표로 하는 '태백산맥·아리랑 작가 조정래 노벨문
학상 추천 서명인 발대식'이 1995년 11월 28일 종로 탑골공
원에서 시민 단체 자발로 이루어짐(《중앙일보》, 1995. 11. 30).

1996년   단일 주제 비평서인『태백산맥』연구서『태백산맥 다시 읽
기』권영민 집필로 출간(도서출판 해냄).『아리랑』연구서『아
리랑 연구』조남현 외 11인의 집필로 출간(도서출판 해냄). 세
번째 대하소설을 위해 독일, 프랑스, 미국 등 취재 여행. 중
편「유형의 땅」이탈리아어로 번역. 프랑스 아르마땅 출판사
와『아리랑』전 12권 완역 출판 계약 체결. 일본에서『태백산
맥』완역과 마찬가지로 프랑스에서 한국의 대하소설을 완역
계약한 것은 최초의 일. 미혼 직장 여성 502명이 뽑은 '친구
에게 가장 권하고 싶은 책' 1위『태백산맥』, 3위『아리랑』, '가
장 감명 깊게 읽은 책' 1위『태백산맥』, 4위『아리랑』(《동아일
보》《조선일보》, 1996. 1. 18). 전국 20세 이상 독자 1천 2백 명
이 뽑은 '가장 기억에 남는 소설' 1위『태백산맥』(《동아일보》,

1996. 4. 29). '우리 사회에 가장 영향력이 큰 책'《시사저널》 조사 1위 『태백산맥』, 5위 『아리랑』(《시사저널》, 1996. 10. 24).

1997년 새 대하소설을 위해 베트남, 사우디아라비아 등 취재 여행. '『태백산맥』 1백 쇄 출간 기념연'을 3월 6일 프라자호텔에서 개최(주최·도서출판 해냄), 증정본 겸 기념본으로 『태백산맥』 양장본 1백 질을 제작. 대하소설로 1백 쇄 발간은 최초의 일이며, 450만 부 돌파는 한국 소설사 1백 년 동안의 최고 부수라고 각 언론이 보도. 3월부터 동국대학교 첫 번째 만해석좌교수가 됨. 장편 『불놀이』 영역판(전경자 교수 번역)이 미국 코넬대학 출판부에서 출간. 프랑스 유네스코에서 『불놀이』 번역 시작. 각 대학 수석 합격자 40명이 뽑은 '후배들에게 가장 권하고 싶은 소설' 1위 『태백산맥』, 5위 『아리랑』(《중앙일보》, 1997. 2. 25). 전국 국문과 대학생 150명이 뽑은 '가장 좋은 소설' 1위 『태백산맥』, 4위 『아리랑』(《조선일보》, 1997. 5. 15). 서울대학생 1천 명이 뽑은 '가장 감명 깊게 읽은 소설' 1위 『태백산맥』, 4위 『아리랑』(《조선일보》, 1997. 7. 23). 1997년 서울 6개 대학 도서관의 문학 작품 대출 1위 『태백산맥』(《동아일보》, 1997. 12. 28). 전남 보성군청에서 추진하던 '태백산맥 문학공원' 사업이 자유총연맹과 안기부의 개입·방해로 전면 좌초(《시사저널》, 1997. 9. 18).

1998년 『아리랑』 프랑스어판 제1부 3권이 4월 말에 출간(아르마땅 출판사). 문예진흥원 번역 지원으로 작품집 『유형의 땅』 프랑스어로 번역 시작. 세 번째 대하소설 『한강』 《한겨레신문》 창간 10주년을 기념하여 5월 15일부터 연재 시작. 『태백산맥』 사건은 이때까지도 미해결인 채 국가보안법 위반 혐의자로 검찰에 걸려 있음. 20·30대 사무직 남·여 6백 명이 뽑은 '지금까지 살아오면서 가장 기억에 남는 책'(전세계의 작품을 대상) 한국출판연구소 조사 남자 국내 1위『태백산맥』, 여자 국내 1위『태백산맥』(《동아일보》, 1998. 4. 21). 서울대학 도서관 대출 1위『아리랑』(《조선일보》, 1998. 7. 23). 제1회 노신(魯迅)문학상 수상.

1999년　《한국일보》조사, 문인 1백 명이 뽑은 지난 1백 년 동안의 소설 중에서 '21세기에 남을 10대 작품'에『태백산맥』선정(《한국일보》, 1999. 1. 5).《출판저널》특별 기획, 각 분야 지식인 1백 인이 선정한 '21세기에도 빛날 20세기 책들(국내 모든 저작물 대상)' 36종에『태백산맥』선정됨(《출판저널》1999년 신년 특집 증면호).《한겨레 21》창간 5돌 특집, 전국 인문·사회 계열 교수 129명이 뽑은 '20세기 한국의 지성 150인'에 선정됨(《한겨레 21》, 1999. 3. 25). MBC TV〈성공시대〉70분 특집 방영 '소설가 조정래'.『조정래문학전집』전 9권(도서출판 해냄) 출간.『태백산맥』일어판 1·2권(집영사) 출간. 장편『불놀이』프랑스 유네스코에서 프랑스어판(아르마땅 출판사) 출간. 소설집『유형의 땅』이 문예진흥원 선정으로 프랑스어판(아르마땅 출판사) 출간. 출판인 50인이 뽑은 20세기 최고 작가 2위(《세계일보》, 1999. 12. 18).《중앙일보》선정 '20세기 명저 국내 20선(국내 모든 분야 망라)'에『태백산맥』선정됨(《중앙일보》, 1999. 12. 23).《중앙일보》선정 '20세기 한국의 베스트셀러'에『태백산맥』『아리랑』이 동시에 선정. 30개 중에서 한 작가의 두 작품이 동시에 선정된 것은 유일함(《중앙일보》, 1999. 12. 23).

2000년 『태백산맥』일어판 10권 완간(집영사). 9월 29일, 『아리랑』의 발원지인 전북 김제시에서 시민의 이름으로 '조정래 대하소설 아리랑 문학비'를 벽골제 광장에 세우고, 제1호 명예시민증 수여. 그날 10시 29분에 첫손자 재면(在勉)이가 태어나 희한한 겹경사를 이룸.

2001년 「어떤 솔거의 죽음」이 그림을 곁들인 청소년 도서로 출간(다림출판사). 광주시 문화예술상 수상. 자랑스러운 보성(普成)인상 수상. 11월 『한강』 제1부 「격랑시대」를 3권의 단행본으로 출간(도서출판 해냄). 12월 제2부 「유형시대」를 3권의 단행본으로 출간.

2002년 1월 3일 총 1만 5천 매의 『한강』 집필 완료. 3년 8개월 만의 결실. 1월 『한강』 제3부 「불신시대」의 일부를 2권의 단행본으로 출간. 2월 「불신시대」의 나머지를 2권의 단행본으로 출간. 『한강』 전 10권 완간. 1월 17일 작품 집필 때문에 6개월 동안 미루어왔던 탈장 수술 받음. 12월 등단 33년 만에 첫번째 산문집 『누구나 홀로 선 나무』 출간(문학동네).

2003년 중편 「안개의 열쇠」《실천문학》, 단편 「수수께끼의 길」《문학사상》 발표. 2월 'Yes24 회원 선정 2002년의 책'에서 『한강』이 남자 1위, 여자 2위. 3월 만해대상 수상. 4월 제1회 동리문학상 수상. 5월 프랑스 아르마땅 출판사에서 『아리랑』 전 12권 완역 출간. 유럽 지역에서 한국의 대하소설이 완간된 것은 최초의 일. 5월 16일 전북 김제시에서 건립한 '조정래 아리랑 문학관' 개관식 개최. 생존 작가의 문학관이 세워진 것은 처음 있는 일. 둘째 손자 재서(在緖) 태어남.

2004년 4월 30일 프랑스의 시인이며 극작가인 테르지앙(Terzian)이

『아리랑』을 희곡화하여,『분노의 나날』로 출간(아르마땅 출판
사). 7월 1일 희곡집『분노의 나날』을『분노의 세월』로 시인
성귀수 씨가 번역 출간(도서출판 해냄). 8월 20일『태백산맥』
프랑스어판 제1권 출간(아르마땅 출판사). 9월 1일 중편『유형
의 땅』이 독어판으로 출간(독일 페페르코른 출판사). 12월 15일
만화『태백산맥』 1권이 박산하 씨 그림으로 출간(더북컴퍼니
출판사). 12월 20일『태백산맥』 일어판 문고본 계약(일본 집
영사).

2005년   단편「미로 더듬기」《현대문학》. 1월 1일《문화일보》 2005년
신년 특집으로 〈광복 60돌 '한국을 빛낸 30인'〉에 선정. 5월
26일 순천시에서 '조정래 길'을 지정하고 표지석 개막식 개최
(낙안 구기-승주 죽림 사이). 4월 1일 서울지방검찰청에서『태
백산맥』 고소 고발 사건에 대해 만 11년 만에 무혐의 결정
내림. 5월 20일 MBC TV에서 〈조정래〉 3부작 제작(『태백산
맥』 고소 고발 사건의 발단과 수사 경과, 무혐의 결정이 내려지
기까지의 전 과정). 6월 23일 인터넷 서점 Yes24와 포털 사이
트 네이버가 '네티즌 추천 한국 대표 작가 – 노벨문학상 후
보를 추천해 주세요'에서 네티즌 6만 명이 참여해 조정래를
1위로 선정. 또, '한국인에게 큰 감동을 준 작품'으로『태백산
맥』을 1위로 선정. 8월 10일 장편『불놀이』 독어권 이기향 씨
번역으로 출간(페페르코른 출판사). 8월 15일『태백산맥』 프
랑스어판 3권 출간. 8월 13~21일 인천시립극단에서 광복
60주년 기념 특별 공연으로 연극 〈아리랑〉을 인천종합문화
예술회관에서 공연. 10월 5일 MBC TV와『태백산맥』 드라
마 계약.

2006년   장편 『인간 연습』 분재 1회 《실천문학》. 3월 15일 『태백산맥』
         프랑스어판 4권 출간. 4월 10일 〈한국소설 베스트〉 시리즈
         로 『유형의 땅』 포켓북 출간(일송포켓북). 4월 15일 「미로 더
         듬기」로 현대불교문학상 수상. 6월 28일 장편 『인간 연습』 출
         간(실천문학사). 장편 『오 하느님』 분재 1회 《문학동네》, 10월
         15일 『태백산맥』 프랑스어판 5권 출간.

2007년   1월 5일 한국 문학 대표작 선집 27 『황토』 출간(문학사상사).
         3월 21일 장편 『오 하느님』 단행본 출간(문학동네). 4월 20일
         『태백산맥』 프랑스어판 6권 출간. 8월 10일 조정래소설집 『어
         떤 전설』 출간(책세상). 10월 25일 '큰 작가 조정래의 인물 이야
         기(위인전 시리즈)' 첫 다섯 권(신채호, 안중근, 한용운, 김구, 박태
         준) 출간(문학동네). 11월 30일 『태백산맥』 프랑스어판 7, 8, 9권
         출간. 12월 27일 『태백산맥』 프랑스어판 전 10권 완간.

2008년   4월 7일 KYN과 『아리랑』 TV 드라마 계약. 4월 10일 『교과서
         한국문학』 시리즈 조정래편 5권 출간(휴이넘 출판사). 2007년
         출간한 장편소설 『오 하느님』을 『사람의 탈』로 제목을 바꿔
         개정 출간. 5월 1일 『죽기 전에 꼭 읽어야 할 책 1001』에 『태
         백산맥』이 선정됨. 서기 850년경에 씌어진 『아라비안나이트
         (천일야화)』에서부터 최근에 이르기까지 1200여 년 동안 발
         표된 전 세계의 소설을 대상으로 평론가·학자·작가·언론인
         등으로 구성된 국제적인 전문가 집단이 참여하여 1001편을
         가려 뽑은 책으로 우리나라 작품으로는 『태백산맥』과 『토
         지』가 뽑혀 수록됨(영국 카셀 출판사, 번역서 마로니에북스).
         11월 20일 '큰 작가 조정래의 인물 이야기' 제6권 『세종대왕』,
         제7권 『이순신』 출간(문학동네). 11월 21일 '조정래 태백산맥

문학관' 개관식(전남 보성군 벌교읍 회정리 『태백산맥』이 시작되는 지점). 12월 11일 '자랑스러운 동국인상' 수상. 12월 23일 '사회 각 분야 가장 존경받는 인물' – 문학 분야 1위로 선정됨(《시사저널》제 1000호 기념 특대호 특집).

2009년 3월 2일 『태백산맥』 200쇄 돌파 기념연 개최(도서출판 해냄). 대하소설로 200쇄 돌파는 최초. 자전 에세이 『황홀한 글 감옥』 출간(시사IN북). 11월 18일 장애문화예술인들을 위한 'Art 멘토 100인 위원회 1호' 위원으로 위촉됨(한국장애인문화진흥회).

2010년 장편소설 『허수아비춤』을 계간지 《문학의 문학》 여름호에 600매 분재함과 동시에, 인터넷서점 인터파크에도 2개월간 60회로 연재한 후 10월 1일 단행본으로 출간(도서출판 문학의문학). 11월 10일 장편 『불놀이』, 12월 1일 장편 『대장경』 개정판 출간(도서출판 해냄). 12월 2일 경남 창원에서 '고려대장경 팔각 불사 1000년 기념'으로 장편 『대장경』을 오페라로 공연(경남음악협회). 12월 22일 장편 『허수아비춤』이 독자들이 뽑은 '2010 최고의 책'으로 시상식 거행(인터파크 도서). 12월 26일 장편 『허수아비춤』이 '2010 네티즌 선정 올해의 책'이 됨(Yes24).

2011년 4월 대하소설 『태백산맥』 『아리랑』 『한강』 전자책 출시, 이와 동시에 장편소설 및 중단편소설집도 개정 출간과 동시에 전자책 출시 결정. 4월 25일 초기 단편 모음집 『상실의 풍경』 개정판 출간, 5월 30일 중편 「황토」와 7월 25일 중편 「비탈진 음지」를 장편으로 전면 개작해 단행본 『황토』 『비탈진 음지』로 출간, 10월 10일 『어떤 솔거의 죽음』 개정판 출간(이상 모두 도서출판 해냄).

2012년   2월 유비유필름과『태백산맥』드라마판권 계약. 4월 영국 놀
리지펜 출판사와『태백산맥』의 영어·러시아어 번역출간 계약.
4월 30일『외면하는 벽』개정판 출간(도서출판 해냄). 7월 중
편「유형의 땅」이 전경자의 영어번역으로 영한대역『유형의
땅』으로 출간(도서출판 아시아). 9월 30일『유형의 땅』개정
판 출간(도서출판 해냄), 11월에는《출판저널》이 뽑은 '이달의
책'으로 선정됨. 10월 5일『사람의 탈』영어판 출판(Merwin
Asia).『금서의 재탄생』(장동석 저, 북바이북)과『금서, 시대를
읽다』(백승종 저, 산처럼)에서 금서로서의『태백산맥』을 집중
조명함.

2013년   2월 23일 참여연대로부터 공로패 받음. 2월 25일 단편집『그
림자 접목』개정판 출간(도서출판 해냄). 3월 대하소설『아리
랑』의 뮤지컬 제작을 위해 신시컴퍼니(대표 박명성)와 판권
계약 체결. 3월 25일부터 인터넷 포털 사이트 네이버에『정
글만리』일일연재를 시작, 7월 10일 108회를 끝으로 연재 종
료와 동시에 7월 12일 단행본 전3권으로 출간(도서출판 해
냄). 10월 7일『정글만리』중국어판 출판계약 체결.『정글만
리』에 대해; 10월 7일 문화계 인사 60인이 선정한 '2013 출
판부문 1위'. 10월 24일《중앙일보》·교보문고 공동 선정한
'2013년 올해의 좋은 책 10'. 11월 26일 제23회 한국가톨릭
매스컴상 수상(출판부문). 12월 9일 출간 5개월 만에 100만
부 돌파 최단 기록. 12월 11일 한국예술평론가협의회 선정
제33회 '올해의 최우수 예술가상' 수상(문학부문). 12월 14일
《동아일보》가 선정한 '2013 올해의 책'. 12월 20일 Yes24 네
티즌 선정 '2013년 올해의 책' 1위. 12월 21일《조선일보》가

선정한 '2013년 올해의 책'. 12월 26일 인터파크도서 '제8회 인터파크 독자 선정 2013 골든북 어워즈'에서 골든북 1위, 골든북 작가부문 1위. 12월 30일 알라딘 독자 선정 '2013년 올해의 책' 1위.

2014년　1월 8일 《매일경제》·교보문고 공동 선정 '2014년을 여는 책 50.' 1월 10일 국립중앙도서관 통계, '2013년 도서관에서 가장 많이 이용한 도서' 1위. 3월 15일 『정글만리』 100쇄 돌파(『태백산맥』 2번, 『아리랑』 1번에 이어 네 번째 100쇄 돌파가 됨). 6월 12일 벌교읍 부용산 아래, 복원된 보성여관(소설 속의 남도여관)으로 이어진 '태백산맥길' 첫머리에 조성된 '태백산맥 문학공원 기념조형물 제막식'이 열림. 높이 3미터, 길이 23미터의 조형물에는 작가의 약력, 『태백산맥』에 대한 평가, 『태백산맥』의 줄거리, 그리고 작가의 흉상이 조각되어 있다. 그런데 그 조각은 모두를 놀라게 할 만큼 특이하고도 독창적이다. 조각가인 서울대학교 이용덕 교수는 세계 최초의 기법인 '역상(逆像) 조각'으로 그 창조성을 감동적으로 보여주고 있다. 9월 20일 제1회 심훈문학대상 수상. 12월 15일 인터뷰집 『조정래의 시선』 출간(도서출판 해냄).

2015년　6월 15일 『아리랑 청소년판』 출간(조호상 엮음, 백남원 그림, 도서출판 해냄). 7월 11일 뮤지컬 〈아리랑〉 개막, 9월 6일까지 공연(신시컴퍼니). 8월 5일 장편소설 『허수아비춤』 개정판과 함께, 문학 인생 45년을 담은 『조정래 사진 여행: 길』 출간(도서출판 해냄). 10월 3일 제2회 이승휴문화상 문학상 수상.

2016년　7월 12일 장편소설 『풀꽃도 꽃이다』(전2권) 출간(도서출판 해냄). 10월 4일 『정글만리』를 영어로 옮긴 『The Human Jungle』

이 브루스 풀턴 교수와 윤주찬의 번역으로 미국 현지에서 출간(Chin Music Press Inc). 11월 8일 『태백산맥 출간 30주년 기념본』(전10권) 및 『태백산맥 청소년판』(전10권) 출간(조호상 엮음, 김재홍 그림, 도서출판 해냄).

2017년   7월 25일~9월 3일 뮤지컬 〈아리랑〉 공연(신시컴퍼니). 11월 21일 은관문화훈장 수훈. 11월 30일 시조시인 조종현, 소설가 조정래, 시인 김초혜의 문학적 성과를 기념하고 그 정신을 이어 나가고자 전라남도 고흥군에 설립된 '조종현 조정래 김초혜 가족문학관' 개관.

2018년   2월 9일 〈2018 평창 동계올림픽대회〉 성화 봉송(오대산 월정사 천년의 숲길). 4월 20일 만손자 조재면과 함께 집필한 『할아버지와 손자의 대화』 출간(도서출판 해냄).

2019년   6월 11일 장편소설 『천년의 질문』(전3권) 출간(도서출판 해냄).

조정래 장편소설
허수아비춤

제1판 1쇄 2010년 10월 1일
제2판 1쇄 2015년 8월 5일
제2판 8쇄 2024년 3월 31일

저자 / 조정래
발행인 / 송영석
발행처 / (株)해냄출판사

등록번호 / 제10-229호
등록일자 / 1988년 5월 11일(설립일자 | 1983년 6월 24일)

04042 서울시 마포구 잔다리로 30 해냄빌딩 5·6층
대표전화 / 326-1600 팩스 / 326-1624
홈페이지 / www.hainaim.com

ISBN 978-89-6574-487-0